Sammlung Luchterhand 795

*Über dieses Buch:* Dieser Lebens-Roman eines jüdischen Rechtsanwalts war 1986 eines der meistbesprochenen Bücher. 1987 erhielt der Autor dafür den Hermann-Sinsheimer-Preis. »Der Rechtsanwalt A. B., geboren 1906 im preußischen Breslau, Jude, deshalb 1933 von den Nationalsozialisten mit Berufsverbot belegt, 1937 nach Palästina emigriert und so in letzter Minute dem Lebensverbot entgangen, 1948 mit israelischem Paß nach Deutschland zurückgekehrt, später seine Wiedereinbürgerung betreibend, stirbt im Juni 1977 bei einem Verkehrsunfall auf dem Platz der Republik in Frankfurt. Der 27 Jahre jüngere Peter Härtling verliert mit ihm, auch wenn er es ihm, wie er sagt, nie gestanden hätte, einen Freund, einen, den er geliebt hat, ja einen, der ihm ›nach einer langen vaterlosen Zeit den Vater ersetzt hat‹.« Urs Allemann, Basler Zeitung

*Über den Autor:* Peter Härtling, geboren 1933 in Chemnitz, Gymnasium in Nürtingen bis 1952. Danach journalistische Tätigkeit; von 1955 bis 1962 Redakteur bei der Deutschen Zeitung, von 1962 bis 1970 Mitherausgeber der Zeitschrift Der Monat, von 1967 bis 1968 Cheflektor und danach bis Ende 1973 Geschäftsführer des S. Fischer Verlags. Seit Anfang 1974 freier Schriftsteller.

Peter Härtling

# Felix Guttmann

*Roman*

Luchterhand
Literaturverlag

Sammlung Luchterhand, März 1988
2. Auflage, Dezember 1988
Lektorat: Klaus Siblewski
 Umschlagentwurf: Max Bartholl. Umschlagabbildung: Ullstein Bilderdienst. Satz: Druck- und Verlagsgesellschaft mbH, Darmstadt. Druck und Bindung: Ebner Ulm. Printed in Germany.
ISBN 3-630-61795-6

# 1906 – 1924

Wie ein See, durch den das starke Treiben
eines jungen Flusses wühlt,
Ist die ganze Stadt von Jugend und Heimkehr
überspült.

*Ernst Stadler*

## *1*
## *Erinnerung an eine Figur, die es nicht sein wird*

Ich traue ihm alles zu. Er könnte wieder, wie vor Jahren, unerwartet im Treppenhaus stehen, nach den Kindern rufen, in der Küche nachsehen, was es zum Abendessen gibt, mich knapp grüßen, sich dann auf die Terrasse setzen, den abgenutzten Hut auf den Knien, und, kaum haben wir das Gespräch begonnen, wieder aufstehen und sich verabschieden. Er geht durch den Garten, zur Pforte hinaus, den Mantel, wie immer, offen, den Hut wieder auf, klein, sehr klein, doch unverletzbar, merkwürdig dauerhaft.

Nie hätte ich ihm gestanden, was ich ihm jetzt nachrede: daß er mein Freund gewesen ist, mehr noch, daß er mir, nach einer langen vaterlosen Zeit, den Vater ersetzt hat.

Er half, mischte sich freundlich und hartnäckig ein, nahm teil, erkundigte sich, war eines unserer Kinder krank, regelmäßig und besorgt nach seinem Befinden. Er zählte uns zu seiner großen, über die Welt verstreuten Familie. Litt er unter Schmerzen oder quälten ihn Erinnerungen, unterließ er es, uns zu besuchen, warf nur Briefe ein, kurzgefaßte Botschaften. Er ließ sich tagelang nicht sehen und kostete es aus, uns zu fehlen.

Manchmal, war er gut gelaunt, spielte er mir auf dem Flügel, auf dem sich Zeitungen stapelten, Chansons vor, Lieder, die er vor langer Zeit selbst komponiert hatte.

War ich verreist gewesen, mußte ich, kaum heimgekehrt, damit rechnen, daß das Telefon schellte, und er mich zu sich bat: Kommen Sie, aber gleich, und erzählen Sie. Ich bin ein alter Mann, erlebe nicht mehr viel. Was nun wirklich nicht zutraf. Jeder Tag bescherte ihm in seinem Büro neue Geschichten, die ihn vergnügten oder verdrossen, die er weiterdachte, deren gutes oder schlimmes Ende er voraussah. Dummheit und Gemeinheit seiner Klienten konnten ihn aufbringen, aber er redete von ihnen, als wisse er für jeden einzelnen ein besseres

Leben, einen klügeren Kopf; seine Reserve an Freundlichkeit war unerschöpflich. Nur von sich gab er so gut wie nichts preis. Rechtsanwalt A. B., preußischer Jude mit israelischem Paß, 1948 zurückgekehrt nach Deutschland, von dem er mitunter schwärmte wie von Atlantis.

Ich habe ihn geliebt.

Das Haus, in dem wir seit beinahe zwanzig Jahren wohnen, in dem die Kinder groß wurden, verdanken wir ihm. Kommen Sie, schauen Sie sich den Kasten mal an. Sie müssen sich ja nicht gleich entscheiden. Was er allerdings voraussetzte. Er führte mir das Haus vor, füllte die Zimmer mit Leben, mit Zukunft, bagatellisierte den Schuldenberg, der mich einschüchterte.

Worüber regen Sie sich auf? Die meisten leben von ihren Schulden. Es genügt, wenn Sie mit ihnen leben. Als wir einzogen, wartete er mit mir auf den Möbelwagen, beruhigte mich, ließ mich nicht aus den Augen, als fürchte er, ich könnte im letzten Moment meinen Entschluß widerrufen.

Wie viele Umzüge, wie viele Einzüge, sagte er. Wenn die Möbel erst einmal an ihrem Platz standen, habe ich sie nie mehr umgerückt. Vielleicht aus Furcht, aus Aberglauben. Für Lampen, sagte er, müssen Sie sofort sorgen. Licht braucht man, Licht ist wichtig. Ich folgte seinem Rat. Den eilig eingekauften Lampen ist bis heute der damals gewährte Mengenrabatt anzusehen.

Auf einer Bücherkiste sitzend, beobachtete er, wie ich die Möbelträger dirigierte. Als sie das Klavier hereinschleppten, sprang er auf, drängte sie, sich zu beeilen, er wolle das Instrument ausprobieren. Zum ersten Mal hörte ich ihn spielen. Nun adieu, mein kleiner Gardeoffizier. Warum gerade dieses Lied? Was ging ihm durch den Kopf? Welcher Abschied, welche Ankunft?

Es ist verstimmt, meinte er, hören Sie? Die Reise – danach sind Klaviere nie in Ordnung.

Er sah nach uns, viele Jahre. Bis er eines Tages nicht mehr erschien und die Kinder nach ihm fragten.

Er könnte wiederkommen. Ich trau es ihm zu. Dann könnte ich ihn endlich ausfragen. Ab und zu, wenn ihn ein Stichwort anrührte, wenn ihn ein alter Schlager im Radio sentimental stimmte, kramte er Fotografien aus Mappen, lachte, schob mir die Bilder zu wie Karten aus einem unvollständigen Spiel: das schmächtige Kind im Matrosenanzug, der junge Mann auf dem Kurfürstendamm, elegant aber ein bißchen zu herausfordernd gekleidet, der Theatergänger im schwarzen Anzug vor der Jahrhunderthalle in Breslau oder der in ein Gespräch mit einer Frau vertiefte Kibbuznik in Haifa.

Auf einem Spaziergang, kurz vor seinem Tod, begann er zu erzählen: Wissen Sie, wie meine Nachbarin in der Bleibtreustraße mich nannte? Ich hörte es zufällig. Meine Zeit als Assessor hatte ich hinter mir, mich eben als Anwalt niedergelassen. Die Wohnung diente mir als Büro. Das Schild für die Tür war zwar graviert, doch noch nicht angebracht. Ich stand unten im Treppenhaus, ein älterer Herr war mir eben vorausgegangen. Ich hörte ihn fragen: Wissen Sie, wo ich Herrn Doktor B. finde? Meine Nachbarin erwiderte:

Ja, das weiß ich. Das ist der kleine Herr von nebenan.

Er ging fröstelnd, den Hut in die Stirn gezogen, neben mir her, und plötzlich blinzelte er mir zu. »Der kleine Herr von nebenan.« Es war ein Zuruf, es könnte ein Anfang sein. Ich weiß viel zu wenig von ihm. Was ich am Ende meiner Erzählung von ihm wissen werde, würde ihm womöglich fremd sein. Ich habe ihm, um ihn zu finden, einen andern Namen gegeben: Felix Guttmann.

## 2
## *Das grüne Floß*

Kindheiten sind, wie alle Anfänge, einander ähnlich und dennoch unvergleichbar. Das erste Glück, der erste Schreck, die erste Angst, die erste Liebe. Zum ersten Mal eine fremde Gegend erkunden, zum ersten Mal allein im Garten, im Hof sein, zum ersten Mal allein in der Wohnung schlafen, zum ersten Mal einen Freund finden, zum ersten Mal die Eltern belügen, zum ersten Mal die eigene Haut spüren wie eine fremde, zum ersten Mal verreisen, zum ersten Mal die Berge oder das Meer sehen, zum ersten Mal eine Taste auf dem Klavier niederdrücken, zum ersten Mal auf eine Straßenbahn aufspringen.

Wie soll ich mit ihm beginnen?

Er sitzt im Gras, nicht auf einer Wiese, auf einem winzigen Rasenfleck, einem grünen Floß, das von fünf weiteren Flößen begleitet wird, die ein schmaler Kiesstreifen voneinander trennt. Manchmal sind zwei oder drei Flöße von Kindern aus den Häusern, die den Hof umschließen, besetzt. Die Häuser ragen hoch hinauf, sechs Stockwerke.

Er hat sein Floß nicht selber entdeckt und erobert. Elena hat ihn, unter begütigendem Gemurmel, in den Hof hinuntergetragen, auf dem grünen Viereck abgesetzt, ihn mit einer gelb angemalten Ente und einem Stoffesel allein gelassen. Er solle sich nicht schmutzig machen und das Sonnenhütchen nicht vom Kopf reißen. Ihr Schatten fiel über ihn, und ihre aufgeregte Freundlichkeit war ihm lieber als die Sonne, die Elena für gesund hielt. Dann zog sie sich schrittchenweise zurück, und er wußte nicht, ob er gleich schluchzen solle, um sie zurückzuholen, oder ob es sich nicht doch lohne, das Floß auszuprobieren und die andern Kinder im Hof zu beobachten. So blieb er still, blickte sich um. Die Kinder kamen näher, setzten sich auf eins der andern Flöße, starrten ihn an, aber sie redeten und spielten nicht mit ihm. Auch später nicht, als er ohne Elenas Hilfe in den Hof konnte und schon viel mit sich selber sprach. Etwas an ihm schien die Kinder zu bremsen. Er war feiner angezogen als sie, und keines wurde wie er regelmäßig von einer Elena besucht, sondern ab und zu rief es aus einem der Fenster, und dann sauste eines der Kinder ins Haus.

Bald liegen neben dem Esel, den er schont und liebt, Bücher im Gras. Er gibt vor, sie lesen zu können, blättert eifrig, spricht auf die aufgeschlagenen Seiten ein, betrachtet immer wieder die Bilder, auf denen Kamele und Beduinen durch die Wüste ziehen, herausgeputzte Damen unter Sonnenschirmen auf Parkwegen spazierengehen oder Matrosen an der Reling eines gewaltigen Schiffes aufgereiht stehen und salutieren. Auf seinem Lieblingsbild blickt der Kaiser, geschützt von einem Baldachin, angestrengt in die Ferne. Das ist der Kaiser, hat ihm Elena erklärt, als er fragte, wer der traurige Mann in der schönen Uniform denn sei. Wenn Papa auf den Kaiser zu sprechen kam, veränderte sich seine Stimme, wurde feierlich. Er sagte nie nur, wie Elena: der Kaiser. Er sagte stets: UnserKaiser. So, als wären die beiden Wörter zusammengewachsen.

Zum Mittagessen holt Elena ihn nicht ab. Sie will die Töpfe in der Küche nicht unbewacht lassen, und auch Mutter beansprucht ihre Hilfe. Vom Balkon ruft sie ihn, wie es die andern Mütter auch tun. Felix! Jedesmal vergnügt es ihn, wie die Häuserwände mit seinem Namen spielen, sich die Silben zuwerfen, Fe- Fe- lix- lix- lix. Sofort packt er die Bücher und den Esel in das kleine Lackköfferchen. Papa kann es nicht ausstehen, wenn er trödelt und zu spät kommt. Stets sitzt er als erster am Tisch, die Serviette um den Hals gebunden.

Wasch dir die Hände und das Gesicht! Das geht nicht ohne Elenas Hilfe. Der Krug ist zu schwer, aus dem sie Wasser ins Lavoir gießt. Er stellt sich auf die Zehenspitzen, lugt über den Rand der Schüssel, wo er seine Hände wie abgelöst von seinen Armen schwimmen sieht. Guck, Elena, meine Hände. Aber sie begreift seine Verwunderung nicht, schüttelt den Kopf: No ja, Jungchen, was sonst?

Bei Tisch dürfen nur Vater und Mutter sprechen. Elena höchstens dann, wenn sie gefragt wird. Elena gehört zur Familie, seitdem er auf der Welt ist. Sie ist mit Mutter verwandt, doch entfernt, worauf Mutter Wert legt. Sie ist vieles nebeneinander: Dienstmädchen, Kindermädchen, manchmal Verkäuferin in Vaters Geschäft und natürlich auch Tante. Er weiß, worüber sie sprechen, worüber Vater spricht. Über das Geschäft, das ihm Sorgen macht. Über die teuren Engländer. Nur ist er ohne die feinen englischen Tuche der Konkurrenz nicht mehr gewachsen. Bei der noblen Kundschaft, die er sich herangezogen hat. Jedesmal, wenn Vater auf Kunden zu sprechen kommt, die er sich herangezogen habe, sieht Felix eine Schar von winzigen würdigen Herren, viel kleiner als er, die Vater im Lauf der Jahre wie junge Hunde mühevoll aufgepäppelt hat, bis sie genügend in die Höhe geschossen waren, um ausreichend Tuch von ihm kaufen zu können, das Elena dann zu Jona Rosenbaum bringen mußte, dem Schneider, mit dem Vater, wie er sagte, ein Herz und eine Seele war und den er den herangezogenen Herren eindringlich empfahl. Bei Rosenbaum, der ein falscher Onkel war, also mit den Eltern nicht verwandt, suchte Felix, sobald Mutter ihm erlaubt hatte, auch auf die Straße zu gehen, oft Zuflucht. Der Schneider wohnte um die Ecke, ein Messingschild am Hauseingang bezeugte sein Können, sein Ansehen. Zwei Gesellen und eine Büglerin arbeiteten für ihn, was Vater gelegentlich beim Mittagessen, wenn er sich mit Jona Rosenbaum beschäftigte, als übertriebenen Aufwand bezeichnete. Jona lebte allein. Eine unerklärliche Krankheit hatte seine Frau dahingerafft. Felix stellte sich vor, daß eine Riesenhand sie gepackt und mitgerissen hatte, zum Entsetzen von Jona, der dem Ereignis, mit gekreuzten Beinen auf dem Schneidertisch sitzend, hilflos zusah.

Der Statur nach hätte Jona nicht Schneider sein dürfen. Er war übermäßig dick, ein runder Kopf, ein Bauch, unter dem zwei kurze stämmige Beinchen hingen. Den Tisch, sein Arbeitsfeld, erklomm er mit Hilfe eines Schemels. Wenn er mühsam auf der Platte seinen Platz gefunden hatte, mußte er erst einmal verschnaufen. Jona ißt so gut wie nichts und schwillt dennoch, meinte Vater, er ist gefüllt mit Luft. Außerdem litt Jona unter einer Hasenscharte. Die hatte ihn zu einem aufmerksamen Zuhörer werden lassen. Er vermied jeden unnötigen Satz.

Wenn Felix ihn besuchte, und das tat er oft, saß er unterm Tisch. Er hörte Jona über sich und fühlte sich geborgen. Um Jona zu unterhalten, erzählte er, was er in den Büchern gesehen und gelesen hatte. Beinahe alles, was in der Straße, in der Stadt, im Land und auf der Welt vor sich ging, was in den Zeitungen stand oder was Felix in seinen Büchern fand, kommentierte Jona mit dem Satz: Es wird nicht gutgehen. Er sprach ihn keineswegs traurig aus oder bitter, sondern mit heiterer Gewißheit.

Nur selten gelang es Felix, mit einer Frage Jona zu einem längeren Gespräch zu bewegen. Weißt du, wie viele Anzüge du schon genäht hast, Onkel Jona?

Jona ließ verdutzt die Weste sinken, die er mit grauer, glänzender Seide fütterte, sein Blick richtete sich nicht gegen die sauber tapezierte Wand der Schneiderstube, sondern in eine Ferne, die mit seiner Vergangenheit zu tun haben mußte und mit all den Anzügen, die er genäht hatte. Du stellst Fragen, Felix. Was weiß ich. Wenn ich wollte, könnte ich sie zählen; ich habe von Anfang an Buch geführt. An meinen ersten entsinne ich mich noch gut, den ersten selbständigen, versteht sich. Das war noch in Lodz, wo ich aufwuchs, wie deine Mutter. Dort gibt es noch reichere Leute als in Breslau. Sie verjuxten das Geld wie es ihnen beliebte. Häufig hatten sie schlimme Einfälle, kann ich dir sagen. Einen der jungen Stutzer, einen Fabrikantensohn, konnte mein Meister nicht leiden und ich ebensowenig. Er verlangte innerhalb von zwei Tagen einen Frack, obwohl er schon zwei besaß; wütend überließ der Meister die

Arbeit mir. Ich solle mich nicht sonderlich mühen. Der Frack war zum Termin fertig, allerdings hatte ich ihm die Ärmel zugenäht. Der Bursche beschwerte sich nie. Vermutlich hat er ihn kein einziges Mal angezogen. Es wird nicht gut ausgegangen sein mit ihm.

Ohne Jona wäre Felix nie darauf gekommen, über seinen Namen nachzudenken. Wieso auch? Seit eh und je wurde er so gerufen, und sogar im Traum hörte er auf ihn. Daß die Eltern auch andere Namen erwogen haben, konnte er sich nicht vorstellen. Jona wußte es besser.

Inzwischen ging er ein halbes Jahr zur Schule, Oberlehrer Sawitzki war mehr als zufrieden mit ihm, hatte es die Eltern auch wissen lassen, und Jona prophezeite ihm, ganz gegen die Regel, einen steilen Aufstieg. Das habe vielleicht mit seinem Namen zu tun. Hätte sich nämlich Guttmann, sein Vater, durchgesetzt, hieße er Leo, nicht Felix. Da Namen magische Wirkung ausübten, wären ihm bei Leo Muskeln unterm Fell gewachsen, eine Mähne um den Kopf und mit dem Verstand haperte es. Natürlich sei es riskant, mit dem Namen Glück zu beschwören – Felix! Aber schon immer habe der höhere Blödsinn die Welt regiert: Tu felix Austria, nube et impera. Das sei Latein. Bald werde er auf dem Gymnasium lernen, was dieser Ausspruch bedeute: Du, glückliches Österreich, herrsche und heirate. In der Vorstellung von Felix heiratete und regierte ein Felix Austria, unanfechtbar ein Prinz, den er sich als seinen Schutzpatron wählte. Aber das sagte er Jona lieber nicht.

Mit Felix Austria verbündete er sich, brach zu Abenteuern auf, wenn er bei Tisch schweigen mußte. Vater kaute jeden Bissen sorgfältig durch, ehe er ihn schluckte, das diene, so habe er aus einem wissenschaftlichen Artikel erfahren, der Verdauung. Darum mußte Felix immer wieder Pausen einlegen, um nicht vor ihm mit dem Essen fertig zu sein, was sich nicht gehörte. Sobald Vater den letzten Schluck aus dem Wasserglas trank, sich die Serviette vom Hals riß, durfte Mutter ungefragt reden; sie unterließ es meistens, nickte Elena auffordernd zu, und Elena begann, den Tisch abzuräumen. Du darfst dich jetzt ein wenig ausruhen, sagte Mutter. Im Grunde meinte sie: Du mußt. Sie mochte ihn nicht nötigen. Ihre Freundlichkeit machte sie oft umständlich, worüber Vater wütend wurde; sie ließ sich nicht beirren.

Bitte, Felix.

Ja, Mama, ich geh schon.

Elena wird dir helfen.

Das muß sie nicht.

Dennoch wird Elena ihn auf den Balkon begleiten, ihn auf dem Liegestuhl in die Decke wickeln, weil es so Übung ist. Diese Kur verdankte er Doktor Loebisch. Ehe er eingeschult wurde, ließ ihn Mutter untersuchen.

Doktor Loebisch widmete sich jedem Körperteil, bat ihn sogar, sich zu bücken, schaute ihm in den Hintern. Nachdem Mutter ihm beim Anziehen geholfen, die Jacke in Form gestrichen und geklopft hatte, erfuhren sie, worunter er litt: Es sei nichts, fing der Doktor zu erklären an, und doch mache der Junge ihm Sorgen. Die Konstitution. Das Kind wächst zu langsam. Mit Eisenwein, Lebertran, kräftigenden Mitteln können wir zwar nachhelfen, sich bewegen und essen muß er schon selbst. Nach der Schule und dem Mittagsmahl soll er mindestens eine Stunde ruhen. Wenn möglich im Freien, in der frischen Luft.

So hatte der Küchenbalkon endlich seinen Nutzen. Hier lag er, im Winter wie im Sommer, hörte die Kinder unten lärmen, wußte, daß sie sein Floß besetzt hatten. Im Halbschlaf träumte er davon, daß er mit einem Schlag wuchs, stark wurde, die Jungen unten verprügelte; alle würden ihn fürchten und bewundern, auch das blondzöpfige Mädchen in dem karierten Kleid würde mit ihm zur Schule gehen. Doch kein Muskel schwoll, kein Knochen streckte sich. Die Konstitution nahm keine Rücksicht auf Felix Austria.

Felix, rief Elena aus der Küche, es ist Zeit. Er wickelte sich aus der Decke, legte sie säuberlich zusammen. Mutter wartete auf ihn im Wohnzimmer. Nicht, um ihm bei den Hausaufgaben zu helfen, sondern um ihn dabei zu beaufsichtigen. Er schweife mit den Gedanken sonst zu viel ab und brauche zu lang. Das stimmte. Schon um ihrer Obhut zu entkommen, beeilte er sich.

Wenn Fibel und Schiefertafel in den Ranzen geräumt sind, kannst du gehen, Felix.

Ja, Mama.

Doch wohin?

Es ist seine Frage wie meine. Es ist die Frage der Schwächeren und Einzelgänger. Ich glaube, er könnte die Kinder überlisten, es gar nicht erst zu einer Prügelei kommen lassen, mit ihnen verhandeln und auf diese Weise sein Floß zurückerobern. Und vielleicht lassen sie ihn danach sogar in Ruhe.

So hat er, ein Siebenjähriger, nicht gedacht. So hat er denken gelernt. Er hat sie, ich bin sicher, tagelang vom Küchenbalkon aus beobachtet. Jeden einzelnen. Nicht alle kennt er beim Namen. Manchmal hat er sie durcheinandergebracht, und der auftrumpfende Friedrich im Russenkittel entpuppte sich als Jan. Der gab zwar schrecklich an, doch wenn der Hausmeister sich eines der Kinder herausgriff, wenn eine der Mütter wütend den Hof heimsuchte, wenn die Kinder untereinander Krach hatten, griff selbstverständlich Wilhelm ein; er war, spillerig und eine runde Brille auf der platten Nase, seinem Freund Jan an Schläue und Verstand bei weitem überlegen. Auf seine Einflüsterungen hörten alle Kinder. Selbst Grete, die manchmal ihren Kopf durchsetzte und, wenn das nicht gelang, in einer Hofecke schmollte. Sie war, das wußte Felix, die Tochter des Lehrers, den Vater einen anständigen Mann nannte und der zu seinen Kunden zählte.

Nie haben sie sich mit ihm abgegeben, immer haben sie ihn ausgespart. Und als er nun für ein paar Tage fehlte, nahmen sie sein Floß in Besitz, spielten weiter, als hätte er nicht drei Jahre lang unter ihnen gesessen und allein für sich gespielt.

Er schaute auf die Flöße hinunter, auf denen die Hofkinder lärmend dahintrieben. Er haßte, er verwünschte sie. Das würde ihm, wollte er sein Floß zurückerobern, nichts helfen. Er mußte sie überreden, überrumpeln. Aber wie? Sollte er ihnen Geschenke anbieten, ein paar seiner Spielzeuge, seiner Bücher? Würden sie ihn auslachen und davonjagen? Würde ihn Jan, aufgewiegelt von Wilhelm, in den Schwitzkasten nehmen, wie er es manchmal mit anderen Jungen tat, die nicht nach seiner Pfeife tanzten oder neu in den Hof kamen? Oder sollte er ihnen erlauben, sein Floß zeitweise zu benutzen? Wenn er auf dem Balkon ruhen mußte, blieb es sowieso frei. Aber würden sie es, wenn er hinunterkäme, auch gleich räumen?

Er hat die Schulaufgaben erledigt, saust aus dem Zimmer, ehe Mutter noch etwas sagen oder auftragen kann. Auf einem Treppenabsatz bleibt er stehen, hält den Atem an, kneift die Augen zusammen. Die Angst ist verflogen, er hat das Gefühl, zu wachsen, ein anderer zu sein, einer, der er immer schon hätte sein können, den er sich nur nicht zugetraut hat. Einer wie Robinson, nein, eher einer wie Lilienthal, der ausgelacht wurde, als er seinen Flugapparat baute, der allen davonflog und berühmt wurde. So einer. Sie trauten ihm nichts zu. Er war anders als sie, er wußte es besser.

Er kehrte noch einmal um, klingelte, Elena öffnete ihm, er ließ sie gar nicht zu Wort kommen, rannte in sein Zimmer, suchte hastig nach ein paar alten Spielsachen, zog zwei Bilderbücher aus der Truhe, schlug einen Haken, als Elena ihn aufzuhalten versuchte, hüpfte nun ohne Zögern die Treppe hinunter und stand, schneller als er wünschte, in der offenen Tür zum Hof. Er sah sie alle auf einmal, atmete ein, und die Luft blieb wie ein Knebel in seinem Schlund stecken. Langsam ging er los. Mit jedem Schritt schrumpfte er, wurde er kleiner, dünner, schwächer.

Wilhelm redete auf Jan ein. Die anderen Kinder rotteten sich um die beiden Anführer zusammen, nur Grete blieb für sich. Sie starrte ihn an, bohrte selbstvergessen in der Nase. Niemand rührte sich vom Fleck. Jetzt würde er reden müssen, reden, dürfte sie aber nicht zu Wort kommen lassen, auf keinen Fall.

Da, das könnt ihr haben, das schenke ich euch, sagte er. Ich bin jetzt wieder hier. Ihr müßt mich auch aufs Gras lassen. Ich bin krank gewesen.

Grete zog den Finger aus der Nase und lachte. Aber in der Schule warst du trotzdem, rief sie.

Ja, sagte er.

Also, rief Wilhelm, warst du krank oder warst du nicht krank?

Ich war krank. Bestimmt.

Du lügst. Jan trat einen Schritt auf ihn zu. Von ihm durfte er sich nicht einschüchtern lassen. Er mußte sich an Wilhelm halten. Mit Jan war nicht zu reden, der würde sofort schlagen.

Wilhelm, rief er und hielt wie eine Signaltafel die Bücher hoch.

Wilhelm hielt Jan nicht auf, musterte Felix vom Scheitel bis zur Sohle und fragte überraschend: Wie heißt du überhaupt?

Felix.

Und wie weiter?

Guttmann. Und wie heißt du?

Jan war nicht mehr weit entfernt. Es mußte ihm gelingen, den Handlanger Wilhelms aufzuhalten, mit einem Wort oder mit einem Geschenk, nur zurückweichen durfte er nicht, dann wäre alles verloren.

Wilhelm. Wilhelm Degenfeld.

Dann kenn ich deine Mutter.

Das glaube ich nicht.

Jan war stehengeblieben. Offenbar begann ihn ihre Unterhaltung zu interessieren.

Doch, das ist die mit den Blumen.

Gretes Gelächter steckte die andern an. Sie lachten, warfen die Hände über den Kopf, hielten sich den Bauch, Jan begann, von einem Fuß auf den andern zu hüpfen. Ihr Lachen sprang die Häuserwände hoch und stürzte in Echos ab. Nur Wilhelm war ernst geblieben. Ihr seid blöd. Was er sagt, stimmt. Das mit den Blumen.

Es wurde still. Die Kinder glichen, verdreht und erschrokken, Figuren auf einer abgelaufenen Spieluhr.

Mama mag Blumen, sagte Wilhelm.

Der Kampf war fast gewonnen.

Meine Eltern kennen deine Mutter. Vater sagt immer: Die Dame aus dem vierten Stock kommt jeden Tag mit einem schöneren Strauß.

Ja, das ist sie. Wilhelm nickte.

Einmal hat sie meiner Mutter einen Strauß Margeriten geschenkt.

Ist das wahr?

Du kannst ja deine Mutter fragen.

Wilhelm ging betont lässig auf Jan zu und erklärte: Er kann sein Wiesenstück haben. Er sagte Wiesenstück. Felix war nah dran, ihn zu verbessern, zog es jedoch vor, den durch die mütterlichen Blumen gesegneten Frieden nicht zu stören und wagte ein paar Schritte auf sein Floß zu. Die Kinder machten ihm Platz. Eines der Kleinen räumte seine Sachen beiseite.

Er hatte, stellte er erstaunt fest, nichts verschenken müssen, kein Buch, kein Holztier. Ein paar Sätze genügten, ein paar Worte. Es mußten nur die richtigen sein. Und Glück hatte er dazu gehabt, denn er konnte nicht ahnen, wie sehr Wilhelm an seiner Mutter hing.

Er legte, so wie er es gewöhnt war, das Spielzeug und die Bücher um sich herum, ein schützender Kreis, schaute nicht um sich, wartete, ob der Frieden anhalten würde. Grete traute sich als erste bis an die Kante seiner Insel.

Warst du wirklich krank?

Ja.

Was hast du denn gehabt?

Wie sollte er das erklären? Daß ihn Doktor Loebisch zu dünn und zu schwach fand, daß er nicht wachse, wie es sich gehöre?

Die Konstitution.

Was? Grete riß den Mund auf und sah ihn an, als breche diese unverständliche, aber gewiß schreckliche Krankheit ihm schon durch die Haut.

Ist das sehr schlimm?

Ach was, das gibt sich, da mach ich mir nichts draus. Grete schob sich, sichtlich erleichtert, ganz aufs Floß, setzte sich neben ihn und fuhr entschlossen mit dem Finger in die Nase.

Auch danach freundete er sich mit keinem der Kinder an. Manchmal ließ er sich von ihnen ins Spiel ziehen, achtete darauf, Jan nicht zu nahe zu kommen, schloß sich Wilhelm ein wenig an, der ihn seiner Mutter vorstellte, mit der er allein lebte – sein Vater sei kurz nach seiner Geburt gestorben. Und Grete führte ihm in seinen Träumen vor, daß sie unter ihrem Kattunkleid keine Hosen anhatte.

Laß dich nicht mit diesen Dreckfinken ein, warnte Elena, die ihm seit eh und je einen »feinen Freund« wünschte und sich nicht erklären konnte, weshalb er in der Schule denn keinen Anschluß finde. Wenn sie ihn drängte, und er nur die Schultern hängen ließ, um rasch zu verschwinden, fiel ihm ein, wie er die Kinder, sogar Jan und Wilhelm, bloß mit Worten bezwungen hatte.

## 3
## *Jona auf dem Tisch*

Das Haus, in dem Felix Guttmann am 22. Juli 1906 – ein Sommerkind, befand Elena – zur Welt kam, lag am westlichen Ende der Olauer Straße in Breslau, nahe der Schweidnitzer, dem Korso, wo sich an lauen Abenden das Stadtvolk traf und zeigte. Das habe ich nur gelesen, nie erlebt. Ich bin nur einmal, als Kind, mit meinem Vater in Breslau gewesen, an seiner Hand durch die Stadt gezogen, und betrachte ich heute die alten Pläne, lese Straßennamen, dann erinnere ich mich an Breslau wie an andere Städte, in denen ich für ein oder zwei Tage gewesen bin, unterwegs mit den Eltern, hochgestimmt und oft erschöpft von den langen Wegen, lauter unverstandene oder zu ausgiebig erklärte Bilder im Kopf, die in die Träume absanken und sich dort neu und wunderbar zusammensetzten. An ein einziges Gebäude kann ich mich erinnern. Nicht an das Rathaus, nicht an den Dom, nicht an das Oberlandesgericht, dort hatte mein Vater zu tun, sondern an die mächtige und dennoch schwerelos erscheinende Kuppel der Jahrhunderthalle. Wir waren ein Stück die Oder entlangspaziert und unversehens wurde der Wunderbau in der Ferne sichtbar.

Für ihn, den ich als Felix erzähle, hat dort, ich weiß es, seine Theaterleidenschaft begonnen.

Aber so weit bin ich noch nicht mit ihm. Er ist vor einem Jahr zur Schule gekommen, der Ranzen, den ihm Elena auf den Rücken gepackt hatte, drückte ihn. Die wenigsten wollten glauben, daß er Schüler sei. Dieser Krümel? Um so nachdrücklicher pochte er auf seine Selbständigkeit, lehnte es ab, von Mutter oder Elena zur Schule begleitet zu werden.

Ich höre mit ihm den Lärm, die sich überschlagenden Kinderstimmen, bin mit ihm beeindruckt von dem strengen, alles wissenden Oberlehrer Sawitzki, der Buchstaben so schön wie kein anderer auf die Tafel malen kann. Ich fürchte mich wie er vor denen in der letzten Bank. Ich buchstabiere mit ihm das erste Wort.

Als mein Vater mich durch Breslau führte, war Felix Guttmann über dreißig Jahre alt, hatte Deutschland verlassen müssen, lebte in Palästina. Vieles, was seinen Tag bestimmte, was ihn umtrieb, erschreckte, entzückte, kenne ich nur vom Hörensagen, muß ich nachlesen.

Er war acht Jahre, als der Erste Weltkrieg begann. Ich war sechs beim Ausbruch des Zweiten. Die Zeiten brauchten ihre Helden, wir sammelten ihre Namen. Sein Admiral Tirpitz hieß für mich Kapitän Prien.

Der Krieg meldete sich mit Gerede. Ein wenig verängstigt lauschte Felix dem Oberlehrer, der nun beinahe in jeder Stunde, ganz gleich, ob sie rechnen oder schönschreiben sollten, in Rage geriet, sich an den Siebzigerkrieg erinnerte, als man es den Franzmännern endlich mal zeigte. Jedesmal wenn sich seine Stimme überschlug, er im nachträglichen Siegerglück den Tränen nah war, forderte er die Klasse auf, sich zu erheben, mit ihm einzustimmen in das deutsche Soldatenlied: »Fern bei Sedan«. Danach sangen sie die »Wacht am Rhein«. Bald hielt es Felix für selbstverständlich, von Sawitzki als zukünftiger Krieger behandelt zu werden. Er hatte sogar das Gefühl, durch die Lieder würden seine Muskeln fester und härter und sein Brustkorb begänne sich zu wölben.

Vater las die Zeitungen gründlicher und angespannter als sonst, ereiferte sich über den Balkan, den Felix eine Zeitlang für einen Banditen hielt, bis ihm Mutter, die eher noch stiller geworden war, aufklärte: Es sei eine Gegend unten im Süden, am Meer, wo die Menschen ungezügelter lebten. Der einzige, der die Zeitungen anders las als Vater, den Siebzigerkrieg anders erlebt hatte als Sawitzki, war Onkel Jona. Die Hochstimmung schien ihn zu bekümmern. Felix fand kaum mehr Zeit, ihn zu besuchen, denn die Schulaufgaben nahmen ihn in Anspruch und die Kinder im Hof warteten. Auch sie bereiteten sich mit Holzsäbeln und Papierhelmen auf den Krieg vor. Es war vorauszusehen, daß es bald ernst werde.

Das meinte auch Jona.

Mutter hatte Felix gebeten, Jona ein Glas mit eingelegtem Fleisch zu bringen. Er mag es, sagte sie, und wer kümmert sich schon um ihn. Du gehst ihn auch kaum mehr besuchen. Und Papa kommt, seit die Herren Offiziere ganz versessen sind auf Galauniformen, nicht mehr zur Ruhe. Ständig sorgt er sich um die Lieferungen.

Mürrisch, versunken in sein Fett, hockt Jona auf dem Tisch, schaut kaum auf, als Felix ihn begrüßt und das Weckglas auf einer Truhe abstellt. Das schickt Mama. Auch die Gesellen ziehen verbissen die Nadel weiter durch den Stoff, nur das Bügelmädchen lächelt ihm zu.

Wie geht's in der Schule, Felix?

Ganz gut.

Unauffällig versucht er, sich zur Tür zurückzuziehen, zu verschwinden, doch Jona, dem nichts entgeht, legt die fast fertige Hose mit den roten Biesen zur Seite, fängt ihn mit einem Satz ein: Was macht der Krieg, Felix, wird es Krieg geben?

Wieso fragt er ihn das? Wie kann er das wissen, wenn nicht einmal Oberlehrer Sawitzki sich schlüssig ist. Das habe Seine Majestät zu entscheiden. Aber wäre es nicht ungehörig, würde er Jona zurückfragen: Bin ich der Kaiser?

Plötzlich wird Jona munter, reckt sich, seine Hände, frei von Nadel und Faden, fassen in die Luft, streicheln und schlagen sie.

Setz dich, mein Junge.

Felix könnte sich, wie früher, unter den Tisch verziehen, aber es reizt ihn, Jonas Unruhe und Wut zu beobachten. Er schiebt den grüngepolsterten Sessel, auf dem sonst die feinen Herren vor und nach der Anprobe Platz nehmen, neben den Tisch. Jona holt tief Luft, und schon beim ersten Satz weiß Felix, daß er nichts mehr wird sagen müssen. Daß es genügt, dem bekümmerten, in seinem Fett zürnenden Jona zuzuhören.

Nichts werd' ich dir erzählen vom Krieg, nichts von Helden, von Kanonen, von Tanks, von Ulanen. Was weiß ich, wann sie ihn anzetteln werden, ob morgen oder in einem halben Jahr. Ich weiß es sowenig wie du. Erzählen will ich dir vom Menschen, der sich vergißt. Immer, bis ans Ende unserer Tage wird es welche geben, die sich anmaßen, stärker zu sein als die andern und es erproben wollen; haben möchten sie, was sie nicht haben, beherrschen, was ihnen noch nicht gehört. Schau sie dir an, wie sie kommen und sich einkleiden, sich Litzen aufnähen lassen, Kragenspiegel, Achselklappen, wie sie sich schmücken.

Die Erregung riß Jona in die Knie. Es war vorauszusehen, daß er sich ganz aufrichten, auf dem Tisch stehen würde, das Hemd aus der Hose und die Hose unterm Bauch.

Felix starrte ihn ehrfürchtig an. Noch nie hatte er einen Erwachsenen so außer sich gesehen. Vater würde sich das nie gestatten, selbst wenn er gereizt wäre, würde er darauf achten, daß sein Anzug ordentlich sei, die Uhrkette sich nicht verwickle, er würde sich den Bart glattstreichen.

Die beiden Gesellen hatten aufgehört zu arbeiten. Das Mädchen stand, das schwere Eisen in der Hand, entgeistert mitten in der Werkstatt. Die breiten fleischigen Lippen Jonas spuckten unausgesprochene Wörter aus, und nachdem sie ein unendlich trauriger Seufzer geöffnet hatte, reckte sich Jona und stand auf dem Tisch. Er blickte über sie hinweg, durch die Hände hindurch, auf die Welt, die in ihrem Elend ausgebreitet vor ihm lag.

Sie beten! Onkel Jona nickte den beiden kurzen Wörtern mit höhnendem Einverständnis nach. Danach wurde er laut, sein Bauch begann, unter dem unordentlich geknöpften Hemd zu vibrieren. Ja, sie beten. Sie flehen. Sie flehen ihren Herrgott an, daß er sie siegen lasse und die Feinde verlieren. Was muten sie ihrem Gott alles zu. Ihre Kanonen soll er segnen, selbst in den Läufen der Pistolen soll sein guter Geist walten. Haben sie keine Feinde, denken sie sich welche aus. Sie reden nicht mit ihnen, nein, das wäre zu viel verlangt. Sie verhandeln. Aber das nur, um recht zu bekommen: Dies ist der Feind. Wir haben alles versucht, wir haben ihn fabelhaft in die Enge getrieben, so daß wir ihm jetzt nur noch den Krieg erklären können. Den Tod, den sie beschwören, brauchen sie nicht selber zu sterben. Sollte die falsche Kugel sie aber treffen, die feindliche Granate sie zerreißen, so ist dies ein ehrenwerter Tod, für den Kaiser, für das Reich, für das Vaterland.

Felix bekam eine Gänsehaut. Jona hatte den Kaiser beleidigt. Er tat es, ohne daß die Erde zu beben begann oder die Tür eingebrochen wurde, Gendarmen hereinstürzten, um Jona ins Gefängnis zu schleppen. Nichts geschah, außer daß das Bügelmädchen vor Aufregung schmatzte und einer der beiden Gesellen ein warnendes Na, na sagte.

Jonas Zorn hatte sich erschöpft. Der dicke Mann sank in sich zusammen, ging in den Schneidersitz, schneuzte sich in einen Ärmel, den er aus einem Bündel unfertiger Kleidungsstücke zog, faßte Felix ins Auge und stellte überraschend mild fest: Wenn's einen Krieg geben wird, mein Junge, und es wird einen geben, wirst du vielleicht an deinen Onkel denken. Geh heim, grüß deine lieben Eltern von mir, richte deinem Vater aus, daß der Oberst von Graevenitz – er kennt ihn schon – mit dem Uniformtuch nicht zufrieden war. Er besteht auf englischem, obwohl er den Briten Pech und Schwefel auf die Insel wünscht.

Felix war schon auf dem Weg zur Tür, als er hinzufügte: So ausführlich mußt du es deinem Papa wieder nicht erzählen.

Als er die Tür hinter sich zuzog, hörte er Jona ein letztes Mal: Was bin ich doch für ein Narr, seufzte er.

Felix richtete die Grüße Jonas aus, aber was er außerdem erfahren hatte, eine Rede des Propheten auf dem Schneidertisch, behielt er für sich. Sie wiederzugeben, traute er sich nicht zu, und außerdem fürchtete er, Jonas Ansichten könnten Vater aufregen und mißfallen.

Mit der Ankündigung des Krieges behielt Jona recht.

Tage nach dem Besuch bei Jona empfing Mutter ihn weinend, als er aus der Schule kam, der Erzherzog sei in Sarajevo einem Meuchelmord zum Opfer gefallen, und denk dir, seine arme Gemahlin ebenso, und Elena schilderte die Tat so anschaulich, als sei sie dabei gewesen, wie der Attentäter, eine Kreatur, sag ich dir, die Pistole hob und schoß und schoß, und das Blut aus der Uniformjacke des Thronfolgers quoll, sich über alles ergoß, über alle, auch über die arme schöne Frau, die neben ihm leblos in die Polster der Karosse sank, ach Kind, in welcher traurigen Welt müssen wir leben.

Elena irrte sich. Die Welt war zwar entsetzt und erschüttert, doch sie ließ es sich nicht nehmen, gleichzeitig zu feiern: Endlich war es soweit, endlich durften die Soldaten in die Schlacht ziehen.

Felix lernte in diesen Tagen ein neues Wort nach dem andern. Am häufigsten hörte er: Mobilmachung. Oberlehrer Sawitzki schmetterte es wie mit einer Trompete: das i zog er lang und siegesgewiß.

Das Wort wurde sichtbar, auf den Straßen, auf den Plätzen, in den Parks. Von ihm schien eine rätselhafte Kraft auszugehen. Anders konnte es sich Felix nicht erklären, als plötzlich in einem endlosen Zug Soldaten durch die Straßen marschierten, sich Frauen und Mädchen auch werktags anzogen, als ob es immer Sonntag wäre, Menschen sich in die Arme fielen, Unbekannte ihm über den Kopf streichelten und Sawitzki, Seine Majestät beschwörend, vor der Klasse in Tränen ausbrach. Die unerklärliche Macht erfaßte auch Felix. Er hoffte, der Krieg, der noch gar nicht ausgebrochen war und doch schon geführt wurde, werde eine ganze Ewigkeit dauern, so daß er auch noch eingezogen und möglichst schnell zum Offizier befördert werde.

Von Onkel Jona hielt er sich fern. Er war in dieser Zeit ein Spielverderber, hatte kein Verständnis für Heldentum.

Auch im Hof wurde mobil gemacht. Alle, selbst Grete, hatten sich gut ausgerüstet mit hölzernen Flinten, Säbeln und

Dolchen, und die sechs grünen Inseln schwammen nicht mehr friedlich nebeneinander, sondern erklärten sich gegenseitig den Krieg.

Er hatte sich gefreut, mit den Kindern in Sturmangriffen den Feind in die Flucht schlagen zu können.

Sie verdarben ihm alles.

Immer bestimmten sie ihn zum Feind.

Du mußt der Franzmann sein, befahl Helmut.

Spiel heut den Russen, drängte Grete.

Es half auch nicht, daß Vater ihm eine zu klein geratene Feldmütze schenkte. Er schneide nur auf, fanden sie, sie stehe ihm überhaupt nicht. Das große Glück, das seinen Brustkorb füllte, schrumpfte zu einem kleinen, drückenden Geschwür.

Er hatte bei Elena gebettelt, länger unten bleiben zu dürfen. Den andern wird es ja auch erlaubt, bitte. Sie stand groß und knochig in der Tür: Ach die, diese Schmutzfinken.

Bitte, Elena, ich helfe dir morgen auch beim Wäschemangeln.

Sie lacht, tritt zur Seite, greift ihm unters Kinn, krault ihn: Du bist ein kleiner Schlaumeier. Immer setzt du deinen Kopf durch.

Er rennt die Treppe hinunter, ein Ritter, ein Retter, sie warten auf ihn. Die Tür zum Hof steht offen.

Das Licht des frühen Sommerabends sinkt herunter und gerinnt zu einem honigfarbenen Quader. Er bleibt auf der Schwelle stehen, wartet, daß sie ihn rufen, sie scheren sich nicht um ihn, palavern, stecken die Köpfe zusammen. Er drückt sich die Mütze in die Stirn. Elena findet, so sehe er besonders mutig aus.

Kameraden! ruft er.

Nur Helmut schaut auf. Haben sie dich noch einmal runtergelassen? Dann kannst du ja den Russen spielen.

Am liebsten würde er kehrtmachen, sich in seinem Zimmer verschanzen. Aber sie dürfen ihn nicht kleinkriegen, seine Angst nicht merken.

Komm doch! Sie sehen ihm alle erwartungsvoll entgegen.

Er rührt sich nicht, wird steif, seine Beine wehren sich. Das Schwert in seiner Hand wird schwer. Wenn ich nur Hagen von Tronje wäre, denkt er, der hat sogar Siegfried getötet.

Willst du mitspielen? ruft Helmut, und Gertrud setzt ein spöttisches Oder nicht? nach. Er läuft auf sie zu, verläßt den Schutz der Mauer, entfernt sich von der Tür, durch die er fliehen könnte. Sie schließen ihn in einen Kreis ein, halten ihn gefangen, lachen.

Der Russ!

Ich bin kein Russ!

Doch!

Er wagt einen Schritt nach vorn. Der Kreis schließt sich enger um ihn.

Guckt ihn doch an, den Russ! Gleich heult er los.

Er wird es ihnen zeigen. Sie ahnen nicht, welche Kraft ihn treibt, welcher Haß, welche Wut. Er schließt die Augen, reißt den Säbel hoch und stürzt sich auf die lebende Wand. Sie ist warm, atmet, schlägt zurück, drückt ihn zu Boden, stürzt über ihn, boxt, kneift und hämmert gegen seinen Kopf. Dann zerrt ihn jemand hoch. Helmut haucht ihm ins Gesicht. Sein Atem riecht so sauer, als habe er eben gekotzt.

Ich bin kein Russ!

Wieder lachen sie.

Was bist du dann?

Ein deutscher Soldat.

Sie können sich gar nicht beruhigen. Einer reißt ihm das Schwert aus der Hand. Helmut packt ihn am Hemd und redet in seine Augen hinein: Das kannst du gar nicht sein, du nicht.

Warum nicht?

Weil du ein Jud bist.

Helmut schüttelt ihn im Hemd hin und her. Ein Jud bleibt ein Jud.

Die Häuserwände reden mit, werfen sich das Wort zu: Ein Jud, ein Jud.

Vielleicht wächst er plötzlich über sich hinaus, geht einfach ruhig weg, vielleicht stürmt ein fremder Ritter den Hof, befreit ihn und schlägt die anderen nieder. Nichts geschieht. Nicht einmal Elena wird durch das Geschrei alarmiert und kommt auf den Balkon.

Sie sagen, er sei ein Jud.

Grete kreischt: Zeig dein Schwänzel. Den Juden schneiden sie ein Stück vom Schwänzel ab. Zeig's!

Er geht in die Hocke, kauert sich zusammen, schützt sich. Sie dürfen ihn nicht weinen sehen.

Mach schon! Helmut zerrt an ihm.

Willst du nicht?

Nein.

Er macht den Buckel krumm, legt die Hände schützend um den Hinterkopf.

Es wird still. Er hört erst Geflüster, dann trabende Schritte. Sie laufen weg, denkt er, sie haben genug, sie haben es nicht geschafft. Ich bin stärker als sie.

Über ihm wird eine Männerstimme laut.

Was ist los, Felix, was haben die mit dir angestellt? Übertreibt ihr nicht ein bißchen?

Es ist der Hausmeister. Kein Held, kein Ritter. Vorsichtig, denn die gespannte Haut könnte reißen, taucht er unter dem Arm des Mannes weg, läuft. Im Gras liegt sein Schwert. Er hebt es nicht auf.

Elena öffnet ihm, erschrickt: Was haben sie mit dir angestellt?

Nichts, sagt er, und seine Stimme springt hoch. Das ist so im Krieg.

Geh dich waschen, zieh dich um und komm danach zum Abendbrot!

Er wünscht sich, daß sie ihn in die Arme nehme, aber sie murmelt nur: Diese dummen Kinder.

Er nimmt sich vor, mit niemandem darüber zu sprechen, diese Demütigung zu verschweigen. Später, viel später könnte er sich bei Jona erkundigen, weshalb ein Jude kein deutscher Soldat sein kann.

Den Tag darauf, am 1. August 1914, erklärte der Kaiser Rußland den Krieg.

## 4
## *Die falsche Adresse*

Zum ersten Mal spürte er die Bewegung von Zeit, spürte, wie etwas vergangen ist, sich in seiner Erinnerung allmählich auflöste, der Schmerz sich verlor. Er mied den Hof, obwohl er sich nach seinem Platz sehnte. Wenn er eines der Kinder im Treppenhaus traf oder auf der Straße, dann wich er aus.

Der Krieg ging ins zweite Jahr; er kam in die dritte Klasse. Streng dich an, wachsen mußt du, Jungchen, flehte Elena ihn an.

Und Tag für Tag brachte der Krieg ihnen neue Namen bei. Oberlehrer Sawitzki schrieb sie an die Tafel. In Tannenberg hatte Hindenburg die russische Armee unter Samsonow geschlagen, am Skagerrak traf die deutsche auf die englische Flotte, und bei Verdun und an der Somme gruben sich die Soldaten ein. Er schrieb auch Gerald Venzmer in großen Buchstaben hin und setzte ein Kreuz dahinter. Venzmer, unser junger und vielversprechender Kollege, wie Sawitzki, mit dem Stock auf den Namen einschlagend, erklärte, hatte sich freiwillig gemeldet. Er war an der Somme gefallen und nun ein Held. Sawitzki konnte mit seinen achtundfünfzig Jahren vorläufig noch keiner werden, was er bedauerte. Aber auch in der Heimat müssen wir unseren Mann stehen. Felix belustigte dieser Ausdruck. Wie wollte Sawitzki einen Mann stellen, der er anscheinend selber gar nicht war? Vielleicht machte diese Verdoppelung die Heimatfront besonders stark.

Jona, der überraschend an einem Abend erschien, um sich endlich mal wieder satt zu essen und für ein paar Stunden auf einem ordentlichen Stuhl zu sitzen, hielt, zu Vaters Ärger, von Helden nichts, nannte Ludendorff einen Bramarbas, was er nicht weiter erklärte, und hielt die Soldaten an der Somme allesamt für arme Schweine.

Felix traute sich nicht, ihm zu widersprechen. Er wußte es nicht zuletzt durch die Bilder und Geschichten in der *Berliner Illustrirten*, die Vater abonniert hielt, besser.

Ich bitte dich, Jona, rede vor dem Jungen keinen solchen Unsinn.

Jona aber ließ sich nicht zurechtweisen, blieb standhaft, schnaufte, tupfte sich mit der Serviette das dreifache Kinn, blies Felix ins Gesicht und sagte: Na, wie sieht's aus, Felix, wann werden wir die Welt besiegt haben?

Felix schämte sich für Jona. Er fand ihn dumm und unmännlich, und er wunderte sich, warum er Jona trotz allem gern hatte.

Laß ihn, sagte Mutter.

Doch da hatten sie sich schon wieder von ihm entfernt, waren weit weg. Er saß neben ihnen und war nicht anwesend. Sie hatten keine Ahnung, wer er wirklich war und von dem, was ihn beschäftigte, wovon er träumte. Die Eltern hätten ihn nicht verstanden. Und wer, außer Jona, hätte ihn trösten können, als ihn die Hofkinder verspottet hatten.

Jona ging in die Synagoge, Papa nicht. Dein lieber Vater ist aufgeklärt, hatte Jona einmal auf seinem Schneidertisch zum besten gegeben, was weiß ich, wovon. Er muß es wissen. Danach hatte er Felix von einem Mann namens Herzl erzählt, der für die Juden einen Staat gründen wolle, wie es Bismarck für die Deutschen getan hatte.

Vergiß dich nicht, rief ihm Elena neuerdings nach, wenn er, nach den Aufgaben, schon träumend, die Wohnungstür hinter sich zuwarf. Sich vergaß er nicht, nein, aber alle andern.

Ich geh spielen. Ich habe einen neuen Freund, einen Schulkameraden. Den erfand er den Eltern und Elena zuliebe. Und sie gaben sich mit seinen Auskünften zufrieden. Er heiße Arthur Legal, wohne am Neuen Markt.

Endlich gebe er sich mit Kindern aus der Schule ab. Ob dieser Arthur zu ihm in die Klasse gehe?

Nein, in die vierte. Das ist nicht gelogen. Nur hat er nie ein Wort mit Arthur gewechselt, denkt auch nicht daran, denn er gehört zu den Großen, die ohne Mühe in die Uniform hineinwachsen werden.

Bring ihn doch mal mit, Felix.

Wenn er will. Er weiß ja im voraus, daß er nicht will.

Bricht er auf, folgt er erst einmal der Spur seiner Lüge. Vielleicht könnte ihm Elena, neugierig und zweifelnd, nachspüren. Es ist nicht weit zum Neuen Markt, vorbei an der Post oder durch die Albuss-Straße. Er rennt; auch wenn ihn kein Freund erwartet, kommt er an. Jetzt, jetzt würde ihn keiner mehr kennen. Ihm gehört die Stadt, er beherrscht sie, überschaut sie, weiß mehr von ihr als jeder, er kann sie nach seiner Laune beleben. Er wächst, wächst über die Köpfe der Passanten, blickt in Fenster, bleibt doch für alle unsichtbar. Dabei muß er flink sein und wachsam, um nicht aufzufallen, was ihm anfangs passierte; er rempelte Leute an, wurde zurechtgewiesen oder jemand tippte ihm auf die Schulter, weil er mit sich selber sprach.

Seine Stimme tönt laut in seinem Kopf und was sie befiehlt, geschieht. Er sieht die Wolken über der Oder, schwer, ein graues Geschwader und weiß, daß es gleich in tollkühnem Sturzflug, wie Richthofens Flieger, auf ihn zurasen wird. Der rote Freiherr kennt ihn, winkt ihm zu; danach schlendert er am Oderufer entlang, setzt sich neben die Angler, läßt die Beine baumeln, hat, ohne Zutun, plötzlich eine Angelrute in den Händen, an der es schon reißt. Er zieht einen Fisch heraus, prächtiger als alle, die er bisher auf dem Markt gesehen hat, in Regenbogenfarben schillernd und in seinen Augen spiegelt sich die Häuserzeile am Ufer. Wenn er will, kann er Truppen aufmarschieren, einen General einsam durch die leere Schweidnitzer Straße reiten lassen, einen, der Ludendorff gleicht. Oder er läßt Jan, Wilhelm, Grete, die anderen Hofkinder in einer Reihe antreten und jagt Hunde auf sie. Schön ist es, einen bunten, riesigen Ballon über der Stadt aufsteigen zu sehen. Manchmal gelingt es ihm, sich in den schwingenden Korb darunter zu denken, manchmal wird ihm schon beim Denken daran schwindlig.

Wenn ich ihn, in seine Phantasien verstrickt und glücklich durch die Stadt schicke, mir ausdenke, was er sich ausdenkt, habe ich eine Szene vor Augen, die nichts mit ihm zu tun hat, sich viel später ereignete und die ich dennoch mit ihm verbinde.

Wir sind 1942 nach Olmütz gezogen. Mein Vater glaubte, dort als Rechtsanwalt unangefochtener arbeiten zu können. Gasse für Gasse probiere ich die mir noch fremde Stadt aus. Ich sitze auf einer bröckelnden Mauer, die einen alten, schon fast ausgetrockneten Flußarm säumt.

Die beiden kommen auf mich zu. Zwei Jungen, etwas jünger als ich. So, wie sie gehen, aneinandergedrängt, sich an den Händen haltend, vorsichtig Schritt vor Schritt setzend, habe ich nichts von ihnen zu befürchten. Auf den zu großen Jacken, links an der Brust, tragen sie gelbe Sterne.

Ich hatte, als sie mit gesenkten Köpfen an mir vorbeigingen, nicht aufschauten, das Gefühl, sie hätten sich unerlaubt in meine Welt verlaufen. Erst Tage danach erzählte ich meiner Mutter von dieser Begegnung. Sie hörte mir zu, ohne mich zu unterbrechen, und verließ, kaum war ich fertig, das Zimmer. Nie hat sie mir ihre Trauer erklärt.

Daß Felix aufs Gymnasium kommen würde, stand fest. In der vierten Klasse erwarb er sich endgültig den Ruf, besonders gescheit zu sein. Selbst Vater war nun überzeugt, daß er es zu etwas brächte, und da man nie wissen konnte, wie sich die Zeiten entwickeln, wie lang der Krieg noch dauern und wie der Frieden sein werde, hatte er für Felix schon den Beruf gewählt. Er solle Jura studieren und Richter oder Anwalt werden, was Felix allerdings noch wenig beschäftigte, denn in der vierten Klasse entdeckte er – und hier deutete sich eine vielversprechende Zukunft an –, daß er Mädchen gefiel.

Sophie war die erste. Nicht immer endete der Unterricht für die Mädchenklassen zur gleichen Zeit wie für die Jungen. An diesem Tag war's der Fall. Sie stellte sich ihm in den Weg, hielt ihn mit einem geflüsterten: Na, Felix? auf. Auch sie überragte ihn um einen halben Kopf, doch – und das nahm er geschmeichelt zur Kenntnis – ging sie ihm zuliebe unmerklich in die Knie. Sie hatte die helle, durchscheinende Sommersprossenhaut Rothaariger und ihre Arme quollen wie geschnürte Würste aus den kurzen Puffärmeln ihres Schulkleids.

Was is'n? fragte er und kam sich albern vor.

Eigentlich nichts.

Da auch Sophie sichtlich nicht wußte, wie es weitergehen sollte und ihre Ratlosigkeit Felix wiederum stärkte, entschloß er sich zu handeln: Soll ich dich nach Hause begleiten?

Sie strahlte ihn dankbar an.

Willste?

Ja.

Wir wohnen nicht weit von hier.

Sie wußte über ihn Bescheid, hatte sich nach ihm erkundigt. Ehe sie gemeinsam loszogen, blickte er sich nach den Kameraden um, genoß es, sie verblüfft und blöde dastehen zu sehen. Diese Aufschneider, die ständig angaben. Jetzt machte er es ihnen vor.

Sophie hüpfte neben ihm her, plapperte. Im Grunde gefiel sie ihm gar nicht. Als sie in den folgenden Tagen kühner wurde, ihn ab und zu knuffte und zwickte, nahm er sich vor, sie so bald wie möglich gegen eine ihrer Freundinnen auszutauschen. Das gelang ihm, ein fliegender Wechsel. Er ließ Sophie schlicht und einfach stehen, widmete sich Carola, die nicht aus dem Mund roch, deren schönes braunes Haar nicht, wie das Sophies, zu Zöpfen geflochten war, sondern offen und in Wellen bis auf die Schultern fiel und die auch alle Bücher, die er ihr nannte, gleich las, wozu Sophie nie die Lust hatte.

Carola wurde von Hertha verdrängt, die über einen Schuppen im Hof des elterlichen Hauses verfügte; dort verbrachten sie aufregende Nachmittage. Hertha war unersättlich, wenn es darum ging, sich vom Doktor untersuchen zu lassen. Anfänglich war er ein höchst skrupulöser, doch dann ein überaus gewissenhafter Arzt. Sie war auch die erste, die er küßte. Sie wusch sich, was er bei seinen ärztlichen Erkundungen feststellen konnte, offenbar nur selten. Eine Zeitlang war er der festen Überzeugung, Hertha zu lieben und versprach ihr fest, sie später zu heiraten. Was sich als voreilig erwies, denn bald darauf entdeckte er Irina oder sie ihn. Sie hielt nichts von medizinischen Spielen, sondern genoß es, wenn er ihr auf einer Bank im Scheitniger Park vorlas. Besonders gefiel ihr *Sigismund Rüstig*. Felix kam jedoch nur bis zum fünften Kapitel, dann wurde er von einer Leidenschaft erfaßt, die – und das kränkte ihn nach den günstigen Erfahrungen der vergangenen Monate – nicht erwidert wurde. Sie galt Theresia Konnert, die ihm schöner und ernsthafter schien als alle zuvor. Weshalb sie ihm nicht schon früher aufgefallen war, wußte er nicht. Vielleicht war er erst durch die Vorgängerinnen fähig geworden, zu vergleichen und die wahre Schönheit zu erkennen.

Er hielt sich in den Pausen stets in ihrer Nähe auf.

Er folgte ihr auf dem Heimweg.

Er schickte Gedanken aus, hoffte, sie würde sie fühlen.

Er träumte von ihr.

Sie jedoch nahm ihn nicht wahr.

Die unerfüllte Liebe setzte ihm zu.

Fehlt dir etwas, Felix, fragte die Mutter, du bist so blaß? Lies abends nicht zu lang! warnte Elena. Und sogar Vater ermahnte ihn, es mit dem Lernen nicht zu übertreiben.

Als alle Welt sich über den gewaltsamen Tod Rasputins erregte, Onkel Jona von Barbusse und seinem gewaltigen Roman *Das Feuer* schwärmte – du wirst ihn lesen müssen, Felix, du wirst ihn lesen! –, als der Winter sich ankündigte, der dritte Kriegswinter, und als Theresia nach den Herbstferien weiter keine Notiz von ihm nahm, hielt er es nicht mehr aus. Er sprach sie an, so wie er es von Sophie gelernt hatte: Kann ich dich nach Hause begleiten?

Theresia blieb nicht einmal stehen, um ihr Nein loszuwerden.

Zum ersten Mal kam er zu spät zum Mittagessen, nahm, ohne sich zu entschuldigen, Platz, doch Vater brauste nicht auf, wie er es erwartet hatte, sondern mahnte nur, nach einem prüfenden Blick, das nicht zur Gewohnheit werden zu lassen. Theresias Nein fraß sich in seinen Kopf, lähmte seine Phantasie.

Vergeblich versuchte er wie sonst, mit der Stadt zu spielen. Er wurde Theresia nicht los. Jeder Gedanke lief auf sie zu.

Geh weg, bat er sie, laß mich in Ruhe.

Es war so, als bewohnte sie ihn.

Sawitzki setzte ihn in die erste Bank. Mit ihm stimme etwas nicht. Dauernd sei er mit seinen Gedanken abwesend und die Leistungen ließen bedenklich nach. Reiß dich zusammen, Felix. Nimm dir unsere Helden im Feld zum Vorbild.

Dazu war er ja bereit. Nur gelang es ihm nicht mehr. Im Gegenteil. Wann immer er in der Zeitung von den Kämpfen bei Douaumont oder um den Hartmannsweilerkopf las, sah er eine schwarzumrandete Anzeige, die den Heldentod von Felix Guttmann bekanntgab. Er trauerte um sich, dachte voller Mitleid an die Eltern und an Jona, vergaß sogar für einige Augenblicke Theresia, bis ihm einfiel, daß sie dann vielleicht bereuen würde, ihn, der sein Leben für Kaiser und Vaterland opferte, abgewiesen zu haben.

Selbst der eingebildete Tod half ihm nicht. Er mußte Theresia ihrer Schönheit und Unnahbarkeit berauben. Sie ist eine blöde Gans, redete er sich ein, eine blöde, eingebildete Gans.

Doch er glaubte nicht, wozu er sich zu denken zwang.

Während einer der üblichen Ruhestunden auf dem Balkon kam ihm der rettende Einfall. Im Hof kreischte Grete. Sie würde seine Liebe nicht verstehen, nie begreifen, wie sie Kopf und Leib in Beschlag nimmt, einen allmählich verrückt macht. Grete würde mich auslachen, dachte er, Theresia bestimmt nicht. Sie ahnte ja nichts von seinen Leiden. Vielleicht sollte er ihr einen Brief schreiben, vielleicht verstünde sie ihn dann.

Er schrieb in einem Zug. Die Sätze waren schon da, oft gedacht, gesagt.

Liebe Theresia! Ich schreibe Dir, weil Du nicht mit mir reden willst. Du brauchst mir nicht zu antworten, aber ich freue mich, wenn Du es tust.

Du bist sehr schön und Du gefällst mir. Ich denke immer an Dich. Ich liebe Dich. Das ist wahr. Weißt Du das? Mehr kann ich Dir nicht schreiben. Wenn Du willst, begleite ich Dich übermorgen nach Hause.

Dein Felix.

Er fand keinen Umschlag, traute sich nicht, Elena oder die Eltern um einen zu bitten, also schrieb er Theresias Adresse auf die Rückseite des Blattes und faltete es zusammen. Wo sie wohnte, wußte er.

Es eilte, und er eilte. Sie mußte den Brief gleich bekommen, gleich lesen.

Plötzlich stieg der Himmel wieder hoch, ein wunderbares Zeltdach, unter dem Musik tönte, Licht rann über die Fassaden und die Fußgänger lachten ihm freundlich ins Gesicht. Gegenüber dem Haus, in dem Theresia wohnte, hielt er, außer Atem an. Seine Blicke sprangen von Fenster zu Fenster. Er wünschte, sie würde aus einem herausschauen und fürchtete es zugleich. Er hüpfte über die Straße, suchte nach ihrem Briefkasten, las: Dr. Herbert Thalmann, warf den Brief ein und hätte ihn, kaum war er im Kasten, am liebsten wieder herausgefischt.

Theresia blieb in den nächsten Tagen wie sie war, stolzierte an ihm vorüber, ohne ihm einen Blick zuzuwerfen. Ihr unveränderter Hochmut brachte Felix vollends aus der Fassung. Er überhäufte sie in Tagträumen mit Flüchen, verschleppte sie in eine Felsenhöhle, fesselte sie mit Eisenketten an einen Stein, und drückte ihr bleiches, steinernes Gesicht in eine Wasserlache.

Vor weiteren Untaten bewahrte ihn der Vater. Felix hatte sich, nach der Ruhestunde, in sein Zimmer eingeschlossen. Elena mochte das nicht. Es sei eine Unart, wer weiß, was er hinter der verschlossenen Tür alles treibe.

Er lag bäuchlings auf dem Fußboden, malte nach einer Vorlage eine Insel, auf die es ihn, er hatte das Elternhaus heimlich verlassen, verschlug, einziger Überlebender eines Schiffbruchs. Dort lebte er mit Theresia, seinem Freitag.

Er radierte, zog die Linien neu, war so vertieft, daß er das Klopfen an der Tür nicht hörte.

Schläfst du, Felix?

Nein, Elena.

Dein Vater möchte dich sprechen. Du sollst zu ihm ins Herrenzimmer kommen. Sofort, bitte.

Das war ganz und gar ungewöhnlich. Um diese Zeit war Vater sonst im Laden und das Herrenzimmer benutzte er neuerdings als Lager, da er die englischen Stoffe für den Frieden aufsparen wollte.

Manchmal, wenn er sich in die Enge gedrängt sieht, hat er das Gefühl, blind in sich herumzurennen, wie in einem Gefängnis. Immer wieder gegen sich selbst zu stoßen.

Gleich, Elena?

Ja.

Nachdenklich betrachtet er seine Insel, auf der er sich jetzt nicht mehr festsetzen kann.

Elena mustert ihn, als wäre er tatsächlich von einer langen Reise heimgekehrt. Dann schubst sie ihn vor sich her, streichelt ihm gleichzeitig den Rücken, um ihn zu trösten.

Ist was Schlimmes? Ist Papa zornig?

Ich weiß nicht. Auch wenn sie wüßte, was vorgefallen ist, würde sie ihm nichts verraten, würde nur im Vorzimmer und auf der Schwelle zum Herrenzimmer sanft werden, ratlos aus Mitleid.

Bring es hinter dich. Sie küßt ihn auf die Stirn und drückt mit der Schulter die angelehnte Tür auf. Er tritt in ein Bild, an das er sich erinnert, das er in einem andern Leben gesehen hat, oder das er voraussah und immer schon kannte. Die Vorhänge sind nur zu einem Spalt aufgezogen, so daß ein Lichtstreif das abgedunkelte Zimmer in zwei Hälften zerschneidet. In der einen türmen sich in und auf Stellagen Tuchballen bis knapp unter die Decke und verströmen einen Geruch, der an Holz erinnert, das ein warmer Wind trocknet. In der andern erkennt er immer deutlicher seinen Vater hinter dem kleinen Schreibtisch, den er seit langem schon nicht mehr benützt und auf dem in Bündeln alte Lieferscheine liegen. Fremd und unnahbar sitzt er da, bewegt seinen Oberkörper hin und her, als bete er wie Jona in der Synagoge; beugt sich nach vorn, taucht seinen Kopf in den Lichtstreif, die Brillengläser blitzen auf, die Stirn wird noch höher und der die Backen bedeckende, bis zur Brust reichende Vollbart schwärzer und üppiger. Nur die unruhigen Lippen springen feucht glänzend daraus hervor, Lippen, die darauf warten, abgetupft zu werden von einem Taschentuch oder einer Serviette.

Tritt näher, Felix. Diese Stimme ist ihm vertraut; jetzt aber weist sie ihn ab. Laß dich nicht bitten.

Er steht einen Schritt vor dem Tisch. Vater hat aufgehört, sich zu wiegen, greift in die Jackentasche und zieht ein zerknülltes Papier heraus, hält es hoch. Kennst du das, weißt du, was ich dir zeige?

Er weiß es nur zu gut. Doch es ist nicht mehr der Brief, den er geschrieben, es sind nicht mehr die Wörter, die Sätze, die er gedacht hat. Sie haben ihr Geheimnis verloren.

Ja.

Stammt dieses Elaborat von dir, Felix?

Ja, Papa.

Schämst du dich nicht?

Das war eine verdrehte Frage. Wieso schämte sich Vater nicht oder dieser Dr. Thalmann. Warum bestimmten die Erwachsenen darüber, wer sich zu schämen habe oder nicht. Weshalb nahmen sie die Liebe für sich in Anspruch?

Diese Gedanken machten ihn traurig, und er vergaß zu antworten.

Nun Felix, ich habe dich etwas gefragt?

Da er sich nicht für sich schämte, sondern für Vater und Dr. Thalmann, da jeder Satz in seinem Brief den Sinn verloren hatte, er Theresia nicht mehr liebte, sich geschlagen und verlassen fühlte, konnte er Vater nicht erwidern, ohne zu lügen. Das wollte er nicht. So sah er auf seine Hände, die sich wie von selbst falteten und schwieg. Bis Vater zu sprechen begann in einem ihn erschreckenden, anklagenden Ton.

Verstockt bist du auch noch. Soll ich es anders erwarten? Nach alledem? Gehütet haben wir dich, wir haben uns um dich gesorgt, dir beigebracht, den andern zu respektieren, auf Anstand zu achten. Und du? Was muß in deinem Kopf vorgehen, wie armselig muß es um deine Seele bestellt sein.

Vater war aufgesprungen, schlug zornig auf die Tischplatte, Felix hörte nicht hin. Es war zwecklos. Vater begriff ihn nicht, ebensowenig Mutter und Elena, sonst hätten sie ihm beigestanden und Vater davor bewahrt, schlecht und falsch von ihm zu denken und sich von diesem Dr. Thalmann aufwiegeln zu lassen.

Ihn ärgerte nur, daß alles wegen Theresia geschah. Er hatte sich in ihr getäuscht, sie war eine dumme Gans, und er hatte es zu spät gemerkt.

Hörst du überhaupt zu, Felix?

Ja.

Als Felix zu Vater wieder hochsah, nahm der die Brille ab, rieb sich mit Daumen und Zeigefinger die Nasenwurzel. Ohne Strafe kann das nicht ausgehen, sagte er mehr zu sich selber und überraschte Felix damit, daß er ihm plötzlich den Rücken zukehrte: Du bleibst für die nächsten zwei Wochen nach dem Schulunterricht in deinem Zimmer. Hast du mich verstanden?

Ja.

Dann geh.

Er hoffte, Vater würde sich ihm wieder zuwenden. Das tat er nicht. Dennoch hatte er das Gefühl, daß er ihm, als er hinausschlich, über die Schulter nachsah.

Die Verbannung aufs Zimmer war keine Strafe. Der Winter drückte ein eisiges Grau gegen die Scheiben. Elena schob, um der Kälte zuvorzukommen, Polster zwischen die Doppelfenster, zog ihn, wann immer sie ins Zimmer kam, an sich, entschuldigte sich, daß sie das Öfelchen nicht anheizen könne, daran sei der Krieg schuld, er müsse sich eben Pullover überziehen. Er überließ sich der Fliehkraft seiner Phantasie. Es genügte, daß er die Augen schloß. Schon hatte er das Zimmer verlassen und landete auf einer Bühne, von Applaus begrüßt, erzählte, spielte und die Kulissen, zwischen denen er hin- und herlief, waren nicht aus Holz und Pappe, sondern echt: Richtige Straßen, Plätze, auf denen Kutschen und Autos fuhren, die Häuser waren bewohnt, man hörte Menschen miteinander sprechen, streiten, abends gingen Lichter an, oder er rannte über eine Wiese auf einen Wald zu, der sich hoch und dunkel auf die Bühne schob. Er begegnete Leuten, die er kannte, Figuren, von denen er gelesen, gehört hatte und stellte sie dem Publikum vor. Auch die Eltern, Elena und vor allem Jona, der mit lustigen Ansprachen beinahe so viel Erfolg hatte wie er. Und immer, gegen Schluß der Vorstellung, wenn er sich erschöpft fühlte und Zeit zum Abendessen war, wenn die Häuser in einen undeutlichen Hintergrund zurückwichen, die Wiesen klein und die Stimmen der Mitspieler leise wurden, erschien, von ihm sehnlich herbeigewünscht, ein sehr dünner Mann, dem das Pech an den Fersen klebte. Er fiel in Gruben, tauchte schmutzüberzogen wieder auf, fügte Drähte zusammen und bekam einen fürchterlichen elektrischen Schlag, lief Banditen über den Weg, wurde von ihnen verprügelt, stieg, um zu fliehen, auf ein Pferd, stürzte hinunter und lag auf dem Rücken, zappelnd wie ein Käfer – dies ist, verehrtes Publikum, rief dann eine Stimme glücklich in ihm, kein geringerer als Herr Dr. Herbert Thalmann.

Nach den beiden Strafwochen eilte Felix zu Jona, der kein Wort über den Brief verlor. Stolz und vergnügt zeigte er auf ein Klavier. Ein Kunde hat es mir überlassen. Da staunst du! Er hat nicht zahlen können und spielen kann er auch nicht. Also wird es ihm nicht fehlen.

Kannst du es denn, Onkel Jona?

Ein wenig.

Und um es zu beweisen, setzte sich Jona an das Instrument. Ein Finger genügte ihm, um eine Melodie zu spielen.

Weißt du, was das ist?

Felix war neben Jona getreten, lehnte sich gegen ihn, lauschte auf das Rasseln und Brummen in dem gewaltigen Leib.

Nein, das kenne ich nicht.

Es ist ein schönes Lied. Von einem großen Musiker. Johann Sebastian Bach. Er hat es sich für seine Liebste ausgedacht, und es geht so. Wieder hämmerte er mit einem Finger auf die Tasten. Und sang dazu: Willst du dein Herz mir schenken, so fang es heimlich an.

## 5
## *Eine Veränderung*

Der Aufstieg begann mit einer Auszeichnung. Sawitzki hatte Felix vor die Klasse gerufen, ihn zu einer seiner Freuden in großer und schwerer Zeit erklärt, eine Weile seine rechte Hand auf seinem Kopf ruhen lassen und ihm fürs Gymnasium Erfolg gewünscht. Danach, in einer Ansprache, der auch der Direktor zuhörte, verlor er den Boden unter den Füßen und seine Zöglinge aus den Augen.

Felix fiel der Abschied nicht schwer. Einige der Klassenkameraden würde er auf dem Gymnasium wiedersehen. Sie würden ihm dort so wenig bedeuten wie hier. Manche von ihnen hatten sich sogar um seine Freundschaft bemüht, doch etwas lauerte in ihm, blieb wachsam. Und dem allem wollte er zuvorkommen. Er überquerte den Schulhof. Es nieselte. Unter den Kastanienbäumen drängten sich Schüler, Schutz vor dem Regen suchend. Ihr fröhliches Geschrei stieß ihn durchs Tor nach draußen. Dort überraschte ihn Vater. Nie, nicht ein einziges Mal hatte er ihn zur Schule gebracht oder nach dem Unterricht abgeholt. Es wäre ihm auch peinlich gewesen. Der kleine Felix findet ohne seinen Papa nicht nach Hause, hätten sie gespottet.

Vater lächelte ihm zu, klopfte gegen den Ranzen, sagte: Ich habe eine Überraschung für dich, zur Feier des Tages. Danach schwieg er, der bärtige Riese, der einen Schritt brauchte, wenn Felix drei machte. Wohin führte er ihn? Ins Theatercafé, wo er sich einmal in der Woche mit Freunden traf? Oder wollte er mit ihm gemeinsam zum Essen gehen, in den Schlesischen Hof, in den er Geschäftsfreunde ausführte? Doch als sie in die Schweidnitzer Straße einbogen, wußte er, daß sie auf dem Weg zu Jona waren und er fragte sich, welche Überraschung ihn dort erwarten würde.

Jona empfängt sie schwitzend, aufgeregt, reißt Felix an sich, drückt seinen Bauch weich gegen sein Gesicht, gratuliert ihm:

Es ist ein Abschnitt, Junge, schon ein Stück Leben. Nach dieser aufwendigen Begrüßung faßt er sich, tritt zurück, er hat Felix zu Ehren sogar ein Jackett angezogen, als bediene er einen Kunden.

Der ist er auch. Die beiden Männer begleiten ihn in die Schneiderstube, wo ihn die beiden Gesellen und das Bügelmädchen im Chor mit einem *Herzlichen Glückwunsch* empfangen; Jona packt ihn am Arm, geleitet ihn zum gepolsterten Stuhl, drückt ihn hinein, deutet auf das Tischchen, auf dem ein dunkelblaues Tuch ausgebreitet liegt und erklärt feierlich: Sieh dir das an. Aus Manchester. Aus den Vorräten deines lieben Vaters. Daraus soll dein erster Anzug werden.

Er sieht das Tuch, Jonas Bauch, Vaters Beine und ist sich unschlüssig: Soll er aufspringen, sich bei Vater bedanken? Oder soll er warten? Er zieht es vor, beglückt und demütig sitzen zu bleiben.

Was Jona nicht duldet. Erheb dich, fordert er Felix auf. Ich möchte Maß nehmen. Während er vom Stuhl rutscht, bedankt er sich: Danke Papa! Danke Onkel Jona!

Vater setzt sich auf den Kundenstuhl und Jona legt das Meterband an: Ein bißchen in die Höhe schießen solltest du schon noch können.

Felix wuchs in den Anzug hinein, nur zögernd, und zögernd wieder aus ihm hinaus.

Als die Hosenbeine und die Ärmel dann zu kurz waren und Mutter zum ersten Mal den Ellenbogen stopfen mußte, war er sechzehn, ging in die Obertertia und nahm bereits fünf Jahre Klavierunterricht. Der Krieg war seit vier Jahren zu Ende.

Alles, was sich in der Zwischenzeit ereignet hatte, Veränderungen, Schrecken, rannte in Sätzen durch seinen Kopf. Ständig hatten sie geredet, Jona, die Lehrer, Mutter, Elena, mitunter auch Vater:

Es sind die Tanks, die Tanks. Was für ein entsetzliches Gemetzel. Habt ihr es schon gehört, Amerika hat uns den

Krieg erklärt. Zwei Stunden habe ich gestern ums Brot anstehen müssen. Welche Einfälle muß unsereiner haben, um die Rüben immer neu zuzubereiten. Auch an der Marnefront haben sie sich zurückziehen müssen. Ein schlimmes Ende wird es nehmen, sag ich euch. Was hältst du von Michaelis, den der Kaiser abgesetzt hat? Wie soll es, in diesem Schlamassel, der Graf Hertling besser machen? Rosa Luxemburg soll kommen und reden, hab ich in der Stadt gehört. In Berlin, in Leipzig, überall im Reich sollen die Arbeiter gegen den Krieg streiken, auch bei uns. Wenn Ludendorff das Ruder in die Hand nimmt, wird sich noch alles zum Guten wenden. Wie kannst du noch an ihn glauben, Leo? Es ist soweit, ich hab es euch mitgebracht, hier, schwarz auf weiß auf einem Extrablatt, der Kaiser hat abgedankt, Ebert ist Reichskanzler, Scheidemann hat in Berlin die Republik ausgerufen. Die Republik? Was ist das? Ich weiß nicht, Lina, wie lange wir uns noch werden halten können in dieser Wohnung, die Geschäfte gehen schlecht.

Felix hat viel gelernt. Wie der Kaiser es geschehen ließ, daß seine Untertanen den Krieg verloren, und wie diese dann rebellierten. Wie die Rebellion scheiterte. Wie die Lehrer auf dem Gymnasium, denen die Niederlage die Sprache verschlagen hatte, wieder redeten, als rüste seine Majestät schon zur Heimkehr. Felix hörte zu, mischte sich nie ein. Er mußte sich nicht klein machen, um nicht aufzufallen. Dennoch ließ er sich von der Zeit, die Jona »neu« und Vater »entsetzlich« nannte, mitreißen. Lebte auf, lebte mit, ging in Konzerte, las, begeisterte sich mit Jona an Heinrich Manns *Untertan,* erklärte Elena, die aus dem Kopfschütteln nicht mehr herauskam, die Bestimmungen des Versailler Vertrags und sammelte in der Schule gute Noten.

Die ewige Unruhe, die Mutter beklagte, hatte es mit sich gebracht, daß beim Mittagessen nicht mehr geschwiegen wurde. So gelang es Vater, ihnen allen die unumgängliche Veränderung beizubringen.

Na, Felix, welches Buch beschäftigt dich denn zur Zeit am meisten?

Die Frage verwirrte Felix. Vater hatte sich noch nie für seine Bücher interessiert, sie, im Gegenteil, für überflüssig gehalten. Sollte er ehrlich Auskunft geben und tatsächlich das Buch nennen, das ihn seit Tagen fesselte?

Liest du nicht mehr?

Doch.

Na was?

Weißt du – eine Sammlung von Gedichten, *Menschheitsdämmerung.*

Menschheitsdämmerung?

Der Titel konnte Vater nicht geheuer sein.

Und wer hat die Gedichte geschrieben?

Viele.

Weißt du eines auswendig?

Ja.

Sag es auf.

Vater zog sie Serviette vom Hals, wischte sich den Bart und schaute ihn auffordernd an.

Leise deklamierte er die Zeilen, die er besonders liebte, ein Lied, für das, schien ihm, das Zimmer viel zu eng war, und das, wann immer es in seinem Kopf laut wurde, ihn auf eine weite Reise mitnahm:

»Wir fanden Glanz, fanden ein Meer, Werkstatt und uns.
Zur Nacht, eine Sichel sang vor unserm Fenster.
Auf unsern Stimmen fuhren wir hinauf,
Wir reisten Hand in Hand.«

Er brach ab. Nein, er wollte die Wirkung dieser Verse nicht verderben. Mutter würde »irr fliegende Küsse« gewiß für unanständig halten und »Schenkel, Hüften, Raubtierlenden« wären auch Vater zuviel.

Ist das schon alles? Vater hatte die Hände gefaltet, Felix dachte, vielleicht hat Papa überhaupt zum ersten Mal im Leben ein Gedicht gehört. Das könnte sein.

Nein. Aber ich weiß nicht mehr weiter.

Das gefällt mir. Wer hat dieses Gedicht geschrieben?

Ernst Wilhelm Lotz, er ist 1914 als Leutnant gefallen.

Vater wiederholte nachdenklich: »Eine Werkstatt und uns«, blickte auf den Tisch, als läse er dort die Zeilen, nickte: Wir werden umziehen müssen.

Felix hielt die Luft an, sah fragend zu Mutter, zu Elena. Sie hatten entweder nicht zugehört oder noch nicht begriffen, was Vater eben mitgeteilt hatte.

Vater fuhr fort: Genau gesagt am Dienstag nächster Woche. Es ist nicht mehr viel Zeit. Unsere Wohnung wird in der Weißgerbergasse 3 sein, auch das Geschäft.

Mutter begann am ganzen Leib zu zittern. Felix hätte sie in die Arme schließen wollen, er wußte, sie würde aufschreien, sich nicht beruhigen.

Elena sagte: Ich bitte dich, Lina, faß dich, das war vorauszusehen.

Felix wollte nicht dabei sein, wenn sie streiten.

Und wo bleib ich? fragte Mutter.

Beruhige dich. Vater faßte nach Mutters Hand, doch sie schüttelte sich und steckte ihre Hände unter den Tisch.

Wie kommst du dazu, das ohne uns zu entscheiden, so mir nichts dir nichts? Wer sind wir, daß du so mit uns umspringst?

Felix ertrug nicht, wenn Mutters Stimme schrill wurde, ihre Wärme verlor.

Du weißt doch, Lina, wie schlecht die Geschäfte gehen. Das Tuch wird von Woche zu Woche teurer, und wir sind knapp bei Kasse. Ich habe mich mit Jona besprochen.

Mit dem besprichst du dich, mit diesem Narren.

Darf ich aufstehen, Papa?

Ja, du kannst gehen.

Sie werden noch lange streiten. Mutter wird in Tränen ausbrechen. Vater wird sich rechtfertigen. Elena wird zu begütigen versuchen.

Ihr Geschrei wird in dem Zimmer, das er mit einem Blick in seine Erinnerung aufnimmt, denen hinterlassen, die es nach ihnen bewohnen, Fremde.

Solche Blicke, Rückblicke, welche die schon einsame und eben vergangene Gegenwart ins Gedächtnis nehmen, sind mir vertraut. Ich habe längst nicht so oft wie er auf der Schwelle gestanden und von einem Zimmer Abschied genommen. Auf einem unserer Spaziergänge haben wir uns über Zimmer unterhalten, über Zufluchten, wie er sie nannte. Damals, in Triest, sagte er, in einem verkommenen Hotel, dessen Name mir im Moment nicht einfällt: Diese Zimmer, und diese Decken, an die man, tagsüber im Bett liegend, starrte, oft schmutzig und von Zigarettenqualm eingefärbt.

In den nächsten Tagen zog Mutter wie eine Schlafwandlerin durch die Wohnung, von Zimmer zu Zimmer, fuhr mit den Händen über die Möbel, blieb lange an den Fenstern stehen, ohne hinauszuschauen und Felix dachte, sie erzählt sich die Jahre nach, die sie hier gelebt hat.

Beginnt bitte erst zu räumen, hatte sie Elena und Vater gebeten, wenn es unbedingt sein muß. Rückt nichts um, laßt alles an seinem Ort.

Elena hatte sich in die Küche zurückgezogen, um das Geschirr zu sortieren. Vater machte im Geschäft Inventur, wobei ihm Felix, der Mutters Unruhe nicht ertrug, half. Auch Jona erschien zwei-, dreimal, wühlte in den Stoffen, lobte Vaters Voraussicht: Daß du so schlau gewesen bist, Leo, mit den englischen Tuchen zu geizen, wird sich jetzt auszahlen, wenn das Geld immer mehr an Wert verliert.

Zum ersten Mal weckte ihn Vater, nicht Elena. Er zog sich hastig an, in der Küche tranken sie im Stehen Kaffee, dann gingen sie hinunter vors Haus und warteten dort auf den Spediteur. Die frühe Sonne wärmte die Luft. Vater zog vor Passanten grüßend den Hut.

Die Spedition habe ihm versprochen, pünktlich zu sein.

Und sie war es.

Von weitem hörten sie die Hufschläge, das Gepolter des Wagens, Vater nahm wieder den Hut ab, legte ihn auf den steinernen Sims neben der Haustür.

Zuerst der Laden, sagte er. Dann haben die Frauen noch ein wenig mehr Zeit.

Dreimal fuhren sie, wie es geplant war.

Leute aus dem Haus verabschiedeten sich von ihm, Grete und Wilhelm liefen winkend hinter dem Wagen her. Er träumte eine Wirklichkeit, die er noch nicht erreicht hatte.

Nichts hatte mehr seinen Platz. Mutter kam als letzte aus dem Haus, Vater hakte sich bei ihr unter, nachdem er den Hut wieder aufgesetzt und sich bei dem Hausmeister mit einer Verbeugung verabschiedet hatte. Sie gingen wie ein Hochzeitspaar hinter dem hochgepackten Wagen her.

Die neue Wohnung gefiel Felix. Sie war um vieles kleiner als die alte, doch sämtliche Möbel fanden ihren von Elena zugewiesenen Platz.

Im Parterre war der Laden, dem sich eine Stube anschloß, in der Vater, gegen den Einspruch von Mutter, das Kanapee aus dem ehemaligen Herrenzimmer aufstellen ließ. Er wollte sich zu jeder Zeit zurückziehen können.

Eine schmale, ausgetretene Holztreppe führte zu einer Glastür im ersten Stock. Sie stand offen. Im kleinen dunklen Vorzimmer saßen die beiden Spediteure auf einer Kiste und tranken Bier. Sie prosteten ihm zu: Auf Ihr Wohl, junger Herr. Noch nie war er so angesprochen worden.

Er lehnte sich gegen die Tür und sagte leise: Danke.

Der Kutscher wischte sich mit dem Handrücken den Mund:

Die beiden Damen sind in der Küche.

Die Küche war, worüber sich Elena freute, der größte Raum, bei weitem größer als das Wohnzimmer, in dem die alten Möbel schwer und bedrohlich zusammengedrängt standen. Von nun an, beschloß Mutter, würden sie in der Küche die Mahlzeiten einnehmen. Das entspräche auch, setzte sie hinzu, und überraschte alle mit einer frisch gewonnenen Ironie, dem neuen Stand und der veränderten Lage.

Mit seinem Zimmer war Felix zufrieden. Wenn er sich aus dem Fenster beugte, konnte er das Treiben in der Gasse verfolgen und mußte nicht mehr hinunterschauen in den Hof, auf das längst aufgegebene grüne Floß.

Am Abend, als sie sich zum ersten Mal um den Küchentisch setzten und Elena mit einem lakonischen *Es wird schon werden* den Neubeginn segnete, erschien Jona und stellte keuchend eine ausgewachsene Zimmerlinde vors Fenster. Gedeihen soll sie mit euch, wünschte er, schob einen Stuhl zwischen Felix und Vater, atmete röchelnd durch und murmelte: Es muß kein böses Omen sein. Ich bring euch eine traurige Botschaft. Rathenau wurde ermordet.

Vater schlug die Hände vors Gesicht, Jona legte den Arm um ihn. Mutter und Elena standen auf und gingen hinaus. Felix sah die beiden Männer in ihrer Trauer, sehr alt, ganz mit sich allein.

Es war der 24. Juni 1922. Diesen Tag, den Tag ihres Einzugs in die Weißgerbergasse, konnte er nie vergessen. Auch nicht das Gedicht, mit dem alles begonnen hatte: Wir fanden Glanz, fanden ein Meer, Werkstatt und uns.

## 6
## *Casimir*

Nicht nur Felix hatte eine neue Adresse. Auch manche seiner Mitschüler waren umgezogen. Aus den Namen der Straßen, die sie für das Klassenbuch angaben, ließ sich auf Abstieg oder Aufstieg schließen. Nur wenige gewannen.

Felix fühlte sich wohl in der neuen Umgebung. Auch die Eltern schienen erleichtert. Mutter betonte immer wieder, als wolle sie sich und die Wände des baufälligen Hauses stärken: Es läßt sich leben. Vater beklagte zwar den Verlust einiger, wie er sagte, nobler Kunden, doch die meisten hatten ihm die Treue gehalten, einige neue kamen hinzu, nahezu alle aber waren wählerischer und sparsamer geworden und mußten den Preis für die Stoffe abstottern oder bezahlten in Naturalien oder in Valuten.

Im September, kurz vor dem Laubhüttenfest, zu dem Jona Felix eingeladen hatte, verließ Elena die Familie. Ihr Abschied überraschte ihn und tat ihm weh. Nun ließ sie ihn, die eine zweite Mutter und eine große Schwester gewesen war, die ihn nach seinen ersten Schritten aufgefangen und in die Arme genommen, wenn die Eltern ihm böse waren, die ihn getröstet hatte, als er bei 1,58 trotz Eisenwein und Sonnenbestrahlung endgültig zu wachsen aufgehört hatte, nun ließ Elena ihn im Stich.

Er las Thukydides, nicht aus Vergnügen, sondern aus Pflicht, saß mit dem Rücken zur Tür, an seinem kleinen Schreibtisch und hörte sie kommen. Gleich würde sie anklopfen. Wenn Mutter mit kurzen ungeduldigen Schritten durchs Vorzimmer lief, spannte er sich; hörte er Elenas schwereren, energischen Schritt, blieb er gelassen.

Sie klopfte, stand schon hinter ihm, stützte sich mit den Händen auf seine Schultern, roch, wie immer, ein bißchen nach Patschuli und stark nach Küchenkräutern und Zwiebeln.

Du hast doch nicht vergessen, daß die Klavierstunde auf heute nachmittag verschoben wurde?

Nein, Elena.

Hast du auch geübt?

Ja.

Felix?

Ja?

Ich möchte es dir sagen, bevor du es von den Eltern erfährst.

Sie läßt ihn los, setzt sich auf die Bettkante. Er dreht sich mit dem Stuhl zu ihr, ihr Gesicht ist ganz nah vor seinem, die Stirn, die noch höher und kindlicher wirkt unter dem straff nach hinten gekämmten Haar, die schwarzen Augen, die, wenn die Freude in sie schießt, leuchten wie Katzenaugen, die lange Nase mit dem dünnen, empfindlichen Grat und der Anflug von Bart über dem breiten vollen Mund.

Sie ist schön, denkt Felix, und sie ist nie älter geworden.

Sie streicht sich erst mit den Händen über den Rock, dann faßt sie seine Hände, reibt sie so heftig, als walke sie Teig. Er sieht auf ihren Mund, der sich öffnet und wieder schließt und weiß, daß sie ihm Schmerz zufügen wird.

Ja? fragt er noch einmal.

Ich muß euch verlassen, Felix.

Du? Warum?

Sie begann sich wie früher, wenn sie ihn besänftigen wollte, aus den Hüften heraus zu wiegen und wich seinem fragenden Blick aus.

Es muß sein. Wir haben hin und her überlegt. Der Haushalt ist klein geworden. Es fehlt an Geld, und ich könnte euch zur Last fallen.

Aber –

Du bist fast schon erwachsen, Felix, ein junger Herr, brauchst meine Hilfe nicht mehr und – sie schaute ihn wieder an. Nu ja, so ist es. Und außerdem: mein alter Onkel, von dem ich dir erzählt habe, der Rabbiner, ist krank und benötigt Hilfe, mehr als ihr. Ich gehe zurück nach Lodz, wo ich, das sagte sie schon mehr für sich, als hätte sie ihn vergessen, so lange nicht mehr gewesen bin. Ich werde mich eingewöhnen, weil ich meine Aufgaben habe.

Aufmunternd nickte sie ihm zu, preßte die Lippen zusammen, stand auf und küßte ihn auf die Stirn: Es ist Zeit. Wir vergessen sie manchmal, wenn wir glücklich sind. Und schon in der Tür sagte sie, wie um einen Punkt zu setzen: Jetzt weißt du es. Jetzt habe ich dir's gesagt.

Ihm fiel ein, wie Elena, er war sieben oder acht Jahre alt gewesen, so fest und traurig wie eben erklärt hatte, daß er beinahe einen Bruder oder eine Schwester bekommen hätte, wenn das Kind nicht zu früh, viel zu früh gekommen und sofort gestorben wäre.

Sie begleiteten Elena zum Hauptbahnhof. Vater hatte den Laden wegen *einer Familienangelegenheit* geschlossen. Betreten, nach Worten suchend, standen sie, ehe der Zug abfuhr, um Elena herum, dann riß sie ihn in die Arme, fuhr ihm mit geöffneten Lippen übers Gesicht. Noch nach Tagen dachte er an den weichen wischenden Mund und es erregte ihn so heftig, daß er sich einredete, es habe mit Elena nichts zu tun.

Als Elena ging, kam Casimir. Genauer gesagt: Er trat auf. Es hatte sich herumgesprochen, daß ein Neuer in die Klasse aufgenommen werde. Die Erwartungen waren groß, Gerüchte gingen um, Abwechslungen im Schultrott gab es ja kaum. Er sei, hieß es, in Glogau von der Schule geflogen. Eine üble Geschichte. Andere wiederum behaupteten, er habe keine Eltern mehr, Verwandte in Breslau hätten sich seiner angenommen.
Ganz gleich, ob irgend etwas davon stimmte, die Spannung wuchs. Doch an dem Tag, an dem er hätte kommen sollen, blieb er aus, was trotz aller Enttäuschung neue, noch wildere Vermutungen zur Folge hatte. Nun war er schon spurlos verschwunden, die Polizei suchte nach ihm oder, in einer anderen Version, saß er im Gefängnis.

In der Woche darauf klopfte es während der Griechischstunde an die Tür. Professor Klein, der die Angewohnheit hatte, wenn übersetzt oder vorgelesen wurde, aus dem Fenster zu schauen, reagierte mit einem: »Was soll der Unsinn?« Und erst nachdem ein zweites Mal und ungewöhnlich energisch angeklopft wurde, ging er zur Tür und riß sie ärgerlich auf.

Von da an war der Lehrer für eine Weile Statist. Der Hauptdarsteller nahm ihn zwar mit einer angedeuteten Verbeugung zur Kenntnis, doch sogleich eroberte er mit wenigen Schritten den Raum zwischen Katheder und Bänken, eine Bühne, die er selbstverständlich und gelassen beherrschte. Er genoß die allgemeine Verblüffung, spielte mit ihr, nahm sie in sein Spiel auf.

Felix vergaß sich, mehr noch, es schien ihm, als ginge er selber in dieser sonderbaren, überaus bizarren Figur auf, die sich da vorn wie eine Marionette an Bändern bewegte.

Der Neue hatte sich ohne Zweifel für diesen Anlaß kostümiert. Er war lang, unglaublich dürr und unterstrich dies mit einem schwarz-weiß gestreiften Jackett und einer engen, schwarzen Hose. Felix sah in das Gesicht eines gedemütigten Büroboten. Zusammengekniffene graue Augen hinter Brillengläsern, eine kurze und spitze Nase und über dem knorpelig vorspringenden Kinn ein aus zwei misanthropischen Winkeln bestehender kleiner Mund. Womöglich, schoß es Felix durch den Kopf, ist das gar nicht der, der angekündigt wurde, sondern einer seiner Verwandten, der ihn entschuldigen möchte.

Weiter zu grübeln, ließ ihm der Eindringling keine Zeit. Er hatte die Augen geschlossen, schien sich auf etwas zu konzentrieren, das ihm für einen Moment entfallen war, eine waghalsige Idee, eine revolutionäre Formel – und alle Kraft, die ihm daraus zuströmte, sammelte sich sichtbar in den großen, erhaben und schamlos abstehenden Ohren. Sie verfärbten sich und nach einer Weile begannen sie zu flattern, immer stärker und so heftig, daß sie an der Kopfhaut rissen und das Gesicht verzerrten. Diese Bewegung ging auf den ganzen Körper über. Er tanzte auf der Stelle.

Die Schüler wurden unruhig, rutschten auf den Bänken hin und her, zuckten, schnipsten mit den Fingern und Professor Klein schüttelte nach einem Rhythmus, den die hüpfenden Ohren angaben, den Kopf.

Felix wußte nicht, ob er sich für diesen Menschen schämen oder ob er sich an seinem Auftritt vergnügen sollte. Er blieb still sitzen. Lange würde er nicht mehr widerstehen können. Er hatte das Gefühl, er werde von flinken Fingern gekitzelt, und ohne daß er es wollte, spitzten sich ihm die Lippen, und er fing an zu pfeifen. Er hörte sich zu. Es war kein Lied, das er kannte, es war eine Melodie, die ihm der Augenblick eingab. Und so, wie er sich pfeifend aus dem verqueren Bann gelöst hatte, erlöste er auch die andern.

Der neue Schüler stand still, atmete durch, lächelte Felix zu, verbeugte sich erst zu Professor Klein hin, dann vor der Klasse. Liebstock, sagte er. Casimir Liebstock.

Klein ging, die rechte Hand in die Weste geschoben, auf Liebstock zu, und die Klasse erwartete ein Donnerwetter. Nichts geschah. Sehr ruhig, mit spöttischem Unterton, meinte Klein: Sie haben sich ja eben vorgestellt und wies ihn in die Bank vor Felix. Sie fuhren fort, *die Geschichte des Peloponnesischen Kriegs* zu übersetzen. Als Felix nach einem Wort suchte, überraschte Klein ihn mit der Frage:

Warum haben Sie gepfiffen, Guttmann?

Ich weiß es nicht, Herr Professor.

Und was war es, was Sie so ohne Wissen und Verstand gepfiffen haben?

Auch das weiß ich nicht, Herr Professor.

Ich erinnere mich nicht, Sie je so ausgelassen erlebt zu haben, Guttmann.

Nein, Herr Professor.

Das war alles.

In den kommenden Tagen war Casimir vollauf damit beschäftigt, seine frisch gewonnenen Bewunderer mit Späßen und widersprüchlichen Auskünften zu fesseln. Felix hielt sich zurück, obwohl es ihn drängte, mit Liebstock näher bekannt zu werden. Er empfand eine Art Verwandtschaft, ohne ein Wort mit ihm gewechselt zu haben. Was nicht ganz stimmte, denn seit Casimir vor ihm in der Bank saß, Felix häufig den mageren, leicht gekrümmten Rücken fixierte, führte er keine Selbstgespräche mehr, sondern unterhielt sich mit Casimir.

Inzwischen wußte die Klasse wenigstens, weshalb Casimir von Glogau nach Breslau gekommen und von seinem Onkel aufgenommen worden war. Casimirs Vater, ein Arzt, hatte sich 1917 in einem Feldlazarett im Elsaß den Typhus geholt und war daran gestorben. Die Mutter konnte sich mit dem Tod nicht abfinden, wurde krank und vor wenigen Monaten in ein Sanatorium gebracht. Deshalb holten die Verwandten Casimir, der auf sich allein gestellt war, nach Breslau. Ob Casimirs Mutter sich aber tatsächlich im Sanatorium auskurierte und nicht doch verrückt war, blieb offen und beschäftigte die Klasse sehr.

Felix ließ sich auf den Klatsch nicht ein, er wollte kein Zuträger sein, sondern, wenn schon, ein Freund. Der er in seinen Träumen längst war. Und die Casimir, als verfüge er über die Gabe des zweiten Gesichtes, zumindest ahnte. Er sprach Felix nicht einfach an, das hätte nicht gepaßt, er schrieb ihm.

Diesen Brief hatte der, den Felix vertritt, mir vorgelesen. Er war schon krank. Es machte ihm Mühe, das mürbe Blatt Papier, das im Falz zu reißen drohte, in den Händen zu halten. Wir saßen auf der Terrasse unter dem zierlichen Ahorn, von dem er erwartete, daß er sich zu einem Schattenspender auswachsen werde. Das ist der Baum mittlerweile geworden.

Er hatte mich angerufen, ich möge, wenn ich Zeit hätte, vorbeikommen. Er habe beim Aufräumen einige Erinnerungsstücke entdeckt: Sie haben doch Spaß daran.

Ich ließ ihn nicht warten. Er nahm sich Zeit, fragte nach meiner Arbeit, klagte über Störrischkeit und Unverstand seiner Klienten. Immer wieder legte er die eine Hand auf die andere, damit sie ruhig bleibe. Sie kennen doch L.? Er besuchte mich im letzten Jahr und da haben Sie ihn gesehen: Ein Zwirnsfaden von Mensch, ständig hinfällig. Er wird mich überleben. Mit ihm habe ich Kabarett gemacht, später in Tel Aviv. Er ist mein bester Freund. Ein Leben lang sind wir uns unter den merkwürdigsten Umständen und an den abgelegensten Orten über den Weg gelaufen. Wir haben uns noch in der Schule kennengelernt. Er kam, wenn ich mich nicht täusche, in der Untersekunda zu uns. Er war aus Glogau. Hören Sie zu. Stockend las er vor, die Schrift war oft nur mühsam zu entziffern.

Ich kann diesen Brief nicht wörtlich wiedergeben. Er steckt irgendwo in einem der Papierbündel, die er hinterließ. Auch seine Frau würde ihn sicher nicht gleich finden. Brauche ich den Brief denn? Genügt mir nicht die Erinnerung an das abendliche Vorlesen? Hätte ich ihn zur Hand und könnte ich ihn zitieren, müßte ich von einem anderen erzählen, nicht von meinem Casimir, sondern von seinem Freund L., einem alten witzigen Mann, dem ich ein einziges Mal begegnet bin und dessen rigoroser Konservatismus mich verärgerte. Ich kann ihn nicht zurücktreiben in seine Zeit, die, wenn ich sie erfinde, mich einen andern finden läßt als ihn: Casimir, der an Felix schrieb:

Geschätzter!

Sie haben, und das betrübt mich außerordentlich, bis auf die Stunde kein Wort an mich verschwendet. Bloß gepfiffen haben Sie auf mich. Das hörte sich zwar hübsch an, zeugte für Ihre Musikalität, nur zufrieden geben kann ich mich damit nicht. Wieso, frage ich mit unserem verehrten Professor Klein, haben Sie überhaupt gepfiffen? Pfiffen Sie mich aus? Oder pfiffen Sie mir zu? Gut, ich will Sie nicht weiter mit meiner Neugier plagen. Behalten Sie nur für sich, worauf Sie gepfiffen haben. Ungleich mehr interessiert mich, mit welchem Buch, welchem Dichter Sie sich eben beschäftigen. Ich sah Sie vor kurzem auf dem Mäuerchen mit einem Band von Werfel sitzen. Lieben Sie seine Gedichte? Einige habe ich mir abgeschrieben, wenn ich sie mir aufsage, improvisiere ich am Klavier. »Schöpfe du, trage du, halte tausend Gewässer des Lächelns in deiner Hand.« Das ist schon Gesang, ein Lied oder, viel besser, Bruchstück einer unendlichen Melodie. Finden Sie nicht? Kamphausen – denken Sie nicht, daß ich eine Schwäche für diesen adeligen Tropf hätte, auch wenn Sie mich öfter mit ihm zusammensehen – sagte mir, Sie spielten ganz vorzüglich Klavier. Wäre das nicht eine Gelegenheit, ein Gespräch zu beginnen? Doch halt! Nicht gleich! Ich bitte Sie, lassen Sie uns noch eine Weile auf Distanz bleiben, gewissermaßen zur Probe. Begnügen wir uns vorerst damit, Briefe auszutauschen – solange, bis es einen von uns unbezwingbar drängt, das erste Wort zu sagen. Erwidern Sie mir bald. Ihr C. L.

Felix fand den Brief in seinem Geschichtsbuch. Wie er dorthin gelangt war, fragte er sich erst gar nicht. Er traute Casimir jede Art von Zauberei zu.

In der Pause setzte er sich von den andern ab, nahm an, Casimir verfolge, wie er hinter den Hecken an der Schulmauer verschwand und sich in einen von Gebüsch und kleinen Bäumen geschützten Winkel verzog. Die meisten Äste hatten schon ihr Laub verloren. Gras und Steine waren vom Regen naß. Er konnte sich nicht setzen. So blieb er stehen, riß den Brief auf, las und schon bei der Anrede hörte er die arrogant knödelnde Stimme Casimirs: Geschätzter!

Es war einer der Augenblicke, von denen er sich später wünschte, sie ließen sich wiederholen, ein Anfang, der alles verhieß, ein erster Satz, auf den es unendlich viele Antworten gab. Das könnte ein Freund werden, wie er nicht einmal zu träumen gewagt hatte und der, wie er, es verachtete, sich plump anzubiedern. Deshalb ließ er ihm Zeit. Die würde er nutzen, würde ihm so geistreich und spannend erwidern, daß er schließlich nicht anders konnte, als auf ihn zuzukommen: Casimir, mein Freund, sagte er laut vor sich hin, das Blut schoß ihm ins Gesicht und voller Scham schob er den Brief in die Tasche, aber auch schon ungeduldig: Wie sollte er Casimir anreden? *Geschätzter* konnte er sich nicht leisten. Das klänge zu affektiert. Wie dann fortfahren? Beiläufig erzählend oder mit einer brillanten Sentenz?

Als er in die Klasse zurückkehrte, sich beinahe verspätete, vermied er es, zu Casimir hinzusehen. Er wollte sich nichts vergeben, den Freund, dem er seine Freundschaft noch nicht erklärt hatte, nichts von seinem Glück, seiner Erregung merken lassen.

Den Nachmittag verbrachte er, nachdem er gelernt und seine Schulaufgaben geschrieben hatte, unruhig pendelnd zwischen Wohnung und Laden.

Was denn in ihn gefahren sei? fragte Vater. Seit Wochen verschanzt du dich hinter deinen Büchern und jetzt, so mir nichts dir nichts, hast du Lust unter die Leute zu gehen? Ist dir eine Klassenarbeit besonders geglückt?

Er war froh, daß die Glocke schellte und eine Dame den Laden betrat, Vater abgelenkt war und er sich in das Hinterstübchen verziehen konnte, wo er sich entschloß, die Antwort mit einem banalen *Lieber Casimir* zu beginnen. Er hätte es zwar vorgezogen, *Mein lieber Casimir* zu schrciben, doch es kam ihm, wenn er es laut sagte, zu aufdringlich vor. Er durfte nicht zu viel wagen, Casimir nicht die Gelegenheit zu einer ironischen Replik geben.

Er lief aus dem Laden vors Haus. Auf dem Gehweg spielten zwei Mädchen Stein und Ritze, balancierten, die Arme ausgebreitet, auf dem Pflaster und wann immer eines mit den Schuhen in eine Ritze geriet, rief das andere: Verloren! Jetzt bin ich dran!

Kann ich auch mal? Verblüfft musterten ihn die Kinder und zogen zweifelnd die Schultern hoch. Wenn Sie wollen? Er wollte. Er mußte sich nur seinem Übermut anvertrauen, dieser Seiltänzerlaune, die ihn ergriffen hatte und die er sich so lange bewahren wollte, bis er seinen Brief Satz für Satz im Kopf hatte und nur noch niederschreiben mußte.

Die Mädchen hüpften aufgeregt neben ihm her, beobachteten jeden Schritt, und es gelang ihm eine weite Strecke. Er war so vertieft, daß ihm eine alte Frau nur noch mit Mühe ausweichen konnte. So, sagte er, sich verlegen die Stirn reibend, jetzt reicht es aber.

Sie waren wirklich gut, stellte eines der Mädchen fest. Die Bewunderung der Kinder nahm er mit hinauf in sein Zimmer. Jetzt mußte er nicht mehr nach Sätzen suchen, jetzt fanden sie ihn:

Lieber Casimir,

ich will nicht überschwenglich sein, doch ich muß gestehen, daß ich es als ein Glück empfinde, mich auf diese Weise mit Ihnen unterhalten zu können. Ihr Brief überraschte mich und auch wieder nicht. Insgeheim hatte ich ein Zeichen von Ihnen erhofft. Nicht, weil ich Ihnen, als sie Klein und uns Ihre Vorstellung gaben, zupfiff – weshalb kann ich mir nicht erklären – sondern, weil Sie einer der wenigen Menschen sind, die mir vom ersten Anblick an vertraut waren. Wie er ist, dachte ich damals, könnte ich gewiß nicht sein, doch ich habe eine Ahnung, wie es sein könnte, so zu sein. Ich drücke mich ein wenig kompliziert aus. Verzeihen Sie. Hören Sie mich pfeifen? (Ich hatte vor, den Brief in einem Schwung zu schreiben und nun bin ich aus dem Konzept geraten.) Wissen Sie, was ich pfeife? Ein Stück aus Schumanns *Carnaval.* Sie werden es kennen. Ich verrate Ihnen nicht, welches. Später einmal. Können Sie sich ausmalen, wo und wie ich mich befinde? Ich frage Sie das deshalb, weil ich mir unausgesetzt vorzustellen versuche, wie Sie leben, wo Sie zu Hause sind. Von Kamphausen – dieser alberne Kerl spielt offenbar den Verbindungsmann – hörte ich, daß Ihr Onkel in irgendeiner Weise an einem Bankgeschäft beteiligt ist, während Sie sich als Anhänger der Kommunisten ausgäben. Was Kamphausen natürlich genußvoll kommentierte: In solchen Verhältnissen könne man sich das ja leisten. Ich habe mich mit Politik nie befaßt. Vor vielen Ereignissen in den letzten Jahren habe ich mich gefürchtet.

Mein Vater, der den Kaiser bewunderte und, ich glaube, von der Republik nicht viel hält, mußte sein Geschäft verkleinern und wir zogen hierher.

Sicher werde ich viel von Ihnen lernen können. Ich bin froh, daß Sie Werfel ebenso verehren wie ich. Seine Hymnen haben eine unerhörte Wirkung, sie tragen mich fort, verwandeln mich, ich beginne zu glühen und glaube an eine Menschheit, die sich erneuert: »Mein einziger Wunsch ist, dir, o Mensch, verwandt zu sein.«

Erinnern Sie sich, mit welchen Versen dieses Gedicht schließt: »O, könnte es einmal geschehen, daß wir uns, Bruder, in die Arme fallen.«

Ich habe Ihre Frage nach meinem Klavierspiel noch nicht beantwortet. Also dies noch. Auch wenn ich den Faden verloren habe. Ich bin, wie man sieht, nicht gewöhnt, Briefe zu schreiben, solche Briefe, meine Gedanken jemandem anzuvertrauen. Seit zwei Jahren nehme ich Stunden bei Professor Graupner. Sie kosten meinen Vater viel, doch mein lieber Onkel Jona, (den Sie – später! – unbedingt kennenlernen müssen) hat ihn überreden können. Von ihm habe ich auch mein Klavier. Vorher habe ich *Carnaval* gepfiffen, nicht ohne Grund. Daran arbeite ich eben. Haben Sie ihn auch schon gespielt? Da könnte ich mich verlieren und darf es nicht. Es gibt Schmerzen, die man genießt. Meinen Sie nicht?

Ich bitte Sie, erwidern Sie mir bald. *Ihr* Felix.

Es gelang Felix, da Casimir ihn weiter übersah, das Couvert unbemerkt ins Fach unter dessen Bank zu schieben, wobei er sich derart aufregte, daß er eine Zeitlang für den Unterricht verloren war, nur noch in sich hineinhorchte, auf sein unregelmäßig schlagendes Herz.

Casimir ließ ihn warten, strapazierte seine Geduld.

Als Felix endlich nach zwei zermürbenden Wochen einen Brief unter seiner Bank fand, verspürte er kaum Lust, ihn zu lesen, geschweige denn, auf ihn zu reagieren. Er dachte nicht daran, sich von den Launen Casimirs abhängig zu machen. Er wollte Freund sein, sonst nichts.

Liebster Felix! Ich muß Dir ungezogen, gemein erscheinen. Ich bin es auch. Deinen Brief habe ich viele Male gelesen. Ja, wir werden Freunde sein, wir werden die Welt aus den Angeln heben, den Tag mit der Nacht vertauschen, die Buchstaben tanzen lassen, alle guten Geister um uns scharen. »O täglich neu tauendes Haupt! O täglich neu erschaffener Mensch!« Noch ist es nicht soweit, daß wir uns gemeinsam unseren Widersachern, diesen Kleindenkern und Silbenkauern, zeigen können. Bald aber. Dein Casimir.

Von da an gab es keine Pausen mehr. Sie schrieben sich fast täglich, gerieten noch mehr ins Schwärmen, zitierten, machten sich allmählich gegenseitig vertraut mit ihrem Alltag, erzählten sich, was sie taten, planten, mit wem sie umgehen würden.

Jona muß ich unbedingt kennenlernen, schrieb Casimir und Felix drängte ihn wiederum, ihm, sobald es soweit sei, das Grammophon, um das er ihn beneide, vorzuführen. Noch aber hielten sie die Distanz aus, die sie sich versprochen hatten, übersahen sich, wenn sie sich sahen. Bis Casimir in einem atemlosen Brief das Zeichen gab. Es war der erste, den er datierte: »Am Abend des 12. Dezember 1923.«

Lieber! Kann es sein, daß ich den Verstand verlieren werde? Es kann sein! Gespenster umzingeln mich. Mein Geschrei hört niemand. Ich werde daran ersticken. Du wirst es zur Kenntnis genommen haben, mein lieber kleiner Idiot: Herr Hitler und Herr Ludendorff haben geputscht. Sie wagten es, eine »provisorische deutsche Nationalregierung« zu proklamieren und offen zur Feldherrnhalle zu marschieren. Es ist wahr, ihre Frechheit wurde gestraft, ein paar der Marschierer wurden niedergeschossen. Was wird es helfen! Mein gescheiter und weitgereister Herr Onkel bedauert Ludendorff außerordentlich, diesen genialen Feldherrn. Auch Hitler spricht er hellsichtige Ideen nicht ab. Sie haben Rosa und Karl umgebracht. Sie werden nicht aufhören zu morden. Aber mein Onkel mahnte mich zur Mäßigung. Ich sei ein Träumer, jung, verstünde noch zu wenig von den großen Zusammenhängen, von Tragik und Notwendigkeit der Geschichte. Er legte mir nahe, mit meinem wirren Lamento doch bitte meine Tante nicht zu echauffieren. Lies Caesar, mein Junge, Cicero, Treitschke und Mommsen, riet er, denk an den großen Ballin. Wenn er wüßte, was ich denke, was ich lese: »Die Gesellschaft ist ein Irrenhaus, dessen Wärter Beamte und Polizisten sind; die Familie ein Konkubinat; die Wissenschaft eine Camorra; die Kapitalisten Wucherer; die Industrie unnötiger Luxus.« Strindberg. Kennst du ihn? Ein Wahnsinniger, ein Prophet. Ich entdeckte die Bände im Bücherschrank meines Onkels. Der Ahnungslose. Er verwahrt die Bombe im eigenen Haus. Ach, Lieber. Warum gebe ich nicht nach, gehe meinem Onkel nicht tüchtig zur Hand, unterhalte nicht die aufgeputzten Freundinnen meiner Tante? Warum bin ich anders als andere? Oder bin ich es gar nicht? Bilde ich es mir nur ein? Spiele ich mich nur auf? Hatte mein Onkel womöglich recht? Lieber, ich muß Dich sprechen, bald, gleich. Bitte, komm morgen nachmittag um vier in den Scheitnitzer Park. Auf dem Weg zur Schweizerei erwarte ich Dich. Ich bin Dein C.

Viel zu früh machte sich Felix auf den Weg. In den alten Bäumen des Parks hingen Nebelfetzen. Wenige Passanten huschten vermummt, den Kragen hochgeschlagen, an ihm vorbei. Casimirs Brief, schien es, hatte die Welt verwandelt. Die Erdkugel schrumpfte und mit ihr die Seelen.

Er sah Casimir schon von weitem, ein dünner Schatten. Gegen seinen Vorsatz rannte er los, sah sich rennen und dann nur noch Casimir. Beide rangen nach Atem, als sie sich gegenüberstanden.

Gut, daß du gekommen bist, Felix.

Das war doch klar.

Er reichte Casimir gerade bis zur Brust, mußte seinen Kopf in den Nacken legen, wenn er ihm ins Gesicht sehen wollte. Regentropfen trafen seine Augen, er blinzelte. Sicher, dachte er, sehe ich furchtbar blöde aus. Casimir zog ihn für einen Augenblick an sich und atmete seufzend ein.

Du bist ziemlich naß, Felix.

Du auch.

Lachend gingen sie die ersten Schritte nebeneinander her.

Mensch, du! An Casimirs Nasenspitze hing ein Regentropfen und Felix dachte, daß der damals, als Casimir zur Begrüßung die Ohren flattern ließ, noch gefehlt hatte: Der Punkt zum Ausrufezeichen.

Was hast du vor?

Nichts.

Also laß uns spazierengehen, reden.

Casimir blickte zu ihm hinunter, ging in die Knie, schnellte wieder hoch. Die Leute werden über uns staunen, Felix. Wir sind schon ein komisches Paar. Der Lange und der Kurze. Der große und der kleine Bruder.

*Der kleine Bruder* sprach Felix nach, und nichts wollte er wenigstens an diesem Nachmittag lieber sein als der.

# 7
## *Spiegel der Liebe*

Sie berauschten sich an ihrer Gemeinsamkeit.

Die Wolken zogen tief, dicht; es regnete Eis; die Oder verschwand unter Dunst und die Leute auf den Straßen hatten es eiliger als sonst.

Sie spazierten am Fluß und überließen sich der unruhigen Stadt, saßen, geübte Flaneure, hinter den großen Fensterscheiben der Cafés.

Tagelang verloren sie sich in Büchern, spielten Rollen, waren Arkadij und Bazarow aus Turgenjews *Väter und Söhne*.

In der Klasse bestanden sie darauf, in einer Bank zu sitzen.

Casimir stellte Felix seinen Zieheltern vor, wie er sie nannte, und Felix wurde noch kleiner unter den Lüstern der verschwenderischen und elegant ausgestatteten Wohnung.

Sie also sind Felix Guttmann. Casimir hat viel von ihnen erzählt. Wie gut für ihn, daß er einen Freund gefunden hat. Wir fürchteten schon, er werde ein Einzelgänger bleiben.

Das hätte auch Vater sagen können, dachte Felix. Und er sagte es auch, als er Casimir zum ersten Mal nach Hause brachte, sie hatten sich vorgenommen, zusammen zu lernen: Es ist ein Glück für dich, Felix. Und Mutter fand, nach einer angeregten Unterhaltung über eine Soubrette, die Felix nicht einmal dem Namen nach kannte, über deren Privatleben Casimir aber bis in pikante Details unterrichtet war, daß der junge Mann höflich und blitzgescheit sei.

Da Casimir vertrauenswürdig war, durften sie gelegentlich abends ausgehen. Heftig debattierten sie, welchem Lokal sie den Vorzug geben sollten, ohne eines zu kennen. Auch Casimir war auf diesem Gebiet ein Neuling. Als sie sich schließlich in eine der Tanzhöhlen wagten, demonstrierte Felix seine Anziehungskraft auf Mädchen, die Casimir, ihn kränkend, angezweifelt hatte. Bei der Damenwahl wurde Felix häufiger aufgefordert als der Freund. Was Casimir nicht auf sich sitzen lassen konnte.

Wo hast du tanzen gelernt? hatte Casimir in einer Pause gefragt.

Er lehnte in melancholischer Pose an einer Säule, zog an einer der Orientzigaretten, die er sich manchmal leistete und die er aus einer silbernen, mit dem Initial seines Vaters geschmückten Tabatiere zog.

Überhaupt nicht.

Eben. Der bist du ganz schön auf den Füßen herumgetreten.

Ja? Sie hat sich aber keineswegs beklagt, sondern mich gefragt, ob wir später noch einmal miteinander tanzen könnten.

Casimir blies ihm Rauch ins Gesicht. Du bist ein bißchen einfältig, Felix, hast keine Ahnung vom Masochismus der Frauen.

So, wenn er sich brüstete, hinter Arroganz verschanzte, wurde er ihm fremd, stieß er ihn ab. Da schien er auszukühlen und die immer einem Gelächter nachblinzelnden Augen hinter den Brillengläsern wurden groß und blicklos. Felix war drauf und dran, ihn stehen zu lassen und irgendein Mädchen aufzufordern. Er wollte sich den Spaß nicht verderben lassen. Doch Casimir reagierte wie immer empfindlich auf Stimmungen. Er nahm die Brille ab, putzte sie mit dem Seidentuch, das er aus der Innentasche zog, schnitt ein Gesicht.

Du, nimm es nicht ernst. Verzeih, laß uns reden. Komm raus.

Sie holten sich die Mäntel von der Garderobe. Casimir hielt kurz vor dem Spiegel im Entree an, doch Felix eilte zur Tür, das ungleiche Doppelbild fliehend, das Casimir, versessen auf solche Situationen, ironisch kommentiert hätte.

Auf einmal hast du es eilig.

Ja.

Willst du nach Hause?

Nein.

In der engen Gasse hörten sie ihre Schritte. Wenn er die Augen schloß, kam es ihm vor, als laufe er vor sich her. Casimir hatte begonnen, mit leiser Stimme zu erzählen, aber, in sich versunken, hatte Felix die ersten Sätze nicht mitbekommen. Fang noch mal an, bat er.

In gespielter Empörung boxte ihn Casimir in die Seite, fuhr sich mit der Hand durchs Haar: Wenn du wüßtest, was ich dir zu offenbaren habe, hättest du von Anfang an deine Ohren gespitzt, mein Lieber, und brächtest mich nicht in diese Verlegenheit. Also beginne ich eben noch einmal.

Nur schien das tatsächlich nicht so leicht zu sein. Ich habe, fing er an, stockte, setzte von neuem an: Ich kenne, kicherte er, beschimpfte sich selber, hakte sich für ein paar Schritte bei Felix unter, schubste ihn von sich weg, murmelte: Nein, so geht es nicht, und plötzlich färbte sich seine Stimme ein, bekam einen fremden Klang, entfernte sich und war dennoch deutlich zu verstehen: Ja, so kann es gehen. Ich hatte dir schon den ersten Brief geschrieben. Einige Tage danach glaube ich, ging ich mehr aus Pflicht in eine Parteiversammlung, war anwesend, nahm aber nicht teil, saß am Tisch, zog mit dem Finger von Bierlache zu Bierlache schlängelnde Wege, rauchte viel, dachte an was weiß ich was, vielleicht an die Lateinarbeit und als ich aufschaute, sah ich sie. Sie saß mir gegenüber, kaute auf einem Bleistift, beugte sich über den Tisch: Wie finden Sie denn die Ausführungen des Genossen Kanoldt? Und ich erlaubte mir, nur weil sie mich herausforderte, weil ich sie lachen hören wollte, die Antwort: Langweilig. Sie lachte, sie steckte mich mit ihrem Lachen an. Wir lachten so laut, daß Genosse Kanoldt seine Rede unterbrach, wir uns zahllose vorwurfsvolle Blicke einhandelten und einige Genossen empört Ruhe! riefen. Sie klopfte sich mit dem Zeigefinger auf die Lippen, richtete ihr Augenmerk wieder auf Kanoldt, der die Unterbrechung mit noch größerem Pathos zu überwinden versuchte. So hatte ich Gelegenheit, sie ungestört zu betrachten, wobei mir durch den Kopf ging, daß sie viele Genossen kannte, obwohl sie mir in den

Versammlungen noch nie begegnet war. Sie wäre mir aufgefallen, bestimmt!

Ich weiß nicht, ob du sie schön finden würdest. Ich glaube schon. Im Profil sah ich ein Gesicht, das nichts verbergen konnte. Sie trug das schwarze Haar kurzgeschnitten, wie eine glänzende Kappe. Zwischen der nackten Stirn und der Nase gab es kaum einen Übergang. Wangen und Schläfen waren ein wenig eingefallen, so, als atme sie ständig ein. Aber der Mund widersprach dem. Er war breit und die Lippen schürzten und rieben sich in ständiger Unruhe. Von dem kleinen Kinn führte eine wunderbar gerade gezogene Linie zu dem langen, mageren Hals. Ich dachte an Asta Nielsen. Du kennst Bilder von ihr, nicht wahr? Ich wollte hinaus an die Luft, stand auf und, als hätten wir es verabredet, erhob auch sie sich, ohne mir einen Blick zuzuwerfen. Sie schlüpfte vor mir aus der Tür, die ich leise wieder schloß. Hast du eine Zigarette für mich? fragte sie. Ich gab ihr eine. Zünd sie mir an, bat sie und zog sie mir dann von den Lippen.

Danke.

Wie heißt du?

Casimir.

Ich bin Laura.

Jetzt wußte ich, um wen es ging. Eine Legende. Das war sie. Die Genossin Laura. Wie oft war über sie gesprochen worden, andächtig, verdächtigend, die Laura im fernen Moskau, die Lenin und die Kollontai kannte, und sich in Berlin mit Thälmann traf, die es sich leisten konnte, zu kommen und zu gehen, wann sie wollte.

Möchtest du mich ein Stück begleiten?

Natürlich, versicherte ich viel zu eifrig, denn ich wollte kühl bleiben, sie sollte nicht denken, da ist ein Junge, der sich in mich vergafft hat.

Kommst du aus Moskau?

Sie lachte, warf die angerauchte Zigarette in hohem Bogen vor uns auf den Weg: Aus Neiße, Genosse, bloß aus Neiße. In

Moskau bin ich ein einziges Mal gewesen. Wenn du annimmst, der große Lenin hätte mich bemerkt, dann laß ich dich in dem Glauben wie die andern, denn auch eingeredete Macht ist Macht.

Ich war mir nicht sicher, ob sie mich nicht verulkte. Im Grunde war es mir egal. Es reichte mir, ihr nahe zu sein, neben ihr herzugehen, ihren Gang zu spüren. Sie hätte alles mit mir anstellen können, ich wäre ihr zuliebe auf Händen gelaufen oder in die Oder gesprungen oder an einem Haus hochgeklettert. Ich war verrückt und wußte es. Vor einer Tür blieb Laura stehen, ganz unvermittelt, riß mich aus meinen Träumereien. Hier wohne ich, sagte sie, tippte mit dem Zeigefinger hart gegen meine Brust. Wenn du dich nicht fürchtest, Genosse Casimir, kannst du mit raufkommen.

Es war klar, sie nahm mich nicht ernst, wollte mich sogar beleidigen, und ich hätte mich verabschieden sollen. Das schaffte ich nicht. Ich folgte ihr wortlos, beschämt und rasend vor Stolz.

Casimir brach seine Erzählung ab. Vielleicht, dachte Felix, findet er keine Worte für das, was sich danach abspielte. Vielleicht ist so etwas selbst mit dem besten Freund nicht zu teilen.

Er hatte Mühe, mit Casimir Schritt zu halten, mußte beinahe rennen.

Und dann? fragte Felix. Er wollte nicht aus der Geschichte fallen.

Und dann? Casimir griff die Frage erleichtert auf, setzte sie in einem Satz fort, in dem Beklommenheit und Aufbruch mitklangen: Und dann stand ich in ihrer Wohnung, in einer tollen Unordnung, in der die Bücher die Hauptrolle spielten, Bücher auf den Stühlen, Sesseln, auf dem Boden, auf dem Küchentisch, dem Bett und dazwischen Teller, Tassen, Wäsche, Briefe, Zettel. Ich weiß nicht was. Und sie kreiselte und bewegte die Luft und räumte einen Stuhl frei, auf dem ich saß oder zu sitzen glaubte, und sie schenkte mir Wein ein, wir prosteten uns zu und sie las mir aus einem Buch vor, ohne daß ich auch nur ein Wort begriff und ständig war sie in Bewegung, saß neben mir, sprang auf, legte sich auf den Diwan, zog die Beine an, schien müde, träg, war schon wieder hoch und dann, dann kniete sie vor mir und redete auf mich ein, streichelte mich, und ich traute mich, sie zu streicheln, und wir rieben uns heiß, und ich schloß die Augen, hielt den Atem an, wartete, sie zog mich hoch, ich tappte hinter ihr her, wie einer, der das Gehen verlernt hat, sie warf mich – und nun hörte ich sie wieder lachen, wie in der Versammlung – auf das Bett, und dann waren wir auf einmal nackt und sie küßte mich, ich küßte sie auch und dann liebten wir uns, so wie ich es mir vorher gedacht habe und doch ganz anders.

Jedes Wort von Casimir wurde für Felix zum Bild.

Da sind wir. Casimir hatte schon längere Zeit geschwiegen. Felix blickte um sich, sie hatten sich in eine Gegend verlaufen, die ihm unbekannt war.

Wo sind wir?

Nicht weit vom Gymnasium. In der Sadova.

Casimir zeigte auf einen Mietsblock, der dunkel vor dem helleren Nachthimmel stand. Oben, unterm Dach, brannte hinter einem Fenster Licht. Da wohnt sie.

Casimir zog Felix an sich, drückte seinen Kopf an seine Brust und Felix fand, er dufte wie sonst nie, nach einem fremden, aufreizenden Parfüm.

Adieu.

Casimir überquerte die Straße. Felix sah auf eine Bühne, sah, was er sehen wollte, einen Traum, in den er den Freund hineinschickte, einen Körper, der zum Schatten wurde und wieder zum Körper.

Er blickt zu dem beleuchteten Fenster hoch, schließt die Augen, sieht eine Frau in Schwarz tanzen, ihr Gesicht fliegt auf ihn zu, heiß, und er spürt es, sieht ihren Mund vor sich, der sich öffnet, sieht weiße, nackte Arme, einen Bauch, Schenkel, Glieder, die sich vom Körper lösen und er rennt den Bildern davon.

Mutter ist noch wach, wartet auf ihn. Ihre Ängstlichkeit bedrückt ihn.

Reg dich doch nicht auf. Ich bin erwachsen genug.

Du solltest auf uns ein wenig Rücksicht nehmen.

Ist schon gut. Gute Nacht, Mama.

Nie würde sie ihn verstehen, eher schon Elena, die, fällt ihm ein, in ihrer Einsamkeit womöglich von ähnlichen Träumen geplagt worden ist.

Bist du bei ihr geblieben? Sie zogen ihre, wie Casimir es nannte, Gefangenenrunde im Schulhof.

Nein, das kann ich mir nicht erlauben. Mein Onkel würde mich hinauswerfen.

Und?

Was meinst du?

Habt ihr euch geliebt?

Nein. Wir haben miteinander gelesen. Eine Erzählung von Vera Inber.

Wie alt ist sie?

Ich glaube, so Mitte dreißig. Casimir sagte es, als wäre es selbstverständlich, als könnte sie nicht fast seine Mutter sein, als wäre sie nicht nur um zwei oder drei Jahre jünger als Elena.

Ich hoffe, du hast gestern keinen Ärger bekommen.

Nein. Mama wartete zwar. Ich konnte sie aber beruhigen.

Manchmal, nur zögernd, erkundigte sich Felix in den nächsten Tagen bei Casimir nach Laura, ob er sie wiedergesehen habe, erpicht auf ein paar Andeutungen, die ihm genügten.

Sie sei nach Berlin gereist, und es sei nicht klar, wann sie zurückkomme.

Ob er sich nach ihr sehne?

Einige jüngere Schüler, die Fangen spielten, rissen Felix mit. Erschrocken suchte er nach Halt, taumelte gegen den Stamm einer Kastanie und hörte, wie Casimir ihm zurief: Du mußt selber leben, Felix, du mußt selber lieben, und die beiden Wörter, leben und lieben, quirlten in seinem Kopf unlösbar durcheinander.

Er war überzeugt, auf eine Passion vorbereitet zu sein, ein ihn verwandelndes Abenteuer, denn alles, was Casimir mit Laura erlebte, berührte ihn wie eine Botschaft und oft dachte er, daß ihm die Erwartung anzusehen sei, daß Frauen, die an ihm vorbeigingen, sie witterten, er ihnen nur in den Weg treten, sie festhalten müsse: Bleib bei mir.

Jona, der zunehmend unter Ischias litt und den Tag über seinen Tisch nicht mehr verließ, erriet den Grund seiner Unruhe:

Du kommst ohne Casimir? Habt ihr euch gestritten?

Nein, seine Tante feiert Geburtstag, da darf er nicht fehlen.

Soll sie uralt werden, die Tante. Und was treibst du, was treibt dich? Mir scheint, du bist ein bißchen unruhig, so wie ein junger Kater, der die Katz noch fürchtet, sie aber nötig hat.

Du übertreibst, Jona.

Wenn schon, Lieber, ist es die Natur, die übertreibt. Laß ihr den Willen, gib ihr nach und paß auf.

Casimir überraschte ihn mit einer Einladung. Sein Onkel habe ihm zwei Karten für den *Sommernachtstraum* in der Jahrhunderthalle geschenkt.

Es blieben ihnen nur noch zwei Tage, sich mit dem Stück zu beschäftigen. Unpräpariert wollten sie die Aufführung nicht sehen. Sie lasen miteinander, wie immer, zogen, sich Shakespeares Verse zurufend, von Casimirs Zimmer in das von Felix, kauerten auf Treppenabsätzen, Parkbänken, ergriffen Partei für Hermia und Lysander, für Oberon und Titania, wollten eine Weile nichts als der Troll sein und die Konfusion zum Weltgesetz machen: »Oh, so glaubt – und wohlverteidigt / Sind wir dann –, ihr alle schier / Habet nur geschlummert hier / Und geschaut in Nachtgesichten / Eures eignen Hirnes Dichten.«

Als der Troll, allein auf der Bühne, das Publikum so verabschiedete, hatte Felix schon gewählt, den Freund neben sich vergessen, sich selbst auch und war von nichts erfüllt als von der frischen Erinnerung an eine jener Elfen, die Titania begleitet hatten, ein zum Leben erwecktes Bäumchen, ein huschendes

Wesen, dem der Dichter den entsetzlichen Namen *Senfsamen* zugemutet hatte.

Im Programm stand, wie sie wirklich hieß: Irene Kaiser. Auch das kam ihm platt und alltäglich vor. Irene für sich allein, das ließ sich sprechen, denken. Irene.

Du mußt nicht auf mich warten.

Er ließ Casimir allein applaudieren, zwängte sich durch die Reihe hinaus, dachte, sie würde eine Weile brauchen, bis sie sich umgezogen hat, stoppte, atmete durch und ging auf Umwegen zum Bühneneingang, wo sich, zu seinem Ärger, schon Verehrer von wem auch immer, hoffentlich nicht von Irene, zusammengerottet hatten.

Sie erschien, als gehe das Spiel weiter, im Gefolge Titanias, die sogleich von Autogrammbettlern umringt wurde, während die Elfe unbeachtet in dem Lichtkreis der Lampe über der Pforte hin und her trippelte.

Das war seine Chance. Er sprang in den Kreis, als müsse er über eine Barriere setzen und stand schon vor ihr.

Fräulein Kaiser – er versuchte überlegen zu wirken, doch seine Hände widersetzten sich, fuhren in die Taschen und wieder hinaus, strichen übers Revers der Jacke, zupften an der Krawatte.

Ja? fragte sie, und da sie um einen halben Kopf größer war, gelang es ihr ohne Mühe, ihr Erstaunen als Hochmut auszuspielen. Wollen Sie ein Autogramm?

Nein. Oder doch. Warum fiel ihm gerade jetzt ein, daß sein Mantel noch in der Garderobe hing, die Türen bald geschlossen würden und er ihn nicht mehr abholen könnte. Anstatt seiner Elfe sah er nur noch seinen neuen schwarzen Mantel einsam in der Garderobe hängen. Sie rief ihn wieder zu sich:

Was denn nun?

Er war völlig aus dem Konzept. Nichts, was er sich vorgenommen hatte, würde ihm glücken. Aber seine zappelnde Hilflosigkeit schien sie zu rühren.

Es eilt nicht, ich werde von niemandem erwartet, beruhigte sie ihn. Ich bin bloß eine Komparse.

Eine Elfe, verbesserte er und biß sich auf die Lippen. Das war viel zu eifrig, zu kindlich.

Meinten Sie überhaupt mich? Ein schmales, etwas kantiges Gesicht sprang ins Licht, und in dem Moment fielen die ersten Schneeflocken.

Ich wollte Sie kennenlernen, mich mit Ihnen unterhalten. In Wahrheit aber hätte er gestehen müssen: Ich möchte Sie berühren, möchte Sie haben, möchte Casimir einholen, möchte Sie mit Laura, die ich mir nur einbilden kann, austauschen.

Dann begleiten Sie mich doch durch den Park und bis zur Brücke.

Gern, sagte er. Nur mußte er sich vorher um den Mantel kümmern. Er fror, außerdem würde sich Mutter, käme er ohne ihn nach Hause, furchtbar aufregen.

Also gehen wir?

Aber – ich habe in der Eile meinen Mantel in der Garderobe vergessen.

Und jetzt frieren Sie. Laufen Sie, holen Sie ihn, solange noch geöffnet ist.

Er hatte Glück. Der Livrierte wollte gerade das Portal schließen. Er solle sich beeilen. Laufend zog er sich den Mantel über, rannte dankend an dem Pförtner vorbei, auf Irene zu, die am Fuß der Treppe stand und ihm lachend entgegensah.

Jetzt wird es Ihnen gleich wärmer. Sie fragte, nebenbei, ob sie sich bei ihm einhängen dürfe. Er winkelte den Arm ein wenig an, versenkte die Hand in der Manteltasche.

Sie haben sich mir noch gar nicht vorgestellt.

Verzeihen Sie. Ich heiße Felix Guttmann.

Sie erkundigte sich nicht weiter, wo er wohne, was er arbeite, ob er noch Schüler sei. Sie gab sich, wohl um ihn nicht in Verlegenheit zu bringen, mit dieser schlichten Vorstellung zufrieden.

Die Flocken fielen dichter, und der Wind trieb sie hinter ihnen her.

Der Schnee wird liegenbleiben. Sie drückte seinen Arm. Es ist kalt geworden.

Er blinzelte in den Schnee, der auf seinen Wimpern taute, wagte es nicht, sich übers Gesicht zu wischen, bemühte sich, mit ihr gleichen Schritt zu halten.

Wie sind Sie überhaupt auf mich gekommen? Diese wenigen Sätze, die Senfsamen zu sagen hat.

Gleich, als Sie mit Titania auf die Bühne kamen.

Und wen würden Sie am liebsten spielen?

Auf diese Frage war er nicht gefaßt. Ich weiß nicht. Vielleicht den Lysander. Bestimmt nicht Oberon. Bei Casimir müßte ich nicht nachdenken. Er wäre der beste Zettel, den es gäbe.

Wer ist Casimir?

Mein Freund. Er war mit mir in der Vorstellung.

Und meinetwegen ließen Sie ihn im Stich?

Er weiß es ja.

Schon wieder verfiel er in diesen Kinderton. Er nahm sich vor, aufmerksamer, beherrschter zu reagieren.

Kommen Sie mit dem Ensemble aus Berlin?

Das wäre was. Sie schüttelte lachend den Schnee aus dem Haar. Ich bin hier am Thalia-Theater engagiert und nur für diese Vorstellung ausgeliehen. Dauernd werde ich ausgeliehen. Mal ans Lobe-Theater, mal ans Schauspielhaus und nicht nur, wenn sie Elfen brauchen.

Sie spielte wieder, machte sich von ihm los, lief ein paar Schritte voraus, kehrte sich ihm zu, keine Elfe mehr, eher eine junge Heldin im Schneemantel, und gleich würde ein Rappen herangaloppieren, sie sich auf seinen Rücken schwingen und in der Nacht verschwinden.

Vielleicht bekomme ich bald ein Engagement in Berlin. Kommen Sie, wir trödeln, morgen früh muß ich zur Probe, und am Abend ist wieder Vorstellung. Sie leckte sich den Schnee von den Lippen.

Die Straßenlichter schwammen wie Monde in großen Höfen. Nachdem sie die Kaiserbrücke überquert und sich gegenseitig versichert hatten, daß die Oder, auch wenn sie sich versteckt habe, weiterfließe, überraschte sie ihn mit einem jähen Abschied. Bis zu ihrer Wohnung in der Münzstraße finde sie nun allein. Aber wenn es ihm nicht lästig sei, könne er sie morgen nach der Vorstellung abholen. Es würde sie freuen.

Ich komme, versprach er und dachte, hätte ich einen Hut auf, würde ich ihn jetzt mit einer großen Geste ziehen.

Casimir holte ihn am andern Morgen zur Schule ab, begierig, von seinem Abenteuer mit der Elfe zu hören, doch Felix wiegelte ab, er habe sich mit ihr unterhalten, aber das alles reiche noch nicht aus, um zu erzählen, womit er genaugenommen meinte: dies sei noch keine Antwort auf Laura.

Beim Mittagessen jammerte Mutter, daß sie gar nicht hätten umziehen müssen, da es, sobald die Rentenmark ausgegeben werde, mit diesem Wahnsinn ein Ende habe und das Geld wieder etwas wert sei. Vater legte den Löffel vorsichtig auf der Besteckbank ab. Das schon, Lina, Wert wird es wieder haben. Nur was hilft der Wert ohne Geld. Also reg dich nicht auf. Immerhin werde ich mit den Engländern wieder ins Geschäft kommen. Und wie gefiel dir das Theaterstück, Felix?

Vater wollte ablenken, auf ein anderes Thema kommen.

Es war wunderbar, Papa.

Die Auskunft genügte. Mutter war noch immer damit beschäftigt, einer Vergangenheit nachzutrauern, in der sie, wie sie glaubte, ihr besseres Leben zurückgelassen hatte.

Ich komme heute ein wenig später nach Hause. Casimir und ich wollen uns auf die Griechisch-Prüfung vorbereiten.

Er log und das fiel ihm schwer.

Mutter setzte den Deckel auf die Terrine.

Grüß Casimir. Er ist ein feiner Junge.

Vater wartete nicht ab, bis abgetragen war, zündete sich eine Zigarre an, ging hinunter in den Laden, wo er die Tür aufschließen, einige Münzen in die Kasse leeren, sich im Hinterzimmer auf den Diwan legen und auf Kunden warten würde.

Ich lebe mit ihnen, dachte Felix, und sie ahnen nicht, daß ich dabei bin, sie zu verlassen. Nicht nur mit einer Lüge. Zum ersten Mal reißt der Faden. Er sieht auf sich zurück und sieht sich vor einem Anfang.

Ich frage mich, ob jemand in seinem Alter sich eine solche Unterbrechung erklären kann. Das Ende von einem Leben, das sich, wie in einem Sprung, in einem andern fortsetzt. Es hat nichts mit ihm zu tun. Er ist davon überrascht. Immer werden wir von solchen Sprüngen überrascht. Ich hörte mit vierzehn auf zu leben, als meine Mutter an Tabletten starb. Mit neunzehn las ich Hemingways *Der alte Mann und das Meer* und triumphierte über den Fischer, weil ich mich weiter glaubte als er, weil ich den Fisch nicht mehr brauchte.

Felix geht durch die Wohnung, die neue, die wieder alt geworden ist und immer älter werden wird und sammelt mit Blicken Dinge ein: Die Stehlampe mit den drei Löwenfüßen aus Messing und dem Schirm, auf dem, wenn das Licht brennt, eine Herde von chinesischen Drachen unaufhörlich im Kreis läuft; den kleinen Rauchtisch daneben, auf dem Vater seine Zigarrenkisten und Pfeifen deponiert, die zu berühren ein Sakrileg wäre; die Menora auf der großen schweren Anrichte; oder die bläulich schimmernde Maske der Toten aus der Seine, die neben dem Sekretär an der Wand hängt und die ihm lange Zeit Furcht einflößte. Die Dinge entfernen sich von ihm, fallen zurück in die Zeit, in der sie ihn schützten und sein Zuhause bedeuteten.

Den Nachmittag wird er bei Casimir verbringen und sich hüten, von Irene zu sprechen.

Ungezählte Male wanderte er um die Jahrhunderthalle und wunderte sich, daß es ihm nicht gelingt, an Irene zu denken, sondern an Mama, die er belog und die annimmt, er pauke mit Casimir Latein oder Griechisch.

Diesmal läßt Irene auf sich warten.

Titania ist längst mit dem Auto davon. Oberon verschwindet nach einer Umarmung mit einer Dame.

Endlich tritt sie auf, allein, die offene Tür wird zum hellen Rahmen, sie hat sich für ihn verkleidet: Eine junge Dame, die auf Reisen gehen will, ein Barett auf dem Kopf und eingehüllt in eine Pelerine.

Er winkt ihr zu und da sie zögert, ruft er: Kommen Sie! Und der Park ruft mit.

Von da an weiß er alles im voraus, kennt sich aus in dem, was geschieht.

Sie haben es eilig, pflügen durch den Schnee. An der Brücke schickt sie ihn nicht fort. Ein paar Minuten später schließt sie eine Tür auf, hüpft eine schmale Stiege vor ihm hoch. Sie stehen sich außer Atem in einem Zimmer gegenüber, in dem es hell und warm ist. Ich habe, sagt sie, bevor ich ging, noch einmal Kohle aufgelegt. Ziehen Sie doch den nassen Mantel aus, sagt sie, nehmen Sie doch Platz.

Der Diwan ist durchgesessen. Er sinkt tief in die Polster.

Umständlich hängt sie seinen Mantel an einem Haken auf, ruft sich zur Ordnung, wischt die Pfützen des weggetauten Schnees vom Parkett, stellt Teetassen auf ein Tablett, holt einen Topf vom Ofen, gießt das heiße Wasser um in die Kanne.

So, sagt sie, nimmt ihr Gesicht zwischen die Hände, reibt die Backen zum Mund hin, daß die Lippen rund werden und aufspringen. So, nun bin ich fertig. Nun können wir uns auch inwendig aufwärmen. Ist das richtig: inwendig?

Ja, das kann man sagen.

Wie um ihre Position zu prüfen, nimmt sie erst ihm gegenüber Platz, wirft ihm einen Blick zu, springt wieder auf, schüttelt den Kopf, ist mit zwei Schritten um den Tisch, setzt sich neben ihn. So ist es gut, meint sie und fügt nach einem Lachen hinzu: Eigentlich ist es mir nicht erlaubt, um diese Zeit Besuch zu empfangen. Auf wen sie da zu hören und zu achten hat, auf ihre Eltern, den Hauswirt, oder auf eine empfindliche Nachbarin, läßt sie offen.

Dann ist es wohl besser –

Nein, beschwichtigt sie ihn, es ist gut so, sagte ich doch.

Obwohl sie ihn nicht berührt, spürt er sie. Er spannt sich, sitzt steif, aufrecht.

Bin ich nicht verrückt? Ich lade Sie ein, kenne Sie erst seit gestern, weiß überhaupt nichts von Ihnen.

Was wollen Sie wissen?

Nichts. Ich werde es schon mit der Zeit erfahren.

Es sind lauter unscheinbare, heftiger werdende Bewegungen, mit denen sie sich unterhalten. Wie er die Hand auf den Tisch legt und wieder zurückzieht. Wie er viel zu lang mit dem Löffel im Tee rührt. Wie er die Tasse nicht ruhig halten kann. Wie sie die Beine gegeneinanderpreßt. Wie sie die Hände im Nacken verschränkt.

Wie lange mußt du noch zur Schule gehen?

Noch ein halbes Jahr.

Und was hast du danach vor?

Ich werde studieren, Jura.

Sie sieht ihn zweifelnd von der Seite an. Als Richter kann ich mir dich aber überhaupt nicht vorstellen.

Ich möchte auch Anwalt werden.

Das schon eher.

Ihre Haare streifen seine Schläfe. Dann ist es ihre Stirn.

Sie bleibt so, und er hält still. Ihr Atem wärmt seine Wange. Sie duftet ein wenig nach Puder, anders als Mama oder Elena.

Er sieht seiner Hand zu, die, als sei es eine fremde, langsam die Tischkante entlangwischt, kurz anhält und sich dann auf ihren Rock legt.

Sie wird, denkt er, mir auf die Hand schlagen und wegrükken, doch sie legt, anders antwortend, ihr Gesicht gegen seines, er spürt ihre Lippen unter den Augen, auf den Backen, sie berühren seine Mundwinkel, halten spielerisch an, legen sich endlich auf seine Lippen.

Er will alles auf einmal, und es geschieht alles auf einmal. Er nimmt sie in die Arme, reißt sie an sich, preßt sich an sie, bewegt sich mit ihr, und ihre Zungen kreiseln, tupfen, füllen Münder aus. Sie werden schwer, verlieren den Halt, rutschen vom Diwan, stoßen den Tisch zur Seite, liegen auf dem Boden, und sie lacht in ihn hinein, drückt ihren Atem in seinen Mund. Dann richtet sie sich ein wenig auf, sieht ihn an, fährt ihm mit der Hand übers Gesicht: Du glühst, sagt sie.

Du auch, sagt er.

Ihre Fingerspitzen hüpfen auf seiner Brust. Sie knöpft ihm das Hemd auf.

Ich zieh dich aus, flüstert sie, und du ziehst mich aus, ja?

Felix denkt, ich sollte das Licht löschen, denn wenn ich sie auch sehen will, soll sie mich nicht sehen.

Sie ist schnell, läßt ihn nicht los, treibt ihn an, ihr zu helfen, hilft sich selber und wonach er sich sehnte, wovor er sich fürchtete, dieses Bild, das ihm die Träume machten, hat er leibhaftig vor sich, einen großen, von Atem bewegten nackten Körper.

Streichel mich, bittet sie.

Er läßt sich auf sie fallen, fällt in sie hinein, er sieht sich, hinter geschlossenen Augen, klein und wie toll, ein winziger Reiter.

Hör bloß nicht auf, redet sie ihm ins Ohr, trommelt mit dem Kopf den Boden, bloß nicht, doch nun vergißt er sich und einen Augenblick auch sie.

Sie liegen nebeneinander, reden gegen die Decke:

Auf der Diele, sagt sie, wir hätten ins Bett gehen sollen oder doch nicht. Fühlst du dich gut?

Ja, sehr.

War's schön?

Ja. Bei dir auch?

Ja, antwortet sie, ja mein Kleiner. Sie steht auf, stützt sich auf der Lehne des Diwans ab, geht zum Waschtisch und blickt in den Spiegel, dreht sich zu ihm um, groß, eine Statue – und alles wird er Casimir erzählen, fast alles, nur nicht, daß sie ihn *mein Kleiner* nannte.

Kommst du ins Bett, jetzt?

Du, ich muß gehen. Meine Mutter wartet sicher auf mich.

Sie ist sehr ängstlich.

Mein Kleiner, sagt sie, ist mit ein paar Schritten bei ihm, kauert sich neben ihm hin, schreibt mit dem Finger Wörter auf seine Brust, die seine Haut nicht lesen kann.

Aber du kommst wieder?

Er zieht sich an, sie nicht, sie versteckt sich hinter der Tür, als er sie öffnet: Morgen ist keine Vorstellung, flüstert sie gegen das Holz. Komm hierher, gegen sieben.

Er geht auf Umwegen nach Hause. Mutter erwartet ihn im Flur, im Morgenmantel, die Haare gelöst, glatt über den Rücken gekämmt: Bist du so lange bei Casimir gewesen?

Ja.

Dann geh jetzt schlafen, Felix.

Ja, Mama.

Soll ich dich wecken für die Schule?

Bitte, Mama.

Bloß eine Frage noch, einen Satz, und er hätte ihr gestanden, daß er sie angelogen hat, er hätte ihr vorgeworfen, daß sie ihn wie ein Kind behandle, daß er aber etwas erlebt habe, was sie nie begreifen werde.

Gute Nacht, Mama.

In seinem Zimmer brennt Licht. Sie hat es für ihn angemacht, als sie seine Schritte im Treppenhaus hörte.

Es hat sich alles geändert, er, seine Umgebung, die Stadt, seine Beziehung zu Menschen, zu Dingen. Er sieht anders, denkt anders, fühlt anders, bewegt sich anders.

Bis auf die abendlichen Besuche bei Irene, von denen allein Casimir weiß, verbringt er jedoch die Tage wie immer. Er geht zur Schule, an den Nachmittagen trifft er sich mit Casimir. Doch reden sie jetzt öfter in den Catull, in den Thukydides hinein von Laura, von Irene – und Felix ist sicher, daß Casimir in seinen Tagträumen nun Laura mit Irene verwechselt.

An einem Abend hat er sich von Casimir zu Irenes Wohnung begleiten lassen. Sie standen vor dem Haus, er zeigte auf das beleuchtete Fenster im ersten Stock: Dort wohnt sie, dann verabschiedete er sich, ging zur Haustür, klingelte und als er sich umschaute, stand Casimir in Gedanken verloren auf der anderen Straßenseite, wie er selber so gestanden hatte und es war, dachte Felix, der vollkommenste Augenblick ihrer Freundschaft.

## 8
## *Coda*

Sie liefen auseinander – schreibe ich und fasse zusammen, denn ich komme ihrem Tempo kaum mehr nach, das wiederum seinen Grund hat in meiner Ungeduld, ich laufe mit Felix auf den zu, den ich besser zu kennen glaube, und er nimmt auch schon die mir vertraute Gestalt an: Wenn er in den Zug nach Berlin einsteigt, sich in der Wagentür noch einmal seinen Eltern und Jona zuwendet, den neuen Mantel, den sie ihm für die Stadt geschenkt haben, offen und den Hut in der Hand, dann sehe ich ihn fünfzig Jahre später, aus dem Zug steigen, müde, eingepuppt in seine Geschichte, sehe, wie er sich den Hut aufsetzt und gehe ihm nach, hole ihn ein, und er sagt, als ich ihm die schwere Aktentasche abnehme: Lassen Sie nur, ich bin's gewöhnt – sie liefen auseinander, versprachen sich Treue, lernten Abschiede, lernten vergessen und erinnern.

Doch bis es soweit war, bis Casimir nach London aufbrach, um dort, nach dem Willen des Onkels die Grundlagen des Geldgeschäftes zu erlernen, bis Laura hinter einer Wolkenbank von Gerüchten verschwand, bis Irene nicht nach Berlin, sondern nach Weimar ins Engagement ging und Felix schließlich doch mit dem Versprechen, so sparsam wie möglich zu sein und nach Jonas Fürsprache in Berlin das Jurastudium beginnen konnte, ehe es soweit war, drängten sie sich in ihren Abendnestern zusammen, flogen miteinander aus, redeten sich die Köpfe heiß, verfielen eine Weile Lauras von Marx und Lenin geschürtem Zorn, stritten sich, widerriefen, wovon sie überzeugt waren, machten die Stadt klein, damit sie ihr erleichtert den Rücken kehren konnten, genossen den Korso auf der Schweidnitzer Straße, führten sich lärmend vor, ruderten auf der Oder, fragten sich gegenseitig Liebe, Verben, Formeln ab und die Himmel wechselten über ihnen wie die Gedichtzeilen wechselten an den Abenden, wenn sie bei Laura oder Irene Tee tranken oder an Likörgläsern nippten, Casimir in Anfällen von Verachtung auf diese Spiegelwelt einschlug, in der sich nur Ausbeuter und Schmarotzer zurechtfänden, Laura ihn anfeuerte, Irene eingeschüchtert schwieg und Felix, wie Laura spottete, die lieben Bücher sprechen ließ, die dann doch alle kannten und aus denen sie sich Zeilen zuriefen, als wären es Kennworte, Parolen für die Zukunft: »Du Geist, der mich verließ, den ich gewinne, / Der tausendfältig meines Werkes harrt, / Erkämpf mich bis zum letzten meiner Sinne, / Auf einem andern Stern beginn, o Fahrt«, und versicherten sich gegenseitig Träumer zu sein, der Wirklichkeit nicht mächtig: »Du Tausendfache, die du bist und nicht! / Du Taggestalt, du letztes Nachtgesicht!«, und wenn sie sich erschöpft hatten in Widerspruch und Zustimmung, die Angst vor der unbewältigten Zeit überhand nahm und sie das Heimweh schon vorausspürten, dann schmiegten sie sich aneinander, rieben sich, »Wenn es an mein Haus pochte, / war es mein eigenes Herz« und trennten sich für die angebrochene Nacht, Paar für Paar.

Felix lebte ein zweites Leben. Ihn bedrückte es, daß er sich den Eltern nicht anvertrauen konnte. Alles, was ihn mit Casimir, Laura und Irene verband, jeder Gedanke, jeder Wunsch, ihre Art zu leben und zu lieben, würde die Eltern abstoßen. Selbst Jona weihte er nicht ein. Und dennoch schlossen die Gespräche, die er mit den Eltern und Jona vor dem Abitur führte, die anderen drei ein. Es waren die Grenzen zur Zukunft in unruhigen Sätzen absuchende Unterhaltungen.

Diese Rowdies, erzählte Jona, haben den alten tapferen Rübenach aus dem Nachbarhaus so zugerichtet, daß man ihn ins Spital bringen mußte.

Warum? fragte Felix.

Warum schon? Wenn einer das genau wüßte. Rübenach hat im Gasthaus einen Streit über die Polen begonnen, von denen er, wie jeder vernünftige Mensch, behauptete, daß man sie nicht verteufeln soll. Das genügte. Erst schimpften sie ihn einen verdammten Wasserpolaken, dann schlugen sie ihn zusammen. Diese Zeit ist voll von Haß. Kriege werden geführt, verloren und die davonkommen legen Wert darauf, gesiegt zu haben.

Kannst du bei den Eltern ein gutes Wort für mich einlegen, Jona? Du weißt, ich will nach Berlin. Vater wird nicht verstehen, weshalb ich dort studieren will.

Muß es denn sein? Du könntest hier, in Breslau, beginnen und würdest dem armen Leo viel Geld sparen helfen.

Aber –

Ich weiß, die Stadt reizt dich, der Wirbel, vielleicht auch die Frauen, meinetwegen.

Ganz allein? zweifelte Mutter, wenn Casimir dich begleitete, wäre ich ruhiger. Und ein Zimmer, das uns billig kommt, wird auch schwer zu finden sein.

Laura, möchte er sagen, Laura könnte mir vielleicht helfen mit ihren Verbindungen. Doch er sagte es nicht.

Nun gut, das Honorar für die Klavierstunden fällt fort, rechnet Vater, aber aufs Ganze gesehen ist das nur ein minimaler Posten.

Was drängt dich so weg von uns? Hier hast du dein Zimmer, mußt dich nicht ums Essen kümmern, für deine Wäsche wird gesorgt.

Ihr werdet mir sehr fehlen, wahrscheinlich werde ich Heimweh haben. Aber ich habe mich erkundigt, für Juristen sind Berlin und Leipzig die besten Universitätsplätze.

Bei wem hast du dich erkundigt?

Ich habe mich eben umgehört, Casimir auch.

Das kann ja sein. Es spricht so viel dagegen. Lies doch die Zeitung, Felix, ständig Unruhe auf der Straße, Streiks, Schießereien.

Das ist vorbei, Papa.

Es wird noch schlimmer werden.

Ich werde auf mich aufpassen.

Du wirst mit hundertfünfzig Mark auskommen müssen.

Ich weiß. Davor habe ich keine Angst.

Aber nie bist du bisher mit Geld umgegangen, Felix.

Ich werde es lernen, lernen müssen, Mama.

Hast du gelesen, Felix, der Hitler ist zu fünf Jahren Festungshaft verurteilt worden.

Ja, Jona.

Damit wird er verschwunden sein aus der Weltgeschichte.

Bist du sicher?

Ich habe schon ein Zimmer in Berlin.

So ist also alles schon entschieden, mehr oder weniger ohne uns, Felix.

Das wollte ich nicht, Papa. Das ergab sich über Casimirs Onkel.

Das immerhin beruhigt mich, dann wird es eine ordentliche Adresse sein.

Wirst du mich vergessen, Felix?

Und du Irene?

Ich schwör dir, gleich aus Weimar zu schreiben.

Aber ich bitte dich, nicht nach Hause. Bis zum Herbst postlagernd und danach an die Berliner Adresse.

Du bist ein Feigling.

Versteh mich doch.

Ich verstehe dich und ärgere mich.

Habt ihr gehört, wir werden mit achtundfünfzig Sitzen mehr im Reichstag sein. Die Genossen sind ganz aus dem Häuschen.

Ich freue mich für dich, Laura.

Wieso für mich? Für die Partei!

Weißt du, auf die kann ich meine Freude nicht verteilen.

Du bist und bleibst ein petit bourgeois, Felix.

Wenn du nichts dagegen hast.

Und ob, Felix, und ob!

Das Jahr rennt und sie hasten ihm nach, den Kopf voller Pläne.

Casimir besteht die Reifeprüfung als bester seines Jahrgangs. Felix wird vierter.

Wir können stolz sein, sagt Casimirs Onkel, nach all den Jahren.

Ich bin es, versichert Felix.

Während der Abschlußfeier spielen er und Casimir vierhändig Schuberts Grand Duo, die Sonate in C-Dur. Und ein paar Wochen später, am 16. September 1924, schreibt Casimir in seinem ersten Brief aus London: Als wir die Hände sinken ließen, nebeneinander sitzend der Schubertschen Musik nachhorchten und der Applaus uns aufstörte, war ich gewiß, daß dies nicht unser letzter Versuch sein würde, gegen die Welt anzuspielen und, wenn's gut kommt, ihr eins aufzuspielen.

# 1925 – 1932

Schlage die Trommel und fürchte dich nicht,
Und küsse die Marketenderin!
Das ist die ganze Wissenschaft,
Das ist der Bücher tiefster Sinn.

*Heinrich Heine*

## 9
## *Der erste Tag*

Auch sein Berlin ist nicht meines. Er kam 1924 in die Stadt, ich 1962. Er reiste in eine Metropole, die er zwar nicht kannte, über die er aber täglich gelesen hatte, Nachrichten und Gerüchte über eine ferne Attraktion, die mit illuminierten Namen warb: Max Reinhardt, Alfred Kerr, Walter Hasenclever und Ernst Deutsch, Graf Kessler und Josephine Baker, Fritzi Massary und Max Pallenberg, George Grosz und Bertolt Brecht, Otto Reuter und Kurt Tucholsky. Es sind Namen, die auch ich kenne, die in Memoiren und Tagebüchern auftauchen, und sage ich sie mir nacheinander auf, eine endlose Reihe, spüre ich noch immer ihren Lebenshunger. Es war ein Zauber auf Zeit. Manchmal fließt alles, was ich aus den Erinnerungen anderer weiß, zu einem einzigen, an den Rändern ausfransenden, figurenreichen Bild zusammen. Über der Stadt wechseln dann, der rasenden Zeit nachgebend, Tag und Nacht in rascher Folge. Die Lichter in den Straßen gehen nach einem hastig klopfenden Rhythmus an und aus. Sogar die Menschen bewegen sich ungeduldig, getrieben von einem widersprüchlichen Geist.

Ich kann in die Häuser sehen. Viele verstecken sich in den Zimmern, ahnen das Unheil und geben vorzeitig auf. Andere sind ratlos und rastlos unterwegs, in Theatern, Kneipen, auf dem Boulevard, allein oder in einer flüchtigen Umarmung, in Versammlungen. Es ist ihre Geschichte, die auf ein Ziel zujagt, das ein Ende bedeuten wird. Es ist seine Geschichte gewesen und meine geworden.

Als ich im Februar 1962 nach Berlin kam und eine Wohnung suchte, fegte ein eiskalter Wind durch die Trümmergrundstükke an der neuen Urania. Ich hatte den Eindruck, die Stadt werde ihre Erinnerung an die zwölf Jahre unter Hitlers Herrschaft nicht los und beginne vorsätzlich zu versteppen. Mit einem älteren Bekannten, der mir bei der Wohnungssuche half, ging ich die Kurfürstenstraße entlang und an einem der wenigen Häuser, das die Bombennächte überstanden hatte, sagte er: Hier waren die Büros von Eichmann.

Er, den ich mit Felix zu erreichen versuche, hatte, wie er mir erzählte, Berlin, kaum war er 1948 nach Deutschland zurückgekehrt, besucht. Er sagte: Noch wie ein Fremder. Er hat diesen Satz in späteren Gesprächen nie revidiert. Er sei viel herumgelaufen, erzählte er, habe, wie früher, bei Mampe gesessen, an die verschollenen Freunde gedacht und habe sich endlich, nicht ohne Skrupel, entschlossen, nachzusehen, ob die beiden Häuser in der Bleibtreustraße, in denen er nacheinander gewohnt hatte, noch vorhanden waren. Sie waren es. Er sei, erzählte er, in keines hineingegangen, habe sich nur dabei ertappt, auf dem Klingelbrett nach seinem Namen zu suchen. Wie lächerlich, bemerkte er leise.

Erst vor wenigen Tagen habe ich, seiner Spur folgend und der von Felix nachgehend, vor dem sich im Gründerbarock brüstenden Portal gestanden und mich gefragt, wie er ankam, wie es anfing. Ich hielt es für möglich, daß sein erster Tag als Student mit einem Traum enden könnte, in dem sich vereint, was er hinter sich gelassen hatte und was er sein wollte. Dann öffnete ich die schwere Tür und ließ Felix ins Haus.

Er hatte, ehe er die Bleibtreustraße erreichte, schon einige Abenteuer hinter sich, war am Schlesischen Bahnhof in den falschen Bus gestiegen und an einer Haltestelle abgesprungen, an der es keinen Anschluß gab, hatte auf seine Fragen von hilfsbereiten Passanten derart ausführliche Auskünfte bekommen, daß er sich hätte teilen und mindestens in sieben Himmelsrichtungen auseinanderstreben müssen. Und er hatte nach weiteren Irrwegen einer Droschke gewunken, die ihn, nach kurzer Fahrt, an Ort und Stelle brachte, was er auf den ersten Blick nicht glauben wollte, da selbst eine Schwägerin von Casimirs Onkel in einem solchen Palast, fand er, über ihre Verhältnisse leben müsse.

Eine Weile stand er unschlüssig, den Kopf in den Nacken gelegt, ließ seine Blicke über die Simse der Fassade wandern, dann wieder starrte er durch die geschliffenen Scheiben ins Entree und spürte, wie er kleinlaut wurde. Das durfte nicht sein, er durfte sich nicht gleich zu Beginn überwältigen lassen, mußte sich der falschen oder wahren Größe gewachsen zeigen. Entschlossen packte er den Koffer, nahm Anlauf, zog die Tür auf, lief, links und rechts von zwei übermannshohen Spiegeln flüchtig eingefangen, über den Marmorboden, wäre beinahe ausgerutscht, stützte sich auf dem Koffer ab, rannte weiter, verschmähte den Lift, erreichte die Treppe, die mit einem weinroten, von Messingstangen gehaltenen Läufer belegt war, studierte auf zwei Etagen die pompösen Türschilder vergeblich, las auf der dritten den Namen, der für ihn das Ziel bedeutete: Betty Meyer, läutete unverzüglich, worauf ihm ebenso unverzüglich geöffnet wurde. Von einer Dame, die, fast so breit wie hoch, die Tür füllte. Sie trug ein schwarzes Kleid mit weißen Rüschen, in ihrem Dekolleté eine goldene Kette mit Edelsteinen. Ihr rundes, bleichgepudertes Gesicht lächelte:

Da sind Sie! Herr Guttmann, nicht wahr? Ich habe Sie bereits erwartet.

Felix wollte sich entschuldigen, doch mit einer piepsenden, ihrem Volumen ganz und gar widersprechenden Kinderstimme fügte sie, nachdem sie ihn gemustert hatte, hinzu: Wie niedlich.

Was ihn sprachlos machte, was er für eine unglaubliche Frechheit hielt, was ihm das Blut ins Gesicht trieb und Frau Meyer zu raschem Handeln bewog. Nun kommen Sie erst mal rein! Sie zog ihn am Ärmel über die Schwelle. Danach ließ sie ihn – um ihre, um seine Verlegenheit zu überwinden – nicht zur Ruhe kommen, trieb ihn, ständig plappernd, Türen aufreißend – sehen Sie, hier ist das Bad, hier die Küche, hier der Salon, in dem ich mich meistens aufhalte, und da wohnt mein anderer Mieter, Herr Doktor Wannenmacher, den kann ich Ihnen aber erst übermorgen vorstellen, wenn er von einer Reise zurückkommt – den schnurgeraden Flur entlang, in dem anscheinend ständig zwei gelbgetönte Laternen brannten. Es roch, fand Felix, nach Sauerkraut und Räucherkerzen. Er kam aber nicht dazu, sich über das merkwürdige Gemisch zu wundern, da sie das Ende des Korridors erreicht hatten, Frau Meyer vor ihm ein Zimmer betrat, mit ausholender Geste erklärte, daß dies sein Reich sei und ihn mit der Feststellung, er müsse jetzt zu sich kommen, auspacken, sich auch ein wenig ausruhen, und sie werde sich zum Kaffee wieder melden, allein ließ.

Hier wird er leben, sich einrichten. Wer weiß, für wie lange. Das Zimmer ist so groß, daß fast die ganze Breslauer Wohnung darin Platz fände. An die schweren, düsteren Möbel – den Schrank, in den er sich ohne weiteres zurückziehen könnte, die Sitzgruppe, den Sekretär, an dem vielleicht schon ein Vorgänger seine Prüfungsängste ausgetragen hat, das Bett mit dem aufgeplusterten Plumeau und dem gehäkelten Überwurf – an diese Möbel wird er sich gewöhnen.

Er tritt ans Fenster, schaut nicht, wie er angenommen hat, auf die Straße, sondern in einen Hof, in dem ein paar dünnstämmige, lichthungrige Bäume stehen und kein einziges Kind spielt. Es ist still, auch in der Wohnung. Wahrscheinlich liegt Frau Meyer auf der Lauer, lauscht auf jeden seiner Schritte. Diesen Gefallen will er ihr nicht tun. Auf Zehenspitzen schleicht er zum Bett, hat Mühe es zu erklimmen, legt sich, ohne die Schuhe auszuziehen, auf die Häkeldecke, was, wie er zufrieden denkt, seine Wirtin wahrscheinlich empören würde.

Vielleicht war der Aufbruch zu abrupt gewesen, vielleicht war seine kindliche Hoffnung vorausgerannt und nun erst verspürte er eine Art Schutzlosigkeit und wie sehr ihm die Eltern, die Freunde fehlten. Sicher, von Mutter würde bald, wie sie ihm versprach, ein Freßpaket eintreffen, und Vater hatte ihm den ersten Wechsel mitgegeben, Casimir würde ihm regelmäßig aus London schreiben, Jona ihn mit skurrilen Ansichtskarten versorgen, Laura würde womöglich bald in Berlin auftauchen, aber Irene hatte nach einem ersten Brief voller Schwüre und Beteuerungen nichts mehr von sich hören lassen. Es schien ihm, als treibe er, losgerissen vom Anker, auf einem grauen, trägen, uferlosen Strom.

Gleich morgen, nahm er sich vor, würde er zur Universität gehen, sich eintragen.

Frau Meyer hatte gesagt, dachte er: Wie niedlich.

Er legte das Kinn auf die Brust, blickte zu seinen Schuhspitzen hinunter, schlug sie mehrfach gegeneinander. Ich werde ihr keine Gelegenheit geben, mich weiter niedlich zu finden.

Da klopfte Frau Meyer schon: Der Kaffee steht im Salon.

Danke. Ich komme.

Er blieb erst einmal liegen, zählte bis fünfzig, rutschte dann vom Bett, ging zum Schrank, öffnete ihn, betrachtete sich im Spiegel, legte die Stirn gegen das Glas, gab sich einen Ruck, zog das Jackett glatt und ging ohne Eile in den Salon.

Sie redet, kaum wird sie seiner ansichtig, sie redet, er setzt sich auf einen Diwan, genau unter das in Öl gemalte Bild eines verschleiert blickenden Herrn, sie redet, er nippt an seiner Tasse, ist unschlüssig, welches Konfekt er von der Kristallschale auf dem Tisch picken soll, sie redet, rutscht hin und her auf der Kante des Sessels, redet, wirft Blicke zur Decke, als könne sie dort ablesen, was sie redet, was er in Bruchstücken hört.

Es freut mich, hört er, ich freue mich, Sie können sich gar nicht vorstellen, wie, daß dieses verwaiste Zimmer endlich wieder von Leben erfüllt ist, hört er, Ihr Herr Vorgänger, mit dem ich ganz ausgezeichnet ausgekommen bin, ganz ausgezeichnet, hat aus familiären Gründen sein Studium abbrechen müssen, Nationalökonomie, eine traurige Geschichte, mit der ich Sie aber nicht belästigen möchte, um so erfreulicher, nun ja, Ihre Anwesenheit und daß Sie mir von Casimir erzählen können, den ich zum letzten Mal vor elf Jahren gesehen habe, als er mit seinen Eltern Berlin besuchte – ja, sagte er, Casimir ist, wie Sie wohl wissen, in Ausbildung in London – der Casimir, hörte er, ein blitzgescheites Kind, aber, er hörte sie lachen, es ist ja geradezu verwegen, ihn noch als Kind zu bezeichnen, ein junger Mann, nicht wahr, hörte er, und ich dachte mir damals, als er hier in diesem Zimmer, hier an diesem Tisch altklug in einem Buch blätterte, das ihm mein Mann gegeben hatte, er gleicht ihm, hörte er, er gleicht meinem Mann, der, ach, wie soll ich das erklären, hörte er sie, der so sanft und gescheit war, in Wahrheit nicht geeignet für den Geldhandel, dem er aber, hörte er, mit Leib und Seele nachging wie nur einer, hörte er sie seufzen, das Bild da über Ihnen, über Ihrem Kopf, lebensnah, so sah er aus, ein junger Künstler aus Spandau hat es in meinem Auftrag gemalt, und ich habe ihn überrascht zu seinem vierunddreißigsten Geburtstag, seinem letzten, hörte er, da steckten wir schon mitten in der Inflation, und er kam Abend für Abend verzweifelter nach Hause, hörte er, sprach kein Wort mehr, fiel förmlich in sich zusammen, und ich konnte ihn, glauben Sie mir, hörte er, nicht dazu bewegen, sich auszusprechen, bis, sie unterbrach ihre Rede mit einem Schluchzer, bis er eben einfach aufgab, nicht mehr nach Hause kam, ich ihn suchen lassen mußte, Gott, was für ein Umstand, die Polizei im Hause, diese Neugier rundum und sie ihn, hörte er, nach drei Wochen fanden, im Grunewald, an einem Strick, ja, hörte er, Sie werden es verstehen, daß ich da einfach nicht drüber hinwegkomme, denn er hatte ja, hörte er, gut vorgesorgt, wie unser Anwalt danach feststellte, er ist nicht unbedingt weil wir bankrott gewesen wären in den Tod gegangen, eher aus einem allgemeinen Kummer, was man ja wieder verstehen kann, jeder, hörte er, der das alles mitgemacht hat, den Friedensschluß, den Rücktritt des Kaisers, hörte er, die furchtbaren Unruhen danach, den Kapp-Putsch, die Straßenkämpfe, hörte er, ich komme da einfach nicht drüber weg –.

Er sah ihr über den Rand der Tasse in die Augen. Sie lächelte verlegen, drückte eine Praline in den Mund und fragte, als sei, was er gehört hatte, nur Einbildung gewesen: Wann haben Sie denn vor, morgen zu frühstücken?

Wenn es nicht gegen ihren Tageslauf verstoße, schon um halb acht.

Dann gehöre er nicht zu den Langschläfern?

Nein, gewiß nicht.

Seine Blicke wandern durch den Raum, zum Fenster, er sieht gegenüber ein Stück Fassade, das ganz der des Hauses glich, in dem er sich aufhält, in dem er leben wird, und ihn überkommt die Vorstellung, daß er sich gleichermaßen drüben befinde und hier.

Ich will Sie nun nicht länger stören, sagte er, stand auf, fischte noch ein Schokoladenstückchen aus der Schale und verabschiedete sich mit einer angedeuteten Verbeugung. Sie gelang ihm, fand er, tadellos.

Nun hatte er Ruhe, auszupacken, seine Kleider, seine Wäsche im Schrank unterzubringen und die erste Zigarette zu rauchen, wobei er sich fragte, ob Frau Meyer dies überhaupt erlauben würde.

Es wurde dunkel. Er knipste die Stehlampe an.

Obwohl er den Eltern versprochen hatte, gleich nach der Ankunft ein paar Zeilen zu schreiben und er nun die Zeit dazu hatte, unterließ er es, ging im Zimmer auf und ab, genoß den leisen Schwindel, der ihn seit seiner Ankunft ergriffen hatte, nahm die Schlüssel, die Frau Meyer auf den Sekretär gelegt hatte und verließ die Wohnung.

Der Strom der Fußgänger zog ihn mit. Die Luft war leicht und kühl. Der Himmel wölbte sich grau, dünn über der Stadt, sog Lichtpartikel an und fing von den Rändern her zu brennen an. Auf dem Kurfürstendamm fiel ihm ein, daß er sich eigentlich vorgenommen hatte, am ersten Tag Unter den Linden zu flanieren. So, wie es die Reiseführer vorschlugen. Nun war es zu spät dafür. Er würde es, schon ein wenig eingeweihter, morgen nachholen. Das Durcheinander vergnügte ihn: Die Autos, die Spaziergänger, die Auslagen, die springenden Farben der Leuchtschriften.

Wieso er bei Mampe einkehrte, nachdem er schon einige Speisekarten studiert und durch Fenster in Restaurants gespäht hatte, konnte er sich nicht erklären, doch als er das Lokal verließ, nachdem er gut und billig gegessen hatte, wußte er, daß er dort oft zu finden sei.

Von der Reise, den Eindrücken der Ankunft müde, ging er früh nach Hause und legte sich gleich schlafen. Frau Meyer hatte ihn nicht, wie er befürchtete, im Korridor abgefangen. Er schlief leicht, eigentümlich erregt, ein und noch im Wachen kamen Träume auf ihn zu.

Er könnte ein Pudel sein, ein gelehriges, vor Eifer wiependes Tier. Aber wie kommt er in diesen großen Saal, dessen beide Flügeltüren offenstehen und in dem an der Decke lautlos und langsam Leuchter entlangwandern, aus der Seitenwand heraustreten und in der gegenüberliegenden verschwinden? Warum ist der Raum mit so vielen großen und runden Tischen gefüllt, einer neben dem andern und auf jedem wieder mehrere silberne Schalen, in denen Konfekt aufgehäuft ist? In allen vier Ecken lehnt, unübersehbar und freundlich, Frau Meyer, er weiß nicht, welcher er seine Aufmerksamkeit schenken, auf welche er hören soll. Spring Felix! ruft ihm die eine liebevoll zu, und er sieht den Pudel auf den Hinterbeinen hüpfen. Mach Männchen! wünscht die andere nicht minder herzlich, und seine Beine strengen sich wie von selber an. Apportier Felix! fordert die dritte und wirft ihm so geschickt eine Praline zu, daß sie ihm im offenen Mund landet. Tanz! ruft die vierte Frau Meyer und beginnt sich selbst um die eigene Achse zu drehen, auf den Zehenspitzen, die Arme geziert angewinkelt. Er verspürt den heftigen Wunsch, es ihr nachzutun. Jetzt erst, in der Pirouette, fällt ihm auf, daß viele Augen ihn amüsiert anstarren, daß offenbar aus den Wänden Damen im Abendkleid und Herren im Frack getreten sind, vornehme Kenner von Frau Meyers Dressurkünsten. Er möchte sich unsichtbar machen, doch er sieht den Pudel tanzen. In diesem Augenblick treten die vier Wirtinnen aus den Ecken, vereinigen sich zu einer Frau, die beinahe bis zur Decke wächst und aus dieser Höhe mit ihrer splitternden Mädchenstimme ruft: Ist er nicht niedlich? Applaudierende Hände umzingeln ihn, zwingen ihn, einen Luftwirbel entfaltend, sich noch rasender zu drehen. Während er ihnen nachgibt und sich vorführt, weiß er, daß er dieser Gesellschaft nur entrinnen kann, wenn er die Grenze des Schlafs erreicht.

Er wacht auf, will nicht wach sein, findet sich im Halbdunkel nicht zurecht, erinnert sich, mit den Händen über die Bettdekke streichend, an Frau Meyer, die ihn empfing, mit der er Kaffee trank, erinnert sich aber gleichzeitig an die vier Frauen, und die Scham brennt ihm am Hals und am liebsten wollte er sich aus der Wohnung stehlen, für immer, Frau Meyer vergessen und nach einem anderen Zimmer suchen.

Aber er bleibt liegen, hält die Augen offen, auf keinen Fall will er wieder einschlafen. Aus Gewohnheit tastet er mit der linken Hand nach dem Schalter der Nachttischlampe, faßt ins Leere, lächelt, denkt: Das ist noch die Breslauer Hand. Hier befindet sich der Nachttisch rechts. Er macht das Licht an. Es ist halb sechs. Er könnte die Zeit bis zum Frühstück nutzen, um an die Eltern zu schreiben. Er tappt durchs Zimmer, ihm ist kalt, er zieht den Mantel an, setzt sich an den Sekretär.

Liebste Mutter, lieber Vater, schreibt er, die Stunden austauschend, eben habe ich mein Zimmer bezogen. Von Berlin habe ich bisher nur wenig gesehen. Frau Meyer entsprach ganz meinen Erwartungen. Sie ist freundlich, hilfsbereit, und das Zimmer, das ich mir inzwischen ein wenig angeeignet habe, ist so vornehm möbliert, wie Ihr es Euch nur vorstellen könnt.

Morgen früh will ich mich immatrikulieren, um keine Zeit zu verlieren. Ich danke Euch von ganzem Herzen, daß Ihr mir diesen Sprung nach Berlin erlaubt habt.

Euer Euch liebender Felix.

Frau Meyer, die wahrscheinlich von seinem Traum mehr mitgenommen wäre als er, hatte ihm in der Küche schon das Frühstück gedeckt. Auf dem Tablett fand er frische Brötchen, Butter, Honig und Wurst, die Vossische Zeitung, die er bisher nur vom Hörensagen kannte und einen Expreßbrief von Casimir. Er las die Zeitung, dann erst den Brief. Casimir teilte ihm, ohne sich nach seinem Befinden zu erkundigen, mit, daß er, falls er Zeit und Laune habe, ein Fräulein Katja Ludwig aufsuchen könne; sie sei ihm aus seiner Parteiarbeit bekannt.

Eine solche Bekanntschaft wollte er vorerst aufschieben. Nur anfangen wollte er. Nur an Schaltern Papiere ausschreiben, die Universität besichtigen. Dennoch ging ihm den ganzen Tag Casimirs Hinweis nach. Aber als er, endlich als Student verbrieft, Unter den Linden spazierenging und der Himmel, der nach Prospekten so häufig blau sein sollte, sich schwer auf die Häuser senkte, fragte er sich: Warum denn nicht Fräulein Ludwig?

## *10*
## *In falscher Gesellschaft*

Das Wintersemester verging mit Arbeit. Es reichten ihm gelegentliche Gespräche mit Studenten vor und nach den Vorlesungen oder in der Mensa. Er belegte mehr Vorlesungen, als er mußte, auch in Philosophie, und am liebsten hielt er sich im Lesesaal der Bibliothek auf, vor allem gegen Abend. Der Lichtkreis der Tischlampe schloß ihn ein, nur manchmal hörte er jemanden flüstern, husten, eine Seite umblättern, und die Bibliothek erschien ihm wie ein Bollwerk gegen die anbrechende Nacht und den Winter. Frau Meyers Aufdringlichkeit erwies sich als ein Produkt seiner von Abschied und Ankunft beunruhigten Phantasie. Allmählich legte er es sogar darauf an, sie in ein Gespräch zu ziehen. Nur in seinen Träumen trat sie noch ab und zu in der alten Rolle auf.

Er schrieb häufig nach Hause, an Casimir, der nicht locker ließ, auf kontinuierlicher Korrespondenz bestand.

Ungeduldig erwartete er Jonas Post. Sie bestand ausnahmslos aus Ansichtskarten mit Breslauer Motiven und erreichte ihn regelmäßig jeden Montagmorgen. Jona schrieb seine manchmal sprunghaften, meist aber hellsichtigen Kommentare über Zeit und Leute also samstags und Felix malte sich aus, wie Jona sich mit Hilfe eines Hockers vom Tisch hangelte, ans Stehpult begab, von dem er sonst, wenn ein Auftrag erledigt war, mit Schwung die Rechnung ausfertigte, je nach Laune eine Postkarte auswählte und ohne Zaudern loslegte.

Er sammelte Jonas Karten, als wären sie Fußnoten zu einem zukünftigen Tagebuch. Die erste konnte er inzwischen auswendig: Nun, mein Lieber, hat Dich Berlin verschlungen? Ist Dir eine schöne Dame über den Weg gelaufen? Oder der Weltgeist? Oder gar ein Polizist? Hast Du schon einem berühmten Professor widersprochen? Hat ein junger Poet Dir ein Gedicht gewidmet? Bist Du Kommunist geworden oder versteckst Du

Dich womöglich hinter den Deutschnationalen? Ich frage Dich und weiß es besser. Paß auf Dich auf und fall auf nichts rein. Dein Jona.

Im Dezember 1924, nach der Wahl, schrieb er kurz angebunden: Was weiß ich, lieber Felix, wen Du gewählt hast. Wenn Du gewählt hast. Aber daß die Völkischen eine Schlappe erlitten, freut mich, egal, welcher Satan da den Beelzebub austreibt. Dein Jona.

Und im Februar darauf, nachdem Felix zum ersten Mal ein paar Tage zu Hause in Breslau gewesen war, ruft er ihm nach: Fein hast Du Dich gemacht, mein Lieber. Nobel bist Du uns erschienen. Sieh zu, daß Du Dir ein Vögelchen fängst. Die Bücher sind nicht alles, viele Gesetze bringt Dir erst das Leben bei. Hast Du gelesen, Herr Hitler hat seine Partei wieder? Und sie ihn auch! Dein Jona.

Das von Jona gewünschte Vögelchen fing er sich tatsächlich. Oder es fing ihn. Was er sich allerdings so nicht eingestand. Wann immer die Rede auf seine erste Begegnung mit Mirjam kam, erzählte er sie, ließ ihr aber auf keinen Fall die Gelegenheit, auf ihn zuzukommen. Damit war es vorbei. Die Geschichte von Sophie bis Irene brauchte eine Fortsetzung nach seinem Geschmack. Es könnte aber auch sein, daß er die Nacht, ehe Mirjam gewissermaßen vom Himmel fiel, zu vergessen wünschte, die Erinnerung an den Abend mit Anekdoten verwischte.

In jener Nacht war Doktor Wannenmacher, sein Zimmernachbar, sein Begleiter gewesen. Nachdem Wannenmacher von einer Reise zurückgekehrt war – er verreiste häufig und gab nur ungefähre Auskünfte über Zweck und Ziel dieser Reisen – hatte Frau Meyer ihn mit Felix bekannt gemacht.

Wannenmacher gefiel ihm nicht. Der ganze Mann knirschte. Er war zuletzt Hauptmann gewesen, hatte noch vor dem Krieg als Historiker sein Studium abgeschlossen, sich, wie er andeutete, am Kapp-Putsch beteiligt, hatte gegen die Spartakisten gekämpft, stand offenbar weiter in Verbindung zu den alten

Frontsoldaten und bewegte sich, als trüge er noch die Uniform, straff, den Rücken durchgedrückt. Er knirschte eben.

Felix wich ihm, so gut es ging, aus und da er vor Wannenmacher frühstückte, sahen sie sich kaum. Nur wenn Frau Meyer sie gemeinsam einlud, unterhielten sie sich ausführlicher, und Felix fiel auf, daß Wannenmacher dann regelmäßig und betont von jüdischen Kameraden berichtete, die sich an der Front tapfer bewährt hätten. Stets, wenn Wannenmacher damit anfing, wünschte sich Felix, der in einem der Meyerschen Plüschsessel zusammenschnurrte, Jona an seine Seite. Der hätte dem ledernen Doktor diese abschätzige Freundlichkeit ausgetrieben. Er dagegen hütete sich, darauf einzugehen, sondern versuchte Wannenmacher auf jenes andere Thema zu bringen, das ihn ungleich heftiger beschäftigte: das Dirnenunwesen. Die Dirnen ersetzten Wannenmacher die Juden, und sie waren allenfalls zu vergleichen mit den von Wannenmacher gehaßten, windelweichen, korrupten demokratischen Volksvertretern, diesen Kommunisten und Sozialisten. Die Dirnen gehörten aus der Stadt gefegt. Wurde über sie debattiert, begann Wannenmacher zu glühen, seine Kommandosprache weichte auf in wuchernden, gierigen Bildern: wie sie sich in aller Öffentlichkeit entblößten, wie sie ihre Schenkel spreizten, mit nackten Brüsten ihre Mütterlichkeit verrieten, wie sie in ihren Höhlen die Rechtschaffenen ausnähmen, er lechzte förmlich danach, diese Weiber zu strafen und zu geißeln. Während Wannenmacher sich so austobte, saß er steif und aufrecht da und rieb sich rhythmisch mit den Händen die Oberschenkel. Felix malte sich aus, wie Wannenmacher abends die Wohnung verließ, sich auf Umwegen zu den Bordellen schlich, dort untertauchte und seine moralischen Vorsätze erst auf dem Heimweg wieder in die Nacht brüllte, ein wankelmütiger Tugendprediger.

Wannenmacher überraschte ihn mit einer Einladung. Sie hatten sich vor dem Haus getroffen. Es regnete. Felix versuchte sich unter seinem Schirm zu verstecken. Aber Wannenmacher stellte sich ihm in den Weg. Ob er nicht Lust habe, mit ihm morgen abend auszugehen, ein wenig durch die Stadt zu bummeln?

Felix hob den Schirm, sah an Wannenmacher hoch. Das Wasser floß ihm vom Schirm in den Kragen. Nein, dachte er und sagte: Warum nicht, Herr Doktor? Worauf der sich knapp verbeugte, freut mich murmelte und Felix, der noch immer an dem unausgesprochenen Nein würgte, stehen ließ.

Wannenmachers Forschheit verwirrte ihn so, daß er am nächsten Tag in der Bibliothek keine Ruhe fand und nicht, wie er sich vorgenommen hatte, zwei Aufsätze, einen über Adoptionsrecht und einen über Pflegekindschaften, durcharbeiten konnte. Er starrte auf die Seiten und überlegte, wie er sich nicht doch noch jenem ihm ungeheueren Zugriff entwinden könnte. Sollte er sich mit Fieber ins Bett legen, sich von Frau Meyer schützen lassen? Sollte er sich ein Telegramm schicken, das ihn dringend zu seinen Eltern rief und dann in einer Pension übernachten? Das wäre, fand er, eine zu teuere Ausflucht. Die Unschlüssigkeit trieb ihn aus der Universität Unter die Linden, und erst auf dem Alexanderplatz kam er wieder zu sich. Alles Grübeln hatte keinen Zweck. Wannenmacher war die Attacke gelungen und er hatte versagt. Er nahm sich vor, sich spätestens nach drei Stunden von Wannenmacher zu verabschieden. Hoffentlich, dachte er, hoffentlich kommt der Kerl nicht auf die Idee, mich in eines seiner Offiziersbordelle zu schleppen.

Soweit ging Wannenmacher nicht. Er hatte angeklopft, gefragt, wann mit ihm, Herrn Guttmann, zu rechnen sei, und Felix hatte sich noch eine halbe Stunde zugebilligt, obwohl er, in dunklem Anzug, schon einige Zeit wartend auf der Stuhlkante saß. Auf die Minute genau holte ihn Wannenmacher ab, gut gelaunt, nach Juchten duftend und unternehmungslustig.

Na? fragte er im Treppenhaus, Felix auf die Schulter klopfend, noch Paragraphen im Kopf?

Vor dem Haus blieben sie nebeneinander stehen, Felix rückte ein wenig von Wannenmacher ab, um nicht zu winzig neben dem hochgewachsenen Mann zu erscheinen. Wannenmacher schien die vorsichtige Distanzierung nicht zu bemerken, winkte einer Droschke, und nun war Felix doch gespannt, wohin ihn der abendliche Ausflug führen würde.

Es hatte zu regnen aufgehört. Das Pflaster glänzte noch naß, spiegelte die Lichter, und die Straßen, durch die sie fuhren, wuchsen in eine glitzernde Tiefe.

Sie schwiegen. Felix blickte hinaus und als das Auto in den von glühenden Spuren gezogenen Kreisel auf dem Potsdamer Platz geriet, fühlte er von neuem den Sog dieser Stadt, wie an den ersten Tagen, so, als atme sie nur ein und reiße alles von außen, von den Rändern her, gierig in ihr Zentrum. Der seine Zigarre rauchende Mann neben ihm gehörte bestimmt zu denen, die für Gefahren sorgten. Er drückte sich noch mehr in die Ecke, weg von Wannenmacher, der plötzlich das Schweigen brach: Das ist unglaublich, nicht wahr? Nachts wird dieser Moloch wach. Als leide unsere Hauptstadt unter Schlaflosigkeit. Es blieb offen, ob er den Zauber billigte oder nicht.

Sie passierten die Universität, bogen beim Zeughaus in den Kupfergraben. Hier war es still. Wannenmacher beglich die Taxirechnung.

Es handle sich um eine Art Klub, erklärte Wannenmacher und als Felix zweifelnd die schwere Holztüre musterte, an der kein Schild Auskunft gab, schüttelte er den Kopf: Nein, Herr Guttmann, fürchten Sie nichts. Wir treffen hier Freunde, Gleichgesinnte.

Wannenmacher klingelte ein zweites Mal. Das Licht im Spion verschwand, die Tür wurde von einem jungen Mann in Uniform, Jacke und Reithosen, aufgerissen. Bitte, die Verzögerung zu entschuldigen, Herr Hauptmann, sagte er, trat zur Seite, um sie einzulassen.

Felix war auf vieles gefaßt gewesen, selbst auf ein wortkarges gemeinsames Abendessen. Aber nicht auf einen Offiziersklub. Denn nichts sonst erwartete sie hinter der wohlbewachten Tür. Was hatte, fragte er sich, Wannenmacher mit ihm vor? Wollte er sich beweisen, ihn von sich überzeugen? Wollte er ihn, nachdem er ihn solange geschnitten hatte, kleinkriegen, demütigen?

Der junge Mann geleitete sie zur Garderobe, nahm ihnen die Mäntel ab, schlug die Hacken zusammen, kehrte zurück zum Eingang, wo er anscheinend Posten zu stehen hatte. Felix sah ihm nach, wie er, die Knie durchdrückend, den Flur entlangmarschierte. Fähnrich Kersten, erklärte Wannenmacher, feiner Junge.

Dieser Tonfall stimmte ihn ein. Er kam aus einer anderen Zeit, aus einer Zeit, die ihm fremd war, die ihn nie aufnehmen würde, vor der er sich fürchten mußte. Nur kannte er jetzt keine Furcht mehr, eher den Übermut eines Forschers, der in eine unentdeckte Gegend vorgedrungen war und der die ihn erwartenden Gefahren in Kauf nahm.

Er war plötzlich hellwach und eigentümlich ausgelassen. Sie würden ihm nichts anhaben können. Er würde ihnen zuschauen, sie beobachten, wie einer, den es zufällig ins Grand Guignol verschlagen hat. Der Vorhang war schon aufgegangen. Er blickte in einen kleinen, sehr hell erleuchteten Saal, in dem einige Tische standen und an dessen Ende, einem Schiffsbug ähnlich, eine Theke in den Raum stieß. Nur wenige Gäste saßen, die meisten standen in kleinen Gruppen, unterhielten sich laut und angeregt. Es waren ausnahmslos Männer. Felix sah, was ihn verblüffte, zuerst nur ihre Hände. Viele Männer hielten sie auf dem Rücken und ließen die Finger knacken.

Wenn unser Feldmarschall erst einmal Präsident dieser sogenannten Republik ist. Das mit Hilfe der Sozis. Dann hält uns keiner mehr auf. Unsere wiedererstarkte Wehrkraft. Mit Noske läßt sich ja auskommen. Vorerst, vorerst.

Darf ich vorstellen? hörte er Wannenmacher. Herr Guttmann, Student der Rechte. Oberst Weidlich. Felix sah auf eine kunstvoll gewölbte Brust, trat einen Schritt zurück, ließ seine Blicke die Knopfreihe der Jacke hinaufwandern, an den Ordensspangen vorüber, bis zu einem verfetteten Kinn. Das genügte ihm.

Gedient? fragte der Mund über dem Kinn.

Nein. Er zögerte. Sollte er das Kinn mit Herr Weidlich oder Herr Oberst anreden? Da er sich aber auf einer Expedition befand, hielt er es für angebracht, sich an die Spielregeln dieses Stammes zu halten, so, als wären es Kopfjäger oder Kannibalen und er wiederholte, durchaus schneidig: Nein, Herr Oberst. Ich war zu jung dafür.

Nicht gerade Gardemaß, hörte er.

Nein, Herr Oberst, erwiderte er, jetzt schon sicher in der Rolle eines Zuschauers, der eine abgenutzte Komödie belustigt verfolgt. Ihm fiel Seine Majestät der Kaiser ein, dem Vater so vertraut hatte und der nun ohne Garde und ohne Reich in Holland für seinen Kamin Holz hackte.

Kommen Sie. Wannenmacher zog ihn zur Bar, lud ihn zu einem Glas Sekt ein und da alle Hocker besetzt waren, stand Felix vor der hölzernen Theke wie vor einer Barrikade.

Da sein Begleiter sich anderen Gästen zugewendet hatte, sich mit ihnen unterhielt, konnte er sich ungestört auf Gespräche in der Umgebung konzentrieren. Um nicht auf die polierte Holzbrüstung zu schauen, dreht er sich um: Die Männer bewegten sich wie auf einer unsichtbaren Spielunterlage. Rangordnungen wurden deutlich.

Hindenburgs mögliche Präsidentschaft schien sie alle zu bewegen und natürlich wurden Erinnerungen ausgetauscht. Je historischer sie waren, um so lauter wurden sie vorgetragen. Die Schlachtennamen, die Sawitzki ihnen wie eine endlose Ballade aufgesagt hatte, bekamen hier ihre individuelle Farbe. Einem schwerfälligen Hünen, der unmittelbar vor ihm eine Runde eifrig zustimmender Bewunderer um sich versammelt hatte, wurde, wie er mit ausholenden Gestikulationen des gesunden rechten Armes schilderte, der linke bei einem Sturmangriff vor Douaumont lahm geschossen. Ein Schlag, rief er, ein Schlag, ich stürzte, faßte ins Leere, griff nach einer Uniformjacke, plötzlich war der Schmerz da, aber den ich da am Wickel hatte, war ein Franzose. Die jüngeren Männer krümmten sich vor Lachen, während der Erzähler mit von Reminiszenz blinden Augen über ihre Köpfe hinwegstierte.

Die Juden, hörte Felix. Und er fuhr zusammen. Ludendorff hat schon recht. Sie haben uns ausbluten lassen, das Weltjudentum und die Freimaurer. Das sind unsere Feinde, allein sie. Die Sätze trafen ihn wie Steinwürfe. Er drückte den Rücken gegen die Theke, hoffte, daß er niemandem auffalle, daß Wannenmacher sich nicht weiter um ihn kümmere, daß er nach einiger Zeit unbemerkt verschwinden könne.

Genau besehen, meine Herren, hat die Weltrevolution schon begonnen. Und wer sind die Anführer? Alles Juden. Luxemburg und Liebknecht, die gottlob dran glauben mußten, Trotzki, Lenin, das ganze Gesindel: Juden. Ihre Unterhaltungen entfesselten eine drohende Musik, die mehr und mehr überhand nahm, die den Raum füllte, den Wörtern den Sinn austrieb.

Verzeihen Sie, Herr Guttmann. Wannenmacher rief ihn zu sich. Ich habe Sie ganz sich selber überlassen. Es war ungezogen von mir.

O nein. Ich habe mich gut unterhalten. Ein bißchen zugehört, ein bißchen nachgedacht. Er war zufrieden mit sich, ließ sich nichts anmerken.

Ich möchte Sie noch seiner Exzellenz, General Lewetzow, vorstellen. Den müssen sie unbedingt kennenlernen.

Er deutete auf einen Tisch und ging Felix voraus. Die Erscheinung des Generals erstaunte ihn. Vielleicht war er ein Sitzzwerg. Viel größer als er konnte er nicht sein. Und außerdem wirkte er in dieser Soldatenrunde geradezu herausfordernd zivil. Er trug, als käme er aus einer Premiere, einen Smoking; die schwarze Fliege war untadelig gebunden. Bloß das Monokel, das er ins linke Auge gekniffen hatte und das in dem gefältelten Gnomengesicht wie eine falsche Pointe wirkte, erinnerte an Uniform, Litzen und Kasino.

Mit weicher, im Nachhall etwas klirrender Stimme bat der General sie, doch Platz zu nehmen, nachdem er Felix lächelnd, mit beinahe brüderlichem Einverständnis gemustert hatte.

Er fragte Wannenmacher nach bestimmten Kontakten, fragte, ob er diesen und jenen Kameraden in München und Weimar in letzter Zeit gesprochen habe, fragte, ob er an Hindenburgs Wahl zweifle, fragte, ob es diesem Hitler nach seiner Freilassung gelingen werde, die alten Truppen zu sammeln, fragte, was Wannenmacher von der Politik der Völkischen halte und Wannenmacher gab, vor jeder Antwort sich straffend, hastig Auskunft.

Es wurde Felix allmählich unheimlich, daß der General ihn so vorsätzlich aussparte. Während Wannenmacher sich wieder einmal anstrengte, Wörter zu Patronenkugeln zu formen, drehte sich unerwartet das Köpfchen auf seinem dünnen Hals, und das Licht funkelte im Monokel:

Haben Sie gedient?

Nein, Herr General.

Natürlich nicht. Der General schüttelte ärgerlich den Kopf. Sie waren ja noch ein Kind, damals. Das nachschleppende *Damals* rückte den Krieg in eine ferne Epoche, als deren einziger Zeuge sich anscheinend der kleine General verstand. Ja, murmelte er und schaute auf seine kurzfingrigen Kinderhände. Sie sind, wenn ich richtig höre, kein Berliner.

Ich bin in Breslau groß geworden.

Der General nickte, als hätte er nichts anderes erwartet. Na ja, dann sind Sie ja beinahe einer. Sie studieren?

Ja, die Rechte, Herr General.

Die Antwort belebte sein Gegenüber. Der General beugte sich über den Tisch, als wolle er ihm eine Vertraulichkeit mitteilen: Auf diesem Felde, junger Freund, schlagen wir uns noch ganz gut. Die Richter sind uns wohlgesonnen. Nur solche republikanischen Avantgardisten wie Radbruch machen Schule und verderben die Moral.

Ich höre bei ihm.

Der General lehnte sich zurück, legte die Hände aufeinander, zwinkerte ihm zu: Man muß seine Gegner studieren, um ihnen gewachsen zu sein.

Aber –

Felix wollte nicht abgedrängt, nicht falsch verstanden werden. Er war überzeugt, daß Wannenmacher ihn in diese Gesellschaft verschleppt hatte, um ihn bloßzustellen und, wenn es darauf ankam, würde er sich nicht verstecken. Jedes Wort, das hier gesprochen wurde, beleidigte ihn.

Der General ließ ihn nicht ausreden. Wir hatten keine Wahl. Die Republik ist nicht in der Lage, für die Erneuerung zu sorgen. Also müssen wir es tun, die Offiziere, das Heer, die national gesinnten Studenten. Überall drängen sich die Juden vor, sie beherrschen die Finanzen und die öffentliche Meinung, – dieses Geschmeiß.

Felix hörte nicht hin. Wie von selbst entfernte er sich. Wieder ergriff ihn das Gefühl von Unanfechtbarkeit. Niemand würde ihm etwas anhaben können. Die Luft um den kleinen General gerann und Felix sah ihn in einem Block von Sülze stecken, gefangen und erstarrt in einer letzten aufgeregten Bewegung. So könnten sie ihn forttragen, ihren Helden, dachte er, lebendig und schon tot.

Er erhob sich. Jetzt war es soweit; jetzt mußte er Wannenmacher zuvorkommen, ihn überraschen. Es war nur ein Satz, den er dem General mit dem Kinderkopf zu sagen hatte, doch der wollte nicht auf seine Lippen. So konnte sich Wannenmacher einmischen und ihn erstaunt fragen: Wollen Sie schon aufbrechen, Herr Guttmann?

Ja. Er holte Luft, schaute dem General, der nun auch schwieg und wieder ganz nah saß, in die milchigen Altmänneraugen: Ich bin Jude, Herr General. Er lauschte seiner Stimme nach, sie klang sicher, ein wenig heller als sonst.

Der General sah zu ihm hoch, schob verblüfft die Zunge zwischen die Lippen, stand langsam auf, zog die Jacke straff und sagte immerhin so nachdrücklich, daß die Umgebung seine

Bemerkung als Kommando verstehen konnte: Also, Sie sind Jude?

Und mit einer winzigen, ärgerlichen Wendung des Köpfchens zu Wannenmacher: Wie kommt das?

Wannenmacher kreuzte verlegen die Arme vor der Brust: Ich weiß es nicht, Herr General, glaubte auch nicht nachfragen zu müssen. Wir wohnen in einer Pension.

Wenn das genügt, meinte der General, machte, geübt, auf den Absätzen kehrt, zeigte ihnen den Rücken, verabschiedete sich auf diese Weise.

Kommen Sie. Wir – Sie haben hier nichts mehr zu suchen.

Er hastete Felix voraus, mit einem von Widerwillen gekrümmten Rücken. Die Männer traten zurück, bildeten eine Gasse, schauten ihnen schweigend nach. Der junge Türwächter stand schon an der Garderobe, offenbar vorbereitet auf ihren vorzeitigen Aufbruch. Felix beachtete er nicht, Wannenmacher verabschiedete er mit einem: Auf Wiedersehen, Herr Hauptmann.

Als die Tür sich hinter ihnen schloß, lehnte sich Felix aufatmend gegen den Pfosten. Er fühlte sich erleichtert und leer wie nach einem schweren Examen. Es war vorüber; ob er bestanden hatte, würde sich zeigen.

Er hoffte, Wannenmacher würde ihn stehen lassen, doch der schob sich plötzlich neben ihn, drückte vertraulich mit der Hand seinen Arm: Sehen Sie die drei Schatten da drüben? Das ist ein altes Spiel. Manchmal passen uns die Roten hier ab. Meistens sind wir in der Überzahl. Heute bleibt uns nichts anderes übrig als loszurennen. Wannenmacher riß ihn einfach mit. Er rannte neben ihm her und kam sich lächerlich vor. Wieso floh er, nachdem er von den einen hinausgeworfen wurde, vor den anderen, denen er näher stand? Er hörte Schritte hinter sich, hastiges Klöppeln auf dem Pflaster, aber es hätte auch das Echo ihrer eigenen Schritte sein können.

Er hielt an, sah, wie Wannenmacher mit wehendem Mantel um die Ecke verschwand, drehte sich um, auf alles gefaßt. Die

Straße war leer. Er schloß die Augen, hörte nichts als seinen hechelnden Atem und ihm schien, als lösten sich Fesseln, die ihn eingeschnürt hatten. In seine Glieder schoß Blut und wärmte die Haut. Heinrich der Wagen bricht, fiel ihm ein. Ein Hund fing an zu bellen, eine Frauenstimme rief ein paar Mal nach einem Albert, der nicht antwortete.

Du wirst es nicht glauben, schrieb er an Casimir, noch vor ein paar Stunden hielt ich mich in einem als Klub getarnten Offizierskasino auf, unter Verschwörern, Putschisten, Anhängern Kapps und jenes famosen Kapitäns Erhardt, der an allen Ecken der Republik Bomben hochgehen ließ. Mein Zimmernachbar schleppte mich Ahnungslosen mit. Ich wurde gewissermaßen eingeweiht, bis ich mich als Jude bekannte und die entweihte Stätte zu verlassen hatte. Frag mich nicht, weshalb ich das getan habe. Unsereiner ist ja des öfteren, was er nicht ist, um zufrieden das zu sein, was er ist. Also, mein Protektor und ich wurden vor die Tür gesetzt, wo uns Schlimmeres erwartete. Die Roten! Jedenfalls identifizierte er sie als solche. Und weißt Du, Lieber, was Dein Freund, ein wahrer Esel, tat? Er nahm Reißaus, lief vor ihnen davon. Womit er auf keinen Fall Dich oder die wunderbare Laura kränken wollte, sondern wieder einmal bewies, welch unglückliches Verhältnis er zur Politik hat. Lache, lieber Casimir, ein bißchen lauter als ich und besuche mich bald. Mit dem Studium komme ich gut voran. Dein Felix.

Beim Frühstück erfuhr er von Frau Meyer, Herr Wannenmacher habe sein Zimmer gekündigt und werde zum Monatsende ausziehen. Wir werden, meinte sie, schon einen bekömmlicheren Nachfolger finden. Felix, vorsichtig geworden und andererseits zufrieden, ohne jede Strategie gewonnen zu haben, fragte sie nicht, was sie denn an Wannenmacher für unbekömmlich gehalten habe.

## *11*
## *Mirjam*

Es ist die Perspektive, die mir zu schaffen macht. Ich weiß, wie klein er war. In meiner Erinnerung jedoch, wenn ich mit ihm rede, wenn ich ihn anrede, spielt das keine Rolle. Er hat keinen Körper; es ist sein Wesen, mit dem ich umgehe. Nur in Träumen gewinnt er wieder Gestalt. Und da wächst er mir manchmal über den Kopf, ist größer als ich. Felix dagegen, den ich allmählich besser kenne als ihn, der mich auf Felix gebracht hat, Felix hat einen Blickwinkel, den ich einhalten, den ich erfahren und schreiben muß: er sieht – legt er den Kopf nicht in den Nacken – im allgemeinen auf Brüste, Bäuche oder Hälse. Nur selten unmittelbar in das Gesicht seines Gegenübers. Ziehe ich es deshalb vor, ihn in Gesprächen sitzen zu lassen? Fällt es mir deshalb so schwer, das Kind zu verlassen und aus der Kinderperspektive mit dem Kopf eines Erwachsenen zu reagieren. Habe ich, nur um mir zu helfen, nicht ihn, sondern den General schrumpfen lassen? Ich werde, sobald ich die Erzählung unterbreche, unsicher. Nur wenn ich ihn Satz für Satz begleite, wenn ich mich, schreibend, vergesse, mich ganz auf ihn einlasse, hören die Zweifel auf. Je älter ich mit ihm werde, um so sicherer bin ich mir. Er hatte sich nicht nur an seine Perspektive gewöhnt, er benützte sie. Ich messe soviel wie Napoleon, sagte er einmal, aber uns unterscheidet ganz wesentlich, daß bei meinem Waterloo ich allein Sieger und Besiegter bin. Ich könnte, da ich ihm in seiner Geschichte voraus bin, ihm ins Wort fallen und behaupten, daß er sich täusche. Was ich aber unterlasse. Denn ich traue ihm inzwischen zu, daß er seine Geschichte dort, wo sie meine nicht mehr sein kann, zu seiner macht. Mit Mirjam wird ihm das nicht gelingen.

Er fing den Tag so an, als wolle er auf Reisen gehen. Der Morgen, der sommerlich mit Licht und einem fernen, rhythmisierten Lärm von der Straße ins Zimmer drang, legte es ihm nahe. Der Brief, in dem er Casimir von seinen nächtlichen Erfahrungen berichtet hatte, lag auf dem Sekretär und hätte ihn umstimmen, die Kränkungen von neuem wachrufen können. Er faltete ihn, steckte ihn in ein Couvert und schrieb die Adresse, wobei er an das Gespräch mit dem General dachte wie an einen Sketch, den er auf der Bühne gesehen und sich mit dem Darsteller des kleinen Juden identifiziert hatte. Er hatte nicht verloren, hatte sich nichts vergeben. Nachdem er gewaschen und rasiert war, zog er, zum ersten Mal in diesem Jahr, das leichte, helle Sommerjackett an. Jona hatte es ihm, ohne eine einzige Anprobe, auf den Leib geschnitten und zu Weihnachten geschenkt: Für die Stadt, für das erste Rendezvous! Die Studienmappe schob er kurz entschlossen in den Schrank. Wenn er an diesem Tag schon lernen sollte, dann bestimmt keine Gesetze und Kommentare.

Als er auf den Flur trat, um zu frühstücken, vorbereitet auf Frau Meyers Neugier, war er schon ganz eingestimmt. Frau Meyer saß erwartungsvoll am Frühstückstisch. Für einen Moment verdroß es Felix, nun doch über die Erlebnisse mit Wannenmacher Auskunft geben zu müssen. Sie fragte aber gar nicht danach, ahnte offenkundig, daß etwas schiefgegangen war, ging vielmehr auf seine Laune ein, bewunderte die neue Jacke, erkundigte sich, was er vorhabe, worauf zu erwidern ihm leichtfiel: Nichts, denken Sie, ich werde nicht zur Universität fahren, sondern, vielleicht, auf der Pfaueninsel spazierengehen oder den Zoo besuchen, den ich noch nicht kenne. Und es mir leisten, in einem guten Restaurant zu essen.

Allein? unterbrach ihn Frau Meyer blitzschnell, denn hier witterte sie Futter für ihre Phantasie.

Das wird sich finden, antwortete er und kündigte sich so spielerisch Mirjam an.

Da habe er ja eine Menge vor.

Das auf alle Fälle.

Und wieso gerade heute?

Wenn er das wüßte. Er schwieg, zog besonders konzentriert, die Schale von der Kuppe des Frühstückseis, sah, den Salzstreuer in der Hand, kurz auf und Frau Meyer in die Augen: Wenn ich das wüßte, liebe Frau Meyer, wäre vermutlich schon der Vorsatz verdorben und ich packte meine Bücher wieder aus und widmete mich den Studien. Der gelungene Satz mit seiner ungefähren Philosophie verdutzte Frau Meyer. Mit offenem Mund lauschte sie ihm nach und erklärte dann: Das haben Sie aber wunderbar ausgedrückt, Herr Felix.

Da er bereits mitten im Spiel war, pflichtete er ihr unbescheiden bei: Nicht wahr, Frau Meyer? und setzte der Unterhaltung einen Punkt. Frau Meyer schwieg, beschäftigt mit einer Erkenntnis, deren Leichtsinn sie verwirrte, erhob sich nach einer Weile, um, weiter in Gedanken, mit einem Staubtuch den Küchenschrank zu traktieren. Dabei bemerkte sie nicht, daß Felix die Wohnstube verließ.

Er stürzte hinaus, kniff die Augen gegen die Sonne zusammen, wurde überrascht von einem nach Sand und See duftenden Wind, lief los, war sich am Bahnhof Savigny-Platz nicht schlüssig, ob er mit der Bahn ins Blaue fahren solle und irgendwo aussteigen, ging weiter, umrundete mehrfach den Platz, grüßte aus Übermut Passanten, nahm ihr Erstaunen mit wie eine flüchtige, aber freundliche Botschaft, dachte sich sommerliche Szenen aus, die irgendwo in der Stadt auf ihn warteten, die er zum ersten Mal erleben würde oder nie, da er nicht Tennis spielen konnte, wie viele seiner Kommilitonen, also nicht zwischen zwei Partien mit einer jungen Dame flirten konnte.

Im Augenblick genügte es ihm, zu spazieren. Er wußte, es würde etwas geschehen, was ihn aufhielt, mitriß. Obwohl er lauerte, die Erwartung ihn anspannte, nahm er sich Zeit. Eher zufällig, geriet er vor das Café des Westens. Hier trafen sich Dichter und Schauspieler, berühmte Zeitungsleute, stadtbekannte Schnorrer und er hatte schon öfter vorgehabt, sie sich anzusehen. Nun ergab sich die Gelegenheit wie von selbst. Er stieg nicht ohne Skrupel die Treppe hinauf in die erste Etage: Würde er nicht womöglich auffallen, ein Neugieriger aus der Provinz, einer, der für eine knappe Stunde dabei sein will, um dann zu Hause aufschneiden zu können? Seine gute Laune überwog die Zweifel. Er suchte sich einen Platz am Rande, bestellte, obwohl er Lust auf einen Cognac hatte, nur eine Tasse Kaffee. Ein Blick auf die Karte hatte ihn bescheiden werden lassen, jede weitere Bestellung würde seinen Monatsetat erheblich schmälern.

Er sah sich um, hoffte diesen oder jenen zu erkennen und war enttäuscht. Das Publikum unterschied sich so gut wie gar nicht von dem bei Möhring oder Mampe. Vielleicht waren einige gewagter oder nachlässiger gekleidet, vielleicht sprachen sie an manchen Tischen erregter und gestenreicher. Doch einen Max Reinhardt, eine Else Lasker-Schüler oder einen Theodor Wolff entdeckte er nicht. Nur wollte er Enttäuschungen an diesem Tag nicht so einfach hinnehmen. Darum entschloß er sich, die zu sehen, die er erwartet hatte. Es gelang ihm ohne Mühe. Seine Phantasie war frisch, wählte sich Personen, verwandelte sie. Dieser gedrungene Mann mit der gepflegten Mähne, der auf ein verlegen kicherndes Fräulein einredete, konnte niemand anders sein, als der große Max Reinhardt. Und jener, der ihn an den General erinnerte, jedoch ungleich virtuoser das Monokel handhabte, mußte Carl Sternheim sein. Er fixierte, ohne sich um seine beiden Begleiterinnen zu kümmern, den selbstvergessen kokettierenden Reinhardt und Felix wußte die Szene, die der Dichter schreiben würde, Wort für Wort im voraus. Eine Dame mit gelacktem Bubikopf entschlüpfte seiner Vorstellungskraft. Doch als sie flüchtig zu ihm hinsah, war sie nichts als eine bleichgepuderte Banalität. Während das Wesen, das von einem Tisch zum andern huschte, Wörter fallenließ wie Murmeln, tatsächlich Else Lasker-Schüler sein konnte. Er schloß die Augen, sah alles nur noch viel deutlicher, streckte die Beine von sich, nippte nur ab und zu an der Tasse, damit die Zeit mit den erwünschten Gästen nicht zu rasch vergehe. Dann zahlte er, verließ das Café ohne Bedauern, denn er hatte sich inzwischen für die nächste Station seiner Reise entschieden, den Zoologischen Garten. Der Weg dorthin war nicht weit und voller Ablenkung, die er sich wieder selber bereitete. Seine Blicke und Gedanken folgten Damen, verwikkelten sie in Abenteuer, wobei er annahm, die Sätze, die er ihnen nachwarf wie Lassos, fingen sie tatsächlich ein, und sie fühlten, was er fühlte, erwiderten seine Frechheiten und Lüsternheiten. Er begann behutsam, fürchtete, allzu handfeste Zurufe könnten ihn in Schwierigkeiten bringen. Allmählich wurde er sicherer, und auf der Budapester Straße, nicht mehr weit vom Zoo, zogen die Kniekehlen einer auffallend beschwingt ausschreitenden jungen Frau seine Aufmerksamkeit auf sich. Er mußte aufpassen, nicht ins Rennen zu geraten. Jeder ihrer Schritte erregte ihn, wirbelte die Wörter in seinem Kopf durcheinander. Sie wurden heftiger, gieriger, obszöner. Nicht ein einziger vollständiger Satz gelang ihm mehr.

Den Besuch im Zoo würde er aufschieben müssen; sie waren schon weiter, vorbei. Er hörte Vögel spöttisch schreien, Aras vielleicht, an denen er sich, damals auf dem grünen Floß in einem Buch blätternd, nicht hatte satt sehen können.

Ich laufe ihr nicht nach, beruhigte er sich, nein, sie läuft mir voraus, sie wünscht sich, von Gedanken eingeholt, berührt zu werden. Sie legte eine Fährte. Was jedoch geschähe, wenn sie mit einem Mal anhielte, sich ihm zukehrte und ihn zurechtwies? Er würde sich, nahm er sich vor, sofort entschuldigen und sich davonstehlen. Aber vielleicht würde er ihr, nachdem er sich entschuldigt hatte, doch noch sagen, wie schön er sie finde. Daß er sich für diesen einen ungewöhnlichen Tag in sie verliebt habe.

Sie kannte sich aus, führte ihn tief in den Tiergarten, umkreiste Pavillons, schlüpfte durch Hecken, hinterließ ihr Spiegelbild in Weihern und Brunnen, und sprang unversehens aus seinem Spiel. Vor einer steinernen Diana blieb sie stehen, wandte sich ihm zu, schüttelte lächelnd den Kopf, lief mit einem Gurren, der leichten Andeutung von Lachen, an ihm vorüber und ließ ihn stehen. Er sah ihr nicht nach, sondern setzte, als könnte er es nicht anders, den Weg fort, den sie ihm gewiesen hatte. Sie hat, fand er, so verschwinden müssen.

Zufrieden, mit dem Gefühl, nur abwarten zu brauchen, setzte er sich auf eine Bank im Schatten, genoß es, wieder frei zu sein von einer Lust, der er nachgelaufen war und erinnerte sich an sie, als habe ihm ein anderer vor längerer Zeit von ihr erzählt.

Die junge Frau mußte schon eine Zeitlang am anderen Ende der Bank gesessen haben.

Schlafen Sie?

Er erschrak, riß den Kopf nach vorn, verschluckte sich.

Es schien sie zu vergnügen, ihn so aus der Fassung gebracht zu haben. Sie hatte ein weißes, lackiertes Hütchen auf dem kurzgeschnittenen schwarzen Schopf und trug ein ziegelrotes Kleid, dessen schmaler, tiefer Ausschnitt, dachte er, Mama für unangebracht gehalten hätte.

Wie können Sie einen, der schläft, fragen, ob er schläft?

Wieder lachte sie. Ihr Lachen kam aus der Brust, dunkel und herzlich. Das ist wahr. Ich war einfach zu neugierig, um höflich zu bleiben.

Ich glaube, Sie haben darin Übung?

Worin?

Parkbankschläfer zu wecken.

Nein. Sie zog eine Klemme aus dem Haar, machte sie am Ärmelaufschlag fest und nahm den Hut ab. Dabei sah sie ihn unverwandt an. Aber Sie bringen mich auf eine Möglichkeit, neue Bekanntschaften anzuknüpfen.

Nur mit Mühe hielt er ihrem Blick stand und fragte leise: Haben Sie das denn nötig?

Nötig nicht unbedingt. Es könnte aber lustiger sein, als sich von aufdringlichen jungen Herren in der Straßenbahn ansprechen zu lassen.

Und weiter, fragte er sich, wie geht es nun weiter?

Gehen Sie spazieren?

Ich ging. Augenblicklich sitze ich in angemessenem Abstand von einem mir unbekannten Herrn auf einer Bank.

Guttmann, antwortete er auf ihre listige Herausforderung, Felix Guttmann, und sie, seine Verlegenheit nachspielend: Felsenstein, Mirjam Felsenstein. Bestimmt studieren Sie?

Ja.

Und was? Der Frage nachgebend, rutschte sie ein Stück auf ihn zu, was ihn beunruhigte, da sie ihm zuvorgekommen war.

Die Rechte.

Wie mein Bruder, sagte sie und schlug endlich die Augen nieder, so daß er sich entspannen konnte. Doch das stimmt nicht. Er ist inzwischen Richter in einem Kaff bei Stettin. Haben Sie auch vor, Richter zu werden?

Nein, ich möchte mich als Rechtsanwalt niederlassen.

Da haben Sie aber Mut.

Ja? Ihre Zustimmung erlaubte es ihm, nun ebenfalls vorsichtig auf sie zuzurücken. Es schien ihr nicht unangenehm zu sein, denn sie nahm den Hut, der zwischen ihnen lag, auf den Schoß, als wolle sie vorsorglich Platz für ihn machen.

Und Sie? Er mochte sie nicht mit Fräulein Felsenstein anreden. Und Fräulein Mirjam hätte zu vertraulich geklungen. Studieren Sie auch?

Ich hätte es mir gewünscht. Mathematik. Was Sie sicher überraschen wird. Nichts für junge Damen, werden Sie denken. Für mich aber doch. Zahlen haben mich immer angezogen, sie sind klar und man kann mit ihnen spielen. Mein Vater hielt diese Sympathie für – sie suchte nach einem Wort, steckte, in Gedanken vertieft, den Daumen in den Mund, zog ihn mit einem kleinen Knall wieder hinaus – für widernatürlich. Das konnte ich ihm nicht ausreden. Erneut sah sie ihn an, doch längst nicht mehr so angriffslustig wie zu Beginn ihrer Unterhaltung. Da er aber das Beste für mich wollte, mein Vater, mir die Zahlen nicht ganz ausreden konnte, meinte er, bei einer Bank hätte ich genug mit ihnen zu tun, nur eben reeller. Nach einer Pause setzte sie hinzu: Jetzt wissen Sie schon eine ganze Menge von mir.

Er nickte: Mein Freund Casimir arbeitet, wie Sie, bei einer Bank.

Sehen Sie ihn oft?

Er lebt in London.

Und dennoch ist er Ihr Freund geblieben?

Ja. Vielleicht deshalb.

Das zweisilbige *deshalb* half ihm, sich entschlossen neben sie zu setzen und veranlaßte sie zu einem kurzen Pfiff, von dem er nicht wußte, ob er ihn warnte oder aufmunterte. Es war auch egal. Näher durfte er sich nicht wagen.

Casimir möchte allerdings höher hinaus und nach dem Volontariat studieren.

Sehen Sie, sagte sie, genau das ist der Unterschied. Er wollte nicht auf ihre Verdrießlichkeiten eingehen, darum hielt er sich ans Näherliegende:

Haben Sie heute frei?

Ja. Morgen auch. Richtige kleine Ferien.

Wie ich. Ich habe sie mir einfach genommen.

Was, sagte sie etwas überstürzt, dazu führen könnte, wenn es uns paßt, Ihnen und mir, dieses oder jenes gemeinsam zu unternehmen.

Da ging sie ihm zu weit. Er schwieg, streckte die Beine aus, schlug die Schuhe gegeneinander, verglich ihre Forschheit mit der Sophies und Irenes, sah zu, wie auch sie die Beine ausstreckte, parallel zu den seinen, schöne Beine mit zierlichen Füßen, lauschte auf ihren Atem, ärgerte sich über sich selbst, suchte nach einer halbwegs unverfänglichen Antwort, aber sie kam ihm zuvor:

Ich bin eine dumme Gans. Sie haben sich bestimmt schon verabredet, für heute abend, für morgen. Nur dieser Tag, wissen Sie, und daß wir überhaupt hier sitzen und uns unterhalten wie alte Bekannte, das ist eben alles.

Aber nein!

Nicht sie, er war zu weit gegangen. Aus lauter falschem Stolz war er daran, diese Chance zu verderben.

Aber nein! Ich habe keine Verabredung. Und wenn Sie – er brach ab, sah zu, wie sie sich den Hut wieder aufsetzte, mit der flachen Hand die Ponyfransen in die Stirn strich.

Sie pflanzte sich vor ihm auf, und er maß mit einem Blick, daß auch sie ihn um gut einen Kopf überragte, zögerte deshalb aufzustehen, aber sie riß ihn unruhig und erwartungsvoll hoch: Wenn sie schon etwas miteinander vorhätten, dürften sie keine Sekunde verschenken.

Sie redeten aufeinander ein, rannten beinahe, tauschten ihr Lachen aus, sie fragte, wohin, schlug vor, mit dem Schiff zur Fraueninsel oder an den Müggelsee oder ins Museum zu den Griechen oder in den Zoo, und wie sie fand er alles gut, entschied jedoch am Ende:

In den Zoo wollte ich auch.

Ich weiß. Sie hakte sich bei ihm unter. Ich weiß. Ich hoffe, Sie sind mir nicht böse und lassen mich nicht stehen, wenn ich Ihnen verrate, daß ich Sie beobachtet habe. Wie Sie der Dame nachliefen, ganz versunken. Es sah aus, als würden Sie von ihr gezogen werden. Vorm Zoo stoppten Sie eine Sekunde, zögerten und ich dachte mir, Sie würden sich befreien. Ich versichere Ihnen, ich wäre Ihnen auch dahin gefolgt, denn was Sie an ihr anzog, zog mich an Ihnen beiden an.

Er hörte ihr zu, ohne sich ertappt zu fühlen. Es kam ihm vor, als habe sie seinen Gedanken zugehört, als wäre ohne sie die Verfolgung sowieso unvollkommen gewesen.

Und Sie? Er sah lachend zu ihr auf. Sind Sie immer im gleichen Abstand hinter mir hergegangen, wie ich hinter der Frau? War das so? Wir müssen ein verrücktes Bild abgegeben haben.

Wären Sie vor Eifer nicht blind gewesen – sie sprach mit dem Körper, verlieh den Wörtern mit ihren Schritten Nachdruck –, hätten Sie mich bemerken müssen. Ich lief nämlich eine Weile neben Ihnen her, und dann wieder neben ihr, und am Ende, ehe die Dame davonlief, setzte ich mich auf die Parkbank.

Das kann nicht wahr sein.

Sie müssen es mir nicht glauben. Ich hatte mein Vergnügen wie Sie Ihres. Nur wollte ich mich nicht einfach davonstehlen, ohne wenigstens ein paar Sätze mit Ihnen gesprochen zu haben.

Nun sind es schon ein paar mehr geworden, sagte er.

Sie wechselte den Schritt, schloß die Hand um seinen Arm: Wen möchten Sie im Zoo zuerst besuchen? Die Löwen, die Elefanten, die Bisons, die Nashörner?

Die Flamingos! Ich bestehe darauf. Ich kenne Flamingos bisher nur von Abbildungen.

Also auf zu den Flamingos. Wieder wechselte sie den Schritt, zog ihn mit wie ein gut gelauntes, ins Spiel springendes Kind.

Der Anblick der Vögel überwältigte ihn, er nannte sie Abgesandte des Abendhimmels, und sie ließ ihn schwärmen. Dann fragte sie ihn nach Casimir aus, erzählte von ihrem Vater, der vorhabe, nach Amsterdam zu ziehen, da er mit Diamanten handle, auch mit anderen Edelsteinen, jedoch nicht immer eine glückliche Hand habe, erklärte ihm, daß sie von Politik nichts verstehe und doch geweint habe, als Rosa Luxemburg im Landwehrkanal gefunden wurde. Sie berührten sich, ihre Finger suchten sich, sie rühmten Elefanten und fürchteten sich vor Wölfen. Der Himmel zeigte ihnen die Zeit an. Er wurde blasser, seine Haut dünn und durchscheinend, und die Sonne stürzte irgendwo in die Stadt.

Bevor er sie ins Pavilloncafé einlud, zählte er heimlich seine Barschaft, ärgerte sich, daß er die Reserve nicht vorsorglich eingesteckt hatte.

Ob er oft ins Theater gehe, fragte sie.

Er fragte zurück, ob sie?

Keine ist so wunderbar wie die Massary, erklärte sie.

Niemand ist mit der Bergner zu vergleichen, fand er.

Sie habe, sagte sie, eine große Schwäche für Revuen, ihren Glanz, ihre Frivolität.

Wenn er Pech habe mit der Juristerei, werde er Chansons schreiben, wenn's hoch komme für Reuter oder für Pallenberg.

Oder für mich, sagte sie, denn sie träume davon, eine Diseuse zu werden, nicht nur zu singen, sondern mit Straß und Straußenfedern zu spielen – und er lachte ihrem Büromädchentraum nach.

Haben Sie nicht Hunger? fragte er.

Was stellen wir an? fragte sie.

Der Tag ist fast schon vorüber, sagte er.

Doch der Abend nicht, sagte sie, und die Nacht.

Haben Sie Lust auf –? fragte er.

Auf was? fragte sie.

Fürs Theaterbillet reicht mein Geld nicht.

Und ich kann nicht aushelfen, sagte sie, ließ ihn den Kaffee zahlen, prüfte den Sitz ihres Hütchens und fragte: Reicht es wenigstens fürs Kino?

Ja, meinte er, und Jona fiel ihm ein. Wer weiß, warum. Er wäre der einzige, dachte er, der dieses Glück verstünde, das leicht und anfällig sie beide aufhob und wegtrug über die Dächer der Stadt, ein Paar für den Augenblick. Von Jona, sagte er, von meinem Onkel Jona muß ich Ihnen noch erzählen.

Tun Sie's, bat sie. Die Zeit rennt uns weg.

Er ließ es sich nicht zweimal sagen, führte sie in Jonas Werkstatt, holte sie unter den Schneidertisch und es war ihm, als säßen sie zu zweit, hörten Jona, wann immer er mit einer neuen Naht begann, seufzen, daß es ein schlimmes Ende mit allem nehmen werde. Erzähl, drängte sie und verbesserte sich belustigt: Erzählen Sie. Er nahm sie mit auf sein grünes Floß, unterschlug die Feindseligkeit der Hofkinder, ließ sie mitspielen. Meine alten Bücher, sagte er, schade, daß ich sie in Breslau gelassen habe, ich hätte Ihnen gerne meine Lieblingsbilder gezeigt, den Kaiser, den sinkenden Kreuzer und die Flamingos. Aber die sind mir nun leibhaftig begegnet.

Er schlug vor, mit der Stadtbahn bis zur Friedrichstraße zu fahren.

Miteinander verreisen! Sie klatschte in die Hände, lief ihm ein paar Schritte voraus.

Wenn wir dort angekommen sind, werden Unter den Linden schon die Laternen brennen, und ich zeige Ihnen, wo ich tagtäglich aus und ein gehe.

Als habe sie vor, die Zeit zu überholen, rannte sie nun über den Platz zum Bahnhof Zoo, und er hatte Mühe, ihr zu folgen. Erst am Fahrkartenschalter holte er sie wieder ein.

Zwei Billets, sagte sie, und der Herr wird bezahlen.

Tatsächlich brannten, wie er es versprochen hatte, schon die Straßenlampen, und es schien ihnen, als zögen sie im schnurgeraden Marsch neben ihnen her.

Wie schön Menschen aussehen können, wenn sie froh sind, sich gehenlassen. Sie hatte ihren Arm wieder unter den seinen geschoben, und ihre Fingerspitzen pochten auf der Manschette. Finden Sie nicht auch?

Er schaute, so aufgefordert, in Gesichter, die lächelnd den Abend empfingen, entspannte, heitere, erwartungsvolle Gesichter. Vielleicht waren sie alle, die hier spazierten und sich zeigten, von ihrer Laune angesteckt worden.

Sollen wir denn überhaupt ins Kino gehen? fragte er und war darauf gefaßt, daß sie den Schritt wechseln würde. Was prompt geschah.

Ja, weshalb auch? Da wir hier doch den tollsten Film erleben und sogar mitspielen dürfen.

Und gespart wird auch.

Das habe ich nicht gesagt. Wenn schon kein Kino, dann wenigstens ein winziges, aber feines Abendessen.

Nur etwas später, wenn –. Sie unterbrach ihn: Wenn alle Omnibusse zu hupen anfangen, wenn die Caféhausgeiger Mozart spielen, wenn die Sperlinge sich als Nachtigallen entpuppen, wenn Herr Hindenburg versteinert auf einem Sockel hier Unter den Linden steht, wenn die Kanonen krumme Rohre bekommen, wenn die Sterne Junge kriegen, wenn wir, wenn wir, wenn wir unser Schlaraffenland entdecken, dann aber –!

Sie hatte sich von ihm gelöst, tänzelte rückwärtsgehend vor ihm her, die Hände in die Hüften gestemmt.

Soll ich sie hier, dachte er, vor dieser Auslage, in der die Käseattrappen gestapelt sind, zum ersten Mal beim Namen nennen? Er wagte es: Fräulein Mirjam, flüsterte er. Sie spitzte die Lippen, pfiff, schüttelte den Kopf: Was haben Sie eben gesagt?

Ach nichts. Er betrachtete angestrengt den Käseturm aus Pappe.

Nichts? Sie trat einen Schritt auf ihn zu, hielt aber genügend Abstand, um nicht auf ihn herunterschauen zu müssen. Ich habe aber etwas gehört. Wissen sie was? Fräulein Mirjam. War es das, Herr Felix?

Ja, das war es. Wenn ein Zauber alle Spaziergänger entfernt hätte, wenn sie allein gewesen wären, hätte er sie wahrscheinlich umarmt. Sie gingen weiter, zeigten sich, was sie kannten, beobachteten die festlich gekleideten Damen und Herren, die aus der Oper kamen, mischten sich unter sie, äfften sie nach: Also an diesem Abend war der gute Leo Blech nicht besonders disponiert. Erinnern Sie sich noch, meine Gnädigste, an die Butterfly von 1913 – und schütteten sich vor Lachen aus. Dann kamen sie darauf, Leute nachzuahmen, er seine Professoren, sie ihre Chefs, ließen sie Gespräche miteinander führen, tauschten deren Rollen, bis Mirjam feststellte, daß sie sich schon eine ganze Weile nach einem Butterbrot und einer Molle sehnte.

Ich bitte Sie, sagt er, nun bringen Sie mich auch noch in Verlegenheit.

Ich habe schlicht und einfach Hunger, Felix, rief sie und wechselte vehement den Schritt.

Dem können wir abhelfen, Mirjam, entgegnete er, wies auf ein kleines Lokal. Sie waren mittlerweile am Alexanderplatz angelangt.

Bevor sie hineingingen, zählte er noch einmal seine Barschaft. Sie werde für zwei Bier und Wurstbrote reichen.

Das Lokal war beinahe leer. Sie suchten einen Tisch am Fenster, warteten, mit einem Mal schweigsam, auf die Stullen und nachdem sie gegessen hatten, griff sie nach seiner Hand, erklärte: Von nun an sag ich du zu dir, Felix. Womit sie ihn nicht überraschte, er hatte es sich ebenso vorgenommen, nur war sie schneller gewesen. Sie prosteten sich zu, doch sie küßten sich nicht. Dann fragte sie ihn nach der Zeit und ließ ihm keine Zeit mehr.

Schon elf. Ich muß nach Hause.

Ihre plötzliche Unruhe erlaubte keine Fragen.

Warum jetzt schon? Erwartet dich jemand?

Ach Quatsch, Felix. Sie kannte sich aus, eilte zur Haltestelle, sprang auf einen abfahrenden Bus auf, drückte die Finger auf die Lippen, rief ihm zu: Am Sonntag um zwei bei den Flamingos.

Ja, rief er zurück.

Und sie kam, wie sie es versprochen hatte. Und pünktlich obendrein.

## 12
## *Drei Absagen*

Casimir, der sich mehrfach angekündigt hatte, ließ dann doch auf sich warten. Es feßle ihn, schrieb er, mit Devisen zu handeln, und überhaupt, London sei der Mittelpunkt der Finanzwelt. Zu studieren beabsichtige er nicht mehr, was sein Onkel inzwischen auch einsehe. Seine politischen Ansichten hingegen habe er, das mache seinem Onkel zu schaffen, keineswegs aufgegeben. Den Marxismus begreife man im Grund erst, wenn man den Kapitalismus in und auswendig kenne. Der Onkel schreibe diese Ansicht seiner Spielernatur zugute.

So kam Casimirs Umzug nach Berlin unerwartet. Im Frühjahr 1927 kündigte er sich an: Halte Dich fest, mein Lieber, in zwei Wochen bin ich bei Euch. Wenn auch nicht für alle Ewigkeit, so doch auf Dauer – ich hoffe, der Unterschied ist Dir klar. Ein Konsortium von Pfeffersäcken hat mich nach allen Regeln der monetären Kunst geprüft und mir danach vorgeschlagen (was nichts anderes bedeutet, als mir befohlen), in die Devisen- und Wertpapierabteilung eines Berliner Bankhauses einzutreten. Mit allen guten Wünschen und Empfehlungen natürlich. Meine Freude, Dich wiederzusehen, mit Dir allerhand anstellen zu können, ist grenzenlos. Bitte, richte Tante Betty aus, daß ich mich für die ersten Wochen, bis ich eine Wohnung gefunden habe, bei ihr einquartieren möchte. Ich will sie jedoch noch, um sie nicht zu beleidigen, höchsteigen in einem Brief danach fragen.

Tante Betty. Felix hatte sie nie anders genannt als Frau Meyer, ihren Vornamen vergessen, und nun, so angesprochen, schien sie sich zu verwandeln, dank Casimir, dem es, daran zweifelte er nicht, sowieso gelingen würde, sie alle aus ihrem täglichen Trott zu reißen.

Felix hatte in den beiden letzten Jahren die Eltern regelmäßig besucht, Elena, die nach dem Tod ihres Onkels wieder nach Breslau zurückgekehrt war, in die Arme schließen können, er hatte mit Jona endlose Dispute über Ebert, Thälmann, Hindenburg, Stresemann und Briand geführt und hatte zur Freude aller die Zwischenprüfung mit Erfolg bestanden. Mirjam sah er beinahe täglich, oft wartete sie auf ihn vor der Bibliothek, und sie konnten sich die Köpfe heiß reden über Max Reinhardts Theater, über die Bergner, vor allem aber über Revuen und Kabaretts, die sie häufig gemeinsam besuchten.

Felix hatte sie schon in den ersten Wochen ihrer Liebe Frau Meyer vorgestellt, die, in einem Frühstücksgespräch, ihm zu diesem reizenden Fräulein gratulierte, nur solle er darauf achten, daß sie abends Punkt zehn sein Zimmer und die Wohnung verlasse. Das sei sie ihrer, aber auch seiner Reputation schuldig. Sie konnte nicht ahnen, daß er nicht ein einziges Mal mit Mirjam geschlafen hatte.

Alles, beinahe alles erlaubte Mirjam ihm, von Wünschen erhitzt wie er, aber jedesmal, wenn es darauf ankam, hielt sie ihn zurück, und die Ausgelassenheit, mit der sie das tat, kränkte ihn: Sie wisse doch alles von ihm, liebe ihn, wie sie noch nie jemanden geliebt habe, und darum wolle sie den wunderbaren Rest, so drückte sie sich aus, aufsparen.

Frau Meyer plante für den Tag nach Casimirs Ankunft ein Fest, zu dem sie alle einladen wollte, die nach ihrem Geschmack waren und vielleicht nach dem Casimirs sein könnten. Aus diesem Grund hatte sie Casimir telegrafisch gebeten, ihr die Namen und Adressen seiner Freunde und Bekannten in Berlin mitzuteilen. Was postwendend geschah. Felix, den sie ebenso aufgefordert hatte, Freunde einzuladen, begnügte sich, was sie nicht einsehen mochte, mit Mirjam.

Er hatte, das zeigte sich nun, in Berlin keinen einzigen Freund gefunden, und wäre ihm Mirjam nicht über den Weg gelaufen, dann wäre er noch immer allein, ein Einzelgänger. Er fragte Mirjam, ob er denn auf andere in sich gekehrt oder abweisend wirke. Sie lachte ihn aus. Im Gegenteil, aufmerksam und neugierig. Aber wieso er dann in Berlin keine Freunde gefunden habe?

Sie waren an den Müggelsee gefahren, in Friedrichshagen ausgestiegen und zum See spaziert. Nachdem sie eine Weile auf einer Uferwiese gelegen, Schatten unter den Büschen gesucht hatten, mieteten sie ein Boot, das sie, nicht weit entfernt vom Ufer, tümpeln ließen. Mirjam saß auf der Bank am Heck, einen Fuß im Wasser und blies sich das Haar aus der Stirn.

Das Wasser ist noch kalt, baden möchte ich noch nicht, sagte sie, fuhr, ohne Atem zu holen, fort: Wer dir begegnet, Felix, möchte dich kennenlernen. Das ist wahr. Ich übertreibe nicht, um dir schön zu tun. Du bist doch neugierig, weiß Gott, und das teilt sich einem mit, deine Lust, die Geschichte anderer zu erfahren, sich mit Menschen zu beschäftigen, ihnen zu raten, zu helfen. Warum du ohne Freunde geblieben bist, kann ich mir nur damit erklären, daß du keine gesucht hast. Und weißt du, was ich denke? Sei mir nicht böse, wenn ich es dir sage. Sie wurde ernst, sah ihm in die Augen: Du kommst nicht darüber hinweg, Jude zu sein.

Darauf war er nicht gefaßt. Eine Weile schüttelte er nur sprachlos den Kopf. Das ist unsinnig. Ich bitte dich, Mirjam.

Warum? Sie lachte, fuhr mit der Hand ins Wasser und spritzte ihn naß. Warum willst du das nicht wahrhaben?

Weil es nicht stimmt.

Ich komm zu dir. Sie stand auf. Das Boot begann heftig zu schaukeln.

Ich wollte dir nicht weh tun.

Ich weiß. Er bemühte sich, ruhig zu erscheinen. Aber bleibe bitte sitzen. Ich rudere jetzt zurück.

Auf der Heimfahrt sprachen sie kaum miteinander. Mirjam sah ihn immer wieder von der Seite an. Ihre Blicke berührten sein Gesicht wie Fingerkuppen. Womöglich hatte sie recht und eine uneingestandene Angst entdeckt. Das war um so schlimmer. Casimir oder Jona würden ihn nie verstehen. Er hatte sich nie gescheut, sich als Jude zu bekennen. Vor den Hofkindern nicht und vor dem General nicht. Und dennoch – mit einem Mal verstand er sich selbst – war es ihm lieber, unentdeckt zu bleiben, nicht das zu sein, was er war.

Karstige, bröckelnde Häuserwände schoben sich nah an dem Waggonfenster vorüber.

Ich weiß es jetzt, sagte er gegen die Scheibe und hoffte, daß Mirjam ihn höre.

Sie rutschte dicht an seine Seite, legte den Arm um seine Schultern, rieb ihre Schläfe an der seinen, sagte erleichtert: Ein bißchen verrückt bist du schon, Felix. Gib es zu.

Ich gebe es zu.

Seit Mirjam nicht mehr in Moabit wohnte, sondern am Bayerischen Platz, brachte er sie meistens vor die Tür; manchmal erlaubte sie ihm, mit hinaufzugehen in die kleine Wohnung im Gartenhaus, noch einen Tee zu trinken, und jedesmal hoffte er, sie würde ihn auffordern zu bleiben. Aber sie blieb unnachgiebig. An diesem Abend verabschiedete sie ihn vor der Tür, küßte ihn, hielt ihn lange fest. Manchmal, sagte sie mehr zu sich, manchmal möchte ich dich mit hinaufnehmen und so lange verstecken, bis niemand mehr nach dir fragt und du mir ganz gehörst.

Tu's, bat er.

Sie stieß ihn lachend von sich. Bis zu Casimirs Fest! Stell mir bloß nichts an heute nacht.

Warum nicht? antwortete er. Es schien ihm, als fiele ihm das Atmen leichter, als risse ihn die strömende Luft mit. Die Autos fuhren, kurvten nach einer von Lichtern vorgezeichneten Choreographie. Hinter jedem erleuchteten Fenster lud ihn eine Geschichte ein. Er wäre, meinte er, jeder gewachsen. Schlepper riefen ihm zu, Mädchen streiften ihn, boten sich an und, als seien sie bestellt, die Musik für diesen Abend zu bestreiten, tönten hinter Fenstern Klaviere oder Geigen. Es fiel ihm ein, daß er mit Casimir wieder Klavier spielen könnte, auch wenn er aus der Übung war.

Haben Sie Zeit? hörte er eine Frauenstimme fragen. Da er sicher war, sie schwebe körperlos durch die Luft, erwiderte er, ohne seinen Blick von den springenden Lichtern zu wenden: Aber natürlich. Zu seiner Verwunderung blieb es nicht bei diesem einen Satz, den er nicht hatte allein lassen wollen. Ihm folgte ein Lachen: Dann laß es uns miteinander probieren.

Was? fragte er, kam zu sich, blieb stehen, drehte sich um die eigene Achse, stieß gegen jemanden, entschuldigte sich, merkte in seiner Verwirrung erst nach einer Weile, daß er am Arm festgehalten wurde, als könne er das Gleichgewicht verlieren und stürzen.

Na, was ist? fragte die Stimme. Nun hatte sie einen Leib und einen Kopf bekommen, war eine junge Frau, kaum größer als er, mit einem runden Gesicht aus Puder und Rouge. Sie genoß seine Verblüffung. Du bist ein ulkiger Vogel, sagte sie, und er dachte: Ich muß sie kennen. Da sie seine Gedanken offenbar lesen konnte, pflichtete sie ihm mit einem Augenzwinkern bei, strich mit dem Rücken ihrer Hand über seine Wange und brachte ihn dazu, neben ihr herzugehen, als seien sie schon länger so unterwegs, zu zweit in der Stadt, auf der Tauentzien. Für einen Moment dachte er an Mirjam, ohne einen Anflug von schlechtem Gewissen. Er war sicher, daß dies in seiner Vorstellung geschah, in einer Gegend zwischen Wunsch und Traum und nichts mit seiner Liebe zu Mirjam zu tun hatte.

Wie heißen Sie? fragte er. Sie antwortete: Esther.

Ein schöner Name, erwiderte er, ein alter Name.

Er gefällt mir, sagte sie, kommst du mit?

Wenn du willst. Sie kicherte: Wenn du willst. Plötzlich wurde ihre Stimme fest. Umsonst ist es aber nicht. Also komm, sagte sie.

Am frühen Morgen schmolz ihr Gesicht, und sie wurde ein mürrisches Kind, das ihn, nachdem er die zehn Mark, die er noch im Portemonnaie fand, auf den Nachttisch gelegt hatte, mit einem angestrengten Lächeln entließ und ihm dann, als wolle sie ihn in seinem Wachtraum bestärken, mit jener Stimme nachrief, die ihn gefangen hatte: Mach dir keine Gedanken, Felix.

Er fürchtete, Frau Meyer werde schon wach sein, doch es gelang ihm, sich unbemerkt in sein Zimmer zu stehlen. Alles befand sich an seinem Ort. Nichts war verrückt. Dennoch erschien ihm im blanken Morgenlicht jedes Möbelstück, jeder Gegenstand neu, fremd, so als wäre er von einer langen Reise heimgekehrt.

Er schlief bis gegen Mittag. Die demonstrative Unruhe Frau Meyers weckte ihn, und sein erster Gedanke galt Casimir. Womöglich war er schon eingetroffen.

Das war er nicht. Felix konnte in aller Ausführlichkeit sein verspätetes Frühstück einnehmen, und Frau Meyer fragte ihn, nachdem sie festgestellt hatte, er sei wohl erst spät nach Hause gekommen, nicht weiter aus.

Casimir ließ sie warten. Felix versuchte, sich in Kommentare zu vertiefen. Es gelang ihm nicht. Mirjam und das Mädchen mit der körperlosen Stimme drängten sich in seine Gedanken. Um sich abzulenken, begann er einen Brief an Jona, merkte aber bald, daß er gekünstelt und wie abwesend schrieb. Er zerknäuelte das Blatt, warf es in den Papierkorb.

Vielleicht, sagte er sich, sollte er Mirjam in der Bank besuchen. Ihr Anblick würde genügen, die Nacht zu vergessen. Ich mußte dich unbedingt sehen, würde er ihr sagen, sie würde sich freuen und bestimmt keinen Verdacht schöpfen.

Casimir blieb aus.

Frau Meyer wanderte zwischen Küche und Salon, und Felix, der die Bücher endgültig an den Rand des Sekretärs geschoben hatte, wagte es nicht, hinauszugehen.

Gegen Abend klopfte Frau Meyer an die Tür, erkundigte sich, hörbar erschöpft, ob er nicht hungrig sei und lud ihn ein, von dem Vorbereiteten schon etwas zu essen und fügte, verstimmt, hinzu: Der junge Herr wird es verschmerzen.

Er verschmerzte es. Denn er kam erst spät am Abend, klingelte Sturm, riß sie aus ihrem gemeinsamen Schweigen und Tante Betty brauchte mehrere Anläufe, die Tür zu öffnen: Dann aber veränderte sich, nach Casimirs Regie, alles. Sie brachten keine Vorwürfe über die Lippen, standen wie zwei Kinder vor der Bescherung, betrachteten ihn wortlos, bis er Tante Betty auf die Wangen küßte und Felix umarmte. Wie viele Jahre? schoß es Felix durch den Kopf. Er kam nicht dazu, die Jahre zu zählen. Der Casimir aus seiner Erinnerung glich dem, der ihn nun prüfend von sich weghielt, mit Tränen in den Augen auf ihn herunterschaute. Und doch überhaupt nicht mehr. Abgesehen davon, daß er mit seinen Knickerbockern und der Tweedjacke tatsächlich einem englischen Geschäftsmann auf Reisen glich, verriet jede seiner Bewegungen eine Weltläufigkeit, die Felix auf Distanz hielt. Das Bubengesicht mit den aufmerksamen, herausfordernden Augen hinter den Brillengläsern kam ihm größer, flächiger und darum auch verwundbarer vor.

Mein Kleiner. Casimir zog ihn noch einmal an sich, während Frau Meyer Casimirs Gepäck in Wannenmachers ehemaliges Zimmer brachte, für das sie keinen neuen Mieter gefunden hatte.

Mein Kleiner: So war er lange nicht mehr angesprochen worden. Die beiden Wörter trieben ihn zurück, und er wehrte sich dagegen, kämpfte gegen Tränen, fragte: Na, hab ich mich sehr verändert?

Und Casimir antwortete ein wenig zu schnell: Nur zu deinem Vorteil. Gut siehst du aus, Felix, wie ein angehender Rechtsanwalt.

Und ich?

Felix ließ ihn stehen, ging den Flur hinunter zum Salon und sagte leise: Ich war nie so schnell wie du, Casimir. Jetzt auch nicht.

Casimir applaudierte: Was sag ich, du bist noch ganz der alte.

Frau Meyer, die gut gelaunt in der Rolle Tante Bettys aufging, bat zum Essen. Sie nehme an, Casimir werde nach der langen Reise hungrig sein, worauf er sie mit der Mitteilung überraschte, er habe sich schon den ganzen Tag über in Berlin aufgehalten und müsse gleich wieder fort. Das sei unumgänglich. Er habe Verpflichtungen. Voraussichtlich werde er über Nacht fortbleiben und erst am Morgen sein Quartier richtig beziehen können.

Ob das denn sein müsse, klagte Frau Meyer, der es jetzt schwerfiel, Tante Betty zu sein, und schob die Platte mit den belegten Broten vor Casimirs Teller: Zum Essen müsse er sich wenigstens Zeit nehmen.

Aber natürlich, Tante Betty. Wer kann dem widerstehen?

Was sie nicht trösten konnte, doch wieder Tante Betty sein ließ. Sie seufzte, faltete die Hände im Schoß, vergaß, sich selbst zu bedienen, bis Felix sie dazu aufforderte.

Casimir erzählte, wobei ihm, wie früher, die Brille auf der Nase herunterrutschte, von London, von der Arbeit, von internationalen Valutengauklern, von einer Freundin namens Elisabeth, von Ferien in Schottland, das im Hochland so aussehe, als habe es Shakespeare erdacht, und unvermutet fragte er, sich mit der Serviette den Mund putzend, schon im Aufbruch: Sag mal Felix, warum hast du nicht mit Katja Ludwig Kontakt aufgenommen?

Ehe sich Felix entschuldigen oder wenigstens herausreden konnte, stand Casimir auf, grinste: Es ist nicht weiter schlimm. Du wirst sie morgen kennenlernen. Bei Tante Bettys Abendgesellschaft.

Es ist dein Fest, verbesserte Tante Betty entschieden.

Gut, sagte er, verbeugte sich vor seiner Tante, küßte ihr die Hand, dann ist es eben mein Fest. Du, liebe Tante Betty, wirst aber der Mittelpunkt sein.

Er stieß Felix freundschaftlich vor die Brust, drehte sich zweimal um die eigene Achse und hinterließ eine Frau Meyer, die ihm, von seinem Charme gefangen, nicht böse sein konnte.

Wenn sie wüßte, dachte Felix, weshalb er uns so sitzen läßt, dann bekäme sie es mit der Angst zu tun.

Als Felix am andern Tag von der Universität nach Hause kam, waren die Vorbereitungen für den Abend in vollem

Gange. Frau Meyer hatte mit Hilfe zweier Lohnkellner die Wohnung auf den Kopf gestellt. Selbst Bilder hatte sie um- oder abgehängt. Es würde Wochen brauchen, bis alles wieder seine übliche Ordnung hatte. Sein Lieblingsbild aber würde, wenigstens an diesem Abend, jeden Gast empfangen. Es hing, flankiert von zwei Kerzenleuchtern, hinter einem langen schmalen Tisch, der als Garderobe dienen sollte. Es war von Lesser Ury. Eine Gruppe junger Frauen promenierte am Ufer des Wannsees. Sobald man sich dem Bild näherte, begannen die Farben zu zerfließen, die Figuren lösten sich auf, flüchtige, schöne Erinnerung an einen Sommertag.

Gegen Abend wurde es still, die Vorbereitungen hatten ein Ende. Felix zog sich um, wartete darauf, daß Frau Meyer, noch ehe die ersten Gäste erschienen, sich rühren werde. Das tat sie, ziemlich ungehalten. Sie rief nach ihm, stand in der Tür zum Salon in einem Kleid aus graugrüner Shantungseide, dessen dramatischer Faltenwurf ihre Stimmung unterstrich. Sie könne nicht verstehen, daß die Person, der zuliebe sie dies alles auf sich nehme, nicht die Höflichkeit habe, sich rechtzeitig einzustellen. Felix blieb ernst, obwohl es ihm schwerfiel; in einer Anwandlung von Zärtlichkeit nannte er sie zum ersten Mal Tante Betty.

Wie ich meinen Freund kenne, Tante Betty, wird er eh ein wenig zu spät kommen und sich über unsere Aufregung wundern. Ich halte es für vernünftiger, wir beruhigen uns mit einem Glas Portwein und lassen uns überraschen.

So, dachte er, mußten Schauspieler auf der Bühne stehen, bevor der Vorhang hochging, auf dem Sprung, jeder schon in seiner Position. Aber auf einmal erinnerten sich die Glieder nicht mehr an die eingeübten Gesten und Sätze, brachen auseinander. Tante Betty saß auf dem Diwan, nippte in einem fort an dem Glas mit Portwein. Die beiden Kellner standen mit glasigen Augen, die Hände auf dem Rücken, hinter dem Büfett. Das Mädchen, das die Tür öffnen und die Garderobe abnehmen sollte, versuchte mit spitzen Fingern, die ohnehin straff gekämmten Haare unter den Rand des weißen Häubchens zu drücken.

Wer hat den ersten Auftritt? fragte er sich und nickte Tante Betty aufmunternd zu, als es klingelte.

Sie kommen!

Sie kamen im Pulk. Tante Betty nahm Geschenke, Blumen in Empfang, reichte sie weiter, stellte vor, war sich gelegentlich unsicher, mußte sich manchmal, wenn es von Casimir Geladene waren, nach dem Namen erkundigen. Wurde nach Casimir gefragt, lachte sie: Er hat sich etwas verspätet. Felix ließ sich treiben, hörte da und dort zu, sammelte Gesichter ein. Unter den ersten Gästen hatte sich auch Sommerfeld befunden, der berühmte Anwalt, durch dessen Aufsätze er sich jedesmal angefeuert fühlte. Selten war ihm ein häßlicherer Mensch begegnet. Auf einem verfetteten Leib saß ein gewaltiger, verwarzter Krötenkopf. Sommerfeld sprach, von asthmatischem Ächzen unterbrochen, derart laut, als müsse er ständig einen überfüllten Saal überzeugen. Er spielte mit Wörtern, spielte sie aus, griff mit ihnen an, schmeichelte mit ihnen. Felix ließ ihn eine Zeitlang nicht mehr aus den Augen, genoß es, wie Sommerfeld *meine Gnädigste* sagte, bei jeder Frau, die er ansprach, anders, einmal mit gezierter Ironie, ein andermal voller väterlicher Zuneigung.

Unerwartet traf ihn ein Blick Sommerfelds, und er vergaß, wie abstoßend dieser Mann auf ihn gewirkt hatte. Es waren Augen, schutzlos und kindlich, Augen von einer geradezu ratlosen Aufmerksamkeit. Die Iris war sonderbar farblos, ein schwimmendes Grau. Felix erwiderte den Blick, verstand ihn als Aufforderung, im Laufe des Abends sich bei Sommerfeld einzustellen. Mirjam muß ihn kennenlernen, dachte er, und erst jetzt fiel ihm auf, daß auch sie sich, wie Casimir, verspätet hatte. Sie kam vor ihm. Atemlos, sich entschuldigend, sie habe den Bus verpaßt und überhaupt sei eine Menge schiefgegangen. Sie rührte ihn in ihrem schmucklosen, hochgeschlossenen Kleid.

Komm, sagte er, faßte sie unter, doch Tante Betty, entschlossen, den Abend nach ihrer Vorstellung zu inszenieren, entführte sie: Sie können sich mit diesem entzückenden Kind unterhalten, wann es Ihnen paßt, die andern nicht. Und sie unterhielt sich ausgezeichnet.

Er hatte keinen Grund, eifersüchtig zu sein, auch jetzt nicht, als ein junger Mann sie Sommerfeld vorstellte, nur bedauerte er, zu weit entfernt zu stehen, um zu hören, wie er *meine Gnädigste* betonte.

Seit der Salon sich mit Gästen füllte, hatte er den Eindruck zu schrumpfen, unterzugehen. Dekolletés bedrohten ihn, Bäuche, Hemdbrüste, baumelnde Uhrketten. Ihn packte die Lust, wie ein unartiges Kind durch die Menge zu hüpfen, da in einen Hintern zu zwicken, dort an einem Knopf zu reißen, in eine Tasche zu fassen, unerlaubt Süßes von der Silberplatte zu mopsen.

Casimir bewahrte ihn davor.

Endlich, rief Tante Betty, klatschte in die Hände und sorgte für Aufmerksamkeit: Dies ist mein Neffe, dem zuliebe wir uns heute abend treffen. Er hat, wie die meisten von Ihnen wissen, in London das Bankgeschäft gelernt. Nun will er es in Berlin versuchen.

Sie war neben ihn getreten, führte ihn vor. Casimir trug noch Windjacke und Knickerbocker. Die junge Frau, die ihn begleitete, kam, in knappem Rock, Bluse und Bolerojäckchen, sichtlich geradewegs aus einem Laden oder aus einem Büro.

Tante Betty ließ sich von Casimir die Hand küssen, begrüßte seine Begleiterin und erklärte mit schallender Stimme das Büfett endlich für eröffnet, was Casimir als Vorwurf verstehen konnte. Wir alle haben nämlich schon schrecklichen Hunger, setzte sie hinzu.

Casimir überflog, wobei seine dicken Brillengläser aufblitzten, die Gesichter in seiner Umgebung, als lese er Überschriften auf der ersten Seite einer Zeitung, nickte dem einen, der andern zu und kam dann schnurstracks, das Bolero-Mädchen an der Hand, zu Felix.

Das ist sie, mein Lieber.

Wer?

Das fragst du noch? In Casimirs Stimme klang Entrüstung mit.

Felix sah erst fragend das Mädchen an, dann, mehr und mehr verwirrt, zu Casimir hoch. Er mußte etwas falsch gemacht, etwas vergessen haben. Ich – er zögerte weiterzusprechen, Casimir lachte auf, beugte sich zu ihm nieder, küßte ihn auf die Stirn: Darf ich dir, mein lieber Freund, das von dir vergessene, auf die lange Kante geschobene, nie besuchte Fräulein Katja Ludwig vorstellen.

Casimir genoß sein schlechtes Gewissen, das die junge Dame aber erst gar nicht aufkommen lassen wollte.

Jetzt reicht's, meinte sie und verblüffte Felix mit einem ihrer zwar kräftigen, aber überaus weiblichen Erscheinung widersprechenden Bariton. Casimir ist manchmal schrecklich albern. Nun haben wir uns ja kennengelernt, nicht wahr?

Ja, versicherte er, dankbar für ihre Hilfe und ein wenig ärgerlich darüber, daß er Casimir wieder auf den Leim gegangen war. Der scherte sich nicht darum, kehrte sich von ihnen ab, ließ sie stehen und Katja Ludwig sagte ungerührt, als sei sie solche Unarten gewöhnt: Holen wir uns etwas zu essen? Dazu brauchen wir Casimir nicht.

Die Szene hatte sich erneut verändert. Die beiden Kellner hatten im Flur und im Salon kleine Tische aufgestellt, und das Getümmel begann sich zu beruhigen, zu ordnen. Was Tante Betty zufrieden bemerkte.

Aber weshalb haben Sie sich nun wirklich nicht gemeldet? fragte Fräulein Ludwig auf dem Weg zum Büfett.

Ich weiß es nicht. Damit log er nicht. Ich kann es Ihnen nicht erklären. Zuerst kam ich mit der Stadt nicht zurecht. Dann hatte mich das Studium beansprucht, und schließlich – er sah sich nach Mirjam um, entdeckte sie an einem der Tische im Salon, vertieft in eine Unterhaltung mit einer älteren Dame, deren auffallend mädchenhaftes Gesicht ihm bekannt vorkam, als habe er es auf einer Fotografie gesehen und danach von ihm geträumt.

Sie haben nicht zu Ende gesprochen.

Als er sich dazu anschickte, legte sie den Finger an die Lippen: Ich weiß es ja, wer dann kam und Sie selbstverständlich mehr interessierte als die Unbekannte in Casimirs Brief.

Sie sorgte für appetitlich gefüllte Teller, zwei freie Plätze, und ihre offenbar stets zur Aufmüpfigkeit bereite Energie gefiel ihm. Ohne die beiden jungen Männer, die schon am Tisch gesessen hatten, zu beachten, redete sie laut und unbekümmert, fischte dabei die Möhrenstücke aus dem Gemüsesalat und ordnete sie zu einem Kranz rund um den Tellerrand. Möhren mag ich nicht mehr essen. Wir hatten ein Möhrenbeet im Garten, und ein paar Jahre lang bekamen wir kaum etwas anderes vorgesetzt. Mal in Salzwasser, mal als Pamps, mal als Kuchen.

Haben Sie beruflich mit Casimir zu tun?

Sie preßte die Gabel auf die Unterlippe, zog sie langsam weg: Halten Sie mich im Ernst für eine, die mit feuchten Fingern Geldscheine in die Kasse zählt? Als sie sich nach vorn beugte, fiel ihm auf, daß ihre Schultern ungewöhnlich breit waren, kräftig, Schultern, die schleppen konnten oder schützen.

Nein, eigentlich nicht.

Na also. Sie lud sich die Gabel voll, kaute, erwiderte mit großen, sehr dunklen und etwas müden Augen seinen Blick. Noch mit vollem Mund bat sie ihn, sie Katja zu nennen. Fällt Ihnen das schwer, Felix?

Er gab sich Mühe, seine Verlegenheit zu verbergen: Aber nein. Gar nicht.

Höchstens ein bißchen, verbesserte sie und half ihm. Wir haben ja genug Zeit, es im Laufe des Abends zu üben. Nach einer Pause, in der er nach Sätzen suchte, die ihm allesamt läppisch erschienen und sie den Teller leer aß, setzte sie die Unterhaltung ganz selbstverständlich fort: Wissen Sie, mit Fräulein Ludwig möchte ich nur von einem angesprochen werden. Von meinem Chef. Wenn der die Tür aufreißt und Fräulein Ludwig säuselt, murmelt, fleht oder brüllt, dann bin ich nämlich Fräulein Ludwig. Und nichts als die. Siegfried Jacobsohns Tippse, linke Hand, zeitweiliges gutes Gedächtnis und schlechtes Gewissen.

Nie wäre es ihm in den Sinn gekommen, diese kesse, naiv auftretende Person mit dem großen Jacobsohn in Verbindung zu bringen, dessen Theaterkritiken und Kommentare er in jeder neu erscheinenden *Weltbühne* sofort und bewundernd las. Sie ließ ihn eine Weile sprachlos sein, ehe sie, nun weniger laut, erzählte, daß sie Casimir vor seiner Abreise nach London durch Laura kennengelernt und es sich wie von selbst ergeben habe, daß sie ein paar Tage zusammen gelebt, gestritten, geschwiegen, auch geschlafen hätten. Wir waren außer uns vor Glück, sage ich Ihnen, wir entdeckten uns und vergaßen die Partei, die uns zusammengeführt hatte. Am Ende gab es Ärger, aber Casimir, der, wenn es darauf ankommt, auch die Genesis neu erzählen kann, schaffte es, die Genossen zu beruhigen.

Ein Abglanz von dem erinnerten Glück spiegelte sich in ihrem kräftigen, ausdrucksvollen Gesicht wider, und Felix sah Laura vor sich, Irene, sie liefen durch die nächtlichen Straßen Breslaus, er hörte ihr Gelächter, hörte sie nach ihm rufen, Irene und Laura, und fragte sich, ob die eine nicht die andere war.

Wie geht es Laura?

Sie hatte versprochen, heute abend zu kommen. Auch Ihretwegen. Wahrscheinlich ist sie aufgehalten worden.

Meinetwegen?

Ja. Das wird Ihnen Casimir erklären.

Hat es mit der Partei zu tun?

Ich glaube schon. Warum fragen Sie so ängstlich, Felix?

Ängstlich? Er horchte seiner Stimme nach, vermied Katjas Blick und wußte, daß Casimir, von seinen Zweifeln gerufen, gleich neben ihm stehen würde. So war es. Casimir zog einen Stuhl vom Nebentisch heran, setzte sich, erhitzt, offenkundig glänzend aufgelegt, küßte Katja auf die Wange, wendete sich Felix zu, erklärte: Ich sah dich ein bißchen betreten herumsitzen, vielleicht hat Katja unsere Geschichte voreilig eingefädelt.

Aber nein, wehrte sie sich.

Die mit der Partei? fragte Felix und hatte unversehens Oberwasser. Was habt ihr mit mir vor?

Casimir nahm sich Zeit. Er sah auf die Innenflächen seiner großen Hände: Natürlich gibt es Auseinandersetzungen. Natürlich bin ich der Ansicht, daß die Weltrevolution, worauf Leo Trotzki beharrt, wichtiger ist als der Sozialismus in einem Land, wie es Genosse Stalin fordert. Kannst du das begreifen. Und wo bleiben wir? Was geschähe mit uns? Müßten wir uns als Minderheit verstehen, die den höheren Wink abzuwarten hat? Ich will nicht warten. Ruth Fischer auch nicht. Kennst du sie? Eine gescheite Frau. Aber wir haben da unsere Hosenträger-Ideologen, verstehst du?

Er konnte es nicht verstehen.

Katja unterbrach Casimir.

Du bringst ihn nur durcheinander. Wie du überhaupt in deiner Wut alles durcheinanderbringst. Die Partei muß da durch.

Sagst du! Casimir lugte über den Brillenrand, blinzelte, nahm die Brille ab, schaute halb blind in eine Zukunft, der er mißtraute, drückte Katjas Hand: Nimm es ernst. Entweder Intrige oder Revolution.

Casimir war der alte geblieben. Hingerissen bewunderte Felix die Widersprüche zwischen Geste und Wort und wartete ab. In einem der nächsten Sätze würde Casimir, das kannte er, einen Angelhaken auswerfen.

Casimir sprach jetzt ernst und konzentriert: Nicht einmal sechs Jahre nach der großen Oktoberrevolution, nicht einmal sechs Jahre danach, bedenkt es, verlieren wir schon den Schwung, geben klein bei, schränken ein, beruhigen uns gegenseitig: Laßt uns das Erreichte einwecken, Genossen, laßt uns das Feuer austreten. Sammelt euch und wartet ab. Worauf aber sollen wir warten? Daß die Bürokraten die Oberhand gewinnen, daß das Terrain der Revolution endlich ordentlich vermessen wird? Daß die Unruhestifter, die Trotzkis, die Fischers die Partei verlassen? Soll denn die Hoffnung des Proletariats auf kleiner Flamme kochen? Ich habe in London viel gelernt. Die Kapitalisten sind beweglicher, durchtriebener, als wir wahrhaben wollen. Die Revolution hat sie erschüttert, aber noch sind sie ihr gewachsen. Sozialismus, sagen sie sich, gut, studieren wir ihn, und was wir brauchen, nehmen wir uns. Und wir, was studieren wir? Den eingebildeten Feind im eigenen Lager!

Das ist nicht wahr. Katja warf sich empört gegen die Stuhllehne, wehrte sich mit ihrem ganzen Körper gegen Casimirs Zynismus. Du bist ein Snob, du spielst, und es macht dir nichts aus, wenn du Ideen, die anderen unendlich viel bedeuten, verspielst.

Offenbar gerührt über ihren kindlichen Widerstand antwortete er beruhigend: Im Gegenteil, Katja. Ich wünsche doch, daß nichts von dem, was wir erreicht haben und uns erhoffen, verspielt wird.

Und Felix? fragte sie, was hast du mit Felix vor?

Felix goß sich Wein nach, trank, merkte, daß er nicht mehr nüchtern war, prostete Katja zu und, wie gedämpft, als spreche er von weitem her, hörte er Casimir: Gut, daß du mich zur Ordnung rufst. Nun weißt du, Felix, was mich bekümmert. Du kannst mir, du kannst uns helfen. Nur mußt du mitmachen. Was nützt es dir, Zuschauer zu bleiben? Eines Tages, wenn es darauf ankommt, wirst du allein sein und dir Vorwürfe machen.

Felix sah in die glühenden, von einem großen Traum geweiteten Augen hinter der Brille, sah dieses hochmütige Gesicht, das er nie hatte vergessen können, das er liebte wie das eines Bruders, und er überraschte sich selbst, als er ohne jede Erregung und bestimmt erklärte: Nein, Casimir. Ich will lieber zusehen. Ich bin nicht soweit. Was aber nicht heißen soll, daß ich nicht handeln werde, wenn es Zeit ist.

Während er sprach, hatte sich Casimir erhoben, stützte sich, den Rücken gekrümmt, mit den Händen auf dem Tisch ab. Dann reckte er sich, trat neben Felix, faßte ihn unter der Achsel, zog ihn aus dem Sessel hoch, nahm ihn in die Arme. Verdutzt murmelte Felix gegen Casimirs Brust: Du nimmst es mir nicht übel?

Nein. Ehrlich gesagt, habe ich nichts anderes erwartet.

Und warum fragst du dann überhaupt?

Man muß alles versuchen, alles, mein Kleiner.

Was sage ich, rief Katja, er ist ein Snob. Nichts ist ihm so wichtig wie er sich selbst, auch die Partei nicht.

Du sagst es! Casimir grinste, nickte Katja zu: Kommt! Die Revolution läßt, wie ich feststelle, auf sich warten, und so bleibt uns genug Zeit zu feiern.

Felix verlor sich im Gedränge, trank zuviel, hörte Wortwechseln zu, ohne sich einzumischen, behielt Mirjam im Auge, ohne zu ihr zu gehen, sah Casimir mit Tante Betty und älteren Damen schäkern, beobachtete Katja, die sich offenbar unbemerkt davonstehlen wollte. Sie verschwand im Flur.

Die Unterredung mit Casimir ging ihm nach. Als er sich geweigert, sein Nein ausgesprochen hatte, war ihm eine Kraft zugewachsen, die er sich bisher nicht zutraute. Casimir mußte es ähnlich empfunden haben.

Sommerfeld riß ihn aus seinen Gedanken, verstellte ihm, an einer kalten Zigarre saugend, den Weg. Haben Sie keine Angst. Ich will Sie nicht fragen, was Ihnen durch den Kopf geht. Es ist ein bißchen heiß, nicht wahr, die Luft verbraucht. Kommen Sie, gehen wir ans Fenster. Ich muß durchatmen.

Sommerfeld lehnte sich hinaus, sog die Nachtluft ein. Felix schaute hinunter auf die Straße, hatte einen Moment lang die Vorstellung, daß er unten aus dem Haus trete, allein, und er sah sich nach, wie er, immer kleiner werdend, im Dunkeln verschwand.

Er hörte Sommerfeld reden: Über die wilhelminische Justiz, über die verdammten Richter, die in der Geschichte steckengeblieben seien, in dieser alten, verrotteten Geschichte. Ich rate Ihnen, sagte Sommerfeld, die großen politischen Prozesse nicht zu versäumen. Es sind Lehrstücke. Und Sie als zukünftiger Kollege – er brach ab, biß auf der Zigarre: Sie hören ja gar nicht zu.

Felix schreckte auf: Doch, selbstverständlich, versicherte er.

Sommerfelds Ironie fing ihn auf.

Na ja, ganz nüchtern ist keiner mehr von uns, ausgenommen natürlich unsere liebenswerte Gastgeberin. Er schnipste die Asche zum Fenster hinaus: Soviel ich weiß, ist Frau Meyer Ihre Tante.

Nein, nicht ich bin mit ihr verwandt, sondern Casimir, mein Freund Liebstock.

Unser roter Geldwechsler.

Er macht sich ein falsches Bild von ihm, dachte Felix, und suchte nach genauen, verständnisvollen Worten, mit denen er Casimir erklären konnte, aber Sommerfeld ließ ihn in seiner Sprunghaftigkeit gar nicht dazu kommen: Es ist unser Geschick. Ich meine, wir Juden haben die Gabe, uns gleichermaßen aufzugeben und zu finden. Wir treiben uns die Erinnerung aus, und was geschieht? Wir geraten von neuem in unsere alte Geschichte. Die Dialektik, mein Lieber, hat sich zwar kein Jude ausgedacht, doch wir haben sie für uns entdeckt. Sie ist unsere philosophische Denkweise. Er trat einen Schritt auf Felix zu, wischte sich den Schweiß von der Stirn, fragte leise: Haben Sie Kontakte zu zionistischen Gruppen?

Nein. Wieso?

Weil ich es Ihnen, wenn es nicht der Fall ist, nahelegen möchte. Wir werden uns brauchen, glauben Sie mir.

Wie konnte es geschehen, daß dieser sarkastische Mann sich plötzlich mit Jona verbündete, etwas in seinem Gedächtnis anrührte, das ihn schmerzte und unglücklich machte. Woran lag es, daß ihn an diesem Abend, den er gedankenlos hatte genießen wollen, erst Casimir und nun Sommerfeld für sich zu gewinnen versuchten. War das eine Art Witterung, merkten sie seine Schwäche?

Sommerfeld legte die Hand auf seine Schulter. Sie war leicht und hielt ihn dennoch fest. Er konnte nicht ausweichen, zurücktreten. Also fixierte er die Uhrkette, die sich über den Bauch vor ihm spannte, und zog die Schultern hoch.

Ich bitte Sie, sagte er, versuchen Sie mich nicht zu überreden. Organisationen schüchtern mich ein, welche auch immer. Sie werden nicht begreifen, wenn ich jetzt auf meinen Onkel Jona komme. Sie können ihn nicht kennen. Er gleicht Ihnen oder Sie ihm. Ich weiß nicht, ob Sie so fromm sind wie er. Aber er, und ich liebe ihn, hat mich in Frieden gelassen.

Die Hand auf seiner Schulter wurde schwer, und er spürte ihre Wärme durch das Jackett.

Gut. Ich will nicht weitergehen als Ihr Onkel, den ich, wenn sich die Gelegenheit ergibt, von mir zu grüßen bitte. Es genügt mir vorerst, von ihm zu wissen. Sommerfeld zog die Hand zurück, wendete sich von Felix ab und sagte: Nun müssen Sie sich aber um die jungen Damen kümmern, mein Lieber. Die werden Ihre Gesellschaft vermißt haben.

Das werde ich tun, sagte Felix, hielt nach Mirjam Ausschau, die inzwischen an einen älteren Herrn geraten war, der mit Händen und Füßen entweder eine Karambolage oder eine Theaterszene schilderte. Obwohl er sich plötzlich nur noch nach ihrer Nähe sehnte, alle anderen vergessen hatte, beeilte er sich nicht, ließ sich am liebsten ein Glas einschenken, machte Umwege, auch um die beiden Absagen zu genießen, durch die er auf geradezu wunderbare Weise zu sich gekommen war.

Die Gesellschaft begann sich aufzulösen. In kleinen Gruppen rückten die übriggebliebenen Gäste zusammen. Ihren zu lauten, die Fröhlichkeit übertreibenden Stimmen war anzuhören, daß niemand gewillt war, bald aufzubrechen. Felix traute Tante Betty zu, sie zu gegebener Stunde zu verabschieden. Schon jetzt kam es ihm vor, als droßle der große Leuchter allmählich sein Licht.

Kommst du mit? drängte er Mirjam. Sie fand kaum Zeit, sich bei ihrem Gesprächspartner zu entschuldigen.

Was er denn vorhabe? fragte sie. Die ganze Zeit hast du dich nicht um mich gekümmert.

Ja, sagte er. Wenn du wüßtest.

Was soll ich wissen.

Ich erzähle es dir ein anderes Mal. Jetzt nicht.

Er führte sie den Flur entlang zu seinem Zimmer. Tante Betty würde Mirjams Besuch an diesem Abend gewiß nicht verübeln. Er mußte mit ihr allein sein. Sie würde, er war sicher, die Kraft empfinden, die er durch die zweifache Absage gewonnen hatte. Er würde sie lieben und sie ihn. Er schaltete das Licht ein, blieb auf der Schwelle stehen und sagte: Bei Nacht sehen die Gardinen viel hübscher aus.

Was hast du? fragte sie.

Er setzte sich auf den Diwan, sah sie flehend an und schämte sich seiner Schutzlosigkeit.

Sie näherte sich Schritt für Schritt, spannte ihn auf die Folter. Und glich nun der, die er ungeduldig erwartet hatte. Er hatte sich vorgestellt, daß sie ihn in die Arme nehme, sich erhitze und dann mit derselben Schamlosigkeit ausziehe, wie die Frau, die ihn mitgenommen hatte.

Setz dich doch wenigstens für einen Moment, sagte er, und in der kleinlauten Aufforderung schrumpfte die Nacht, die er mit ihr hatte verbringen wollen, auf einen Augenblick zusammen.

Sie setzte sich. Er schaute sie nicht an, legte, nach einem Zögern, den Arm um ihre Schultern, zog sie behutsam an sich. Sie ließ es zu. Er spürte ihr Haar an seinem Hals, schloß die Augen und wartete.

Sie überrumpelte ihn, drückte sich gegen ihn, fuhr mit offenen Lippen über sein Gesicht, redete unverständlich, hielt ihn fest. Wir haben die ganze Nacht Zeit, sagte er. Sie ließ ihn los, rückte zur Seite und rieb sich mit der Hand den Hals.

Nicht jetzt, sagte sie, das will ich nicht. Das wäre falsch.

Warum? fragte er, ohne eine Antwort hören zu wollen, denn er erinnerte sich an sie und an eine andere, und es war ihm egal, ob sie gehen oder bleiben würde. Sie stand auf, strich sich das

Kleid glatt, blies sich die Haare aus der Stirn. So kannte er sie. Ihm fiel ein verrückter Satz ein: Sie ist kein Mädchen für den Winter.

Woran denkst du? fragte sie.

An nichts. Als sie das Zimmer verließen, stand Tante Betty im Korridor, als hätte sie bereits auf sie gewartet. Sie habe dafür gesorgt, daß Mirjam unbeschadet nach Hause komme, und mit Gästen besprochen, sie im Auto mitzunehmen.

Da brauchst du mich nicht zu begleiten, sagte Mirjam und küßte ihn flüchtig auf die Stirn.

Sie hat, dachte er, sie hat abgesagt wie ich. Doch nicht auf Dauer.

## *13*
## *Ansichten eines Sommers*

Warum zögere ich die Geschichte hinaus? Warum erzähle ich, ohne rasch vorankommen zu wollen? Warum klammere ich mich an jede Jahreszahl? Ich fürchte für meinen Helden, der keiner ist und der nicht weiß, was ihn erwartet. Zwar wird ihn das Glück, das ihm mit seinem Namen verschrieben wurde, nie verlassen. Doch angefochten wird es werden. Und er wird daran zweifeln. Noch weiß Felix nichts davon. Noch erwartet ihn und mich ein Sommer, den zu beschreiben mich reizt. Also werde ich von nun an gegen meine Furcht und gegen das Unwissen von Felix, das ich genieße, die Erzählung vorantreiben, werde dennoch Jahre überspringen, Einzelheiten vergessen, Erfahrungen auslassen. Sie wiederholen sich ohnehin.

Der, an den ich mich erinnere und von dem ich Felix Satz für Satz ablöse – Schlemihls Schatten, der sich gegen die Gesetze der Natur aufrichtet, seinen Körper findet und dem, der ihn wirft, nicht mehr nachläuft – der, dem ich Felix verdanke, überraschte mich kurz vor seinem Tod mit der Ansicht, der Mensch ertrage manche Schrecken nur, weil er in sie hineingerate wie ein Kind, dem es an Anschauung mangelt. Er müsse sich nicht wappnen, er sei gefeit. Das sei ein wesentlicher Unterschied. Und die, fragte ich, die sich das Schreckliche ausdenken, den Schrecken ausüben? Das liege doch auf der Hand. Er war auf meine Frage gefaßt. Die seien nie Kinder gewesen oder zu früh aus der Kindheit getrieben worden und rächten sich nun blindwütig für einen Verlust, der sie im Grunde hätte traurig und weise machen sollen.

Nach zwei Jahren erfolgreicher Tätigkeit in der Bank hatte sich Casimir im Sommer 1927 ein Auto angeschafft, ein Cabriolet der Marke Wanderer, das natürlich genützt werden sollte, weshalb er seine Freunde einlud, gemeinsam mit ihm Ferien an der See zu verbringen. Felix war der erste, den er in seinen Plan einweihte, wahrscheinlich um ihm Bedenken auszureden. Zwar hatte Felix das Referendariat beendet und Aussichten auf eine Assessorenstelle am dritten Landgericht, doch er wollte keine Zeit verschenken und Vater so wenig wie möglich finanziell belasten. Der Vater kränkelte, das Geschäft, das er mehr und mehr Elena überließ, ging nicht gut.

Casimir überredete Felix in einem einzigen begeisterten Anlauf: Sie würden ein billiges Quartier finden, die Fahrt koste ihn nichts, er werde zum ersten Mal das Meer sehen, die Dünen, könne sich zu jeder Zeit zurückziehen, für die zweite Prüfung vorbereiten. Er solle sich nicht immer kasteien und kein Spielverderber sein. Die meisten Theater schlössen im Sommer sowieso.

Auch Tante Betty redete Felix zu.

So gab er nach.

Laura, Katja und Mirjam waren mit von der Partie.

Am 4. Juli starteten sie, nachdem Casimir in Usedom zu günstigen Bedingungen eine Fischerkate gemietet hatte.

Das Wetter machte Laune. Ein lahmer Wind trieb Federwolken über den früh glühenden Himmel und riß sie auseinander.

Sie versicherten sich gegenseitig, daß wunderbare Tage auf sie warteten, brachen grundlos in Gelächter aus, kamen mit dem Gepäck nicht zurecht, verstauten es, wo sich auch nur irgendwo Platz im Wagen fand. Es sei ein wahres Chaos, schimpfte Casimir, wie solle er unter solchen Umständen das Auto steuern können.

Sie waren schon unterwegs, stemmten sich gegen den Fahrtwind.

Felix saß neben Casimir, ein wenig geschützt durch die Frontscheibe, drehte sich immer wieder zu den Frauen um. Er atmete ein und vergaß auszuatmen.

Als sie auf einer schmalen Chaussee fuhren, die Pappeln zum wandernden Zaun wurden, die Erregung des Aufbruchs sich gelegt hatte, ließ Casimir, obwohl der Weg holperte, für einen Augenblick das Steuer los.

Weißt du, sagte er, was mir ständig durch den Kopf geht? Das Thema aus dem ersten Satz der Pathétique. Er summte es. Felix verstand ihn. Diese ins Unendliche stürmende Musik wurde zu ihrem Reiselied.

Wie schade, daß wir gar nicht mehr dazu kommen, miteinander Klavier zu spielen.

Wie du siehst, könnten wir es noch. Casimir sang jetzt lauter und Felix summte mit.

Was ist das, was ihr da singt? rief Katja. Ich kenne es.

Ja was ist es? Casimir lehnte sich übers Steuer, gab vor, nachzudenken, schlug sich mit der Hand gegen die Stirn und stellte erleichtert fest: Ich hab's. Das ist die Automobilistenkantate von Hugo Sonnenstern.

Du bist albern, bekam er wie aus einem Mund zur Antwort.

Sie sangen weiter.

Jetzt den zweiten Satz, forderte Casimir. Felix lehnte sich zurück, schloß die Augen, sang, hörte jemanden Klavier spielen und wünschte sich, daß die Fahrt nie ende.

Das ist Beethoven, rief Mirjam. Felix wußte, wie Casimir reagieren würde: Du sagst es, hörte er.

Mit der Zeit legte sich Staub auf ihre Lippen, und ihre Gesichter spannten.

Katja schlug eine Rast vor. Sie wurde von allen begeistert unterstützt, bis auf Casimir, der ihnen höchstens ein Viertelstündchen erlaubte. Er wolle das Meer unbedingt noch bei Tage sehen.

Vor einem Dorfgasthaus hielten sie an, sprangen aus dem Auto, reckten sich, spürten die Fahrt in den Gliedern. Felix umarmte Mirjam und sah Laura an, die, die Arme im Nacken verschränkt, spöttisch seinen Blick erwiderte. Drei Stunden später, sie waren durch ein schattiges Wäldchen gefahren und einen Hügel hinauf, kam ihnen das Meer entgegen und zog den blassen Himmel hinter sich her wie eine Schleppe.

Halt an, bat er.

Sie schwiegen, schauten. Dann sagte Mirjam: Vielleicht habe ich dafür gelebt.

Laura lachte auf, schüttelte aufgebracht den Kopf: Nein, dafür leben wir nicht.

Wir sind angekommen und doch nicht, schrieb Felix nach zwei Tagen an Jona. Alles, aber auch alles übertrifft meine Erwartungen. Was für ein Glück, daß kein Mensch ermessen kann, was ihm fehlt, sonst wäre ich schon seit Jahren vor Sehnsucht nach dieser Landschaft krank. Die Eindrücke sind viel zu groß. Gestern liefen wir zum ersten Mal den endlosen Strand entlang, zwischen dem atmenden Meer und den unter dem Wind wandernden Dünen. Wir faßten uns an den Händen, weil wir alle das Gefühl hatten, fortgerissen zu werden. Nimm mir meine Schwärmerei nicht übel, lieber Jona. Ich hör Dich brummen: Übertreib nicht, mein Junge! Ich kann gar nicht genug übertreiben. Um Dich jedoch bei Laune zu halten, will ich erzählen, wie wir angekommen sind und unterkamen.

Vermutlich hast Du von den Eltern erfahren, daß wir zu fünft sind. Casimir natürlich, der den grandiosen Einfall hatte und alles in die Wege leitete. Laura, die Dir noch aus unserer Breslauer Zeit bekannt ist – sie ist so verwegen wie eh und je –, hat Schwierigkeiten mit der Partei, die sie keineswegs bekümmern, und sorgt dafür, daß wir auch in diesem Paradies das Elend der Erde nie vergessen. Katja Ludwig erwähnte ich manchmal in meinen Briefen, auch sie ist eine Errungenschaft von Casimir. Da Du die *Weltbühne* liest, empfehle ich ihre Artikel Deiner Aufmerksamkeit. Unlängst berichtete sie von einem Frauenkongreß und bekam dafür ein großes Lob von, na von wem? – von Tucholsky, der neuerdings ihr Chef ist. Da staunst Du, mit wem ich verkehre. Sie macht sich wenig aus ihrer Berühmtheit, schon mehr aus meiner Bekanntschaft, das versteht sich. Und Mirjam, meine Mirjam, hast Du ja im vorletzten Herbst nicht nur kennengelernt, sondern Du wechselst, wie ich zufällig erfuhr, auch Briefe mit ihr. Also muß sie Dir Eindruck gemacht haben.

Wir fünf, darauf aus, die Welt zu erobern oder wenigstens ein Stück deutscher Küste. Was kann da schiefgehen? dachten wir und rechneten nicht mit den Göttern, Poseidon vor allem, die die Glücklichen vorsorglich zu warnen pflegen. Casimir hatte die Adresse unseres Vermieters falsch notiert, deshalb mußten wir uns quer durch den Ort fragen, und als wir ihn endlich aufgestöbert hatten, einen unglaublich wortkargen Fischer, verschwand der nach einer knappen Begrüßung in seinem Haus und ließ uns eine halbe Stunde warten. Dann weigerte er sich, ins Auto zu steigen, aus Höflichkeit ging ich neben ihm her, vor dem mit stotterndem Motor rollenden Wagen. Keine kurze Strecke, sondern durch ganz Usedom und weiter, bis wir vor einem Dach anlangten, das aus einer Senke lugte. Stumm deutete der Mann darauf, drückte mir einen riesigen Schlüssel in die Hand, knurrte: für drei Wochen, und machte sich davon.

Wir stürmten das Häuschen, und es hielt uns nicht stand. Als Casimir wie ein Eroberer den kleinen Wohnraum betrat und dabei vorsichtig den Kopf einzog, wurde er unversehens klein, verschwand bis zu den Knien in der Diele, die unter ihm eingebrochen war. Mit großem Hallo befreiten wir ihn, etwas verschrammt, mit einem Riß in der Hose. Seither meiden wir diese Stubengegend und treten überhaupt vorsichtig auf. Unsere Stimmung hat das nicht trüben können. Wir richteten uns ein. Ein jeder bezog seine Koje, kurze, für den langen Casimir kaum geeignete Schrankbetten. Er kommt damit zurecht, denn tagsüber halten wir uns ohnehin am Strand auf oder wandern durchs Dünengebirge, niemals verlegen um Gesprächsstoff, wie Du Dir denken kannst. Augenblicklich ereifern wir uns über Gayks Kinderrepublik in Seekamp. Du wirst von ihr gelesen haben. Die Kinder sollen sich in dem freien Ferienlager demokratisch einüben und sozialistisch denken und handeln lernen. Laura hält das für einen halbherzigen Versuch, Katja für einen nützlichen, Mirjam für einen untauglichen, Casimir immerhin für einen kinderfreundlichen, und ich halte mich heraus, um die erhitzten Gemüter unparteiisch kühlen zu können. Was mir bei allen, nur bei Laura nicht gelingt, die mich einen notorischen Zauderer schimpft. Kann sein, sie hat recht. Doch ich gebe ihr nicht recht. Laß von Dir hören, lieber Jona, wünscht Dein Felix.

Er hatte, stellte er beim Nachlesen fest, manches ausgelassen, manches vergessen.

Die See zum Beispiel, die er so überschwenglich begrüßt hatte, setzte ihm, kaum war er ihr nähergekommen, zu.

Sie hatten alle die erste Nacht erschöpft in ihren Schränken geschlafen, noch eine Weile auf das Rauschen draußen gehorcht und waren nicht sicher, ob es der Wind war oder das Meer. Am Morgen weckte sie Laura: Ihr verschlaft das Beste vom Tag, erlebt nicht, wie er aufbricht, wie das Licht übers Wasser auf das Land zuströmt, wie der Tagwind nach einer Pause, die ich nie vergessen werde, den Nachtwind ablöst. Sie habe inzwischen fürs Frühstück eingekauft, rief sie, trieb sie mit ihrer Geschäftigkeit aus den Betten und glich in nichts mehr der Laura, die Felix bisher gekannt hatte: Alle Strenge war von ihr gewichen. Nun wirkte Laura merkwürdig mütterlich in ihrem weiten formlosen Leinenkleid.

Kaffee oder Tee?

Kaffee wünschten alle bis auf Casimir, der sich für Tee entschied.

Der britische Einfluß, unverkennbar, fand Katja.

Felix hätte sie korrigieren können: Nein, die alte Breslauer Gewohnheit. Er wußte es besser und behielt es für sich.

Und die Eier, wie lang gekocht?

Fünf Minuten! Nein, sieben! Bitte nur vier! so ging es durcheinander, worauf Laura die Hände hob, in gespielter Verwirrung auf der Stelle zu hüpfen begann, aussah wie ein von Fidus gemaltes Mädchen: Nee, mit Politik ist heute nichts! Also fünf Minuten, weil's mir so paßt und basta.

Mirjam schlug vor, ein ruhiges Stück Strand zu suchen und auf jeden Fall das Mittagessen ausfallen zu lassen. Den ganzen

Tag nicht zu regeln. Nur die Badeanzüge dürfe keiner vergessen. Am besten, man packe den ganzen Kram in eine Tasche.

Nach dem Frühstück redeten sie durcheinander, liefen ohne Sinn durch die Kate, berührten sich dabei, und Felix hatte das Gefühl, die vier anderen vergnügten sich daran, ihn klein zu halten, zu ihrem Kind zu machen, zum lustigen Pflegefall: Steh doch nicht so rum, Felix, rühr dich ein bißchen. Was hast du denn jetzt schon wieder angestellt, Felix, kannst du nicht aufpassen? Warum sagst du denn nichts, Felix, was ist denn los mit dir? Hast du auch bestimmt nicht den Badeanzug vergessen, Kleiner?

Bis er es nicht mehr aushielt und dem Felix, den sie haben wollten, dem Sommerkind, entfloh: Ach, rutscht mir doch den Buckel runter und hinausrannte, unvermutet ganz anders klein wurde, kindlich unter einem Himmel, den er jedem Maler ausreden würde zu malen, und ein salziger Windstoß stopfte ihm den offenen Mund. Er blieb auf dem Pfad zwischen den Dünen stehen, hörte den Sand die Hänge herabrieseln, manchmal knackte es in den Sanddornbüschen. Hier sagte er sich, jetzt! und fragte sich, ob dies einer jener Augenblicke sei, an die er sich später erinnern und nach denen er sich sehnen werde.

Kommt! rief er.

Hinter einer Düne schoß ein bunter Drachen hoch, bäumte sich gegen den Wind auf, trudelte, und begann dann, sich fangend, ruhig zu steigen.

Kommt doch endlich!

Er lief ihnen voraus. Sie holten ihn bald ein, steckten ihn von neuem an mit ihrer lärmenden Ausgelassenheit, rissen sich darum, wer die Tasche tragen solle, zogen im Gänsemarsch zwischen Strandkörben, gaben sich arrogant und mondän, forderten die Badegäste zu ärgerlichen Bemerkungen heraus.

Mirjam war als erste im Wasser. Sie hüpfte über die Wellen und ließ sich mit einem Schrei fallen. Die andern folgten ihr. Casimir – lang, dürr und bleich in seinem schlotternden Badeanzug – sah aus wie Don Quixote, der sich entschlossen hat, gegen Wellen zu kämpfen.

Felix hatte sich noch nicht ausgezogen. Noch nie war er baden gewesen, noch nie hatte er einen Badeanzug angehabt. Ihm fiel Elena ein, die ihm öfter erzählt hatte, wie sie als Mädchen allein Schwimmen gelernt habe. Sie hatte ihm damals seine Wasserscheu ausreden wollen. Mutter jedoch hatte ihm beigestanden; bei seiner Konstitution werde ein Bad im kalten Wasser nur schaden.

Nun mußte er es nachholen, ohne Elenas Hilfe.

Im Schutz einer Düne zog er sich aus, stellte befriedigt fest, daß sein Badeanzug besser saß als der Casimirs. Die Luft berührte seine Haut. Die ungewohnte Erfahrung erfüllte ihn mit einer Lust, der er nachgab: Er rannte, alle seine Ängste vergessend, über den Strand, rief Mirjam zu, die ihn mit ausgebreiteten Armen erwartete: Aber schwimmen kann ich nicht. Und schon schlug das Wasser über ihm zusammen, er zappelte mit Armen und Beinen, fürchtete, zu ertrinken, jemand packte ihn, riß ihn hoch, rüttelte ihn.

So mutig mußt du ja nicht gleich beginnen.

Casimir gab sich sichtlich Mühe, ernst zu bleiben, und überließ ihn der Obhut Mirjams. Paß auf ihn auf.

Jede Bewegung mußte er lernen, jede Empfindung. Einmal wurde er leicht, schwebte, die kleinste Welle warf ihn um, ein anderes Mal hingen Gewichte an ihm, einem Sack voller kollerndem Schotter, den die Brandung ans Ufer wälzt. Die Haut lernte das Meerwasser kennen, rötete und öffnete sich, und er stellte verblüfft fest, daß er nicht nur mit Mund und Nase, sondern mit dem ganzen Körper atmete. Ihn überkam eine heftige Sehnsucht nach Berührung und, als wüßte Mirjam von seinem Gefühlsüberschwang oder als ginge es ihr ebenso, begann sie sich mit ihm zu balgen. Sie stürzte mit ihm hin, lag auf ihm, unter ihm, drückte sich an ihn, rieb sich, und zum ersten Mal spürte er keinen Widerstand, als er sie küßte. Sie tauchten auf, schöpften Atem, fielen von neuem übereinander her, drängten aneinander, verschluckten sich. Er wurde entschlossen, wie sie, und sie ließ es zu. Wenn sie fielen, sah er ihr lachendes Gesicht.

Er hatte die andern ganz vergessen. Erst als Casimir neben ihm und Mirjam auftauchte, wurde ihm bewußt, daß sie nicht allein gewesen waren. Er schämte sich ein wenig, zog Mirjam zum Ufer, und sie folgte ihm. Komm, komm. Wie gehetzt rannten sie über den Strand, im Rücken das Lachen und Geschrei der Freunde, griffen nach ihren Handtüchern und, als hätten sie es miteinander verabredet, suchten sie einen Weg in die Dünen, rannten, bis die Dünen mit ihnen rannten und der Weg unter ihnen zu schwanken begann. Mirjam breitete in einer Mulde das Badetuch aus, warf sich darauf, rang nach Atem: Ich kann nicht mehr. Sie faltete die Hände hinterm Kopf. Toll! Sie schob die Zunge zwischen die Lippen und sah zu ihm auf.

Es stimmt nicht, sagte sie, ich kann alles, wirklich alles. Was du willst, kann ich. Komm doch endlich. Worauf wartest du?

Sie setzte sich auf, schob die Träger des Badeanzugs über die Arme, rollte den Anzug an ihrem Körper herunter, so daß sie ihn am Ende wie einen dünnen Reifen wegwerfen konnte. Ihre Haut war heller als der Sand. Sei nicht gemein, sagte sie. Laß mich nicht warten.

Es war ein Wunder. Er hatte so lange, so ausdauernd geträumt, bis die Wirklichkeit seinem Traum nicht mehr widerstehen konnte, dachte er. Er legte sich neben sie, schloß die Augen, wartete, mußte nicht lange warten, sie zog ihn aus, streichelte ihn.

Jetzt, sagte sie. Der Sand glich dem Wasser, wieder gab er den Wellen nach, wieder ging ihm der Atem aus. Sie kniete über ihm, hoch aufgerichtet, drückte seine Hände gegen ihre Brüste. Du bist ein richtiger Segen; mein Kleiner. Dann legte sie sich neben ihn.

Eine winzige Verletzung blieb. Sie hatte ihn, wie Casimir, mein Kleiner genannt. Und das in einem Augenblick, in dem er sich vergessen hatte.

Allmählich nahmen sie die Umgebung wieder wahr. Die Dünen stiegen neben ihnen hoch und die Luft war erfüllt von Geräuschen. Der Sand glühte. Wenn Felix sich bewegte, rissen die Stacheln einer Sanddistel an seiner Schulter.

Wir werden uns einen Sonnenbrand holen.

Sie sprang auf, lief den Hügel hoch, um ihren Badeanzug zu holen. Es gefiel ihm, wie schwer und grazil jede ihrer Bewegungen war. Noch einmal, dachte er, sollte alles von vorn beginnen.

Wir haben auf euch gewartet.

Wir haben euch gesucht.

Katja vermied es, sie anzusehen.

Laura lag auf dem Bauch und blies eine Kerbe in den Sand.

Nur Casimir lief ihnen ein paar Schritte entgegen, lächelte. Nichts davon sei wahr. Niemand habe sich Sorgen gemacht. Keiner habe nach ihnen gesucht. Warum auch?

Später, sie saßen im Kreis und alberten, schmiedeten Pläne für den Abend und den kommenden Tag, meinte Casimir nebenbei: Den ganzen Tag geht mir ein Lied Mahlers nicht aus dem Kopf. Du kennst es. Er sang den Anfang, und Felix fielen sofort die Worte dazu ein: Ich bin der Welt abhanden gekommen.

Die Zeit rannte ihnen davon. Sie merkten es und sie begannen zu übertreiben, gönnten sich keine Ruhe, und es schien Felix, als ob auch die Gespräche tagsüber und an den ausgedehnten Abenden viel zu rasch und überstürzt verliefen, die Gedanken keinen Halt fanden. Sie sprangen von Thema zu Thema, von der Reichswehr zu Langs Film *Metropolis*, den Casimir bewunderte und der Felix mißfiel; von den Schlägereien zwischen SA und Kommunisten in Lichterfelde bis zur Premiere von Léhars *Zarewitsch,* in der Richard Tauber sang, dem sie alle anhingen und dem nur Mirjam vorwarf, daß er seine wunderbare Stimme an solch eine banale Musik vergeude.

Du bist, wenigstens in diesem Fall, zu streng. Eben weil er als Zarewitsch auftritt, wird er geliebt.

Das behauptest gerade du, Casimir. Wo bleibt dein Geschichtsverständnis? Hat nicht dein Lenin dafür gesorgt, daß es mit der Zarenwirtschaft ein Ende hatte?

Mein Lenin? Es ist genauso deiner, Mirjam, selbst wenn du es nicht wahrhaben willst. Wir können unsere Geschichte nicht mehr teilen.

Zum ersten Mal griff Katja ein: Du machst es dir zu einfach, Casimir, oder du möchtest, daß wir zugunsten der Partei auch anfangen, einfach zu denken. Das kann ich nicht. Dagegen wehre ich mich. Die Auseinandersetzungen zwischen Stalin und Trotzki, wer denkt und handelt da für die Partei? Kannst du mir das erklären?

Was nicht Casimir, sondern Laura versuchte. Sie bestreite Divergenzen nicht. Die seien sogar notwendig. Wir müssen abwarten – sie sprach ruhig und mit Nachdruck, als wolle sie eine Gruppe von zweifelnden Genossen überzeugen –, zuhören und lernen. Nur dürfen wir nie subjektiv reagieren oder aus Zuneigung Fraktionen bilden und dabei das eine objektive Ziel der Weltrevolution aus den Augen verlieren. Wer gegen diesen Grundsatz verstößt, gehört nicht mehr zu uns.

Basta! rief Katja empört.

Felix hoffte, die Spannung würde sich, wie so oft, in Gelächter auflösen. Lauras Ernst ließ das nicht zu. Felix hatte Laura, während sie redete, unverwandt beobachtet und ihm war aufgefallen, wie sehr sie sich seit der Breslauer Zeit verändert hatte. Es war nicht mehr die junge, von Eifer umgetriebene, sprunghafte Frau, die ihm gegenüber saß; sie wirkte ruhiger, mit sich im reinen, und sie war noch schöner geworden, nicht mehr ganz so mager und fahrig, sondern weicher, gelassener, anziehender. Um so widersprüchlicher erschien ihm ihre Rede. Als sie sich zornig Katja zuwandte, fuhr er dazwischen: Das ist doch Unsinn. Wir sind doch hier nicht auf einer Parteiversammlung. Ich bitte dich, Laura.

Sie gab zu seiner Verblüffung nach, lächelte ihm zu, rieb sich, als wolle sie sich die verqueren Gedanken besänftigen, die Schläfen: Wenn du es nicht wärst, Felix, sagte sie und stand vom Tisch auf, räumte ab.

Wenn du es nicht wärst. Der Satz verfolgte ihn. Er hätte sie fragen können: Warum ich? Bin ich für dich nicht die Jahre über nur am Rand vorgekommen, einer von Casimirs Freunden?

Nichts änderte sich und doch alles. Was klar, eindeutig gewesen war, bekam plötzlich ein Echo. Jedes Wort wurde vieldeutig. Er war mit Mirjam allein und dachte an Laura. Er half Laura beim Geschirrwaschen und verglich sie mit Mirjam. Manchmal lief er aus der Kate, lehnte Begleitung ab, wollte allein sein und fühlte die Gegenwart der beiden Frauen neben sich.

Gehen wir dir auf die Nerven? fragte Casimir.

Es kommt mir vor, als wärst du gar nicht hier, bei mir, stellte Mirjam fest.

Deine Launen sind schon eine Zumutung, schimpfte Katja.

Laura hielt sich zurück. Manchmal hatte er den Eindruck, wenn sie in Gedanken vor ihm herging, den Kopf gesenkt und die Schultern hochgezogen, sie rede mit ihm, schicke Sätze aus, die sich in seinem Kopf einnisteten, kleine, feurige Inseln.

Kam er mit Mirjam aus den Dünen zurück, dann strafte ihn Laura. Sie kehrte sich demonstrativ von ihm ab, überredete Mirjam, mit ihr schwimmen zu gehen, mit ihr allein. Sie ist eifersüchtig, dachte er und bemerkte überrascht, daß er es ebenso war, daß ihn eine Krankheit befallen hatte, daß er unerklärlicherweise Laura liebte wie Mirjam.

Die letzte Woche brach an. Sie versprachen sich, nicht an den Aufbruch, an Berlin, an das, was sie dort erwartete, zu denken und auf keinen Fall davon zu sprechen. Nachdem es zwei Tage lang geregnet hatte, lagerten sie wieder in ihrer Dünenburg. Casimir war allein spazieren gewesen und kam mit einer Entdeckung zurück, die sie erschreckte. In den Nachbardünen habe sich ein Trupp von Männern niedergelassen, offenbar SA-Leute, die hier, in den Ferien, ihre Feldübungen fortsetzten. Sie führten Ausrüstung mit, Spaten, Tornister, Zelte.

Vielleicht, schlug Casimir vor, sehen wir uns nach einem anderen Platz um.

Laura war entschieden dagegen. Sie denke nicht daran, diesen Kerlen zu weichen. Die rechnen doch mit unserer Angst, räumen sich auf diese Weise den Weg frei. Nein, Casimir, ich bleibe.

Und du? fragte Casimir Felix. Was sagst du?

Wahrscheinlich hat Laura recht.

Wieso wahrscheinlich? Hat sie nun recht oder nicht?

Stockend erwiderte er: Sie hat recht. Er sagte es Laura zuliebe, gegen seine Angst. Er saß auf der Decke, blinzelte zu Casimir hoch und zog die Knie gegen die Brust.

Sie blieben unbehelligt. Am frühen Nachmittag jedoch wurde es in der Umgebung unruhig. Stimmen waren hinter den Dünen zu hören, Geräusche. Sie graben, erklärte Casimir leise, sie graben sich ein. Sie graben einen Tunnel durch die Dünen, was weiß ich, auf jeden Fall spielen diese Verrückten Krieg.

Gegen uns? Mirjam lachte.

Casimir blieb ernst: Es könnte sein. Wenn sie keinen Feind haben, suchen sie sich einen.

Das ist doch Blödsinn.

Casimir schüttelte den Kopf. Felix verstand seine Vorsicht und ärgerte sich dennoch: Die Angst, dachte er, macht uns lächerlich.

Seht euch doch mal um, flüsterte Casimir.

Sie wurden beobachtet. Aus den Dünenkämmen wuchsen Köpfe, einer nach dem andern, wie dem Sand aufgepfropft, kantige, runde, schmale Schädel, und alle grinsten.

Warum gehen wir nicht schwimmen? sagte Laura ruhig.

Casimir atmete hörbar auf. Das ist ein guter Vorschlag. Wir nehmen unsere Sachen mit hinunter an den Strand. Aber bitte alles ohne Hast. Die sollen nicht denken, wir hauen ab. Sie zwangen sich, ruhig zu bleiben. Laura half Mirjam, der Decke, Kleider und Bademäntel immer wieder aus den Händen rutschten. Der Weg zum Strand kam ihnen unendlich lang vor. Sie gingen, ohne sich umzusehen, erst die letzten Meter rannten sie.

Mirjam faßte Felix an der Hand. Du bist kalt, sagte sie.

Du auch.

Ich hab keine Lust zu baden.

Ich auch nicht.

Sie blieben zusammen, faßten sich an den Händen, und als die Männer in einer Reihe über den Strand gestürmt kamen, brüllend, mit rudernden Armen, erschraken sie nicht einmal mehr.

Was danach geschah, hat Felix später aufzuschreiben versucht. Es war ihm nicht gelungen. Ihm fielen nur verzerrte Bilder ein, Fragmente von Schmerz, Hände, die ins Leere griffen, Münder, die Wasser ausspuckten, gekrümmte Rücken, schützend vors Gesicht gehaltene Arme und Wasser, immer wieder Wasser.

Wie auf Kommando begannen die Männer zu stampfen und zu spritzen, überraschten sie mit ihrer Attacke, und als Felix wieder zu Atem kam, sich umsah, befand sich Mirjam jenseits des Zauns aus sich brüstenden, mit Muskeln spielenden Körpern.

Laßt sie! rief er. Seine Stimme überschlug sich, wurde zu der eines flehenden Kindes.

Er sah, wie ein paar Männer auf Mirjam einredeten, sie anfaßten, Mirjam auszubrechen versuchte und sie ihr nachsetzten, Mirjam den Boden unter den Füßen verlor und hinstürzte, im Wasser verschwand, auftauchte, einer der Männer sie hochriß, als wöge sie nichts und an sich preßte. Sie zappelte und schlug um sich.

Felix war gleich, was mit ihm geschehen würde. Er rannte los. Das Wasser fuhr ihm zwischen die Beine, riß ihm die Füße weg, so, als helfe es den andern. Er kam nicht bis zu Mirjam.

Sie fingen ihn auf. Sie machten ihn zum Spielball. Sie kannten sich aus, verschärften den Grad ihrer Gemeinheiten langsam. Erst drückten sie ihn unters Wasser, ließen ihn kaum Luft holen, machten ihn hilflos, seine Glieder matt, dann bewiesen sie ihm ihre Kraft, indem sie ihn sich zuwarfen, das Männelchen, den Judenkrüppel, und schließlich bekam er ihre Hände zu spüren, sie drückten, schnürten ein. Der gequälte Körper löste sich von ihm, wurde ihm fremd, die Schmerzen gehörten nicht mehr zu ihm. Schließlich warf ihn einer weg, als wisse er mit seinem Spielzeug nichts mehr anzufangen.

Taumelnd richtete sich Felix auf und erbrach einen Schwall von Wasser.

Wir werden Sie anzeigen. Katjas Stimme brach fast. Wir werden Sie anzeigen wegen Nötigung und Körperverletzung.

Keiner brüllte mehr.

Tun Sie's, sagte einer der Männer. Uns können Sie nicht einschüchtern. Uns nicht.

Sie zogen sich zurück, sammelten sich am Ufer und liefen, wie sie gekommen waren, in einer Reihe über den Sand in die Dünen.

Laßt uns gehen. Casimir rieb sich die Hände im Wasser, als müsse er sie von Schmutz reinigen. Wortlos kleideten sie sich an.

Abends kamen sie überein, schon am nächsten Morgen abzureisen. Nicht aus Furcht, sondern weil sie sich die Erinnerung an diese vollkommenen Sommertage nicht verderben lassen wollten. Früher als sonst gingen sie schlafen.

Katja hatte das Fenster geöffnet. Es wurde kühl, und Felix hatte das Gefühl, daß die Luft ihn reinige. Er lag auf dem Rücken, die Augen gegen die Müdigkeit aufgerissen, und redete sich mögliche Träume aus. Mit sich im Zwiegespräch erreichte er den Schlaf.

Eine Hand legte sich ihm auf den Mund, als er aufwachte. Jemand lag neben ihm, bewegte sich und schickte Wärme aus. Die Hand verbot ihm zu fragen. Der ein wenig knochige, straffe

Körper, der sich an ihn schmiegte, war ihm unvertraut. Anstelle der Hand legten sich nun Lippen auf seinen Mund. Es war nicht Mirjam, es konnte nur Laura sein. Einen Augenblick widersetzte er sich, dann gab er nach. Sie spielte nicht, war nicht weich und hingebungsvoll. Sie liebte erbittert, beinahe gewalttätig, ließ ihn nicht zu sich kommen, hatte vor, ihn zu verschlingen, riß ihn in ein Glück, das splitterte und wund machte. Erst als sie wieder nebeneinander lagen und Felix auf ihren unterdrückten Atem lauschte, flüsterte er: Laura.

Ja, sagte sie. Hast du es nicht gewollt?

Doch, sagte er, nahm sie von neuem in die Arme, dachte an Mirjam, die er verraten hatte und doch nicht, weil Laura nur dieser Nacht gehörte, dieser Nacht nach einem Tag, an dem sich etwas angekündigt hatte, von dem Laura mehr ahnte als er.

Bleib, bat er.

Nicht mehr lang, sagte sie.

Der Himmel war hoch, wolkenlos, als sie Usedom verließen. Feriengäste zogen in Pulks zum Strand und winkten ihnen nach. Felix, der neben Casimir saß, winkte zurück.

## 14
## *Jonas Rede für den Doktor*

Manchmal besuchten ihn Freundinnen, Geliebte aus seiner Vergangenheit, alte Damen, die, Zugvögeln gleich, jeden Sommer aus fernen Ländern kommend, in die einst vertrauten Landstriche einfielen. Er geriet ins Erzählen, verband Begegnungen mit Orten, doch kaum waren die ungeduldig Erwarteten eingetroffen, überließ er sie der Gastfreundschaft seiner Frau, hielt sich noch länger als gewohnt im Büro auf, besuchte ausdauernd Nachbarn und lud mich zu Spaziergängen ein. Nie sprach er indiskret von seinen Gästen. Aus halben Sätzen erfuhr ich, wer sie gewesen waren, was sie ihm bedeutet hatten.

Damals, als ich noch nicht daran dachte, ihm mit Felix zu antworten, als ich den zierlichen Mann für unsterblich hielt, machte ich seinen Damen gelegentlich meine Aufwartung, trank mit ihnen auf der Terrasse Kaffee und ihre Vergangenheit beschäftigte mich nur, solange die Unterhaltung dauerte. Länger nicht. Jetzt, unterwegs mit Felix, ärgere ich mich über meine Gleichgültigkeit. Ich hätte sie fragen können. Sie hätten, ich bin sicher, von ihm und von sich erzählt.

Wir kommen, schrieb Mama, dieses Ereignis muß natürlich von uns allen gefeiert werden. Wir sind sehr stolz auf Dich, lieber Felix.

Im Spätsommer 1928 hatte er seine Doktorarbeit abgegeben, und drei Monate danach war ihm mitgeteilt worden, wann er sie in einem öffentlichen Disput verteidigen solle. Seine Tätigkeit als Assessor am dritten Landgericht hatte er bereits aufgenommen.

Bei dir läuft es wie geschmiert, fand Casimir, und Mirjam machte sich Hoffnungen: Bald können wir, wenn du schon nicht gleich heiraten möchtest, zusammenziehen.

Er war erpicht darauf, sich so bald wie möglich niederzulassen. Am liebsten hätte er in Sommerfelds Societät gearbeitet. Bei ihm hätte er lernen und vorankommen können wie bei keinem sonst. Doch Sommerfeld hatte abgewinkt. Nicht, daß ich an Ihren Fähigkeiten zweifle, mein Lieber, gewiß nicht. Aber die Zukunft macht mir Sorgen. Schauen Sie sich um. Nichts hat Bestand. Unter diesen widrigen Umständen entscheidet man leichter, wenn man nur für sich selber zu sorgen hat.

Er versprach ihm aber, beim Aufbau der Kanzlei zu helfen. So wie ich Sie kenne, Guttmann, haben Sie da bald Oberwasser.

Tante Betty bestand darauf, das Fest auszurichten. Bald wirst du mich verlassen, was ich dir nicht verüble, mich aber schmerzt, wie du verstehen kannst, also laß mir diese Freude.

Mirjam würde ihr bei den Vorbereitungen helfen, Casimir die Getränke besorgen.

Die Unterhaltungen beim Frühstück im Salon, die er, dachte er, nach dem Umzug sehr vermissen würde, drehten sich um die bevorstehende Prüfung, seine Dissertation und, als Tante Betty die Erläuterungen von Meyers Normentheorie zu schwierig und wohl auch zu langweilig fand, um seine Breslauer Familie. Ob denn Vater ein Tag ohne Mittagsruhe zugemutet werden könne? Ob das Fräulein Elena – es rührte ihn, Elena so angeredet zu hören: Fräulein; nie war er auf den Gedanken gekommen, daß Elena verliebt sein oder heiraten könne, er hatte sie nur als eine schöne, warmherzige Frau gesehen, ob, wie gesagt, das Fräulein Elena ihr und Mirjam am Festtag helfen würde? Ob Jona ihm, wie versprochen, den schwarzen Anzug mitbringe?

Zerbrich dir nicht den Kopf, Tante Betty.

Wer sonst als ich? Du läßt so was immer auf dich zukommen.

Was nichts schadet. Oder meistens nicht.

Du bist ein Gauner, Felix, sagte sie und goß Kaffee nach.

Es wurde verabredet, Felix werde die Breslauer auf dem Bahnsteig erwarten. Er war zu früh dort. Es nieselte, Böen trieben den Regen unter das Hallendach. Er hatte den Kragen des Regenmantels hochgeschlagen, den Hut in die Stirn gezogen. Während er fröstelnd auf und ab ging, sah er sich, wie sie ihn sehen würden. Er gab kein übles Bild ab, anders als sie ihn kannten, einer, den die Großstadt längst nicht mehr erstaunt.

Als die Eltern, Elena und Jona aus dem Abteil stiegen, mit dem Gepäck nicht zurechtkamen, einen hilfsbereiten Träger abwiesen und sich trotzig wie hilflos nicht vom Fleck rührten, vergaß er, diese Rolle zu spielen.

Sie hatten ihn noch nicht bemerkt. Langsam ging er auf sie zu. Ihm wurde klar, daß er sie – obwohl die Eltern und auch Jona ihn einige Male in Berlin besucht hatten – jetzt zum ersten Mal losgelöst aus der heimatlichen Umgebung, als Erwachsener sah. Mit ein paar Schritten war er bei ihnen. Sie begrüßten ihn stürmisch, besonders Elena wollte ihn nicht mehr aus den Armen lassen. Behutsam machte er sich los.

Nun Herr Doktor? Jona rieb sich die Hände. Es ist ziemlich kalt in der Reichshauptstadt.

Ich bin es noch nicht.

Was?

Doktor.

Du wirst es sein. Es fehlt dir bloß noch das Papier.

Um halb zwölf finde die Disputation statt. Er frage sich, ob sie daran teilnehmen wollten. Sie würden sich bestimmt langweilen.

Aber nein. Papa hielt sich an seinem Arm fest. Sein Bart war grau geworden, und als Felix ihn von der Seite anschaute, ging ihm durch den Kopf, daß er ihn eigentlich nur bei Tisch oder im Laden erlebt habe und daß das Bild in seiner Erinnerung erst mit der um den Hals gebundenen Serviette vollständig sei.

Jona hielt sich zurück, sprach auch in der Droschke kaum, legte aber den Kurs fest: Zuerst zur Pension, und von dort kannst du uns zur Universität abholen. Dann haben wir genügend Zeit, um uns von der nächtlichen Reise zu erholen, und du kannst dich an den neuen Anzug gewöhnen, sagte er und deutete auf ein gerolltes Plaid, das er auf seinem Schoß hielt.

Nachdem Tante Betty, die damit gerechnet hatte, die Gäste gleich zu empfangen, beschwichtigt war, zog Felix sich in seinem Zimmer um. Der Anzug saß.

Mirjam kam, war aufgeregter als er. Tante Betty fand, ein Glas Sekt vor der Prüfung schade nichts.

Mit zwei Droschken fuhren sie, nachdem sie die Breslauer abgeholt hatten, zur Universität. Die Disputation verlief glimpflicher und rascher als Felix befürchtet hatte. Professor Helfritz war offensichtlich zum Mittagessen verabredet.

Wie gescheit du bist. Mama gratulierte ihm stürmischer, als sie es sich sonst erlaubte.

Die Familie umringte ihn. Dann brach Casimir in den Kreis. Er habe sich verspätet, notgedrungen, die Börse nehme keine Rücksicht auf akademische Rituale. Laß dich ansehen, Doktor Guttmann. Und, sich zu ihm niederbeugend, fügte er hinzu: Nun bist du etwas, was ich nie sein werde, mein Kleiner.

Ebenso leise erwiderte Felix: Quatsch keinen Unsinn. Wenn ich wäre wie du. Warum hast du Laura nicht mitgebracht?

Casimir fixierte einen entfernten Punkt in dem inzwischen leer gewordenen Saal: Sie ist verschwunden. Schon seit ein paar Tagen. Wahrscheinlich wieder für die verdammte Partei. Für wen sonst? Plötzlich war sie fort, ohne ein Wort, eine Nachricht zu hinterlassen.

Felix suchte nach einem Trost, wollte Casimir erklären, daß er solche Aufträge vor einiger Zeit noch selbst übernommen und gutgeheißen habe, doch er brachte kein Wort über die Lippen.

Was stehen wir hier noch herum? Jona befreite ihn aus seiner Verlegenheit.

Tante Betty übertraf sich selbst, besser gesagt die Köchin, die sie engagiert hatte, übertraf Tante Bettys Vorstellung, und sie schwelgten bei jedem Gang von neuem.

Felix saß zwischen den Eltern. Papa hatte sich die Damastserviette mit besonderer Sorgfalt umgebunden, Mama schluchzte ab und zu auf, versicherte jedoch, er müsse sich nicht sorgen.

Er trank zuviel. Er trank vorsätzlich zuviel, wollte diesen Tag in seiner Mischung von verlorener Kindheit, erfahrener Fremde, Glück, brüderlicher Trauer und Stolz aufheben in einer Laune, die keinen Bestand hatte.

Vater schlug mit dem Löffel gegen sein Weinglas, erhob sich, wünschte ihm, auch im Namen Mamas und Elenas, allen erdenklichen Erfolg in seinem zukünftigen Beruf und kündigte an, daß die Festansprache, wie abgesprochen, nicht er halten werde, wozu er eigentlich verpflichtet sei, sondern Jona.

Und Jona redete, redete, in einem leisen eindringlichen Singsang, der Felix aufnahm und verzärtelte, der ihn wieder unter den Schneidertisch rief, das Dach, das ihn schützte, noch immer:

Hüten werde ich mich, mein lieber Felix, allzu feierlich zu werden, obwohl die Damen in unserem Kreis gewiß nichts dagegen einzuwenden hätten, schon der Gefühle wegen, aber ich denke mir – und du wirst mir einige Vergleiche erlauben müssen –, daß das Sprichwort, ein Meister sei nicht vom Himmel gefallen, zutrifft. Die Erfahrung hat es mich gelehrt. Ein Schneider, der seinen Meister gemacht hat, muß noch lange kein meisterhafter Schneider sein. Was ich dir damit sagen möchte, weiß ich im Moment nicht genau. Ich werde darauf zurückkommen. Gut, du hast deinen Doktor gemacht, hast eine gelehrte Arbeit verfaßt und wir haben deiner Verteidigung zugehört. Verstanden habe ich, zugegeben, nicht viel. Es hörte sich belesen an. Wie ich dir lauschte, überlegte ich mir, es könnte ja sein, ich müßte, weil ich zum Beispiel einem meiner Kunden den Anzug verschnitten oder aus Versehen den Stoff verwechselt habe, deine Hilfe als Advokat beanspruchen. Wird er dann so reden, mein Felix, fragte ich mich, und wird es mir helfen? Wird es genügen, daß er in den Gesetzen beschlagen ist und sich so geschickt ausdrückt wie heute? Wird er den

Unterschied wissen zwischen Recht und Gesetz? Und wiederum den Unterschied zwischen Gesetz und Gesetz?

Darauf legte Jona eine Pause ein. Anscheinend hatte er den Faden verloren. Das gab er auch unverhohlen zu:

Ich bin ein wenig zu rasch gewesen auf dem Weg vom Schneider zum Gesetz. Nimm mir das nicht übel. Aber welchen Weg soll ich sonst einschlagen als den nächstliegenden? Es fragt sich bloß: Was weiß ein Schneider vom Gesetz? Oder vom Recht? Das Gesetz ist mir gegeben, Felix, das Gesetz der Väter. Dir auch. Ich weiß, es läßt sich nicht studieren, und du hältst nicht viel davon. Es findet sich nicht in den Büchern, aus denen du gelernt hast. Es steht in einem andern Buch. Aber heutzutage werden Gesetze anders gemacht und geschrieben. Dennoch nehme ich an, daß du ohne mein Gesetz, ohne dein Gesetz nicht auskommen wirst, weil es gerecht ist, weil es erprobt ist, weil es weise ist. Also rede ich mir ein, Felix wird, sollte er mich verteidigen müssen, den alten Schneider in seiner Not, sich durch unser Gesetz mit mir verbunden fühlen und dafür eintreten, daß ich recht bekomme.

Ich schau dich mir an, wie du an dieser festlichen Tafel sitzt, etwas verlegen, und dir wünschst, daß ich mit meiner Rede bald zu Ende bin. Ich liebe dich wie deine Eltern. Du weißt es. Ich vermisse deine Besuche, ich vermisse das Kind, das unter meinen Tisch kroch, mir zuhörte, dessen Gegenwart genügte, mir die Arbeit zu erleichtern. Das alles ist lange her. Dein Platz unterm Tisch wird leer bleiben. Warum soll ich es beklagen? Ein neues Glück wird sich finden, auch für mich. Für dich sowieso. Das habe ich immer behauptet und bleibe dabei, mein Felix. Nur muß dein Glück nicht das der andern sein. Darauf möchte ich zum Schluß kommen. Ich fürchte, bald wird eine Zeit kommen, in der du dein Glück wirst erproben müssen. Und in der es dich auf die Probe stellt. Behältst du dann dein Glück für dich und teilst es nicht, wirst du nicht zu den Gerechten gehören, unter denen ich dich finden möchte, wenn die Zeit reif ist.

Dem letzten Satz seufzte er nach, erhob das Glas, verbeugte sich und sagte: Masel-tow, Doktor Guttmann.

Sie drangen auf ihn ein, tranken ihm zu, redeten durcheinander, beglückwünschten ihn nochmals und lobten Jonas Rede, bedauerten es, daß er sie nicht aufgeschrieben habe. Felix ging zu Jona, ließ sich von ihm umarmen, legte wie früher den Kopf an seine Brust, das Herz schlug dicht an seinem Ohr.

Bis in den Nachmittag hinein gelang es ihm, den Unterhaltungen halbwegs zu folgen. Er trank weiter, obwohl ihm Mirjam immer wieder das Glas aus der Hand nahm und ihn bat, er solle sich nicht so gehenlassen. Dazu habe er keinen Grund.

Er hatte keinen. Das stimmte. Sie hätte ihn nicht verstanden, wenn er ihr erklärt hätte, wie sehr er sich freute über die Anwesenheit der Eltern, wie nahe ihm Jonas Rede gegangen war, wie er Elenas Wärme genoß, wie glücklich ihn der Titel machte und wie leer er sich dennoch fühlte, als hätte er einen langen Lauf hinter sich.

Angestrengt beobachtete Felix, wie Tante Betty und Elena den Tisch abräumten. Sie liefen wie auf Polstern. Der Vater schien an Bleiarmen zu leiden. Felix war drauf und dran, sich laut über diese Eigentümlichkeiten zu wundern, hätte nicht Elena plötzlich neben ihm gesessen und festgestellt, daß er elend aussähe.

Ja?

Du wirst dich übernommen haben.

Das wird es sein, Elena. Er versuchte aufzustehen und fiel zurück in den Stuhl. Nun war ihm auch übel, und er dachte: Wie kann Elena mir das einreden, gerade sie?

Was ist ihm? fragte Vater.

Es geht ihm nicht gut, erklärte Elena.

Und Casimir, der ihn die ganze Zeit nicht aus den Augen gelassen haben mußte, rief lachend: Nichts fehlt ihm. Er ist schlicht und einfach besoffen.

Ich bitte dich, sagte Mirjam.

Das wirst du nicht ändern können.

Er hörte sie beraten. Ob ihm ein Mokka wieder auf die Beine helfe? Ein Spaziergang?

Wieder griff Casimir ein: Ich werde ihn in sein Zimmer bringen. Er soll seinen Rausch ausschlafen. In diesem Zustand haben wir nichts von ihm.

Obwohl es ihm peinlich war, daß Casimir ihn stützte, schaffte er es nicht ohne fremde Hilfe. Nachdem Casimir die Zimmertür hinter sich geschlossen hatte, ließ er Felix los, sah ungerührt zu, wie er sich an die Wand lehnte und langsam in die Knie ging.

Ich versteh dich nicht, Felix.

Glaubst du, ich mich?

Was ist in dich gefahren? Wieso besäufst du dich so unsinnig und verdirbst deinen Eltern diesen Tag?

Das wollte ich nicht. Ich hatte mich nicht mehr in der Hand. Es ging mir gut, heute früh. Danach gab es einen Riß, etwas, auf das ich nicht gefaßt war.

Während er sprach, packte ihn Casimir am Arm und führte ihn zum Bett. Ohne auf das einzugehen, was er gesagt hatte, half er ihm beim Ausziehen, fragte, ob er sich erbrechen müsse und fing an, leise zu singen: Und ein Schiff mit acht Segeln. – Ist das nicht ein Schlaflied, das paßt?

Er zog die Vorhänge zu und verließ das Zimmer.

Katja hatte, dank ihrer Beziehungen über die *Weltbühne,* Karten für die Premiere der *Dreigroschenoper* ergattert. Sie fieberten dem Ereignis entgegen, sagten Gedichte aus der *Hauspostille* auf, wußten von Gerüchten und schmückten sie aus. Am Tag der Aufführung trafen sie sich schon früh abends. Es war noch sehr warm, die Stadt schwitzte kleine, träge Wolken aus. Alle hatten sich so elegant angezogen, wie es der Anlaß gebot. Selbst Laura trug ein beiges Chiffonkleid und spielte, ohne sich anstrengen zu müssen, eine Mondäne. Die kräftige Usedomer Bräune widersprach allerdings dieser Rolle.

Casimir hatte sie zu einem kleinen Abendessen eingeladen, nicht aus Geiz, wie er beteuerte, sondern aus Vorsorge: Ein voller Bauch schade dem Vergnügen.

Sie blieben keine Sekunde ruhig, obwohl sie genügend Zeit hatten. Katja wußte aus der Redaktion, daß es Krach geben könne, in manchen Nummern stecke Zunder. Laura entschied sich, einmal auf den Geschmack gekommen, weiterzuflattern und zu posieren und Felix assistierte ihr, bis es Mirjam zuviel wurde: Er solle doch bitte das Theater vor dem Theater lassen.

Casimir, sonst zu jedem Streit bereit, kam Mirjam und Felix zuvor. Er stand auf, als wolle er in dem überfüllten Restaurant eine Rede halten, faltete die Hände vor der Brust und begann zu deklamieren:

An jenem Tag im blauen Mond September
Still unter einem jungen Pflaumenbaum
Da hielt ich sie, die stille bleiche Liebe
In meinem Arm wie einen holden Traum.

Felix kannte die Ballade Wort für Wort. Er hätte sich neben Casimir aufstellen und sie mit ihm zweistimmig aufsagen können. Ihn fesselte aber ungleich mehr, was im Lokal geschah.

Casimir sprach betont langsam, wie in Trance. An den umliegenden Tischen war es still geworden, die Gäste schauten auf Casimir, in ihren Gesichtern spiegelte sich Verblüffung, Ärger, Zustimmung. Einige schienen die Verse zu kennen, hörten mit besonderer Aufmerksamkeit zu, als wollten sie den Rezitator bei einem Fehler ertappen.

Hör auf, flüsterte Mirjam.

Laß ihn doch. Ich finde ihn fabelhaft. Felix befürchtete, Laura werde in ihrer Begeisterung aufspringen, das silberne Schüsselchen vom Tisch nehmen und sammeln gehen.

Und über uns im schönen Sommerhimmel
War eine Wolke, die ich lange sah.
Sie war sehr weiß und ungeheuer oben
Und als ich aufsah, war sie nimmer da.

Inzwischen hatte sich ein Kellner neben Casimir aufgepflanzt. Er fiel ihm nicht gleich ins Wort, wartete auf eine Pause. Sobald Casimir die Strophe beendet hatte, legte er ihm, wie einem Verwirrten, die Hand auf die Schulter und erklärte sehr freundlich: Ich bitte Sie, mein Herr, Ihren Vortrag hier abzuschließen und sich wieder hinzusetzen. Casimir nahm mit einer leichten Verbeugung Platz. Einige Gäste applaudierten. Es fragte sich, ob Casimir, ob dem Kellner, ob beiden.

Im nachhinein verstand Felix diese Szene als ein gelungenes Vorspiel.

Sie saßen nebeneinander, hielten sich an den Händen, vergaßen sich, glaubten zu kennen, was sie noch nicht kannten, sprangen nach dem Kanonen-Song von den Sitzen, klatschten sich die Hände wund, brüllten da capo, schafften es, im Verein mit einem tobenden Publikum, daß das Lied wiederholt wurde. Sie schlüpften in Rollen, und als Jenny auf der Bühne das Schiff erflehte, das sie befreien sollte, ein Schiff mit acht Segeln, entschloß sich Laura, an diesem Abend Jenny zu sein, und sie war es, als sie bei Mampe sich Szenen und Figuren in Erinnerung riefen, die Lieder nachsummten, und als sie später, mitten auf dem Kurfürstendamm, die Hände in die Hüften stemmte und der Nachtwind an ihrem Kleid zerrte, und sie schmetterte: Und ich mache das Bett für jeden.

So kennen wir dich gar nicht. Mirjam staunte. Worauf Laura als Jenny antwortete: Und Sie wissen noch immer nicht, wer ich bin.

Danach hatte sie, mit einem Mal erschöpft, einem Taxi gewunken, es abgelehnt, sich von Casimir begleiten zu lassen, und war davongefahren.

Nun war sie verschwunden, und Casimir hatte Lauras Lied gesungen.

Er verschlief den Abend. Sie weckten ihn nicht, feierten ohne ihn. Wie Mirjam in einem Anflug von Sarkasmus versicherte, habe er nicht gefehlt. Nicht einmal Vater machte ihm am nächsten Morgen Vorwürfe.

Sie frühstückten, für die lange Reise müßten sie vorsorgen – und Jona, der heftiger schnaufte denn je, sprach, zwischen Ei und belegtem Brötchen, das Schlußwort zum Fest: Du hast gut geschlafen, wie ich sehe, und wir haben uns ausgezeichnet unterhalten, wie ich mich erinnere. Also war die Welt für diesen Augenblick im Lot, Herr Doktor.

Die Eltern nickten erleichtert, Elena hingegen hielt Jonas Freundlichkeit für übertrieben. Sie schüttelte energisch den Kopf.

Ach, wenn du wüßtest, Jona, dachte Felix, und er hörte Jenny singen, Laura: Und man wird mich lächeln sehen bei meinen Gläsern / Und man sagt: Was lächelt die dabei?

Noch nie hatte ihm ein Abschied so zugesetzt. Als er auf dem Bahnhof Elena umarmte, kamen ihm die Tränen. Sie zog ihn an sich, roch wie früher. Vergiß uns nicht, murmelte sie. Winkend lief er neben dem Zug her.

## 15
## *Telefonspiele*

Vorgestern traute ich mich endlich, seiner Frau von meiner Arbeit, von Felix zu erzählen. Ich hielt es für ausgeschlossen, daß sie das Verhältnis zwischen ihm und Felix gleich verstehe. Doch sie hörte ohne jeden Vorbehalt zu, sah ein, weswegen ich mich mit seiner Hilfe an Felix erinnern möchte und warum ich von Felix schreibe, um mich an ihn zu erinnern.

Sie bat mich, was nahelag, diskret zu bleiben, und fragte nur manchmal knapp, ob sie mir mit Büchern aus seiner Bibliothek aushelfen könne und bot mir schließlich, für meine Zeit mit Felix, die Briefe und Tagebücher ihres Mannes an. Ihre Hilfsbereitschaft bewegte mich. Ich beteuerte, daß es nicht eile, daß ich mit Felix ohne die Kenntnis dieser Materialien gut vorangekommen sei und die Papiere erst dann brauchte, wenn ich Felix im Palästinaamt arbeiten lasse, wie es ihr Mann getan habe.

Sie ließ sich nicht aufhalten. Sehen Sie, da finden Sie bestimmt in den Tagebüchern Hinweise. Ich habe bisher nur flüchtig darin gelesen. Ich schaffe es noch nicht. Aber Sie, sagte sie und vollendete den Satz nicht.

Sie überreichte mir die Mappen an der Haustür und bestand darauf, sofort wieder zu gehen. Sie wolle mich nicht weiter stören. Außerdem sei ich sicher neugierig, in den alten Papieren zu blättern. Das war ich. Ich las die ganze Nacht, bis in den Morgen, stürzte in seine Zeit, vergaß Felix, hörte nur noch auf ihn, lernte, im Hin und Her von Briefen, seine Freundinnen, seine Freunde andeutungsweise kennen, aber nicht Casimir und nicht Mirjam. Dennoch gab es Echos, verblüffende Übereinstimmungen. So, als ich unvermutet die Anrede *Mein Kleiner* las und, müde wie ich war, aus der Lektüre seiner Briefe in meine Geschichte geriet, ein paar Sätze lang nicht mehr sicher war, ob ich gefunden hatte oder erfand, ob ich mich mit Felix nicht doch genauer an ihn erinnerte, als ich es wahrhaben wollte. Ich rief mich zurecht, schloß die Mappe, nahm mir vor, eine Weile nicht mehr darin zu lesen. In dieser Nacht war ich zwischen die Zeiten geraten. Ich las seine Gegenwart und sie hinderte mich, die Gegenwart von Felix zu beschreiben. Meine Neugier, ihn zu entdecken, hatte seine erfundene Existenz gefährdet. Und doch bin ich mit zwei, drei suchenden Sätzen wieder bei ihm.

Im Juli 1929 bezog Felix die neue Wohnung, die ihm zugleich als Kanzlei dienen sollte, ebenfalls in der Bleibtreustraße, bloß drei Häuser entfernt von Tante Bettys Haus. Casimir hatte ihm den Tip gegeben. Es ging rasch, aber nicht ganz schmerzlos. Tante Betty ließ sich beruhigen. Er werde, das verspreche er, häufig nach ihr sehen und, zusammen mit Casimir, nach einem Nachfolger suchen, der ihr gefalle. Auch für Wannenmachers Zimmer, das sie Felix zuliebe nicht mehr vermietet hatte.

Mirjam hingegen trieb ihn in die Enge. Sie wolle endlich mit ihm zusammenleben. Ob er das nicht einsehe? Sie habe es satt, auf Verabredung zu lieben.

Und Katja, die sie zur Verbündeten gewonnen hatte, setzte ihm noch beharrlicher zu. Du kränkst sie, Felix, verletzt ihre Großzügigkeit. Nie hat sie von Heirat gesprochen, deine Vorstellungen von Unabhängigkeit respektiert, die mir offengestanden ein wenig suspekt sind. Nicht, weil du auf deiner Freiheit bestehst – weil du die ihre mißbrauchst, deswegen. Versuch doch diesen kleinen Schritt.

Er gab vor, zu überlegen und redete sich freundlich heraus, verabredete mit den beiden Frauen, an den Müggelsee zu fahren, zu baden und abends einzukehren. Er wußte, daß sie auf das leidige Thema kommen würden. Den ganzen Nachmittag aber sparten sie es aus, als wollten sie ihn schonen. Katja erzählte aus der Redaktion, und ihre Wut steckte ihn wie so oft an. Was Casimir oder Laura nie gelungen war, schaffte sie mühelos: Ihm Angst einzuflößen vor politischen Entwicklungen.

Es war eine bittere Litanei, die sie zum besten gab: Es ist wahr. Die Republik hilft Hitler. Sie beugt Recht für ihn und schaut zu, wie er bezahlt wird. Sie rührt sich nicht, sie wehrt sich nicht, sie schläft. Ossietzky sitzt im Gefängnis. Das hohe Reichsgericht hat ihn verurteilt, weil er Geheimnisse verraten haben soll, weil er nur feststellte, daß geschieht, was nicht erlaubt ist: daß aufgerüstet wird. Tucholsky hat sich davongemacht und nichts hinterlassen als die Reste seiner Melancholie. Und mit meinem neuen Chef, Herrn von Gerlach, komme ich nicht gut aus, was weiß ich warum.

Sie saßen zwischen Badenden, Spielenden, Dösenden wie auf einer Insel und sahen dem Treiben zu, mit anderen Augen, und Felix fragte sich, was mit diesen Menschen geschehen wird.

Katja war in den letzten Monaten schwerer, üppiger geworden. War sie aufgebracht wie jetzt, glich sie einer Mutter, die sich um die Zukunft ihrer Kinder sorgte.

Was soll's, Katja. Das wissen wir doch. Mirjam war aufgesprungen, reckte sich, schüttelte geübt ihr Haar zurecht. Du hast Sorgen, ich hab auch welche und Felix macht sich immerhin Gedanken. Gehn wir schwimmen.

Sie rannte zum Ufer, Katja hinterher, und Felix blieb mit der Anspielung sitzen: Immerhin macht er sich Gedanken.

Wenn sie wüßte, wie vom Tag eingegeben, flüchtig und verletzbar seine Gedanken sind, Gedanken aus Bildern, Bilder ohne Gedanken: Wie sie vor ihm stand, schlank, braungebrannt, und er sie, einen Augenblick lang, unsinnig begehrte, wie sie sich im Gewimmel verlor und wie sie ihm gleichgültig wurde und wie ihn ein Sommerbild überwältigte, das er nur allzugut kannte und das sich erneuerte: Der von dicken grünen Strichen gesäumte See, kinderblau, ungezählte Segel darauf, Schriftzeichen.

Sie hatten so lange abgewartet, bis er mürbe war, müde von der Sonne, satt von einem faulen Tag. Sie waren, wie sie es sich vorgenommen hatten, in einem Dorfkrug eingekehrt, hatten während des Essens geplaudert, über Laura, die noch immer verschwunden war, über das aufwendige, widersprüchliche Leben Casimirs, und er hoffte insgeheim, sie hätten es vergessen, ihn überreden zu wollen. Um so mehr überrumpelten sie ihn. Mirjam überließ Katja den Anfang:

Warum sperrst du dich so. Ich kann dich nicht verstehen, Felix. Ihr seid schon seit langem zusammen. Du brauchst Mirjam. Das wissen wir alle. Wenn sie einmal nicht dabei ist, weißt du nichts mit dir anzufangen. Aber du sperrst dich wie ein Kind, das seinen Spielplatz für sich allein haben möchte, ganz allein für sich, obwohl es durch diesen Trotz seine Spielkameraden verlieren kann.

Tagsüber arbeite ich sowieso in der Bank, bin nicht da und störe dich nicht. Mirjam sprach leise. Es tat ihm weh, daß sie sich seinetwegen so demütigte.

Das ist mir klar, Mirjam. Darum geht es nicht.

Worum dann?

Ich kann es nicht genau erklären. Wahrscheinlich bin ich nicht fähig dazu, mein Leben mit dir zu teilen. Das hört sich hochtrabend an. Ist es auch. Ich müßte eine unendlich lange Geschichte erzählen, wollte ich deutlicher werden.

Dann erzähl sie doch! Katja hatte tröstend nach Mirjams Hand gefaßt und schlug mit ihr wütend auf die Tischplatte. Wir haben Zeit. Wenn etwas dabei herauskommt, das dir und Mirjam hilft, kannst du meinetwegen die ganze Nacht reden.

Nein, antwortete er. Ich kann nicht. Noch nicht. Das Nein wurde sichtbar, faßbar wie eine Glaswand, durch die er geschützt auf die Frauen sah.

Sie gaben auf. Allerdings nicht, ohne daß Katja ihr Herz erleichterte. Sie tat es voller Bosheit und Leidenschaft: Weißt du, mein Kleiner, ich bin mir nicht sicher, ob bei dir nicht auch die Gefühle zu kurz geraten sind. Manchmal meine ich, du unterläufst uns einfach, du gehörst zu einer anderen Gattung. Noch ziemlich unbekannt, ziemlich befremdend. Wenn ich nicht wüßte, was für ein Kerl du sein kannst, daß du Mirjam liebst, würde ich Mirjam überreden, dich sitzenzulassen, auf

Nimmerwiedersehen davonzugehen. Doch so – sie war heiser geworden –, doch so muß sie eben immer wieder den kleinen Frosch auf das eiskalte Mäulchen küssen, bis ein Prinz ausschlüpft. Hoffen wir's. Und nach einer dramatischen Pause fragte sie: Kommst du mit? Die letzte Bahn fährt in zehn Minuten.

Sie mußten sich beeilen.

Als sie aus der verrauchten, viel zu warmen Gaststube in die Nacht traten, hielt er an, um Atem zu holen. Die beiden Frauen liefen voraus, er ihnen nach. Er hätte sich nicht gewundert, wenn die Finsternis sie, wie in einem Traum, allmählich verschluckt hätte.

Er zog in die neue Wohnung. Casimir sorgte für Kredit, damit er die nötigsten Möbel kaufen und für die ersten drei Monate die Miete zahlen konnte. Was er in dem Brief, den er an dem neuen Schreibtisch, dem ersten eigenen, an die Eltern schrieb, allerdings nicht erwähnte:

Liebste Eltern, nun bin ich eingezogen, die lieben, Euch bekannten Freunde, die mir geholfen haben, haben sich verabschiedet, und ich versuche mit der noch ungewohnten Umgebung zurechtzukommen. Vielleicht fällt es mir leichter, wenn ich sie Euch beschreibe.

Wahrscheinlich wundert Ihr Euch, weshalb ich den Brief hier mit der Hand fortsetze. Meine Schreibmaschine ist nicht defekt. Sie funktioniert nur zu gut, das bekam ich eben in dem fast noch leeren Arbeitszimmer zu hören. Es lärmt und hallt so schrecklich, daß ich nicht mehr imstande war, einen vernünftigen Satz zu denken, geschweige denn zu schreiben.

Das Haus kennt Ihr. Ihr seid öfter, wenn Ihr mich besucht habt, daran vorbeigegangen. Es ist mindestens so pompös wie das, aus dem ich vor ein paar Stunden auszog.

Darf ich Euch bitten einzutreten?

Natürlich werdet Ihr im Treppenhaus erst einmal die Tafeln am Stummen Diener studieren. Darunter entdeckt Ihr eine, die Euch weiterweist in die zweite Etage: Dr. Felix Guttmann,

Rechtsanwalt. Zugelassen beim 3. Landgericht. Sprechzeiten Dienstag und Donnerstag 9 bis 12 Uhr sowie nach Vereinbarung. Das Schild ist, ich mogle, noch nicht vorhanden. Es darf erst in drei Monaten angebracht werden, sobald mein Assessorat beendet und meine neue Rolle amtlich bestätigt ist.

Mit dem Lift könnt Ihr, was ich bedaure, ohne Schlüssel nicht fahren, doch der mit Stuck und Marmor geschmückte Aufgang und ein samtblauer Läufer werden Euch für die Mühe entschädigen. In der zweiten Etage steht Ihr vor drei gleichhohen, weißlackierten Wohnungstüren. Auf der rechten findet Ihr ein bereits angebrachtes Messingschild: Dr. Guttmann, Rechtsanwalt. Ihr klingelt. Die Bürodame, die ich noch nicht eingestellt habe, öffnet Euch, führt Euch in einen kleinen Raum, bittet Euch, Platz zu nehmen (was momentan noch eine Frechheit wäre, da sich nicht ein Möbelstück in dem Wartezimmer befindet) und einen Augenblick zu warten. Selbstverständlich hole ich Euch höchstpersönlich in mein Büro, mein Arbeitszimmer. Es ist, wie gesagt, verschwenderisch groß und überaus sparsam möbliert. Vorhanden sind ein zierlicher, die Klienten gewiß nicht einschüchternder Schreibtisch, zwei schlichte Stühlchen und für mich ein hochlehniger, zentnerschwerer Stuhl dahinter. Tante Betty hat ihn mir überlassen. Wahrscheinlich wollte sie die wilhelminische Scheußlichkeit loswerden. Mir paßt sie. Ein von Katja gestifteter Läufer schrumpft in der Parkettweite zu einem Farbtupfer. Er soll uns zu einer Sitzgruppe geleiten, die bisher durch einen runden, ebenholzfarbenen Tisch und einen kaum belastbaren Veloursessel angedeutet ist. An der Längsseite des Zimmers, den beiden noch gardinenlosen Fenstern gegenüber, türmt sich ein Prachtstück von Aktenschrank. Er wird, wenn schon nicht ich, den Mandanten Respekt einflößen.

Ich vergaß das Telefon! Was Vater immer für einen Luxus hielt. Es wird in den nächsten Tagen installiert.

Aus diesem Zentrum, wo mir juristische Erleuchtungen kommen sollen, führt eine Tür ins Sekretariat, in dem auf einem noch kleineren Schreibtisch als dem meinen die alte Schreibmaschine auf schnelle Finger wartet. Ein Stuhl steht natürlich zur Verfügung. Ein offenes Regal harrt auf die erste Akte. Soweit die Kanzlei, die von meinem Schlafzimmer etwas waghalsig durch das Bad getrennt ist.

Das Schlafzimmer wird dominiert von einem ebenso langen wie breiten Bett, das Mama, wie erwartet, mit einem Blick nicht billigt, und ergänzt von einem sehr schönen Kleiderschrank, auf dessen Türen zwei Kraniche im Relief erstarren.

Durch eine Tapetentür gelangen wir in das Berliner Zimmer, dessen Bestimmung noch offen ist, weshalb wir es auch gleich wieder verlassen, um das Wohnzimmer auf der anderen Seite des Flurs zu betreten. Dort erwartet Euch neben einer vollständigen Sitzgruppe, einer hübschen Stehlampe, einer von Mirjam zum Einzug geschenkten barocken Kommode eine Überraschung, die ich mir, auf Zureden meines Finanzberaters Casimir, geleistet habe: Ein Klavier des (Berliner) Fabrikates Schwechten. Selbstverständlich spiele ich Euch etwas vor. Wie wäre es mit einem Nocturne von Chopin? Für seine Musik hat Papa eine Schwäche. Ihr müßt allerdings nachsichtig sein. Ich bin ein wenig aus der Übung.

Ehe wir Mama noch die Küche prüfen lassen, das Speisezimmer: Ausreichend groß für einen ovalen Tisch, sechs Biedermeierstühle und eine kleine Anrichte. Seid Ihr zufrieden? Darf ich Euch ein weiteres Mal, dann ausgiebiger, einladen? Im übrigen bin ich Euch herzlich dankbar, daß Ihr keine einzige Frage gestellt habt, die mir peinlich gewesen wäre. Sagen wir: Wozu dieser Aufwand? Oder: Bist du dir auch sicher, daß sich Klienten einstellen werden? Ich hoffe es, lieber Papa, und ich verlasse mich auf meine Beziehungen. Als Pflichtverteidiger werde ich natürlich auch bestellt.

Ich bringe Euch zum Lift, fahre mit Euch hinunter. Die Droschke wartet schon. Adieu! Grüßt mir Elena und Jona! Und laßt Euch umarmen von Eurem dankbaren Sohn Felix.

Als das Telefon angeschlossen wurde, sah er zu. Die Monteure ließen ihn mit dem Apparat allein. Er setzte sich an den Schreibtisch, starrte das Telefon auffordernd an, doch es schwieg. Wer konnte auch wissen, daß er von nun an auf diese Weise erreichbar war? Seine Nummer würde, nachdem er das Kärtchen ausgefüllt hatte, erst im nächsten Telefonbuch stehen.

Also mußte er beginnen. Er tat es ausgiebig und genoß es, andere zu überraschen, sie aus ihren Gedanken, aus ihrer Arbeit zu reißen, zu unterbrechen.

Seine Stimme veränderte sich, sobald er den Hörer ans Ohr legte, in die Muschel sprach. Sie wurde geschäftiger, kühler. Er redete schneller, nicht um Zeit zu gewinnen, sondern um Zeit zu überlisten. Und immer stellte er sich die oder den am anderen Ende der Leitung vor, ganz kindlich, als eine Art ungleiches Spiegelbild, ihm verbunden, auf ihn reagierend, ihm in Sprache und Gesten nacheifernd. Er lernte es, seine Gesprächspartner zu fesseln mit kleinen, listigen Wortschlingen wie: Was wollte ich noch sagen? Weißt du schon? Haben Sie gehört, daß?

Immer wenn er den Hörer abnahm, wählte, fiel ihm mehr ein, als er sich dann mitzuteilen erlaubte, nur manchmal, nachts, während der Arbeit, ließ er sich gehen, brauchte die bekannten Stimmen am Ohr, forderte heraus, zu erzählen, dachte nicht an die monatliche Abrechnung, wurde zum Kind, das sich in den Schlaf erzählen läßt: Erzähl weiter, bitte, du, hör jetzt nicht auf. Wie war das mit Laura?

Die ersten Wochen verbrachte er zu Hause mehr oder weniger am Telefon. Er erkundigte sich nach den Möbeln, die er bestellt hatte, ließ sich die Maße der Gardinen bestätigen, gab dem Gericht, Sommerfeld, Tante Betty, Jona, seine Telefonnummer durch, entdeckte, daß er mit diesen Lockrufen Menschen in Bewegung setzte, vergnügte sich an der Idee, daß sie eine Weile mit ihm beschäftigt seien, regelte, klärte.

Die erste, die er angerufen hatte, war Mirjam in der Bank. Zum ersten Mal meldete er sich auch mit Dr. Guttmann. Er möchte Fräulein Felsenstein sprechen.

Wer denn am Apparat sei und worum es sich handle.

Rechtsanwalt Dr. Guttmann. Es sei dringend.

Er wartet, hört Stimmengemurmel, dann für einen Augenblick ihren Atem, ganz nah.

Bist du es, Felix?

Ja, Mirjam. Wie du hörst, habe ich einen eigenen Telefonanschluß.

Aber es ist nicht erlaubt –

Sprich nicht weiter, ich weiß schon, was du mir sagen möchtest: Es ist mir nicht gestattet, private Gespräche während der Geschäftszeit zu führen.

Sie gluckst, unterdrückt ein Lachen.

So ist es, Herr Doktor.

Willst du heute abend zu mir kommen?

Nach einer winzigen Pause, die das Telefon ausdehnt, da es keinen Sinn für Pausen hat, sagt sie: Meinst du das ernst?

Ich bitte dich, Mirjam.

Gut, ich komme gegen halb acht.

Ich freue mich, sagt er. Was haben wir heute für einen Tag? Dienstag?

Nein, Mittwoch, lacht sie und legt auf.

Genaugenommen hatte das Telefon Regie geführt, ihn dazu angestiftet, sie einzuladen. Von nun an aber würde er mit Hilfe dieses Geräts spielen, ordnen, einfangen. Er tat es mit Geschick. Als Laura unerwartet wieder auftauchte, ihre Stimme ihn erst überraschte, dann erregte, als er sie festhalten wollte, weitete sich sein Spiel zum Verwirrspiel, nicht für ihn, für die andern, denn er hatte sie, wie Mirjam, gefragt, was es denn für ein Tag sei, Freitag hatte sie geantwortet, und er bat sie, ihn zu besuchen, und sie erschien, blieb, wie Mirjam mittwochs, über Nacht, was so bleiben sollte. Mittwoch und Freitag, stets telefonisch besprochen, eine nicht ungefährliche Regelung, der Casimir Einhalt gebot:

Er hatte angerufen und mitgeteilt, Mirjam sei von ihrer Bank gekündigt worden, der Wallstreet-Skandal fege die Kontore leer, doch es treffe sie nicht so hart wie die meisten, da ihr Diamantenpapa jetzt absahne und für sie sorgen könne, wer habe schon solch einen Rückhalt, doch du, setzte er fort, ohne Felix zu Wort kommen zu lassen, solltest ihr zuliebe und überhaupt und weil es auch mich ärgert, von deiner so ordentlich geregelten Doppelliebe ablassen, mein Kleiner.

Woher weißt du das?

Ich wußte es von Anfang an.

Hat Laura?

Nein. Nur läßt sie dir ausrichten, daß sie am kommenden Freitag auf einer Versammlung am Prenzlauer Berg reden wird und ihr Besuch deshalb ausfällt.

## 16
## *Der erste Fall: Eine Ballade für Kuddel*

Felix mußte nicht, wie er befürchtet und wie Jona es auf einer seiner Postkarten prophezeit hatte – Die stolze Beschreibung Deines neuen Domizils hat mir Deine liebe Mutter vorgelesen. Großzügig geht, dachte ich mir, Herr Doktor Guttmann ans Werk. Er schafft sich einen Frack an, ehe er weiß, ob er ihn brauchen wird. Vielleicht gehört sich das heutzutage so. Ob ich nun übertreibe oder ob Du übertreibst: Ich wünsche, daß Du nicht allzulange hinter Deinem Schreibtisch warten mußt und sich bald solvente Personen einstellen, die Deinen Rat suchen – er mußte nicht auf Klienten warten: Den ersten Fall, der ihn wochenlang beanspruchte, verdankte er Sommerfeld, der sein Versprechen einlöste und ihm half. Sommerfeld rief an, erkundigte sich ein wenig spöttisch nach dem Gang der Geschäfte, wartete gar nicht auf Antwort, sondern kündigte den Besuch von jemandem an, der, so drückte er sich aus, bis zum Hals im Dreck stecke. Ich kann Ihnen gar nicht sagen, Guttmann, wie übel die Geschichte ist. Lassen Sie sich aber auf keinen Fall von Parteimenschen, Polizisten, Staatsanwälten und anderen Interessenten einschüchtern. Alle wollen mitmischen.

Felix war der Anruf nicht geheuer. Anscheinend wollte Sommerfeld sich einer unangenehmen Sache entledigen oder ihn auf die Probe stellen. Katja, die beinahe jeden Tag auf dem Weg zur Redaktion bei ihm hereinschaute, redete ihm resolut seine Befürchtungen aus: Das ist Unsinn, Felix. Sommerfeld muß eine Menge von dir halten, wenn er dir einen Fall anvertraut. Du stehst dir mit deinen Skrupeln, deiner Unlust, Farbe zu bekennen, nur selber im Weg. Warte doch erst einmal ab.

Das mußte er nicht, denn Sommerfeld ließ ihm keine Zeit. Kaum war Katja gegangen, erschien der junge Mann. Er war in jeder Hinsicht ein Fremder. Er bewegte sich, als mißtraue er seinen Gliedern. Er sprach, als müsse er jedes Wort lernen. So ähnlich muß Kaspar Hauser gewirkt haben, dachte Felix. Alles an diesem Menschen schien ungeformt. Der zu große Schädel, das dünne blonde Haar, das wie eine billige Perücke aussah, die hohe, übermäßig gewölbte Stirn, die lidlos blinzelnden Augen, die platte Nase, der Kindermund. Es war ein Gesicht, das nur Staunen und Angst ausdrücken konnte.

Felix bemühte sich, unbefangen zu bleiben, doch allein die Präsenz seines Gastes verwirrte ihn. Der Junge hockte auf dem Stuhl neben dem Schreibtisch, den Kopf gesenkt, die riesigen Babyhände umklammerten die Knie, und es umgab ihn eine Aura von Verzweiflung. Offenbar hatte er sich mit allem, was ihm widerfahren war, abgefunden.

Aus einem Brief Sommerfelds, den der Junge sofort übergeben hatte, erfuhr Felix die Geschichte. Sie las sich in der Verkürzung wie eine Parabel der Heillosigkeit, erzählte von dem neunzehnjährigen Kurt Gerschke, genannt Kuddel, der als siebtes von acht Kindern am Prenzlauer Berg aufwuchs, sich alle Mühe gab, so zu sein wie die andern, doch immer zurückblieb, in der Schule und später bei der Arbeit. Sein Vater war die letzten zehn Jahre Werkzeugmacher bei der AEG gewesen und nun entlassen worden. Seine Mutter verdiente als Wasch- und Nähfrau.

Kurt hatte nach der Schule bei einem Schuster ausgeholfen. Aber der hatte die Geduld mit ihm verloren, seither machte er sich nützlich, indem er mit den Kindern aus dem Haus spielte, wie Sommerfeld schrieb. Gelegentlich sei er auch als Bote unterwegs und dabei zuverlässig.

Felix warf, während er dies las, einen Blick auf seinen schweigsamen Gast und malte sich aus, wie der Riese in einem Hinterhof mit Kindern Ringelreihen tanzte.

Kuddels Leben veränderte sich am 1. Mai 1929. Nicht so, wie es in den hochgestimmten kämpferischen Aufrufen und Reden stand. Er hatte sich einer Gruppe von jungen Arbeitern angeschlossen, die an der vom Polizeipräsidenten untersagten öffentlichen Versammlung teilnehmen wollten. Aus der Kundgebung wurde eine Straßenschlacht. SA-Männer verhöhnten und attackierten die Kommunisten und Sozialdemokraten, es kam zu blutigen Schlägereien in den Straßen, und die Polizei nahm die Gelegenheit wahr, ordentlich durchzugreifen. Sie jagte auseinander, trieb in die Enge, schlug zu, verhaftete. Die grünen Gefängniswagen füllten sich. Es traf viele Unbeteiligte, Ahnungslose, auch Kuddel.

Er begriff nicht, weshalb man ihn nach Moabit brachte und zusammen mit anderen in eine Zelle sperrte. Eine Nacht lang saß er auf der Pritsche, reagierte nicht, wenn einer ihn ansprach, sich um ihn bemühte. Auch nicht, als er am Morgen von zwei Polizisten in einen Saal gestoßen wurde und der Richter erklärte, er habe bei einer verbotenen Versammlung mit einem Schlagring einem Schutzmann einen lebensgefährlichen Schädelbruch zugefügt und werde deshalb wegen Landfriedensbruch, schwerer vorsätzlicher Körperverletzung und Widerstands gegen die Staatsgewalt angeklagt.

Was behauptet wurde, stimmte nicht. Kuddel hatte sich, als die Schlägerei anfing, in einen Hauseingang gedrückt und vor lauter Angst am ganzen Leib gezittert. Die Polizisten, die ihn, nachdem alles vorüber war, entdeckten und mitnahmen, hatten sich, was ihm nicht gefiel, über ihn lustig gemacht und ihn einen schlotternden Emil genannt und ihm geraten, sich nicht in die Hose zu machen.

Auch im Gerichtssaal sagte Kuddel kein Wort. Der Richter fragte ihn, ob die Anschuldigungen zuträfen. Er schwieg. Es gäbe dafür Zeugen. Der Richter sah ihn fragend an, wischte ihn plötzlich mit der Hand aus dem Saal, und ein Polizist meinte, er könne jetzt abhauen, gehen. Darüber wunderte er sich so sehr, daß er erst einmal ziellos umherlief, ehe er nach Hause ging, wo er sich von neuem wundern mußte, denn niemand schimpfte, und sein Vater schlug ihn nicht. Er fragte ihn vielmehr aus, fluchte auf irgendwelche Kapitalistenknechte, die er nicht kannte und wiederholte immer wieder, daß man mit unsereinem nicht so umgehen könne, daß er das nicht zulasse, daß er kämpfen, daß ihm die Gewerkschaft beistehen werde.

Die Gewerkschaft lernte Kuddel nicht kennen. An ihrer Stelle aber einen Herrn Doktor Sommerfeld, der dreimal so dick wie Vater war, der süß roch und das erzählte, was er wirklich erlebt hatte. Da mochte er endlich reden. Und Herr Doktor Sommerfeld hatte ihn zu Herrn Doktor Guttmann geschickt, der überhaupt nicht Herrn Doktor Sommerfeld glich, sondern kaum größer war als die Kinder, mit denen er im Hof spielte. Nur seine Stimme klang nicht wie die eines Kindes.

Felix versuchte zu denken, was der Junge denken könnte. Er hatte Sommerfelds Mitteilung längst zu Ende gelesen, zu seinem Schrecken noch erfahren, daß ein Polizist und zwei SA-Leute die Tat Kuddels bezeugen könnten und war drauf und dran, Sommerfeld anzurufen, ihm zu sagen, daß er sich dieser Angelegenheit nicht gewachsen sehe, daß er sich seinen ersten Klienten anders vorgestellt habe.

Kuddel schien zu ahnen, was in ihm vorging. Er suchte seinen Blick. Mit einem Mal hob sich seine Brust und sein Körper wurde von einem tiefen Seufzer erschüttert. Nie hatte Felix eine Klage gehört, die so unschuldig, zugleich so hoffnungslos war. Sie ergriff ihn mit einer solchen Heftigkeit, daß er nur mühsam ein antwortendes Seufzen unterdrücken konnte.

Er strich mit der Hand den Brief Sommerfelds glatt, zündete sich eine Zigarette an und suchte nach einem Anfang, einem Satz, der dieser verwundeten Seele freundlich sein könnte. Leise, als handle es sich um eine Vertraulichkeit, sagte er:

Ich habe sehr genau gelesen, was Herr Doktor Sommerfeld über Sie geschrieben hat. Als er ihn so anredete, merkte er, daß es falsch war. Darf ich du zu dir sagen? fragte er nach einem Zögern und fuhr, nachdem Kuddel ihn, ohne eine Regung zu zeigen, mit offenem Mund angestarrt hatte, fort: Du kannst mir vertrauen. Ich weiß, daß dir Unrecht geschehen ist, daß diese Leute eine unwahre Geschichte erzählen und dir schaden wollen. Ich will dir helfen, Kuddel, doch dazu brauche ich deine

Hilfe. Paß auf, ich erzähle dir jetzt, was du am 1. Mai erlebt hast, genauso, wie ich es von Doktor Sommerfeld erfahren habe und wie ich es auch selber glaube. Du mußt mir nur zuhören. Du brauchst mich nur dann zu unterbrechen, wenn ich etwas Unrichtiges sage. Verstehst du mich?

Zum ersten Mal rührte sich der Junge. Er nickte eifrig. Womit sich seine Energie schon erschöpft hatte, denn er sackte erneut zusammen, verschloß sich, was Felix anspornte, die Vorgänge am 1. Mai so beteiligt wiederzugeben, als könne er auf diese Weise den armen Kerl wecken und beleben.

Das gelang ihm. Allmählich wurde Kuddel aufmerksamer. Und als Felix den Schlagring erwähnte, mit dem er den Polizisten verletzt haben sollte, begann Kuddel tatsächlich zu reden. Es sprach jedes Wort für sich, als beschwere es mit seiner Bedeutung die Zunge. Dabei öffnete und schloß er die Hände.

Das hab ich nicht getan. Das hab ich nicht gemacht. Ich habe viele Schupos gesehen, aber die haben mich nicht gesehen. Ich habe niemanden gehauen. Die haben mich dann gehauen, wie wir zu dem Auto gegangen sind. Auf den Kopf und auf den Rücken. Bestimmt habe ich keinen Schlagring. Die zu Hause wissen das. Wo soll ich denn einen Schlagring her haben? Und die haben auch keinen gefunden.

Während Felix sein Gegenüber nicht aus den Augen ließ, sah, wie dem Jungen das Blut in den Kopf stieg, sein Kampf mit den Wörtern ihn anstrengte, erfüllte ihn ein Gefühl von Dankbarkeit. Sommerfeld hatte ihm den Fall nicht zugeschoben, weil er ihm lästig war, sondern als eine Art Botschaft, die er plötzlich verstand. Kuddel war nicht nur ein Pechvogel, der durch sein Leben gestoßen, der mißbraucht und mißhandelt wurde, er war ein Abgesandter derer, die in der Bibel als das Salz der Erde bezeichnet werden. Das ist in einer Welt, in der das Recht unter den Mächtigen ausgehandelt wird, eine schreckliche Last. Ihm fiel Jonas Rede ein. Er hatte auf Kuddel hingewiesen, ohne ihn beim Namen zu nennen. Er hatte von ihm gewußt, und Sommerfeld hatte seinem Wunsch entsprochen, indem er den Jungen zu ihm schickte, als Boten.

Das ist der wunde Punkt, sagte er und schob Sommerfelds Brief zur Seite. Du bist von alleine draufgekommen, Kuddel. Der Schlagring war nämlich nicht vorhanden, als sie dich visitierten, ich meine, als sie dich durchsuchten. Erst einen Tag später tauchte er auf.

Den hab ich nicht gehabt.

Wir schaffen es, sagte Felix, stand auf, ging um den Tisch zu dem Jungen. Er wollte ihn anfassen. Als er Kuddel die Hände auf die Schultern legte, war es ihm, als verbünde er sich mit ihm und nicht nur mit ihm.

Du kannst jetzt nach Hause gehen, sagte er. Ich bereite mich auf die Verhandlung vor und komme euch auf jeden Fall besuchen.

Kuddel verließ ihn, wieder der Tölpel, der gegen Möbel stieß und nach Worten rang, und blieb doch gegenwärtig.

Felix wußte, er würde ihn nie mehr ganz loswerden.

Kuddel bestimmte in den folgenden Wochen was er tat, wie er dachte, wovon er träumte. Hör bloß mit deinem Kuddel auf, stöhnte Casimir, du bist nicht sein Vater, sondern lediglich sein Anwalt. Katja hingegen half ihm mehr, hörte sich beim Gericht um, sammelte alle Zeitungsberichte, die über den 1. Mai und über Kuddels angebliche Untat erschienen waren. Und Mirjam eroberte verbotenes Terrain, was Felix stillschweigend hinnahm. Da sie vergeblich nach einer Stelle gesucht hatte, machte sie sich nun für ihn nützlich, schrieb, telefonierte und blieb gelegentlich, wenn, wie sie meinte, seine Kuddelei überhandnahm und er überhaupt kein Ende fand, über Nacht bei ihm.

Wenn ich könnte, würde ich eine Ballade dichten, schrieb er an Jona, über meinen ersten Mandanten, einen hilflosen Jungen, der zwischen die Parteien geriet, womit ich den Sachverhalt allerdings ungenau ausdrücke. Vielleicht wird es einmal ein Lied über ihn geben. Ich könnte es mir denken. Er ist eine der unfaßbaren Figuren, die in Liedern überleben, da sie fürs Leben selbst nicht taugen. Das Verfahren ist inzwischen angesetzt. In drei Wochen trete ich zum ersten Mal als Strafverteidiger auf. Oft habe ich in der letzten Zeit über das Gesetz und über die Gerechten gegrübelt. Ich bin mir nicht sicher, und wer weiß, ob ich es mir je sein werde.

Die erste Strophe erzählt von seinem Besuch bei der Familie Gerschke. Am Güterbahnhof, hatte Sommerfeld ihn wissen lassen, Gumbinner 24, Hinterhaus, zweiter Eingang, im Souterrain. Am besten, Sie fahren mit der Ringbahn und steigen an der Greifswalder aus.

Das tat er. Die Gegend kannte er nicht. Es nieselte, das weite, öde Schienenfeld, auf das er blickte, lag unter schmutzigen Schleiern wie auch die Häuserblocks an seinem Rand. Unterwegs begegnete er nur wenigen Passanten, die sich merkwürdig glichen. Entweder zogen sie mit der Hand die Jacke über der Brust zusammen oder sie verbargen ihre Gesichter hinter Regenschirmen. Nie hätte er es gewagt, sie nach dem Weg zu fragen.

Als er in die Gumbinner einbog, öffnete sich die Tür einer Eckkneipe, ein Kind rannte heraus, heulte laut, fing an, auf der Straße im Kreis zu laufen, immer im Kreis. Es schrie, es klagte, wieder hatte er das Gefühl, daß er ausgeschlossen sei, nicht eingreifen könne, nicht fragen, nicht trösten dürfe. Als er sich endlich dazu entschloß, auf das Kind zuzugehen, kehrte es um, rannte zurück, woher es gekommen war. Für einen Moment, als es die Tür aufriß, waren laute Männerstimmen zu hören. Er hatte vergessen, daß es regnete. Die Nässe kroch ihm unter den Kragen und er dachte, daß alle, die hier lebten, den Regen längst nicht mehr bemerkten. Ein Regen, der nie aufhörte, die Jahreszeiten wegschwemmte, alles was wärmt, glücklich macht, und es fiel ihm ein Gedicht ein, in dem von einem siechen Regen die Rede war.

Er fand Kuddel und seine Familie tatsächlich im Keller, in einem kleinen Raum, in dem der Schimmel Muster durch die verbrauchte Tapete fraß.

Sie seien ja jetzt nur noch zu viert, meinte Frau Gerschke, die beiden Jüngsten, sie und ihr Mann und deshalb komme man leidlich miteinander aus, weil es nicht mehr so eng sei, man sich nicht ständig anremple, sagte sie, wischte sich fortwährend die Hände an der Schürze trocken, aber, sagte Herr Gerschke, wenn unsereiner stempeln geht und dann hier rumsitzt und einem die Decke auf den Kopf fällt, ich sag Ihnen, sagte Herr Gerschke und stopfte sich seine Pfeife mit einem Kraut, das nicht nach Tabak aussah, und sagte, es ist gut, daß Sie dem Kuddel helfen wollen, Herr Doktor, und die Gewerkschaft Ihnen auch etwas dafür zahlt, denn der Junge, sag ich Ihnen, kann nichts dafür, der weiß überhaupt nicht, was ihm da geschah und warum die sich prügelten, den hab ich nur einmal mitgenommen zu meiner Partei, zu den Sozialdemokraten, und er hat die Augen und Ohren aufgesperrt, und ich hab mir gedacht, der Kuddel ist aber doch auf dem Kiwief, wie ich ihn aber nachher ausgefragt habe, hat er nichts zu antworten gewußt, sage ich Ihnen, und er sagte, nun sag mal was, Kuddel, doch der sagte kein Wort, sah Felix nur an, wobei sich sein Mund ein wenig öffnete und der ältere Bruder sagte, du Armleuchter, worauf Herr Gerschke ihn zurechtwies, kümmere du dich um deinen Dreck, sagte er, der Junge ist so unschuldig wie ein Lamm und jetzt wollen ihn die Nazis in die Pfanne hauen, und zu Felix gewendet sagte er, wenn ich mit Kuddel gewesen wäre und nicht meinen Genossen, sag ich Ihnen, die Kerle hätte ich plattgehauen, denn ich hab so einen Schlagring, den sie dem Kuddel andichten, und ich hab eine Handschrift, das können Sie mir glauben, sagte er und Felix sagte, schmeißen Sie den Schlagring mal gleich in die Spree.

Die zweite Strophe erzählt von einem Anruf des leitenden Staatsanwaltes, auf den Sommerfeld ihn schon vorbereitet hatte. Lassen Sie sich auf nichts ein, Guttmann, warnte er, die werden versuchen, Sie ins Vertrauen zu ziehen. Hören Sie zu und versprechen Sie nichts.

Woran er sich hielt, als die bemüht neutrale Stimme auf ihn einredete: Wir kennen uns ja, mein Lieber, hörte er, deswegen braucht es keine lange Vorrede, und ich kann zur Sache kommen, hörte er, mein Lieber, hörte er, es ist mir unbegreiflich, wie Sie Ihre Karriere, und ich habe Sie als gewitzten Kollegen schätzengelernt, hörte er, warum Sie Ihre Karriere mit einem solchen Fall belasten wollen, dieser unglückseligen Geschichte, an der nichts mehr zu ändern ist, selbst wenn es Ihnen gelingen sollte, ihr mit Hilfe von Sommerfeld ein paar neue Aspekte abzugewinnen, mein Lieber, hörte er, selbst dann sind die Aussagen der drei Zeugen nicht anzufechten, hörte er, wollte einwerfen, daß mit diesen Zeugen kein Staat zu machen sei, unterließ es aber, und hörte, ich glaube, wir werden uns einigen können, schon dem Jungen zuliebe, für den Sie sich ja so entschieden verwenden, mein Lieber, ein bißchen zu entschieden, hörte er, mein Lieber, hörte er, wenn Sie ihn dazu bewegen könnten, die Tat einzugestehen, könnten wir mit einem milden Strafmaß, hörte er, denn wir haben doch wie Sie Verständnis für diesen dummen Jungen, der da reingeschlittert ist, aber da hörte er schon nicht mehr zu, sagte: Erlauben Sie mir, Herr Kollege, doch bitte meine Meinung.

Die dritte Strophe erzählt von zwei Zeugen, die sich in ihrer Aufrichtigkeit zu übertreffen suchen und einem dritten, der kleinlaut bleibt, denn dieser, der Polizist, der in seiner ersten Aussage genau anzugeben wußte, wie Kuddel seinen Kameraden, den Wachtmeister Schindler, niederschlug, hat die Ereignisse wendend und bedenkend, allmählich Skrupel bekommen und erklärte nun, wenn ich mir nur sicher wär, daß es der Angeklagte, dieser, tatsächlich war, wenn ich, Herr Vorsitzender, aber das ging doch alles sehr schnell und geschah in der Menge und als ich zu Hilfe eilte, war der Junge fort, den sie dann später brachten, und dann dachte ich mir, weil die andern es felsenfest behaupteten, die beiden Herren, meine ich, die das jetzt bezeugen, daß er es gewesen sei, da dachte ich mir, ja, das muß er gewesen sein und nun kommen, damit die Wahrheit nicht ins Wanken gerät, die beiden Augenzeugen zu Wort, Augenzeugen betonen sie, die SA-Männer Hirth und Obermann, und sind sich so einig, daß der eine für den andern sprechen könnte, denn was Hirth weiß, beschwören kann ich, weiß er, Obermann, ebenso, daß der Angeklagte fünfmal mit einem Gegenstand, dem Schlagring meine ich, auf den Polizisten einschlug, ihn niederschlug, völlig grundlos, ja, völlig grundlos, bestätigt Hirth, der hinzufügt, beschwören kann ich, ich hab ihn gesehen und danach ist er weggelaufen, fährt Obermann fort, wir ihm nach, Kamerad Hirth und ich, und als er sich verdrücken wollte, haben wir Polizisten auf ihn aufmerksam gemacht, das ist er, wir versichern's, und ich, ergänzt Hirth, und ich habe darauf geachtet, daß ihm keiner seiner Genossen zu Hilfe eilen konnte.

Die vierte Strophe erzählt, wie der Richter und Kuddel sich unterhielten, wobei vermerkt sei, daß die Unterhaltung sehr einseitig verlief, da der Richter mehr Fragen hatte als Kuddel Antworten wußte: Können Sie mir, fragte der Richter, berichten, was Sie während der Versammlung taten? Was Kuddel, so freundlich angeredet, für seine Verhältnisse sehr ausführlich tat, doch von dem Richter immer wieder unterbrochen wurde. Ja, antwortete Kuddel, ich bin mit ein paar andern. Welchen andern? fragte der Richter. Also eben Leuten, die ich kenne, sagte Kuddel, losgegangen zum Alex, doch bis dorthin sind wir gar nicht gekommen. Warum denn nicht? fragte der Richter. Worauf Kuddel, etwas verwundert, erklärte, weil die Straßen verstopft waren, weil's schon Krach gab, wissen Sie, die haben sich gehauen, Polizisten und die Unseren und SA, sagte Kuddel. Der Richter fragte: Ja haben Sie das denn gesehen? Womit er Kuddel verwirrte: Aber das sag ich ja, sagte er, das habe ich gesehen, dann waren die andern, mit denen ich gegangen bin, auf einmal weg und ich allein und weil das immer schlimmer wurde. Was? fragte der Richter, was wurde immer schlimmer? Die Schlägereien, erklärte Kuddel, und darum habe ich mich verdrückt, ich bekam Angst, hab mich versteckt in dem Hauseingang und warten wollen, bis die weg sind. Aber dann? fragte der Richter, erschien ein Polizist. Welcher Polizist? fragte Kuddel zurück. Meinen Sie die, die mich dann verhaftet haben? Doch die meinte der Richter nicht. Nicht die, verbesserte er, sondern den, den Sie niedergeschlagen haben. Worauf Kuddel antwortete: Das habe ich doch gar nicht getan. Das wissen Sie doch. Und das ist wahr. Auch wenn die SA-Männer etwas anderes behaupten. Es ist wahr, was ich erzählt habe, gleich auf der Wache, es ist wahr. Von da an gab Kuddel keine Antworten mehr auf die Fragen des Richters und die Unterhaltung hatte ein Ende.

Die fünfte Strophe könnte von dem erzählen, was Felix und der Staatsanwalt für oder gegen Kuddel vorbrachten, sie gibt jedoch wieder, wie Katja das Plädoyer von Felix aufnahm und wieso ihn ihre Zustimmung verdroß. Sie hatte ihn auf dem Korridor vor dem Sitzungssaal erwartet. Es war ihr gleich gewesen, daß sich immer mehr Zuhörer um sie scharten, da es sie drängte, ihm zu sagen, was ich dir sagen wollte, Felix, jetzt bleib doch mal stehen und hör mich an, ich habe dir nicht zugetraut, sei bitte nicht beleidigt, daß du deine so eingeübte Distanz ganz vergessen, dich so leidenschaftlich in ein einfaches Gemüt versetzen kannst, das dir fremd ist, dir zu schaffen macht, sagt sie, nichts hast du vergessen, alles aufgerufen, was diesen Burschen über seine Unschuld unschuldig sein läßt, die freundliche Hilflosigkeit der Eltern, die aussichtslose Armut, eine Krätze, sagt sie, die in der Haut steckt, aus der man fahren möchte, wenn man könnte, sagt sie, du hast mit ihm gesprochen, sagt sie, wenn er sprechen könnte, nicht nur für ihn und ich werde das schreiben, obwohl ich mich zurückhalten wollte, da ich dich kenne, aber jetzt muß ich es auch, weil die andern, sagt sie, du liest es ja, – ja, ich kenne es, unterbricht er sie und sein Zorn erschrickt sie, ich habe es gelesen, beinahe stolz, wäre mir nicht klar, daß ihr mich ebenso mißbraucht wie Kuddel, mich in Anspruch nehmt für eure Sache, in euer Programm einbaut, in eure Partei aufnehmt, ohne nachzufragen, ich, ein Kommunist, ein Sozialdemokrat, doch das bin ich sowenig wie Kuddel einer ist, wenn du mich schon mit ihm vergleichst und nicht zu Unrecht, Katja, ich bin es nicht, ich will mich nicht einsperren lassen in Vorschriften, Absprachen, Ideen, das macht mich krank, sagt er und sie umarmt ihn, wogegen er sich, die Schultern zusammenziehend, widersetzt, führt ihn dann den Gang entlang zur Treppe, wo sie ihn losläßt und leise sagt: Du wirst nicht viele Kuddels finden, um dich kennenzulernen, Felix.

Die sechste Strophe fällt unverhältnismäßig kurz aus: Sie hält keine Reden, keine Gespräche, keine Aussagen mehr fest. Sie verzeichnet klaglos, was mit Kuddel geschah. Das Gericht verurteilte ihn wegen Körperverletzung und Widerstands gegen die Staatsgewalt zu sieben Monaten Gefängnis, von denen er fünf absaß. Freigelassen besuchte er unverzüglich Felix, bedankte sich bei ihm und ließ sich danach nie wieder blicken. Bis Felix durch eine kleine Notiz in der Zeitung erfuhr, daß Kurt Gerschke, genannt Kuddel, der »Schläger vom 1. Mai«, sich mit einem Taschenmesser die Pulsader geöffnet habe und verblutet sei. Ein Gleisgänger habe ihn in einem Schuppen auf dem Güterbahnhof tot gefunden.

Sommerfeld rief ihn an. Ob er es bereits erfahren habe?

Jetzt werden sie aufschreien, viele, und anklagen, sagte Sommerfeld leise, doch weinen werden wenige.

## 17
## *Vorzeichen*

Es ist seine Stimme und auch wieder nicht: Er erzählt aus seinem Leben, von einem Freund befragt. Der Rundfunk sendet das Gespräch im September 1974. Ich höre es im Januar 1985, elf Jahre danach. Seine Frau brachte mir vor ein paar Tagen die beiden Spulen. Daran habe sie nicht gedacht, als sie die Papiere für mich zusammenlas. Aber seine Auskünfte könnten, meinte sie, anregender sein als die Briefe oder Tagebücher.

Sie waren es auch, nur in einem anderen Sinn. Die Stimme, die ich so lange nicht mehr gehört hatte, war mir in ihrem Tonfall gleich wieder vertraut. Dennoch kam sie, schien es mir, aus einer Ferne, die zu überwinden mir nicht mehr gelang. Ich lauschte ihm und zugleich einem andern. Wie er seinen Körper verloren hatte, so hatte der andere ihn gewonnen. Ihn, Felix, konnte ich sehen, und es verblüffte mich bloß, daß ich ihm, wenn ich ihn sprechen ließ, diese Stimme verliehen hatte, unverändert, daß ich mich von der Erinnerung an sie nicht gelöst habe.

In meiner Verwirrung ging ich noch weiter. Für Momente bildete ich mir ein, daß auch die Stimme erfunden sei und stahl sie ihm auf diese Weise im nachhinein. Ich rief mich zur Ordnung, konzentrierte mich ganz auf das, was er berichtete. Vieles wußte ich inzwischen, manches war mir unbekannt. Von neuem geriet ich durcheinander. Er zitierte aus seinem Tagebuch. Ich schlug die Sätze nach, fand sie auch, fand sie jedoch anders. Er hatte sie, zu seinen Gunsten, verändert. Das ärgerte mich, brachte mich gegen ihn auf, bis ich begriff, daß er mit dieser Korrektur nicht anders vorging als ich. Er fälschte, um bei sich zu bleiben, bei dem, der er gewesen war und der er eben nicht mehr war. Er zog Zeit zusammen und fingierte eine Art dauerhafter Gegenwart.

Ich erinnere mich an ihn, ohne mich mit ihm erinnern zu können.

Kuddels Unglück zog den Erfolg an. Der Fall machte Felix bekannt. Vor allem politisch in Schwierigkeit Geratene wendeten sich rat- oder hilfesuchend an ihn. Das Telefon stand nicht mehr still. Mirjam kam mit den Notizen nicht mehr nach, verwechselte Namen und Adressen, verwies auf die Sprechzeiten, hörte traurige, verworrene, dramatische Geschichten und erfand aus Wut Mörder und Ermordete.

Er ließ sich verleugnen, floh aus der Kanzlei, saß tagsüber in Kaffeehäusern, las Zeitungen von der ersten bis zur letzten Seite, vermied es, mit Sommerfeld zu sprechen, der diese Mißachtung der Not nicht verstehen konnte, und als Mirjam ihn nach Tagen völlig entnervt fragte, wie es denn weitergehen solle, antwortete er entschlossen: So gar nicht. Ich kann kein politischer Anwalt sein wie Sommerfeld. Mir fehlen dazu nicht nur die Voraussetzungen, sondern auch die Bindungen. Bei Kuddel konnte ich den politischen Hintergrund vergessen, hatte nur den sprachlosen und unschuldigen Jungen vor Augen. Aber dem, was nun auf mich zukäme, wäre ich einfach nicht gewachsen. Ich müßte auf Weisungen eingehen, parteiisch argumentieren. Das schaffe ich nicht, Mirjam.

Mirjam saß an ihrem kleinen Schreibtisch, tippte hin und wieder in Gedanken auf eine Taste der Schreibmaschine. Das kleine Zimmer machte nicht mehr, wie noch vor kurzem, den Eindruck, als sei es eben bezogen worden. Die Arbeit der letzten Wochen hatte Aktenordner, Papiere, Zeitungsausschnitte, ungezählte Zettel hineingeschwemmt. Mirjam hatte nicht die Zeit gefunden, den Wust zu ordnen.

Hörst du mir überhaupt zu? fragte er, lehnte sich gegen das Fensterbrett und schaute sie abwartend an.

In den letzten Wochen hatte sie meistens bei ihm geschlafen, auch in dieser Nacht. Ihr müdes, ungeschminktes Gesicht erschien ihm noch mädchenhafter als sonst.

Nein, sagte sie, seinem Blick ausweichend, ich habe dir nicht zugehört, Felix. Damit mußt du selber klarkommen. Und das wirst du, ich bin sicher. Ich – sie richtete sich auf, atmete tief durch und begann mit den flachen Händen über die Seiten der Maschine zu streichen. Ihre Verlegenheit rührte ihn so, daß er zu ihr ging, sich auf das Ablagetischchen setzte und sich zu ihr beugte: Habe ich dich gekränkt?

Nein. Aber es ist möglich, daß du mich kränken wirst.

Wie kommst du darauf? Er lachte, spielte den Ahnungslosen, wußte aber, worauf sie hinauswollte, was auszusprechen ihr solche Mühe machte.

Sie wiederum durchschaute sein Spiel. Das ist kein Zustand, sagte sie. Ich schlafe bei dir, ich wohne bei dir, ich arbeite mit dir, ich koche für dich und wenn es dir nicht mehr paßt, schickst du mich fort, in meine Wohnung.

So ist es doch nicht. Er zog sich wieder zurück an den Fensterplatz, kehrte ihr den Rücken zu, wartete ab.

Sie sprach leise und schnell, als wolle sie ihm keine Gelegenheit geben, sie zu unterbrechen. Es wird dir gleichgültig sein, Felix, was ich dir jetzt sage. Du wirst mir zuhören, und ich kenne deine Antwort. Deswegen wäre es vielleicht für uns beide vorteilhafter, auf alle Fälle angenehmer, wenn ich schwiege, und die Dinge treiben ließe. Ich kann es nicht mehr. Auch weil ich in den letzten Wochen etwas erlebt habe, was mich aufwühlte. Ich hatte eine Arbeit, die mich ausfüllte, Sinn hatte. Ich arbeitete mit dir. Jedesmal, wenn wir todmüde nebeneinanderlagen und ich dir deine Unsicherheiten, deine Zweifel ausredete, fragte ich mich, weshalb es nicht so bleiben kann. Auf Dauer. Und jedes Mal sagte ich mir – und es kam mir so vor, als würde ich mir selber eine Wunde zufügen –, ihm fehlt eine Eigenschaft, die sonst selbstverständlich ist. Er fürchtet sich, er hütet seine Einsamkeit wie ein Juwel. Ich kann es nicht anders ausdrücken, verzeih. Ich könnte es auch brutaler ausdrücken. Etwa so: Du kannst nicht lieben, Felix, weil du dich auch nicht für eine Sekunde vergessen kannst. Wenn ich dich jetzt frage, ob du trotzdem nicht wünschst, daß ich ganz zu dir ziehe, tu ich's, weil ich dich liebe und darum unvernünftig bin.

Fragend hielt sie den Atem an. Die plötzliche Stille zerrte an Felix. Sein Atem beschlug die Scheiben. Er beobachtete, wie die graue, feuchte Insel schmolz und wie sie sich, als er sprach, wieder ausbreitete: Ich kann mir mein Leben, meine Arbeit ohne dich nicht vorstellen. Du bist bei mir. Nur würde es mich, offengestanden, beunruhigen, wenn du deine Wohnung aufgäbst, da ich –

Da du was?

Quäl mich nicht, Mirjam.

Ich kann es dir sagen, nein, ich schreib's dir auf. Sie begann schnell und hart zu tippen. Er hätte ihr dabei zusehen können, doch er drehte sich nicht um. Nach einer Weile riß sie das Blatt aus der Walze. Er hörte, wie sie den Stuhl rückte, ihre Schritte. Dann stand sie hinter ihm. Sie legte das Blatt aufs Fensterbrett, blieb hinter ihm stehen.

Ich liebe dich, Felix, las er, ich bin auf dich eifersüchtig. Allein auf dich. Auf den Felix, den du in dir versteckst. Darum darfst du es mir nicht verübeln, daß ich es immer wieder versuche. Und es irgendwann aufgebe, wenn ich alle meine Gefühle umsonst vergeudet habe. Meine Wohnung behalte ich, du Ekel.

Langsam ließ er sich mit geschlossenen Augen nach hinten fallen. Sie fing ihn auf, zog ihn an sich. Als er versuchte, sich ihr zuzukehren, hielt sie ihn fest. Bleib so. Nur kurz hielt er es aus, dann gab er seiner Unruhe nach, löste sich aus ihrer Umarmung, faltete das Blatt zweimal und sagte: Ich möchte Sie bitten, Fräulein Mirjam, dieses Dokument zu unseren persönlichen Akten zu nehmen. Ebenso ernsthaft antwortete sie: Selbstverständlich, Herr Doktor.

Erst jetzt drehte er sich zu ihr um. Sie lächelte, ihre Augen schwammen in Tränen. Ich danke dir, sagte er, lief, als sei ihm ein unaufschiebbarer Termin eingefallen, zur Tür und rief ihr im Hinausgehen zu: Du wirst es nicht glauben, du wirst mich wieder für irrsinnig halten – ich habe mir ein Auto gekauft und heute nachmittag hole ich es ab.

Weshalb er sich gerade zu diesem Zeitpunkt, da sich die Kanzlei im Aufbau befand, und, wie Casimir vermutete, die Miete den größten Teil der Einnahmen verschlang und von den Klienten noch keine größeren Honorare zu erwarten waren, ein Auto leistete, behielt er für sich. Er verwirklichte sich einen Traum. Nicht aus Neid auf Casimir, auch nicht, um Mirjam oder Laura zu imponieren, sondern weil er der Überzeugung war, daß ihm ein Auto auf wunderbare Weise dazu verhelfe, seine Existenz zu erweitern. So, wie ein Regenwurm urplötzlich fliegen kann, erklärte er Mirjam bei der ersten Ausfahrt, aber sie verstand ihn nicht und wunderte sich nur über sein euphorisches Geschwätz. Casimir, der insistierte, ein wenig beleidigt wissen wollte, wer ihm bei der Finanzierung geholfen habe, beschied er mit der schlichten Auskunft: Niemand, glaub es mir, ich kann es mir leisten.

Er log nicht. Eine unerwartete Erbschaft der Mutter hatte ihm geholfen. Der Görlitzer Onkel, der mit Vieh Handel trieb und den er nie zu Gesicht bekommen hatte, war gestorben und hatte seiner Nichte das ganze Vermögen hinterlassen. Das sei so beträchtlich, schrieb Vater, daß er sich entschlossen habe, den Laden zu verkaufen; ihm überweise er als Notgroschen und damit er seine Kanzlei besser ausstatten könne, die Hälfte des ihm zustehenden Anteils. Der reichte für mehr als ein Auto. Welches Fabrikat es sein sollte, wußte er genau. Er hatte es im *Querschnitt* auf einer Fotografie entdeckt. Sie zeigte unter der Rubrik *Aus dem Gesellschaftsleben* die von ihm angebetete Fritzi Massary in einem Cabriolet. Sie fuhr nicht, sie posierte, die Hand an der Krempe eines ausladenden Sommerhuts, warb für sich und wohl auch für das flotte, schnittige Automobil, in das er sich sofort vergafft hatte. Die Marke wurde in der Bildunterschrift genannt. Es handelte sich um ein Fiat Cabriolet.

Nun stand es vor ihm. Er hielt auf Abstand, als der Mechaniker ihm die Bremse, den Gashebel, die Zündung, die Kurbel erklärte.

Treten Sie doch näher, Herr Doktor, forderte der Mann ihn auf, Sie bekommen die Einzelheiten sonst gar nicht mit.

Will er das überhaupt, will er sich auf dieses Abenteuer einlassen? Hat ihm der Traum nicht genügt?

Bitte, Herr Doktor.

Er gibt sich einen Ruck, nähert sich dem Wagen Schritt für Schritt.

Setzen Sie sich doch mal hinters Steuer.

Er steigt ein. Der Verkäufer hat es auf einmal eilig, als ahne er die Angst seines Kunden und wolle ihr zuvorkommen. Er rennt nach vorn, dreht die Kurbel, der Motor springt an, der Wagen beginnt unter Felix zu beben.

Jetzt lösen Sie die Bremse und legen den Gang ein!

Wie ein braver Schüler folgt er den Anweisungen.

Einkuppeln, befiehlt der Lehrer, und Gas geben.

Felix hält sich am Steuer fest, sieht das Hoftor auf sich zukommen, die Straße, hat vergessen, wo die Bremse liegt und der Gashebel, möchte am liebsten aus dem Wagen springen und will sich doch nicht blamieren, besinnt sich, schon nah vor dem Tor, greift ein, greift zu und mit einem letzten unwilligen Sprung kommt das Auto zum Stehen.

Offenbar ist der Verkäufer ihm nachgerannt: die Backen aufpustend ist er schon zur Stelle, klopft beruhigend auf die Kühlerhaube, mustert den Fahrer. Wir müssen, meint er, für Ihre Größe den Sitz ein bißchen nach vorn rücken. Sie gestatten.

Mit einem Handgriff hat er Felix samt Sitz auf das Steuerrad zugeschoben.

Besser so? fragt er, und nachdem Felix zustimmt, nickt er: Wenn Sie wünschen, Herr Doktor, kann ich Sie auf der ersten Fahrt begleiten.

Er lehnt ab. Aber nein, das ist bestimmt nicht nötig. Den Anfang will er, wenn schon, auskosten. Er möchte mit seiner

Angst allein sein, wie mit seinem Glück, ohne Hilfe diesen Apparat zähmen, vorführen und sich als Dompteur zeigen.

Der Motor springt an, der Verkäufer winkt ihm zu, winkt ihm nach, Felix ist schon unterwegs. Das Lenkrad schlägt gegen seine Hände. Jetzt ärgert es ihn, daß er die Ledermütze nicht richtig in die Stirn gezogen hat, sie sitzt viel zu locker, rutscht bei jedem Satz hin und her. Für die Kurve aus dem Hof benötigt er viel Platz. Sie gelingt. Die Welt verändert sich, gerät in Bewegung, selbst Bäume, Häuser bleiben nicht an ihrem Ort, rennen auf ihn zu, sausen an ihm vorüber. Er redet, singt, hat das Gefühl, daß sein Körper von ungezählten elektrischen Schocks geschüttelt wird. Diese ungewohnte Lust wird so übermächtig, daß er versucht, das Steuer loszulassen. Ein Bus, der seinen Weg kreuzt und ihn zum Bremsen zwingt, bewahrt ihn vor dieser Selbstaufgabe. Je länger er fährt, um so deutlicher wird ihm bewußt, daß zwei hinter dem Steuer sitzen: der eine genießt, der andere wacht und reagiert.

Mirjam, mit der er einen Tag danach ins Grüne fuhr, ging traumwandlerisch auf diese Verdoppelung ein. Als er auf einem Waldweg anhielt, riet sie dem einen, auf das wertvolle Auto und auf neugierige Spaziergänger aufzupassen und vergaß sich mit dem andern.

Wieder, merke ich, gleicht die Erzählung einem Palimpsest, wird Schrift unter der Schrift sichtbar, Bruchstücke eines Bildes unterm Bild. Mir fiel, als ich das Bild im *Querschnitt* beschrieb (oder erfand) ein Foto ein, das er mir bei einem abendlichen Besuch zeigte. Er tat es ohne Grund und mit Ironie. Klein und ungemein stolz sah ich ihn in einer eleganten Montur hinter dem Steuer eines Fiat Cabriolets. Der Kommentar fiel, wie es seine Art war, knapp aus. Er habe sich, wenn er sich recht erinnere, diese Eselei, diesen Luxus geleistet. Das genügte ihm. Was geschah, als er diesen Wagen kaufte, weshalb er den Kauf für eine Eselei hielt, erklärte er nicht.

Mir schien, er sparte die Geschichte vorsätzlich aus, wollte noch im nachhinein jener unangefochtene junge Herr sein, den die Ereignisse – die sechs Millionen Arbeitslosen, die Wiederwahl Hindenburgs, die Aufhebung des Verbots von SA und SS, der Einzug der NSDAP als stärkste Fraktion in den preußischen Landtag und die Wahl Görings zu dessen Präsidenten – zwar bedrückten, der es aber vorzog, wenn auch angefochten von Freunden, seiner Arbeit, seinem Vergnügen nachzugehen.

Nur ein einziges Mal gab er in einem Satz, den ich nie vergessen werde, seine Erschütterung preis: Damals, als sich Carl von Ossietzky in Tegel vor dem Gefängnis verabschiedete, war ich dabei.

Ich habe mich nicht getraut, ihn auszufragen. So bekam der Satz ein Echo. Ich erzählte ihn mir weiter, versuchte mir zu erklären, warum er sich unter den Freunden befand, die Ossietzky bis vors Zuchthaustor begleiteten. Wahrscheinlich hatte ihn seine Freundin mitgenommen, jene, die ich noch kennenlernte und die nun, wieder jung geworden, Felix auffordern wird, mit ihr nach Tegel hinauszufahren: Katja.

In wenigen Monaten war es ihm gelungen, sich als Scheidungsanwalt einen Namen zu machen. Ihm wurde nachgesagt, er verstehe feinfühlig zu schlichten oder, wenn das nicht mehr half, redlich und ruppig zu trennen. Politischen Strafsachen ging er aus dem Weg. Hin und wieder traf er sich mit Sommerfeld bei *Horcher* zum Mittagessen, holte Rat, ließ sich von seinem kurzatmigen Gönner die Leviten lesen: Auf die Dauer könne er sich nicht heraushalten, irgendwann müsse er Position beziehen, die Zeit werde ihn einholen und dafür müsse er gerüstet sein.

Auch Mirjam wehrte sich von Fall zu Fall heftiger: Ich weiß nicht, Felix, wie du es ertragen kannst, dir Tag für Tag diese Gemeinheiten anzuhören, diese privaten Aufrechnungen, diese Bettgeschichten.

Laß mich, beruhigte er sie, ich helfe Unglücklichen, das wirst du doch nicht bezweifeln wollen, und Dreck gehört dazu.

Katja besuchte ihn nach dem Kuddel-Urteil eine Zeitlang nicht mehr. Ihr stummer Rückzug schmerzte ihn mehr als Casimirs Sarkasmus, den er gewöhnt war und auf den er Antworten hatte: Was willst du? Hab ich deine Doppelexistenz je für verwerflich gehalten? Welches Etikett hat deine Moral, welches meine?

Der Mai des Jahres 1932 wollte kein Mai werden. Nach einem April, der zu Narrheiten einlud, Liebe und Landpartien, schob sich der Himmel wie ein emaillierter Teller über die Stadt, schloß sie ein, entzog ihr den Atem. Die aufgebrochenen Blüten, die jungen Blätter an den Bäumen erschlafften. Die Berliner, die aufatmend den schweren Paletot eingemottet hatten, hängten ihre Sommerkleider wieder in die Schränke.

Felix verbiß sich in die Arbeit. Mirjam blieb in den Nächten bei ihm. Wenn sie sich in den Armen lagen, erinnerten sie sich mehr ihrer Liebe, als daß sie sich liebten.

Katja überrumpelte ihn. Mit ihr hatte er am wenigsten gerechnet. Sie klingelte Sturm, zog Mirjam, die ihr geöffnet hatte, an der Hand hinter sich her, erlaubte ihm keine Frage: Es sei eilig, sie habe Doktor Apfel, der sie habe mitnehmen wollen, verpaßt. Bitte frag nicht, Felix. Sie holte Atem, strich sich mit gespreizten Fingern das Haar nach hinten. Du hast doch ein Auto, neuerdings. Laß alle Termine platzen und komm mit mir hinaus nach Tegel. Du weißt doch, Ossietzky geht in den Bau. Wir wollen ihn verabschieden. Bitte komm.

Später, wenn er daran dachte, ging die wirre Vorgeschichte verloren, zog sich alles zusammen zu einer einzigen quälend bescheidenen Szene. Doch jetzt wehrte er sich gegen ihre Hysterie, versuchte ihr gut zuzureden: Nun halt doch mal die Luft an, Katja, ich kann das Büro nicht einfach schließen und mich davonstehlen.

Du kannst es nicht nur, du mußt. Sie sprach betont ruhig, hatte sich, den Mantel offen, als wehe er noch hinter ihr her, vor seinem Schreibtisch aufgepflanzt, schlug die Knöchel der geballten Fäuste gegeneinander. Du hast doch, wie ich dich kenne, das ganze Elend genau verfolgt und willst bloß nichts davon wissen.

Sie hatte recht. Jeden Artikel, der über den letzten Prozeß gegen Ossietzky erschien, kannte Felix. Von Sommerfeld hatte er sich das Plädoyer Apfels schicken lassen. Er wußte Bescheid. Mehr noch, er hatte, obwohl ihm Ossietzkys Rigorosität fremd war, mitgelitten, sich erbost über die rüden Kommentare der Rechtspresse, die Begründung des Freispruchs. Und Jona, nicht minder erregt, hatte ihm auf einem seiner Kärtchen geschrieben: Wir verkümmern, lieber Herr Doktor, weil wir nur noch meinen und nicht mehr denken.

Katja war den Tränen nahe und setzte sich auf den Stuhl neben dem Schreibtisch. Anscheinend rechnete sie nicht mehr mit Felix.

Komm. Er sprang auf. Wir fahren. Es wäre eine Schande, wenn wir nicht dabei wären.

Sie schüttelte entgeistert den Kopf: Das sagst du?

Ja, das sage ich.

Auf der Fahrt redete sie, ohne Atem zu holen. In einem endlosen Satz sammelte sie die Diskussionen in der Redaktion, die nächtlichen Gespräche, die Anekdoten der letzten Tage ein: Aber wie du gewählt hast, du, ich will dich gar nicht fragen, dich nicht in Verlegenheit bringen. Ossietzky haben die Landtagswahlen den Rest gegeben. Hast du gelesen, was er darüber schrieb? Ich kann den Artikel Wort für Wort auswendig: »Hitler wird also stärkste Neigung haben, seinen grundsätzlichen Kampf gegen die schwarz-rote Front in ein Bündnis mit den Schwarzen gegen die Roten umzubiegen. Es muß anders werden. Unter dieser Parole haben 8 Millionen Preußen am 24. April für Hitler gestimmt.« Willst du noch mehr hören? Willst du wissen, wie wir uns in die Haare geraten sind über seine Ansicht, auch die Franzosen würden nun, nach diesem Wählerschreck, wie er sich ausdrückte, für die Rechte stimmen und nicht für Blum und Herriot. Gerlach und ich widersprachen ihm, die französische Linke werde durch dieses deutsche

Abenteuer eher gestärkt. Ossietzky lachte uns einfach aus. Es sei Zeit, den Teufel an alle Wände zu malen, rief er. Das habe mit Schwarzseherei nichts zu tun. Er gehe ins Gefängnis und erfülle den Spruch der Reaktionäre vom Reichsgericht nur, um auch mit diesem Schritt zu warnen. Und weißt du, ich könnte losheulen, wenn ich daran denke, wie leise, wie verquer und skrupulös er sich auf den Kerker vorbereitete. Seine Tochter, die gerade zehn geworden ist, sollte auf keinen Fall erfahren, daß ihr Vater eingesperrt werde. Sie sollte fort aus Berlin. Ich riet ihm, sie zu Geheeb zu bringen, auf die Odenwaldschule. Unglücklich fuhr er mit ihr los und überglücklich kehrte er zurück. Nun wisse seine Tochter, was mit ihm geschehen wird, und du wirst es nicht glauben, sie ist sogar stolz auf den Zuchthäusler. Und er erzählte, daß er, kaum hätte sie Geheeb begrüßt, von einigen älteren Schülern überfallen worden und ausgefragt worden sei. Daß sie ihm zugeredet, seine Entscheidung bewundert hätten. Die Kleine sei wie aus allen Wolken gefallen, aber auf beide Beine. Und ihr Stolz sei nun seine Wegzehrung. Natürlich bin ich sentimental. Sag kein Wort, Felix, ich bitte dich. Aber diese kleine Hitze brauche ich. Ich sage dir, sagte sie –.

Vor dem Portal, das sich auch in eine Kirche, einen Schloßhof hätte öffnen können, sahen sie schon aus der Ferne eine Gruppe von Menschen, eng zu einem Kreis zusammengeschlossen, als schützten sie jemanden in ihrer Mitte. Katja sprang aus dem noch fahrenden Wagen, rannte über den Schotterweg, drückte sich durch die Wand von Mänteln und verschwand.

Er blieb im Auto sitzen.

Jemand sprach.

Ihm antwortete eine hellere Stimme. Das mußte Ossietzky sein.

Von den Chausseebäumen fielen schwere Tropfen, obwohl es nicht regnete.

Er hörte ihn, verstand jedoch nicht, was er sagte. Es war auch nicht wichtig. Alles sprach mit. Die Kolonne leerer Autos am

Straßenrand, die auch vor einem Friedhof stehen könnte, die lauschenden Rücken, die vom Frühling verlassenen Bäume, das Portal, in dem sich nur ein schmaler Einlaß öffnen wird für den Häftling.

Es könnte schneien im Mai, dachte er.

Wie auf Verabredung geriet die Gruppe in Bewegung. Einer verließ sie, ging auf die Pforte zu. Er trug einen kleinen Koffer. Ein Uniformierter kam ihm einige Schritte entgegen, ließ ihm den Vortritt, und der Einlaß im Portal schloß sich.

Zögernd löste sich die Versammlung auf. Keiner sprach mit dem andern. Erst als alle Autos besetzt waren, ertönten Rufe: Zum Nollendorfplatz!

Apfel will dort reden, erklärte Katja. In einem Lokal dort treffen sich die Leute von der Liga für Menschenrechte.

Ich möchte da nicht hin, sagte Felix und ärgerte sich über diese Anwandlung von Trotz. Katja half ihm. Mußt du auch nicht.

Auf der Fahrt in die Stadt schwieg sie und unterhielt sich dennoch mit ihm. Ehe er losfuhr, lehnte sie sich sacht gegen ihn und bei jeder Unebenheit auf der Straße rieb sich ihre Schulter an der seinen, wie Wort für Wort. In der Hardenbergstraße fragte sie: Willst du ins Büro, nach Hause?

Nein, sagte er.

Ich auch nicht. Was hast du vor?

Keine Laune gab es ihm ein. Er stemmte sich gegen die Traurigkeit, gegen die hilflose Wut. Gehen wir tanzen ins Café Wien.

Sie hatte sich aufrecht gesetzt und hielt die Augen geschlossen. Nun bereute er es, dieser momentanen Verwegenheit nachgegeben zu haben. Es muß nicht sein, murmelte er.

Doch, sagte sie. Das ist eine grandiose Idee. Nach diesem Abschied sich unter die Spießer zu mischen mit Slow Fox und Tango, sich im Plüsch räkeln und Schampus ordern, was willst du mehr?

Sie kamen kaum dazu, den Champagner zu trinken, denn sie ließen keinen Tanz aus. Ein Paar, das auffiel, über das geklatscht und gehöhnt wurde, der kleine, makellos angezogene Herr und die etwas verschlampte, kräftige, um einen Kopf größere Frau.

Sie zeigten es den Gaffern, gaben ihnen Futter.

Bis der Katzenjammer größer war als die Wut.

Bis die feisten, die schlaffen, die gleichgültigen Gesichter zu nah kamen.

Bis der Plüsch zu brennen anfing und die Leuchter in ihrer Verankerung knirschten.

Bis Katja den Tango abbrach, ihn auf die Stirn küßte und von der Tanzfläche schob.

Nun genügt es, sagte sie, nun haben wir schon eine Menge abgebüßt, findest du nicht?

Wie so oft hatte er diese banale Grenze zwischen falscher und wirklicher Nacht überschritten, schummrige, glitzernde, lärmende Höhlen verlassen und sich, Atem holend, auf der Straße in der Stadt wiedergefunden. Dieses Mal empfing Berlin ihn nicht freundlich, kühlte ihm nicht die Stirn, wusch ihm kein Meerwind das Gesicht. Die Stadt drückte ihn mit einer eisigen Faust gegen die Hauswand. Sie war, in den wenigen Stunden, in denen er sich mit Katja vergaß, von jenen erobert und übernommen worden, die sowieso schon die Straße beherrschten und die, in Liedern, ihre Zeit kommen sahen.

Soll ich dich nach Hause bringen?

Katja zog den Kragen um den Hals zusammen und schüttelte den Kopf.

Nein, nimm mich mit. Ich kann heute nacht nicht alleine sein.

Ich verstehe dich. Komm. Er hoffte, Mirjam würde, was inzwischen jedoch immer seltener geschah, in ihre Wohnung gegangen sein. Sie empfing sie aber, nahm Katjas Wunsch selbstverständlich hin, schien eher erleichtert, ließ sich erzählen, wie Ossietzky von seinen Freunden Abschied nahm und wie sie sich die Wut aus der Seele getanzt hatten, und Felix, von neuem gepackt von dieser Ausgelassenheit, begann allein zu tanzen, so etwa, sagte er, nicht wahr, Katja, und sang: Ham'se nicht den kleinen Cohn gesehn / Sahn Sie ihn nicht um die Ecke gehn? Worauf Katja ihm sich in den Weg stellte, ihn aufhielt, du bist wahnsinnig, Kleiner, du hast deinen Spaß, machst dir einen und eh du dich versiehst – Er legte ihr die Hand auf den Mund, fühlte, wie ihre Lippen sich spitzten und Mirjam fragte: Seid ihr nicht auch müde?

Katja faßte nach seiner Hand und zog sie langsam von ihrem Mund. Doch.

Die Frauen lehnten es ab, daß er auf dem Diwan im Büro schlafe. Das komme nicht in Frage. Sein Lotterbett reiche für alle aus.

Seid ihr wahnsinnig geworden?

Warum nicht, fragten sie zurück, wuchsen über ihm zusammen, ein Dach, ein Zelt, und er überließ sich ihnen, ihren Händen, die sich vervielfachten und verselbständigten, die ihm Kinderbilder aus der Haut rieben, ihn heiß und kalt machten. Am Ende lag er zwischen ihnen, lauschte, wurde taub, wartete auf den Schlaf.

## 18
## *Zwei Friedhöfe*

Ich habe meinen Vater nicht sterben gesehen. Er starb in einem Kriegsgefangenenlager. Wir erfuhren seinen Tod erst 1946, ein Jahr danach. Ich war dreizehn, mit Mutter und jüngerer Schwester in eine Gegend verschlagen, die uns, Fremde und Besitzlose, nicht aufnehmen wollte. Meine Mutter las uns den knappen Bescheid, den sie über das Internationale Rote Kreuz bekommen hatte, vor. Sie weinte nicht, sie hörte an diesem Tag auf zu leben. Ein paar Wochen später nahm sie Schlaftabletten, starb drei Tage lang, ohne daß der alte Arzt, den ich nachts aus dem Bett geklingelt hatte, ihr helfen konnte.

Auf den Straßen, unterwegs zwischen 1944 und 1946, habe ich immer wieder Tote gesehen, Soldaten und Zivilisten, auch Kinder. Waren Erwachsene dabei, verboten sie uns, hinzuschauen, als könnten wir von dem dauerhaften Schweigen der Toten angesteckt werden. Sie blieben mir in Erinnerung wie Geschöpfe, die den besseren Schlaf gefunden hatten. Ich dachte mir, daß auch mein Vater so dalag wie sie, auf einer Wiese, neben einem Weg, unendlich ruhig und schon weit von allem entfernt. Ich weinte erst um ihn, als ich am Grab meiner Mutter stand und um sie weinte.

Ob er, indem ich zwanzig Jahre später nach meinem Vater suchte, seinen Vater sterben sah, weiß ich nicht. Er hat nie darüber gesprochen. Wir haben es überhaupt vermieden, über den Tod zu sprechen, über jene Vergangenheit, die vom Tod beherrscht wurde.

Doch als er starb, redete ich.

Es war das erste Mal, daß ich auf einer Beerdigung gesprochen habe, auf dem jüdischen Friedhof in Frankfurt. Ich redete allein für ihn, doch genaugenommen begann ich damals an Felix zu denken.

Jona rief an, was er so gut wie nie tat, da er seine Postkarten für billiger und für wirksamer hielt. Felix war erstaunt und fragte, was denn passiert sei?

Warte einen Augenblick, bat Jona. Seine Stimme kam wie von fern, als halte er den Hörer von sich weg. Bist du noch da? fragte er dann.

Ja, Jona. Was ist denn?

Er sagte: Dein Vater ist heute nacht gestorben.

Papa? fragte er leise. Er hörte Jona atmen.

Ja, sagte Jona. Er ist tot. Wir bitten dich zu kommen. Die Beerdigung wird schon morgen sein, um elf.

Morgen um elf? versicherte er sich, als ginge es um einen Termin, ein Gespräch mit Klienten, eine Verhandlung.

Komm, du wirst ihn noch sehen wollen.

Ich weiß nicht, sagte er.

Fährst du mit dem Auto? fragte Jona.

Wahrscheinlich. Mit den Zügen kenne ich mich nicht aus.

Casimir könnte dich begleiten.

Ja. Ich will Casimir darum bitten, sagte er.

Er ist einfach eingeschlafen, sagte Jona. Es ging ihm gut in den letzten Wochen. Fahr vorsichtig. Jonas Stimme entfernte sich. Und vergiß Casimir nicht.

Nein, versprach er. Da hatte Jona schon aufgelegt.

Er blieb am Schreibtisch sitzen, obwohl ein verzweifeltes Wesen in ihm umherrannte.

So traf ihn Mirjam an, die beim Gericht gewesen war, um einen Terminbrief abzugeben. Als sie hörte, was geschehen war, kauerte sie sich neben ihn hin, nahm seine Hände und fragte ihn, was zu tun sei, wofür sie zu sorgen habe?

Sie telefonierte mit Casimir, der ohne Zögern zusagte. Er werde spätestens in einer Stunde zur Stelle sein.

Die Aussicht, von Casimir begleitet zu werden, beruhigte ihn. Er bat Mirjam, den Koffer zu packen, den schwarzen Anzug nicht zu vergessen und nicht den Homburg. Wäsche für zwei Tage.

Sie ging ins Schlafzimmer, er hörte, wie sie sich zu schaffen machte, bemühte sich, an Papa zu denken, was ihm nicht gelang, denn alle Sätze, die ihm durch den Kopf schossen, blieben unvollständig.

Mirjam stellte den Koffer an der Tür ab, durchquerte das Zimmer, schaute zum Fenster hinaus auf die Straße. Casimir wird gleich hier sein. Willst du dich nicht doch noch für die Reise frisch machen?

Folgsam ging er ins Badezimmer, stellte sich vor das Waschbecken, sah in den Spiegel, der um seinetwillen tiefer angebracht worden war, sah sich und durch sich hindurch, vergaß, was er hatte tun wollen, stand, ohne sich zu rühren, bis Mirjam rief, Casimir sei vorgefahren, und es schon an der Tür klingelte.

Casimir schloß ihn in die Arme, fragte, ob er reisefertig sei, nahm, obwohl Felix protestierte, den Koffer.

Die Termine verschiebe ich, versprach Mirjam, du mußt dich nicht sorgen.

Sie winkte ihnen aus dem Fenster nach. Casimir hatte noch im Treppenhaus knapp und bestimmt erklärt, sie würden mit seinem Wagen reisen, und er werde, wenigstens auf der Hinfahrt, am Steuer bleiben.

Ich war nicht darauf gefaßt.

Casimir antwortete nicht, wartete, daß er weiterspreche.

Berlin lag hinter ihnen. Die Bäume an der Chaussee nach Cottbus reihten sich fröstelnd aneinander, ohne Laub und bereiteten sich auf den Winter vor.

Ich habe wie ein Kind gelebt, das glaubt, seine Eltern seien unsterblich. Das ist nun vorbei. Mit Papa beginne auch ich zu sterben. Sein Tod hat meine Vorstellung von Zeit, von Dauer mit einem Mal verändert. Ich war dumm, und darum war ich glücklich, Casimir.

Sprich, bat Casimir, sprich dich aus.

Du bist ohne Vater aufgewachsen, Casimir, später auch ohne Mutter. Wahrscheinlich bist du deswegen weniger verletzbar. Es kann sein. Er sah zu Casimir hin, doch der war damit beschäftigt, das Lenkrad zu halten. Das Auto drohte auf der ungepflasterten Straße durchzugehen. Es ist eigentümlich. Wir erleben die Eltern stets alt. Für uns können sie nie Kinder gewesen sein. Doch sobald wir, die Kinder, erwachsen sind, altern sie nicht weiter. Das Bild, das wir uns von ihnen machen, bleibt stehen.

Er hörte auf zu sprechen. Ich werde zum ersten Mal an einer Beerdigung teilnehmen, dachte er. Ich habe noch nie einen Toten gesehen. Und er fragte sich, weshalb er keinen Schmerz spüre und seine Trauer nur aus Gedanken bestehe.

Einmal, erinnerte sich Felix, hatte Papa ihn nach Görlitz mitgenommen. Er durfte zum ersten Mal mit der Eisenbahn fahren und war dann sehr enttäuscht, als eine Schulklasse das Abteil, in dem sie Platz genommen hatten, stürmte. Er war also gar nicht bevorzugt. Es gab außer ihm viele Kinder, die mit dem Zug fuhren. Das verdroß ihn so sehr, daß er nicht mehr aus dem Fenster schauen wollte. Papa hatte den Grund seiner Verstimmung anscheinend erraten. Er deutete, nachdem sie den Bahnhof von Hirschberg verlassen hatten, aus dem Fenster: Siehst du, Felix, die Schneekoppe? Wir haben Glück, daß sie sich nicht hinter Wolken versteckt. Dann setzte er, sich zu ihm beugend, hinzu: Was glaubst du, wann ich diesen Berg zum ersten Mal gesehen habe? Nun? Mit neunundzwanzig Jahren. Und womöglich, sage ich mir jetzt, war ich da überhaupt erst fähig, die Schönheit dieser Landschaft aufzunehmen.

Er verstand damals nicht ganz, was Vater meinte, begriff jedoch, daß er ihn trösten wollte.

Casimirs Fluchen riß ihn aus den Gedanken. Der Motor stotterte, setzte aus, das Auto rollte an den Straßenrand.

Bleib sitzen, Felix, reg dich nicht auf. Die Mühle hat manchmal ihre Mucken.

Casimir stieg aus, öffnete die Kühlerhaube und verschwand für eine Weile darunter. Dann holte er die Kurbel, setzte sie an, warf sie wütend mehrfach herum, ohne Erfolg.

So muß es sein, dachte er. Casimir wird noch ein paar Mal das Auto beschimpfen, sich mit den öligen Fingern schwarze Linien übers Gesicht ziehen, mich beruhigen und sich dann aufmachen, um Hilfe zu holen. Es muß so sein, dachte er, daß ich aufgehalten werde, damit mir diese Veränderung bewußt wird. Aber wenn ich zur Beerdigung zu spät käme, nähme Mama es mir übel, dachte er.

Casimir knallte die Kühlerhaube zu. Es sei nicht weit bis Lorenzdorf. In spätestens einer Stunde sei er wieder zurück und hoffe, nicht allein.

Ich passe inzwischen auf das Auto auf, sagte er.

Es tut mir leid, sagte Casimir.

Sie redeten wie auf einer Bühne, auswendig gelernte Sätze, die sie gar nicht dachten.

Du hast Öl im Gesicht, Casimir.

Das kann ich mir denken. Er machte keine Anstalten, es sich abzuwischen, warf noch einen zornigen Blick auf den Wagen, zog den Hut, ging mit ausholenden Schritten los, lehnte sich in seiner ganzen Länge gegen den Wind.

Für einen Augenblick verspürte er den Wunsch, Casimir nachzulaufen. Er stieg aus, knöpfte den Mantel zu, begann auf und ab zu wandern, nahm plötzlich die Umgebung wahr, eine sich in flachen Wellen aufrollende Ebene, in der Waldstücke an idyllischere Gegenden erinnerten. Vom Horizont her, unter einem gelben Streifen, den die Sonne hinterließ, schob sich die Nacht, eine dicke, Dunst mitschleifende, schwarze Decke, und er beobachtete, alles vergessend, wie sie allmählich, immer schwerer werdend, näher kam. Bald würde sie ihn erreichen.

Er dachte, nie hat mir Papa Märchen erzählt, und Elena, wenn sie mich zu Bett brachte, hat nur in meinen Büchern geblättert und mich ausgefragt.

Casimir machte sich schon von weitem bemerkbar. Er saß neben einem Bauern auf dem Bock eines von zwei Pferden gezogenen Karrens, winkte mit dem Hut.

Das letzte Wegstück ließ der Bauer die Pferde galoppieren.

Casimir sprang ab und begann sofort zu erzählen: Natürlich würden sie später als geplant in Breslau ankommen, aber auf keinen Fall zu spät. Der hilfsbereite Mann – er wies, den Hut in der Hand, auf den Bauern – werde den Wagen abspannen, da er ihn ohnedies morgen hier benötigt und das Auto mit den Pferden ins Dorf schleppen. Der Schmied kenne sich mit Automobilen aus, der Defekt sei sicher rasch zu beheben.

Weiter kam er nicht. Der Bauer forderte ihn auf, die Gurte so fest wie möglich am Auto anzubringen, womit er von Casimir zuviel verlangte. Lang und dürr, sich ständig bückend und wieder aufrichtend, sprang er vor dem Kühler hin und her, ratlos, bis der Bauer mit wenigen Handgriffen den Wagen angespannt hatte.

Felix, befand Casimir, solle im Auto sitzenbleiben und steuern.

Holpernd rollte der Wagen hinter den Pferden her, und für Felix verband sich nun, wie in einem Kindertraum, beides: Pferdekutsche und Auto.

Es war dunkel geworden. Um auf den Transport aufmerksam zu machen, schwenkte der Bauer eine Laterne.

Nachdem der Schmied den Motor begutachtet hatte, schlug er ihnen vor, zu Abend zu essen. Danach könnten sie weiterfahren. Er schien sich seiner Fähigkeiten sicher zu sein, die Casimir während des Essens ausgiebig bezweifelte. Als sie aber zur Schmiede zurückkehrten, lief der Motor, und der Schmied rieb sich zufrieden die eingeschwärzten Hände.

Ohne weitere Unterbrechungen erreichten sie Breslau um zwei Uhr morgens. Es regnete. Die Straßen waren dunkel. Nur wenige Lichter brannten hinter den Fenstern, und Felix war versucht, sich mit Casimir über die Bilder zu unterhalten, die die leuchtenden Flecken in ihm auslösten. Daß einer sich lesend vergessen habe. Daß jemand bei einem Kranken wache. Daß einer seine heimliche Geliebte verlasse. Daß ein Mädchen auf ihren Freund warte und das Licht wie einen Ruf in die Nacht ausschicke. Daß sie Laura heiße oder Irene. Aber er sagte nichts.

Es war ihm so, als kenne er die Stadt, durch die sie fuhren, nicht, als sei sie ihm, Straße für Straße, Haus für Haus, entfallen. Erst als sie die Weißgerbergasse erreichten, fand er sich wieder zurecht. Auch hier brannte hinter einem Fenster Licht.

Wahrscheinlich ist Elena aufgeblieben.

Casimir verabschiedete sich. Er hatte sich bei seinem Onkel angesagt. Bis morgen.

Er mußte nicht klingeln. Elena öffnete ihm. Sie hatte das Auto gehört. Im Dunkeln preßte sie seinen Kopf an ihre Brust. Sie stieg die Treppe voran, flüsterte, und auch die Mutter, die ihn im Wohnzimmer empfing, flüsterte, als könnten laute Worte den Vater stören.

Elena eilte in die Küche, während Mama das Teegeschirr aus der Vitrine holte, den Tisch deckte. Es sei alles vorbereitet, gewiß kein Umstand, die Fahrt habe ihn sicher angestrengt. Sie warf ihm nicht vor, daß er so spät komme.

Er saß, Tee trinkend, zwischen den beiden Frauen, die nach seinen Händen griffen, überwältigt von einer Erinnerung, die sie mit ihm nicht teilen konnten.

Er schlafe in seinem Zimmer, erklärte Elena, solle sich nicht daran stören, daß neben dem Kleiderschrank Stoffballen gestapelt lägen. Es seien die besten Stücke aus dem Laden. Sein Vater habe nach der Übergabe des Geschäfts darauf nicht verzichten wollen.

Elena begleitete ihn aufs Zimmer, schlug das Plumeau auf, ließ ihn, nachdem sie ihn auf die Stirn geküßt hatte, allein. Er löschte das Licht, zog sich im Dunkeln aus. Die Stoffe rochen so, wie er es erinnert hatte.

Jonas Stimme weckte ihn. Er redete ohne Punkt und Komma, gab Anweisungen, fragte, antwortete sich selbst. Für den Empfang nach der Beerdigung sei gesorgt, natürlich, man treffe sich in einem Salon des Café Zentral. Mit dem Rabbiner habe er noch einmal gesprochen. Er sei ein wenig störrisch. Vor der Zeremonie möchte er sich mit Felix unterhalten. Felix hörte zu, vergaß gleich wieder, was Jona gesagt hatte, ließ sich Zeit. Als er sich im dunklen Anzug, den Homburg in der Hand, im Spiegel gegenübertrat, sagte er sich: Ich werde mir zusehen. Ich werde an diesen Tag denken, als sei er mir von einem Unbeteiligten erzählt worden.

Die beiden Frauen saßen am Küchentisch, schwarz gekleidet, die Schleier auf dem Haar, und Jona, in einem vorm Bauch spannenden Frack, umkreiste sie gestikulierend. Als er Felix bemerkte, schaute er ihn wortlos an, legte die linke Hand auf die Brust, und diese hilflose Geste rührte Felix, obwohl er sich gegen jedes Gefühl gewappnet glaubte.

Sie hätten mit dem Frühstück auf ihn gewartet.

Mama schob ihm einen Stuhl zurecht. Er lehnte ab. Ihm reiche ein Schluck Kaffee.

Zu mehr ließ ihm Jona auch keine Zeit. Sie dürften den Rabbiner nicht warten lassen.

Hier bist du oft vorbeigekommen, auf dem Weg zu mir, sagte Jona.

Felix blickte nicht auf, nickte nur: Ja.

Wir hätten doch eine Droschke rufen sollen, meinte Jona nach einer Weile.

Strengt dich das Laufen an?

Ein wenig, erwiderte Jona, heute mehr als sonst. Es ist doch ein ganzes Stück zum Friedhof.

Müssen wir uns denn so hetzen?

Der Rabbiner wartet, Felix.

Nach Jonas Schilderung hatte Felix mit einem älteren, aufbrausenden, selbstgerechten Mann gerechnet, und nun empfing ihn in einem karg möblierten Stübchen ein junger Rabbiner, bleich, asketisch, der sich geradezu aufreizend schlaff bewegte. Er bat Felix und Jona, auf der Holzbank Platz zu nehmen, die vorher vermutlich jahrelang im Wartesaal eines Bahnhofs ihren Dienst geleistet hatte und unter Jonas Last knirschte. Der Rabbiner blieb stehen, ging, die Hände in den Taschen vergraben, vor ihnen auf und ab, ohne ihnen auch nur einen Blick zuzuwerfen.

Ich habe, begann er, Ihren Vater leider kaum gekannt. Er hielt sich von uns fern und kam höchstens zum Versöhnungsfest in die Synagoge. Als er dann überhaupt nicht mehr auftauchte, hatte ich angenommen, er habe sich christlich taufen lassen.

Das hat er nicht.

Ja, sagte der Rabbiner. Ich weiß es von unserem Freund Jona.

Und Jona bestätigte demütig: Er weiß es von mir.

Was Felix schmerzte, denn nichts fürchtete er mehr, als Jonas Beistand zu verlieren.

Jona sog hörbar die Luft ein: Guttmann war mir ein Leben lang wie ein Bruder. Ich will nicht behaupten, daß er fromm gewesen sei, aber daß er ein Jude war, hat er nie vergessen.

Wenn das genügen könnte, sagte der Rabbiner. Es genügt mir nicht. Er sagte es, als könne er Frömmigkeit messen, und Felix war drauf und dran aufzuspringen, sich ihm in den Weg zu stellen, ihn zu fragen, woher er sich das Recht nehme, ihm den Vater, den er verloren habe, noch einmal zu stehlen.

Jona kam ihm zuvor. Er erhob sich und brachte den Rabbiner zur Ruhe: Nun, Sie werden ja nicht reden müssen, Rabbi, und sich also auch nichts vergeben, sondern ich habe es auf mich genommen, weil es mir ein Bedürfnis ist, mich von Guttmann zu verabschieden.

Was er tat, nachdem sie auf dem steinernen Hof herumgestanden hatten, schwarze Männer mit schwarzen Hüten, schwarze Frauen mit schwarzen Schleiern, sich begrüßt und zögernd berührt hatten und dann in den schwarz ausgeschlagenen Raum getreten waren, einen Kubus, in dem sie, dachte Felix, wenn sie darin eingeschlossen würden, überleben könnten bis zur Ankunft des Messias. Er saß zwischen Mama und Elena eingezwängt auf einer Bank, wagte sich nicht zu bewegen, starrte auf den Sarg, hörte den klagenden Gesang des Kantors und sah Onkel Jona, der sich über ein Pult beugte, dem

Sarg zunickte, als könne er durchs Holz blicken auf den Freund, den er Bruder genannt hatte und den er anredete wie üblich, wenn er ihn in seinem Geschäft besuchte:

Du hast uns verlassen, Guttmann, deine Familie, deine Freunde. Wir waren nicht vorbereitet. So überwältigt uns der Schmerz. Nimm es uns nicht übel. Du hast ein gutes Leben geführt, bescheiden, mit einem, so will ich es ausdrücken, gedrosselten Glück, und du hast es vermieden, Unrecht zu tun. Fehlen wirst du uns, Guttmann, als ein Gefährte, der einen unterwegs nie im Stich gelassen hat. Wer weiß, welcher Zeit du voraus bist. Gott wird dich aufnehmen.

Dann sprach Jona hebräisch, was Felix nicht verstand, was sich aber wie ein Segen anhörte, wie eine Aufmunterung.

Den Trauernden wurde wenig Zeit gelassen. Vier ältere Männer, sonderbar verwahrlost, in abgetragenen Anzügen und Hüte auf dem Kopf, die Regen schon oft durchgeweicht hatte, schoben eilig den Wagen aus dem Raum hinaus ins Freie, und die Trauergemeinde hatte Mühe, ihnen zu folgen.

Ebenso hastig ließen sie an der ausgehobenen Grube den Sarg an Seilen hinunter. Während Jona einen Schritt nach vorn trat, an den Rand des Grabes, und das Kaddisch, die Totenklage, zu singen begann mit einer Stimme, die ihm nur für diesen Tag gegeben war, schaufelten die Männer unbeirrt Erde auf den Sarg.

Elena nahm Mutter in die Arme. Er stand allein, bis Casimir, den er bislang vergeblich unter den Trauernden gesucht hatte, sich neben ihn schob und seine Hand nahm.

Jona sang. Das Schluchzen der Frauen wurde zur Begleitmusik. Als Jona geendet hatte, blieb er eine Weile regungslos stehen, wendete sich dann um, bat Mutter, Elena und Felix, einen Stein aufs Grab zu legen.

Er hatte keinen. Jona nickte ihm aber zu, griff in die Tasche, drückte ihm einen großen, abgeschliffenen Kiesel in die Hand und sagte: Ich habe ihn im Hof in der Ohlauer Straße aufgelesen. Guttmann wird sich freuen.

Felix kniete vor dem aufgeworfenen Erdhaufen nieder und drückte den Stein auf dessen Rand. Als er sich wieder aufrichtete, wurde es plötzlich warm in seiner Kehle.

Casimir fuhr Elena, Mutter und ihn zum Café, in dem der Empfang stattfinden sollte. Unterwegs legte er, um sie zu trösten, den Arm um Mutters Schulter und erschrak: Noch nie hatte er sie so vertrauensvoll und selbstverständlich angefaßt. Sie ließ es zu, mehr noch, sie drückte sich an ihn, und er spürte, daß sie weinte.

Die veränderte Umgebung erleichterte sie. Sie aßen an einer Tafel, aßen, tranken, als hätten sie tagelang gedarbt, redeten, als müßten sie ein ewiges Schweigen brechen.

Elena und ich werden in der Wohnung bleiben, sagte Mutter, er hat gut vorgesorgt.

Und Elena sagte: Als hätte er es geahnt.

Mama fragte, ob er denn wirklich heute schon zurück nach Berlin reisen müsse.

Und Elena sagte: Wir würden dich verwöhnen, Felix.

Ich weiß, antwortete er und sah Papa zwischen den beiden Frauen am Mittagstisch, die Serviette um den Hals und sah, wie Elena und Mama erwartungsvoll beobachten, ob es ihm schmecke, wie er zufrieden nickte und sie ebenfalls zufrieden nickten. Er sagte: Es ist unmöglich. Ich habe Termine auf dem Gericht. Unaufschiebbare.

Gegen Abend verabschiedete er sich. Die Frauen begleiteten ihn und Casimir zum Auto. Sie nahmen ihn vorsichtig in ihre Arme, so, als wollten sie seine Aufbruchstimmung nicht stören.

Schreib, vergiß uns nicht, bat Mutter.

Und wenn du etwas brauchst, laß es uns wissen, sagte Elena.

Allein gelassen und schwarz standen sie nebeneinander und winkten, als das Auto anfuhr.

Ich habe nicht das Begräbnis seines Vaters beschrieben, oder, um ganz genau zu sein, das Begräbnis des Vaters von Felix Guttmann. Ich habe sein Begräbnis beschrieben, das meines Freundes. So sieht er, der Felix wurde, zu, wie er zu Grabe getragen wird.

## 19
## *Jahreswende*

Felix wollte nicht wahrhaben, was er in den Zeitungen las, vergrub sich tagsüber in seine Arbeit, und abends ging er aus, meistens mit Mirjam, die sich zunehmend gegen seine Vergnügungslust sträubte. Manchmal schlossen sich ihnen Casimir und Katja an. Laura war wieder unterwegs.

Sie nahmen begierig mit, was neu, was im Gerede war, sangen sich die Chansons Friedrich Hollaenders vor, begeisterten sich an der Akkuratesse der Tiller-Girls, und Felix gelang es spielend, Peter Lorre zu imitieren.

Tante Betty lud sie ein, bei ihr Silvester zu feiern, wenigstens bis Mitternacht, dann könnten sie ausschwärmen. Es war eine Einladung nach seinem Geschmack.

Den Abend zuvor überredete ihn Mirjam, endlich einmal zu Hause zu bleiben. Sie wolle sich mit ihm aussprechen, er lasse es nicht zu, suche sich nur noch Zerstreuung. Ihr störrischer, verzweifelter Einwurf hielt ihn auf.

Spiel auf dem Klavier, bat sie, während ich das Abendessen vorbereite und den Tisch decke. Ich lasse alle Türen auf, damit ich dir zuhören kann.

Sie hatte sich festlich angezogen, als wollte sie doch ausgehen.

Laß dich nicht bitten.

Er setzte sich an den Flügel, suchte nach einem Thema, das ihr gefallen könnte, improvisierte, bis, wie von selbst, eine Melodie in seinem Gedächtnis laut wurde, die er liebte wie kaum eine andere, deren Traurigkeit ihn jedesmal ergriff. Er spielte das sechste Stück aus Schumanns *Kreisleriana.* Als er geendet hatte, merkte er, daß Mirjam am Türrahmen lehnte.

Spiel es noch einmal, bitte.

Stehst du schon lange da?

Ja.

Soll ich nicht zum Abendessen kommen?

Gleich, wenn du es noch einmal gespielt hast. Er tat es und wiederholte sich dennoch nicht.

Bist du jetzt zufrieden? Mirjam war verschwunden. Er stand auf, ging ins Eßzimmer, wo sie ihn am Tisch erwartete.

Meine bloß nicht, daß ich dir nicht zugehört hätte.

Sie saßen sich eine Weile schweigend gegenüber, aßen, tranken, dann begannen sie zu reden. Er wußte, was sie jetzt sagen würde und wollte sie bitten zu schweigen, doch er legte die Gabel nur neben den Teller. Sie sprach leise, hatte sich auf diesen Augenblick vorbereitet.

Nichts wünsche ich mir mehr, als daß die Zeit mit dir nicht endet, Felix, sagte sie. Du bist ein verrückter Kerl und schaffst es, daß man doppelt lebt, doppelt liebt. Du kannst auch nichts dafür, daß mir jetzt der Sauerstoff ausgeht und ich nur noch mit Mühe atmen kann. Aber es ist so. Ich fürchte mich vor dem, was kommt. Und du fürchtest dich auch. Nur würdest du es nicht zugeben, versuchst dir etwas vorzutäuschen. Das ist ja auch deine Stärke. Was dir nicht paßt, gibt es nicht. Wie oft hast du behauptet, daß Hitler verschwinden werde samt seinen Banditen. Er ist da, Felix, wirklich da, er ist nicht nur ein Spuk. Schau mich an, bitte.

Er sah ihr in die Augen, bemühte sich, seiner Ratlosigkeit Herr zu werden und griff nach ihrer Hand.

Am kommenden Dienstag reise ich nach Amsterdam. Zu meinem Vater. Ich wollte es dir schon früher sagen. Es ist mir bisher nie gelungen. Vielleicht ist es auch besser so. Ich werde dort bleiben, vorerst.

Du kommst nicht zurück?

Nein. Erst einmal nicht.

Und ich?

Du wirst bleiben, wirst dich irgendwann entscheiden müssen.

Du redest, als wärst du schon fort.

Ich bin da. Ich will da sein. Ich liebe dich, Felix. Du hast kaum einen Bissen gegessen.

Komm, sagte er.

Wohin? Ich will jetzt nicht in die Stadt.

Ins Bett.

Sie zogen sich aus und sahen sich dabei zu.

Wie du damals im Tiergarten –, sagte er.

Ich weiß. Aber du bist einer anderen nachgegangen.

Jetzt gleichst du ihr ganz.

Wem? Der anderen?

Nein, der, die mich ansprach und fragte: Haben sie Zeit?

Habe ich das gesagt?

Wenn nicht, sage ich's jetzt.

Ich habe Zeit, Felix, eine Nacht lang.

Sie lagen nebeneinander, schwiegen, warteten, bis Mirjam ihn zart und entschlossen umarmte.

Am nächsten Abend traf sich bei Tante Betty die vertraute Runde: Casimir, dem es gelungen war, Laura wieder einzufangen, Katja, die sich auf Abruf, wie sie trocken betonte, mit Sommerfeld verbündet hatte, Mirjam und Felix, sowie Ebenezer Lofting, ein Amerikaner aus Betty Meyers unerschöpflichem Bekanntenkreis. Lofting arbeitete an der amerikanischen Botschaft, wirkte aber, neugierig und schusselig in einem, eher wie ein vermögender Weltreisender, der für ein paar Tage in Berlin Station gemacht hat. Da Lofting sich nicht sperrte, vielmehr unauffällig an den Gesprächen teilnahm, kam keine Befangenheit auf.

Sie tranken, bedienten sich am Büfett, ließen Tante Betty hochleben, überboten sich in witzigen Anmerkungen über städtische Größen und Ereignisse, vermieden jeden ernsthaften Einwurf. Betty Meyer nutzte den etwas bedrohlichen Übermut aus, indem sie die neueste Errungenschaft ihres Haushalts vorführte, ein Grammophon. Josef Schmidt trumpfte auf: Das ist der schönste Tag in meinem Leben.

Nachdem der Applaus sich gelegt hatte, bat sie darum, das Mobiliar an den Rand zu räumen, den Perser aufzurollen, damit nach den Platten, die sie sich extra für diesen Abend besorgt habe, getanzt werde. Der Umbau sorgte für weiteren Wirbel. Als sich schließlich das blanke Parkett zum Tanz anbot, war Betty Meyer die erste, die ihren Partner wählte, Casimir, der mit ihr betont elegant einen langsamen Walzer begann. Felix wollte Mirjam auffordern, wurde aber von Laura aufgehalten: Wie wär's? Mit Mirjam kannst du immer.

Weißt du, daß sie Berlin verlassen wird?

Ja, ich habe es von Casimir gehört. Wundert es dich?

Ehrlich gestanden, ja. Und es tut mir weh. Ich frage mich, weshalb jetzt?

Ihre Hand schob sich wie zur Antwort in seinen Nacken und leise, als sänge sie mit, sagte sie: Du fragst dich, und das macht mir Angst, denn du wirst dich noch fragen, wenn sich längst keiner mehr fragt.

Mitten im Schritt hielt er an, worauf sie nicht gefaßt war und strauchelte. Was soll das?

Hältst du mich für einen Dummkopf?

Nein, Felix. Sie beugte sich zu ihm hinunter, kniff die Augen zusammen und betonte jedes Wort: Ein Dummkopf bist du nicht, aber ein politischer Ignorant.

Jetzt verstand er ihren Ernst, auch ihre Angst. Sie wußte mehr als er, hatte auf ihren Reisen Erfahrungen gesammelt, ahnte, was geschehen würde.

Verzeih mir, flüsterte Felix kleinlaut und überraschte nun Laura.

Was? Verzeihen? Mit beiden Händen faßte sie seinen Kopf und küßte ihn auf den Mund. Was soll ich dir verzeihen?

Meine Ignoranz, sagte er, den Geschmack ihrer Lippen auf den seinen.

Daß sie sich heftig unterhalten, gestritten, daß sie zu tanzen aufgehört hatten, daß Laura ihn geküßt hatte, war den andern nicht entgangen. Die Platte ging eben zu Ende, und Casimir, in solchen Situationen unschlagbar, war nicht nur zur Stelle, er hatte auch den letzten Wortwechsel mitbekommen. Unter dem Gelächter aller griff er ein.

Wenn das keine Meisterleistung ist! Felix bekennt, ein Ignorant zu sein und bekommt dafür sogar noch einen Kuß.

Misch dich nicht ein. Laß ihn in Ruhe. Laura zog abwehrend die Schultern hoch. So hatte sie Felix in Erinnerung – schön in ihrer Heftigkeit und schon auf dem Sprung. Mit ein paar Schritten durchquerte sie den Raum und warf sich in einen Sessel. Alle sahen ihr zu. Sie drückte eine Zigarette in die lange, schwarze Spitze und zündete sie an, schlug die Beine übereinander.

Felix war für einen Moment ehrlich, sagte sie. Du bist es nicht, Casimir, ich auch nicht.

Lofting, der die Spielregeln nicht kannte, brach das Schweigen, wandte sich Felix zu: Weshalb bezichtigen Sie sich, ein Ignorant zu sein?

Manchmal, vor allem, in Prozessen, konnte es geschehen, daß sich alle Spannung löste, er von seinen vorbereiteten Plädoyers abwich, leichtsinnig und wahr zugleich redete und seine Zuhörer erstaunte. So war es auch jetzt.

Casimir hat mich schonen wollen, begann er. Oder er hat nicht richtig zugehört. Laura nannte mich einen politischen Ignoranten. Dafür bat ich sie um Verzeihung. Verstehen Sie? Ich bin ein Feigling. Ich mische mich ungern ein, bekenne nicht Farbe, wie zum Beispiel meine Freunde hier und vertrete nur mich, einer von zahllosen Berliner Anwälten und ein Jude dazu, in der Provinz groß geworden, und so groß wieder auch nicht, wie Sie sehen, mit einem Herzen, das mehr das Fürchten gelernt hat als das Kämpfen.

Wie er redet! Zum Verrücktwerden. Katja strich mit beiden Händen den Rock glatt, der nicht mehr zu glätten war.

Wieso? Sommerfeld, der in sich versunken gelauscht hatte, lehnte sich zurück. In seinem großen Gesicht verwischte ein Lächeln die Falten. Ich finde, wer von sich behauptet, er sei feige, ist mutiger als die meisten, die sich mit ihrem Mut brüsten. Auf meinen Kollegen Guttmann kann ich mich verlassen, auf die lauthals Tapferen keineswegs. Er weicht politischen Auseinandersetzungen aus, mehr noch, er verdrängt, was geschieht –

Eben, bestätigte Katja, doch Sommerfeld ging nicht auf sie ein.

Da ist er doch keine Ausnahme. Die meisten, wenn sie nicht als Kommunisten oder Sozialisten in einer radikalen Gegnerschaft zu Hitler stehen, unterschätzen ihn, machen sich über den Antisemitismus der Nazis lustig, halten die Schmierereien Streichers für pathologische Auswüchse. Soweit geht Felix nicht. Er beobachtet genau. Doch er läßt sich, im Gegensatz zu uns, in keine Konfrontation ein. Er wartet ab.

Und Mirjam? warf Casimir ein, ohne Sommerfeld, der nun doch eine Verteidigungsrede für Felix hielt, unterbrechen zu können.

Ich erinnere mich, als Felix mich vor zwei Wochen anrief, nachdem er gehört hatte, daß Ossietzky freigelassen worden sei. Er war froh, aber dann brach seine Skepsis durch, die mich erschreckte. Man müsse Ossietzky raten, das Land zu verlassen, wie es schon vor ihm sein Freund Tucholsky getan habe.

Während Sommerfeld die Unterhaltung am Telefon wiedergab, war Katja aufgesprungen, auf Felix zugegangen, vor ihm stehen geblieben: Das hast du gesagt? Du bist mir ein Rätsel, Felix, ich werde aus dir nicht klug. Sie setzte sich auf die Armlehne seines Sessels und legte den Arm um seine Schulter.

Nein?

Felix hatte dem Gespräch bisher so zugehört, als gehe es ihn nicht an. Casimirs schneidende Frage traf ihn, obwohl er darauf gefaßt war, daß Casimir eingreifen würde.

Nein? Ein Rätsel ist mir mein Freund Felix keineswegs, meine Liebe. Weshalb gestehen wir uns nicht ein, daß wir ihn mögen, daß wir ihn brauchen, daß er uns fehlt und daß er dennoch nicht ganz zu uns gehört. Er weiß es selbst. Er ist ein Bourgeois, genießt sein Leben, ist erfolgreich in seinem Beruf, fühlt mit den Armen, aber aus angenehmer Distanz und hofft, da er sich nicht einmischt, ungeschoren davonzukommen. Wer kann mir, denkt er sich, schon etwas anhaben? Und deshalb begreift er Mirjams Entschluß nicht.

Was will Mirjam? Tante Bettys Ahnungslosigkeit erheiterte die Runde. Lachend erklärte Casimir: Sie hat vor, die weiteren Ereignisse aus der Ferne abzuwarten. Sie zieht zu ihrem Vater nach Amsterdam. Ist das denn so schwer zu verstehen?

Und du Felix? Mit dieser Kinderfrage ließ Betty Meyer alle still werden. Lofting zog hörbar an seiner Pfeife. Laura sah in ihr Weinglas.

Er bleibt, mein Kleiner, er wird leiden, sich nach Mirjam sehnen, sie werden sich Briefe schreiben, er wird, wie ich ihn kenne, keine Premiere versäumen und, wenn die Nazis die nächste Wahl wieder gewinnen, immer noch überzeugt sein, daß dies bloß ein übler Scherz der Geschichte ist. Stimmt es, Felix?

Ich finde, du gehst zu weit, sagte Laura.

Und Mirjam fügte hinzu: Vielleicht stimmt alles, was du sagst. Du kennst dich aus hinter den Kulissen. Aber, Casimir, du läßt nur die gelten, die denken wie du. Du kannst dir gar nicht vorstellen, daß es Menschen gibt, die nicht so bestimmt, so entschieden sind, die abwarten, denen es nicht gelingt, die Gründe ihrer Ängste immer gleich zu erklären, die nicht imstande sind, ihre Glücksideen immer gleich zu verallgemeinern. Darum hat Felix Laura um Verzeihung gebeten.

Laura nickte zustimmend: Ja, darum. Ich könnte dir zwar widersprechen, Mirjam, ich will es jetzt nicht.

Ich auch nicht. Casimir sprang auf, ging zu Mirjam, nahm ihre Hand und küßte sie.

Er ist wirklich unschlagbar, dachte Felix.

Ich möchte tanzen. Mirjam ließ sich von Casimir aus dem Sessel helfen. Nicht mit dir, Casimir. Mit Felix.

Tante Betty beeilte sich, froh über das Ende der Auseinandersetzung, eine Platte aufzulegen, einen Foxtrott, und Felix flüsterte nach den ersten Takten – auch die andern tanzten nun – Mirjam ins Ohr: Sag mir, wenn du den Schritt wechselst.

Er ließ sie nicht mehr los, bis Betty Meyer die Musik unterbrach, in die Hände klatschte und feststellte, daß in vier Minuten das alte Jahr vergangen sei.

Sie füllten Champagnergläser, Laura öffnete eines der Fenster, die Kälte brach wie ein Sturzbach ins Zimmer.

Schaut, rief Katja. Die ersten Feuerwerkskörper platzten über den Dächern. Es wurden immer mehr. Am Horizont wuchsen die Feuer. Als ob die Stadt brennt, dachte Felix und erschrak. Die Glocken läuteten. Aus offenen Fenstern und auf den Straßen wurden Rufe laut. Felix küßte Mirjam.

Sie sagte: Was das Jahr auch bringt, mein Lieber, für uns gibt es nur zwei Möglichkeiten. Du kommst nach oder ich kehre zurück.

Dann kamen die andern, umarmten ihn, küßten ihn, wünschten Glück, und Casimir zog ihn vom Fenster; Maseltow, mein Kleiner, sagte er. Und verzeih du auch mir.

Als Lofting, der offenbar noch etwas vorhatte, sich kurz darauf verabschiedete, bat Mirjam Felix, sie nach Hause zu bringen. Sie fühle sich abgespannt. Außerdem müsse sie noch den Umzug vorbereiten. Sommerfeld schloß sich ihnen an.

Er war es auch, der, nachdem sie Mirjam am Bayerischen Platz abgesetzt hatten – Bis morgen, rief sie, warte mit dem Frühstück auf mich – er war es, der plötzlich wieder munter, vorschlug, das angebrochene Jahr noch ein bißchen zu begießen, im *Adlon* vielleicht, wo sich zu dieser Zeit alle Welt träfe, die Halbwelt dazu. Seine Unternehmungslust steckte Felix an.

Er erkannte das Hotel kaum wieder. Die Räume waren dekoriert, sparsam beleuchtet von Lampions, Luftschlangen hingen in einem Labyrinth, in dem sich niemand zurechtfinden wollte. In kleinen oder größeren Gruppen wogten die Feiernden durch Korridore, Salons, Speisesäle, lärmten, so daß die Musik der Kapelle kaum zu hören war.

Sommerfeld und Felix bahnten sich, immer wieder angerempelt von Angetrunkenen, einen Weg zum großen Speisesaal, fanden dort einen freien Tisch, auf dem leere Flaschen, Gläser, abgegessene Teller und von Lippenstift beschmierte Servietten ein trostloses Stilleben bildeten. Sie mußten eine Weile warten, bis ein erschöpfter, mißmutiger Kellner abräumte und Champagner brachte. Sie prosteten einander zu, Felix merkte nun die Wirkung des Alkohols. Fragmente der abendlichen Unterhaltung stießen sich in seinem Gedächtnis, verkürzt, verschärft. Jetzt hätte er antworten können.

Er folgte Sommerfelds Blicken. Nicht nur das Fest begann sich aufzulösen, auch die Gäste. Sie gerieten allesamt aus der Form, erinnerungslos plärrend, Kreaturen nur dieser einen, endlosen Nacht.

Dort drüben sitzt Röhm mit einigen seiner Gesellen.

Um die Gruppe von Männern, auf die ihn Sommerfeld hinwies, blieb ein freier Raum, den jeder mied, eine Art Bannkreis.

Diese Kerle werden die Sieger sein, murmelte Sommerfeld, und führen sich jetzt schon so auf.

Sie erschien wie gerufen, um ihn abzulenken, umzustimmen, stand plötzlich, in einem Cape, das noch die Kälte mitschleifte, ein Barett auf dem blonden Haarschopf, am Tisch, eine Spaziergängerin, die sich nicht lange aufhalten wollte, hob die Kamera vors Auge, ließ sie wieder sinken: Guten Morgen, Herr Sommerfeld, wünschte ein besseres neues Jahr und fragte, ohne verlegen zu werden, auf Felix deutend: Wer ist der?

Doktor Guttmann, ein Kollege.

Ich habe schon von Ihnen gehört, sagte sie.

Wollen sie sich nicht setzen, Olga? Sommerfeld stand auf, zog einen Stuhl an den Tisch, aber sie schüttelte energisch den Kopf: Nein, vielen Dank. Ich möchte so rasch wie möglich das sinkende Schiff verlassen. Ich bin nur vorbeigekommen, weil ich gehört habe, Röhm habe sich hier festgesetzt und lasse sich vollaufen. Das ıst schon ein Bild wert. Meinen Sie nicht?

Rufen Sie mich an, rief Sommerfeld dem Mädchen nach, das schnurstracks den Saal durchquerte, ein paar Schritte vor dem

Tisch Röhms die Kamera hochriß und mit dem Blitzlicht seine Begleitung alarmierte. Einer der Männer sprang auf, lief hinter ihr her; sie nickte ihnen beim Hinausgehen lachend zu.

Sie werden ihr den Film abnehmen, sagte Felix.

Keine Sorge. Sommerfeld rieb sich die Hände. Sie ist geschickt, mit ihren beiden Kameras hat sie schon manchen getäuscht. Selbst der große Salomon hat Respekt vor ihr.

Sie ist mir noch nie über den Weg gelaufen.

Nein? Das ist erstaunlich. Sommerfeld machte Anstalten aufzubrechen, zog die Brieftasche, winkte dem Kellner. Sie sind eingeladen, mein Lieber. Während er zahlte, sprach er weiter: Seit etwa zwei Jahren gehört sie dazu, ein freches Luder, eine ausgezeichnete Fotografin. Bringt ihre Bilder bei der *Berliner Illustrirten* unter, im *Querschnitt.* Sie kommt, soviel ich weiß, aus Lemberg. Merkwürdig, daß man sie nie in Begleitung sieht, immer allein.

Sommerfeld brachte ihn nach Hause. Sie fuhren die Friedrichstraße hinunter, die Leipziger, über den Potsdamer Platz, am Landwehrkanal entlang – lauter vertraute Plätze und Straßen, kaum mehr belebt, und der anbrechende, zögernd sein Licht ausschickende Morgen machte sie fremd und kühlte sie aus.

Mirjam bestand zwei Tage später darauf, daß er sie nicht zum Bahnhof begleite. Solche Abschiede wolle sie sich noch ersparen.

Du wirst kommen, sagte sie. Ich weiß es.

Sie stieg in die Droschke, kurbelte das Fenster herunter, legte die Hand auf den Mund, und er hörte sie dennoch schreien.

# 1933 –1977

Wahl
Du hast die Wahl nur zwischen zwei'n,
Du mußt frère-cochon oder – einsam sein.

*Theodor Fontane*

## 20
## *Vogelfrei*

Vor diesem Einschnitt, diesem Riß in meiner Erzählung habe ich mich gefürchtet. Auf dem Boden rund um meinen Schreibtisch stapeln sich Bücher: *Das Dritte Reich und die Juden. Die jüdische Auswanderung nach 1933. Jüdische Selbsthilfe unter dem Naziregime. Die Situation der KPD nach 1933. Das Ermächtigungsgesetz. Das Eichmann-Protokoll.* – Tage verbrachte ich in Bibliotheken. Was ich las, befiel mich wie Aussatz. Es machte mich krank, manchmal überkam mich die Furcht, kein Wort mehr schreiben zu können. Meine Phantasie, der ich Felix anvertraute, fand keinen Halt. Geplante Verfolgung, vorsätzlicher Mord, Genozid, Verrat und Widerstand abstrahierten sich, verschwanden hinter Zahlenkolonnen. Stets zwangen mich die Berichte, die Dokumente auf das Ganze zu schauen, nie auf den einzelnen. So gab ich erst einmal auf, niedergeschlagen von Kenntnissen, die zu erfinden ich nicht imstande wäre, ohne die ich aber den nicht finden kann, der mich, was mir jetzt klar ist, mit seinen Erfahrungen verschonen wollte.

Ich legte eine Pause ein, versicherte mich, in dem Manuskript zurücklesend, der Figur, die ich von ihm fortgeschrieben hatte. Je genauer ich mich mit Felix erinnerte, um so weniger scheute ich mich, auf die Wirklichkeiten zuzugehen, die ihn überraschten, mit denen er sich beherzt herumschlug. Ich hatte ihn zwar erfunden, aber es erwies sich, daß er mir längst überlegen war. Wie der, auf den er nun zulaufen, mit dem er sich am Schluß wieder vereinigen wird, ebenso: Seine Tagebücher, in denen ich nicht weitergelesen habe, um Felix nicht festzulegen, helfen mir nun. Die Ereignisse, die sich in Daten und Schlagzeilen niederschlugen, werden hier plötzlich faßbar in ganz privaten Antworten. Erregungen, Angst, Selbsterkenntnis, Mut erscheinen nicht in Statistiken oder zeitgeschichtlichen Analysen. Doch hier. Denn sie brauchen ihre Sprache. Die Sprache des Individuums.

In den ersten Monaten nach Hitlers Machtergreifung notierte er ausnahmslos Privates. Begegnungen mit Freunden. Das lästige Ende einer Liebe. Besuche im Theater, in der Oper. Kein Wort darüber, daß ihm die Nazis verboten hatten, den Beruf als Anwalt weiter auszuüben, keine Bemerkung über das Gefühl, bedroht zu sein oder Gedanken an Flucht.

In zwei Heften jedoch trug er gleichzeitig Gedichte, Passagen aus Büchern ein, die ihm Eindruck machten, die er für sich aufbewahren wollte.

1933 sind es fünf Zitate. Aus Theodor Mommsens *Ein Wort über unser Judentum:* »Ohne Zweifel sind die Juden wie einst im römischen Staat ein Element der nationalen Dekomposition...«. Aus Friedrich Hölderlins *Hyperion* den Brief an die Deutschen: »Barbaren von alters her...«. Aus Alfred Kerrs Essay *Jeruschalajim:* »Wenn die Wirtsvölker sich ihrer Tugenden knallig rühmen, gilt gleiches bei Juden als taktlose Frechheit...«. Schließlich zwei in ihrer Stimmung weit auseinanderliegende Gedichte: Richard Beer-Hoffmanns *Schlaflied für Mirjam,* dessen letzte Strophe er mir einmal auswendig aufsagte:

»Schläfst du, Mirjam? – Mirjam mein Kind,
Ufer nur sind wir, und tief in uns rinnt
Blut von Gewesenen – zu Kommenden rollts,
Blut unserer Väter, voll Unruh und Stolz.
In uns sind *Alle.* Wer fühlt sich allein?
Du bist ihr Leben – ihr Leben ist dein – – –
Mirjam, mein Leben, mein Kind – schlaf ein!«

Und der Zweizeiler *Wahl* von Theodor Fontane:

»Du hast die Wahl nur zwischen zwei'n
Du mußt frère-cochon oder – einsam sein.«

Ich las die Zitate in einem, und sie wurden zu einem. Das Bild, das ich mir von ihm machte, änderte sich: Er, der Wert darauf legte, aufgeklärt zu sein, der Frömmigkeit zwar respektierte, aber nicht verstehen mochte, suchte in jenem Jahr, wenn auch nur als Leser, Schutz bei den Frommen und nahm sein Judentum an, als hätte er sich an Jona erinnert. Nur konnte er dies nicht, denn Jona habe ich Felix zugedacht.

Mirjam fehlte ihm. Zwar kam nach wenigen Tagen ihr erster Brief – Du, ich glaube, lange halte ich es hier nicht aus –, den er unverzüglich beantwortete; er schrieb, wie er oft nach Akten suche, wie er Termine durcheinanderbringe, Klienten verwechsle und wie er abends allein im Wohnzimmer sitze, zu unruhig, um lesen oder arbeiten zu können, sich schließlich an den Flügel setze, aber auch zum Klavierspiel keine Lust habe, weil niemand zuhöre.

Er schrieb ihr nicht, daß er manchmal, zwischen zwei Verabredungen mit Mandanten, die Wohnung verließ, durch die Stadt streifte, im Café landete, meistens bei Mampe, daß er, seit ihrem Abschied, bereits zweimal im Theater gewesen war, daß er Casimir und Katja mit seinen Telefonaten auf die Nerven ging, daß er nach einer neuen Bürohilfe suchte und daß ihm der Name eines Mädchens nicht aus dem Kopf ging, das ihm nur einmal, in der Neujahrsnacht, begegnet war und seither, warum auch?, nichts mehr von sich hören ließ.

Sommerfeld wurde zum Hiobsboten. Er wußte die Neuigkeiten, ehe sie in den Zeitungen standen. Stets eröffnete er seine Anrufe mit der Meldung: Haben sie schon gehört?

Haben Sie schon gehört, Guttmann, Schleicher ist mit seinem Kabinett zurückgetreten?

Und wer wird nach ihm kommen?

Das muß Hindenburg entscheiden.

Haben Sie schon gehört, Guttmann, Hindenburg hat Hitler zum Reichskanzler ernannt.

Ich bitte Sie, Sommerfeld, veralbern Sie mich nicht.

Wenn uns einer veralbert, ist es Hindenburg.

Haben Sie schon gehört, Guttmann, Heinrich Mann verläßt heute Deutschland.

Aber wieso?

Was fragen Sie mich?

Entschuldigen Sie, Guttmann, daß ich Sie so spät in der Nacht noch anläute. Haben sie schon gehört, der Reichstag brennt? Ich komme vorbei und hole Sie ab. Das müssen wir sehen.

Felix lief hinunter auf die Straße und mußte nicht lange auf Sommerfeld warten. Er dachte, als Sommerfeld, nachdem er ihm zugenickt, sich den Schal enger um den Hals gezogen hatte, wortlos anfuhr, daß sie genausogut eine nächtliche Vergnügungsfahrt beginnen könnten. Ab und zu überholten sie Lastwagen, auf denen Uniformierte enggedrängt saßen und auf der Viktoriastraße – eben hatten sie die Matthäi-Kirche passiert, die wie ein strenger, schön gegliederter Schattenriß vor einem unruhigen Hintergrund stand – sahen sie das Feuer über der Kuppel, explodierende Flammen, die den Horizont anzündeten. Sommerfeld fuhr langsamer, immer mehr Schaulustige begleiteten sie, liefen neben ihnen her, gestikulierten, riefen. An der Siegesallee wurden sie von Polizisten angehalten. Weiter dürften sie nicht. Sie stiegen aus, liefen ein Stück, den flammenden Himmel vor sich. Das Gedränge der Neugierigen nahm zu. Sie wurden von einem Pulk mitgerissen. Und plötzlich hatten sie den Bau vor sich.

Er glühte von innen her. Die Mauern schienen zusammengeschmolzen zu einem senkrecht stehenden, brüchigen Rost. Die Menge starrte schweigend über den Platz. Sommerfeld hakte sich bei Felix unter, und als eine der in den Flammen dunklen Streben knickte, zusammenbrach, das Getöse bis zu ihnen drang, sagte er laut genug, daß es auch die Umstehenden hörten: Da geht die Republik in Feuer, Schutt und Asche unter.

Manche nickten, andere traten einen Schritt zur Seite. Diese schlichte Feststellung schied die Parteien.

Wer weiß, was noch in Flammen aufgehen wird, meinte Sommerfeld auf der Rückfahrt, auf jeden Fall dürfen wir uns jetzt nicht aus den Augen verlieren, wir Juden müssen jetzt zusammenhalten. Sie haben keine Wahl mehr, Guttmann, machen Sie bei uns mit. In der kommenden Woche hole ich Sie ab, wir fahren in die Lausitz, sehen uns dort ein Lager an, in dem junge Leute auf die Auswanderung nach Palästina vorbereitet werden.

Felix stimmte zu, obwohl er nichts so sehr wünschte, als unbehelligt zu bleiben.

Der Anblick des brennenden Reichstags hatte ihn nicht aufgebracht wie Sommerfeld, nur entmutigt. Er fühlte sich, als hätten die Flammen ihn in Mitleidenschaft gezogen.

Beim Abschied erinnerte ihn Sommerfeld noch einmal an die Verabredung.

Selbstverständlich, versicherte er, doch nichts war mehr selbstverständlich.

Die beiden nächsten Tage blieb er im Bett, ging nicht einmal ans Telefon. Er sträubte sich gegen die ungefähre Angst, die ihn aushöhlte. Sommerfeld ließ nichts von sich hören, was ihn schließlich bewog, ihn anzurufen. Der Herr Doktor, erklärte die Sekretärin, sei unterwegs, werde auch noch ein paar Tage weg sein.

Er lebte auf einer Insel. Die Verbindungen waren abgeschnitten. Katja war in der Redaktion nicht zu erreichen, Casimir wagte er nicht anzurufen. Bloß Jona meldete sich, wie üblich auf Karten zu Wort, die er allerdings zum ersten Mal in einen Umschlag gesteckt hatte, um, wie er schrieb, dumme Mitleser auszuschließen.

Es geht uns allen gut, Deiner Mutter, Elena und mir. Wir sehen uns täglich, reden häufig von Dir, was Du Dir denken kannst, weniger über unseren Reichskanzler, den sich keiner von uns als Schabbesgoj wählen würde. Über mangelnde Arbeit kann ich nicht klagen, wenn sich auch einige meiner alten Kunden neuerdings auf arische Anzüge kaprizieren. Meine beiden Gesellen haben mich verlassen und Rosi, das treue Bügelkind, versieht häufiger als nötig Hosen mit doppelten Falten. Es fällt eben auch ihr schwer, stets bei der Sache zu sein. Ich bitte Dich, laß bald von Dir hören.

Er antwortete prompt, verschwieg, was ihn beschäftigte, gab Auskünfte über ein Leben, das er geführt hatte und nicht mehr führte.

Am 5. April 1933 – er vergaß das Datum nie, da alles, was er an diesem Tag und in der Zeit danach erlebte, ihn im Grunde endgültig hätte auslöschen können und genau das Gegenteil bewirkte: Er richtete sich auf, handelte, verließ seine Insel –, an diesem Tag meldete sich endlich Sommerfeld, jedoch nicht, um ihn zu der versprochenen Fahrt einzuladen, vielmehr erkundigte er sich umständlich, wie sich Felix die Zeit vertrieben, wen er von den Freunden gesehen habe und sprach so leise, daß Felix ihn mehrmals bitten mußte, deutlicher zu reden. Niemanden habe er getroffen, keinen Menschen. Dann, nachdem es eine Weile im Hörer bloß gerauscht hatte, und Felix annahm, Sommerfeld habe aufgelegt, vernahm er die vertraute Formel: Haben Sie schon gehört, Guttmann? Wir sind von Stunde an keine Anwälte mehr. Durch Gesetz.

Durch welches Gesetz?

Ein brandneues. Jüdischen Anwälten wird die Zulassung entzogen.

Allen? Entschuldigen Sie, das ist eine törichte Frage.

Überhaupt nicht, mein Lieber, Sie fragen zurecht. Wären Sie oder wenigstens Ihr Vater Frontkämpfer, wie es heißt, dann wären Sie ebenso ausgenommen wie jene, die schon vor dem 1. August 1914 ihre Zulassung bekamen.

Das trifft nicht auf mich zu.

Auf mich auch nicht.

Aber –

Kein Aber, Guttmann. Das ist nicht mehr erlaubt.

Was werden Sie tun? Ich komme bei Ihnen vorbei. Nun haben wir ja Zeit, Herr Kollege.

Ich kann es einfach nicht glauben.

Auf bald, Guttmann, regen sie sich nicht nutzlos auf.

Kaum hatte er den Hörer aufgelegt, begann er im Büro, in der Wohnung ziellos umherzulaufen, rauchte eine Zigarette an, drückte sie wieder aus, fischte eine Akte aus dem Regal, legte sie, ohne sie aufzuschlagen, auf den Diwan, nahm ein Glas aus dem Küchenschrank, ließ es, ohne sich etwas einzugießen, auf dem Flügel stehen, sah sich zu, spürte, daß die Fragen, die ihm durch den Kopf gingen, ihn vor sich herstießen: Wie soll ich leben? Wovon? Mein Gott, wie soll ich es Mama beibringen? Was soll mit dem Büro geschehen, der Wohnung? Ich werde sie nicht halten können. Wohin soll ich ziehen? Wieder zu Tante Betty? Soll ich auswandern? Wohin und was fang ich dort an? Aber vielleicht wird Hitler bald gestürzt? Wie lang wird mir mein Geld reichen? Kann es sein, daß die Bank jüdisches Vermögen einziehen wird? An wen soll ich mich wenden? Was ist mit Casimir geschehen, mit Laura? Wo hält sich Katja versteckt, nachdem sie Ossietzky wieder verhaftet haben?

Allmählich beruhigte er sich, und der Gedanke, ob er das Schild am Hauseingang sofort abschrauben müsse, erheiterte ihn. Er verließ die Wohnung, trat aus dem Haus, und als ein SA-Mann in Uniform ihm entgegenkam, mußte er sich zwingen, weiterzugehen, doch der beachtete ihn nicht. Offenbar hatte es Hitler nicht geschafft, sein Volk mit der Gabe auszustatten, die Juden auf den ersten Blick auszumachen.

Er hatte Lust, ins *Adlon* zu fahren, dort zu Abend zu essen, beschied sich jedoch mit *Mampe,* wo der Kellner so freundlich für ihn sorgte wie immer.

In der Nacht weckte ihn das Telefon. Es war Casimir.

Er sprach leise und fragte zuerst, ob er allein sei.

Du weißt doch, erwiderte er, Mirjam ist fort.

Kannst du mich für die Nacht aufnehmen.

Das ist doch selbstverständlich.

Casimir lachte, es hörte sich eher wie ein Röcheln an. Du bist ein Traumtänzer. Drei Genossen habe ich inzwischen angerufen, bei zweien war die Gestapo, wie bei mir, und der dritte konnte vor Angst nur noch stottern.

Du kannst nicht mehr in deine Wohnung?

Nein.

Wirst du verfolgt?

Nein.

Wirklich nicht?

Casimir wurde ungeduldig. Du kannst mir glauben, darin habe ich Übung.

Komm, sagte er. Aber das war der andere in ihm, der den Freund zu sich, in vorläufige Sicherheit rief, der kindliche, der weniger kleinmütige, der nicht abwog, sondern handelte. Komm.

Danke, sagte Casimir. In einer Viertelstunde bin ich bei dir. Sei bitte an der Haustür und schließ mir auf.

Er blieb im Dunkeln neben dem Telefon sitzen, rekapitulierte das Gespräch, begriff, daß dies nur der Anfang war, daß er von nun an ungezählte solcher Gespräche führen werde, mit Verfolgten und mit Flüchtenden.

Er machte Licht, zog sich den Morgenmantel über, sah auf die Uhr. Es war kurz vor vier. Wo hatte sich Casimir aufgehalten? Waren die Nazis ihm auf der Spur, ihm und anderen seiner Genossen? Und hatten sie sich, flüchtend, getrennt?

Er ging ins Speisezimmer, blickte auf die Straße. Nicht ein Mensch war unterwegs. Oder doch? Für einen Moment meinte er Schatten zu erkennen, flach an den Hauswänden, die ungreifbaren Hinterlassenschaften Fliehender. Um wach zu werden, seine gereizten Nerven zu beruhigen, drückte er die Stirn gegen die Fensterscheibe und schloß die Augen. Als er sie wieder öffnete, waren die Schatten verschwunden.

Es war Zeit. Leise drückte er die Wohnungstür hinter sich zu und ging im dunklen Treppenhaus hinunter. An die Tür gelehnt, durch die Scheibe spähend, wartete er nur wenige Minuten, dann hörte er Schritte, und jemand schabte am Holz. Vorsichtig drehte er den Schlüssel im Schloß. Casimir zwängte sich durch den Spalt, strich ihm mit der Hand über die Wange und lief ihm voraus. Im Flur, im Licht erwartete er ihn, wirkte völlig entspannt, als käme er von einem Bummel. In seinem dunklen Zweireiher, den Wettermantel noch über dem Arm, sah er so elegant aus wie immer. Keine Spur von Schrecken oder Verfolgung.

Da bin ich. Warum staunst du mich so an, Felix?

Felix schüttelte, um eine Erklärung verlegen, den Kopf, zog Casimir den Mantel vom Arm, hängte ihn an die Garderobe, dann jedoch hielt er Casimirs tatsächliche oder gespielte Ruhe nicht mehr aus, umarmte ihn, schlug immer wieder mit der Stirn gegen seine Brust. Mit dieser kindlichen Vertraulichkeit erlöste er den Freund. Er mußte sich nicht mehr zusammenneh-men. Eine Art Schüttelfrost ergriff ihn so unvermittelt und so heftig, daß Felix fürchtete, er könnte Casimir nicht halten. Er schlang die Arme noch fester um ihn, fing an, auf ihn einzure-den: Sei ruhig. Hier bist du in Sicherheit. Niemand weiß, wo du dich aufhältst. Was bin ich schon für die? Bloß ein Jud, auf alle Fälle kein Kommunist. Ich brauch dich, du, und andere brauchen dich noch mehr. Mach bloß keinen Unsinn.

Es war ihm gleich, was er gegen diesen schüttelnden Leib sprach, wenn es nur half.

Du bist schlauer als die. Dich kriegen sie nicht, nie werden sie dich kriegen, sagte er, und du kannst hierbleiben, solang du willst, solang ich dir nicht auf die Nerven gehe.

Sein Geschwätz wirkte. Casimir atmete tief durch, und Felix ließ ihn los. Sie gingen ins Wohnzimmer.

Hast du Hunger? fragte er. Casimir wehrte, schon wieder lächelnd, ab: Ich habe ausgezeichnet mit Freunden diniert. Du wirst es nicht glauben, bei *Horcher.* Dort hat mich auch der Anruf erreicht. Polizei in Zivil habe meine Wohnung aufschlie-ßen lassen und sie durchsucht. Ich stehe auf der schwarzen Liste, sagte er.

Sie saßen sich am Tisch gegenüber, unterhielten sich, und Felix, der das knochige, noch immer jungenhafte Gesicht seines Freundes betrachtete, empfand die Ruhe wie eine Zumutung. Es hielt ihn nicht auf dem Stuhl. Kann ich dir Wein anbieten?

Wenn schon, etwas Härteres.

In der Küche fand er eine angebrochene Flasche Gin, die ihn an Mirjam erinnerte. Sie hatte mit dem Schnaps, den er nicht mochte, fabelhafte Getränke zu mixen verstanden. Dich muß man nur beschummeln, hatte sie einmal gesagt, dann kommst du auf den Geschmack.

Casimir ließ sich zweimal nachschenken. Das tut gut, stellte er fest und tupfte sich mit dem Zeigefinger die Lippen.

Was hast du vor? Felix stimmte sich auf eine Tonlage ein, die dem grauwerdenden Morgen vorm Fenster entsprach – beinahe gleichmütig und leicht von Müdigkeit. Willst du ins Ausland?

Das auf alle Fälle. Wahrscheinlich nach Paris. Dort werde ich von Geschäftsfreunden erwartet. Es ginge ja auch alles gut, wäre ich mit meiner Partei im reinen. Da stimmt im Moment nichts mehr, mein Kleiner. Sie haben allzu rasch aufgegeben und uns im Reich die Kompetenzen entzogen. Dagegen habe ich gemeutert, und das nahmen sie mir übel. Ich störe ihre Strategie. Ich bin mir nicht sicher. Ich brauche Zeit, um mir darüber klar zu werden. Die habe ich nicht.

Und Laura?

Casimir hob den Kopf, neigte ihn ein wenig, als lausche er einer sehr entfernten Stimme, sagte nach einer Weile leise: Die haben sie erwischt. Vor drei Tagen. Zusammen mit einem anderen Genossen.

Er stand auf, lief um den Tisch und blieb hinter Felix stehen, strich mit der Hand über seine Schulter. Ich wollte, ich wäre an ihrer Stelle. Irgendein Schwein muß sie verraten haben. Sie war viel zu durchtrieben, den Nazis so leicht in die Falle zu gehen. In Bodenbach, an der Grenze, wurde sie aus dem Zug geholt.

Vielleicht kann Sommerfeld ihr helfen.

Der bestimmt nicht, ein Jude wie wir. Aber es gibt andere.

Du mußt todmüde sein. Willst du dich nicht schlafen legen?

Doch.

Mein Bett ist groß genug für uns beide. Oder soll ich dir die Couch im Büro überziehen?

Mach dir bloß keine Umstände, Felix.

Sie lagen nebeneinander auf dem Rücken. Er lauschte auf Casimirs Atem, hoffte, daß der Freund noch eine Zeitlang redete, gegen den Schlaf, gegen die Gedanken, die durch seinen Kopf jagten. Casimir tat es. Er nahm ihn sogar in Beschlag: Schläfst du, Felix?

Nein.

Ich muß dich um einen Gefallen bitten. Nein, es ist mehr als ein Gefallen. Du mußt mir sagen, ob du dazu bereit bist. Da ich angenommen habe, daß ich bald gesucht werde und meine Wohnung beobachtet wird, habe ich bei Bekannten in Dahlem meinen Koffer deponiert. Für alle Fälle. Es sind keine Genossen. Sie kennen mich nur als Bankmenschen. Als ich den Koffer zu ihnen brachte, hielten sie meine Vorsorge für eine Marotte. Immerhin, sie haben sich bereiterklärt, das Gepäckstück nur dem zu überlassen, der sich durch ein Kennwort ausweist. Auch du wirst mich für meschugge halten, wenn ich dir das Kennwort nenne. Mir fiel nichts Treffenderes ein.

Wie heißt es?

Felix. Casimir wartete ab.

Das Wort, sein Name, wurde groß, lastete auf ihm, schien ihn an alle Welt zu verraten und gegen den Zorn, der in ihm aufstieg, sagte er: Du bist wirklich verrückt, Casimir.

Ich bestreite es ja nicht. Fährst du gleich heute vormittag hin? Wahrscheinlich wird dich die Dame des Hauses, Frau Eberhard, empfangen. Die Adresse ist Im Dol 24. Aber ich habe dich überhaupt noch nicht gefragt, ob du –

Ich tu's, Casimir.

Danke. Es bleibt nur nicht viel Zeit. Gute Nacht, mein Kleiner, guten Morgen.

Casimir grüßte nicht ohne Grund den Morgen. Es war hell geworden im Zimmer. Die zugezogenen Gardinen schafften es nicht, den Tag aufzuhalten.

Casimir atmete nun ruhig und gleichmäßig. Felix lag noch eine Weile mit offenen Augen, sah sich zu, wie er mit einer

Dame verhandelte, die auf einem riesigen Koffer saß und, da sie keine Anstalten machte, ihn herauszurücken, das Losungswort wohl nicht glaubte.

Gegen zehn Uhr wachte er auf. Casimir schlief noch. Um ihn nicht zu stören, zog er sich auf dem Gang an. Er wollte die Angelegenheit so rasch wie möglich erledigen. In der Küche trank er ein Glas Wasser. Eberhard, Im Dol 24, sagte er vor sich hin.

Draußen war es fast sommerlich warm, klar. Er blieb, ehe er startete, eine Zeitlang hinterm Steuer sitzen, sah in lächelnde, erwartungsvolle Gesichter, und alles, was sich in der Nacht ereignet hatte, kam ihm wie ausgedacht vor. Niemand wurde in dieser Stadt verfolgt, bespitzelt, verhaftet und verhört.

In Dahlem suchte er erst vergeblich nach der Straße, fragte schließlich einen alten Mann, der ihm den Weg wies, ohne, wie er argwöhnte, Verdacht zu schöpfen. Das Haus, eine Villa, lag geschützt hinter einer Gruppe hochgewachsener Birken.

Er stieg aus dem Auto. Jeden Schritt wußte er im voraus; er sprach schon, als er noch schwieg. Die Kiesel auf dem Weg knirschten viel zu laut und verrieten ihn. Im Haus begann ein Hund zu kläffen. Warum, fragte er sich, habe ich mich darauf eingelassen? Das große Haus schob sich mit seinem Portikus auf ihn zu.

Er schellte, erschrak, denn die Klingel läutete sicher sonst nie so alarmierend. Ein Hausmädchen wie aus dem Bilderbuch der feinen Welt öffnete ihm, das blütenweiße Schürzchen über dem kurzen schwarzen Kleid. Ich möchte Frau Eberhard sprechen, sagte er.

Sind Sie angemeldet?

Nein, antwortete er, das nicht, aber Frau Eberhard weiß Bescheid. Doktor Guttmann.

Obwohl sie ihn mißtrauisch musterte, ließ sie ihn ein, bat ihn, im Flur zu warten und verschwand. Er sah sich nicht um, schrumpfte und wuchs wieder.

Bitte. Das Mädchen war aus einer anderen Tür getreten: Bitte, die gnädige Frau erwartet Sie im Salon.

Wie es sich gehört, dachte er, aber sie hätte mich auch in der Bibliothek empfangen können. Er folgte dem Mädchen in eine Art Wintergarten, einen halbrunden Raum, der sich durch ein Band von Fenstern zum Garten hin öffnete. Die Tür schloß sich hinter ihm, eine Dame im seidenen Morgenmantel kam ihm ein paar Schritte entgegen, unsicher, dabei ein geübtes Lächeln auf dem Gesicht.

Ich kenne Sie gar nicht.

Nein, das können Sie auch nicht.

Sie hielt ihm die Hand so hin, daß er sich verbeugen mußte, um sie zu küssen. Dann bat sie ihn, Platz zu nehmen.

Er lehnte ab. Danke, gnädige Frau, ich habe es eilig. Ein Freund schickt mich. Sie kennen ihn. Er bittet Sie, mir seinen Koffer mitzugeben. Und dazu habe ich ein Kennwort zu sagen: Felix.

Felix, wiederholte sie, und es erstaunte ihn, wie sein Name zum Etikett wurde, zu einer Buchstabenfolge, die etwas anderes meinte als ihn.

Die Dame rief nach dem Mädchen, das sogleich zur Stelle war.

Der Koffer in der Garderobe, Sie wissen schon – er wird von diesem Herrn abgeholt. Der Satz baute sich wie ein Zaun auf, hinter dem sie sich verschanzte. Er verbeugte sich, wollte zur Tür, als sie leise sagte: Grüßen Sie bitte Herrn Liebstock und wünschen Sie ihm alles Gute von mir. Von uns.

Ich werde es ihm ausrichten.

Das Mädchen überreichte ihm den Koffer, der viel kleiner und leichter war, als er angenommen hatte.

Lautlos schloß sich die Haustür hinter ihm. Die Vögel schrien aufgeregt in den Bäumen, aber der Kies knirschte jetzt ganz gewöhnlich unter den Sohlen.

Zuhause erwartete ihn Casimir, zum Aufbruch bereit. Er habe bereits gefrühstückt und sich auch erkundigt, wann der nächste Zug nach Frankfurt gehe. Dort sei er verabredet. Danach wolle er, wenn ihn nichts aufhalte, weiter nach Paris. Keinen Abschied, bat er. Daran müssen wir uns gewöhnen, daß einer die Wohnung verläßt und lange wegbleibt und daß man sich anderswo wiedertrifft.

Er schob die Brille auf der Nase hoch, fragte: Hängt mein Mantel in der Garderobe?, beugte sich zu Felix nieder, nahm ihm den Koffer aus der Hand und war schon zur Tür hinaus.

Felix setzte sich an den Küchentisch, kaute an einem Brötchen, schluckte, spürte, wie der Schlund eng wurde, und da ihm niemand zusah, begann er ungehemmt zu schluchzen.

In den folgenden Tagen traf er sich oft mit Sommerfeld, dem er von Casimirs Besuch erzählte und der ihm riet, sich nach einer bescheideneren Bleibe umzusehen, wobei er allerdings damit rechnen müsse, daß manche Vermieter nicht mehr mit Juden abschlössen.

Er besuchte Tante Betty, die seit kurzem halbtags in der jüdischen Gemeinde beschäftigt war und fest damit rechnete, daß Hitler bald abgewirtschaftet habe.

Regelmäßig ging er ins Kino, und abends aß er wie immer bei *Mampe*. Er gewöhnte sich daran, Selbstgespräche zu führen. Manchmal begegnete er ehemaligen Klienten. Die einen steuerten erfreut auf ihn zu, beteuerten, wie sehr ihnen sein Rat fehle, beklagten die gegenwärtigen Zustände; die andern übersahen ihn, grüßten nicht.

Es konnte geschehen, daß ihn Fremde anriefen, die über Freunde Bescheid wußten und Grüße ausrichteten. So erfuhr er, daß Katja sich in Prag aufhalte, Casimir in Saarbrücken.

Es war ein Sommer, der sie mit seinem sanften und ausdauernden Licht alle betrog.

Er plante für einige Tage nach Breslau zu fahren, unterließ es jedoch, da Jona ihm auf einer seiner couvertierten Karten beteuerte, es gehe alles seinen gewohnten Gang. Deine liebe Mutter nimmt, Gott sei es gedankt, überhaupt nicht zur Kenntnis, was um sie, um uns herum geschieht.

Vom dritten Landgericht wurde er aufgefordert, vorzusprechen und mit Unterschrift zu versichern, daß seine Akkreditierung gelöscht sei. Der Ordnung halber.

Noch vor wenigen Wochen hätte ihn eine solche Mitteilung in die Enge getrieben. Nun forderte sie ihn heraus, und er machte sich neugierig auf den Weg, wiederholte, was ihm von Staats wegen nicht mehr erlaubt war, nahm seine Aktentasche, in der nichts steckte, außer der Bescheinigung, daß er am dritten Landgericht als Anwalt zugelassen sei, fuhr nach Moabit, parkte seinen Wagen am gewohnten Platz, grüßte so aufgeräumt wie eh und je den Pförtner, der ein wenig verspätet seinen Gruß erwiderte, lief die Gänge entlang, begegnete Kollegen, die in ihren Roben zu Verhandlungssälen eilten, grüßte auch sie, maß am Tonfall ihrer Antwort den Grad ihrer Befremdung, trat, ohne anzuklopfen, in das Sekretariat des Präsidenten, versetzte, was ihn vergnügte, die beiden Sekretärinnen mit seinem Erscheinen in einen kurzen, Papiere aufwirbelnden Aufruhr, erfuhr, daß ein Gespräch mit dem Herrn Präsidenten nicht nötig sei, denn die Erklärung, die er zu unterzeichnen habe, liege bereit, worauf er die Akkreditierung aus der Aktentasche zog, sie wortlos einer der Damen überreichte, die sie mit einem »Besten Dank, Herr Doktor«, entgegennahm, ihm ihren Federhalter zur Unterschrift überließ, mit der er versicherte, seinem Beruf als Anwalt von nun an nicht mehr nachzugehen, was ihn nun doch so aufbrachte, daß er nur mit Mühe seinen Abgang schaffte, die Tür zu hart ins Schloß drückte, blind vor Zorn den Gang entlanglief, auf niemanden achtete und unerwartet von einer Frauenstimme aufgehalten wurde: Doktor Guttmann.

Er schaute auf, stand Olga, dem Mädchen aus dem *Adlon* gegenüber, und wußte, daß sie ihm hier nicht zufällig über den Weg lief.

Was suchen Sie denn hier, fragte er.

Ich gehe meiner Arbeit nach. Ich fotografiere. Und Sie?

Und ich? Ich habe gerade versprochen, nicht mehr zu arbeiten.

Anstatt ihm zu antworten, hob sie die Kamera vors Auge, drückte auf den Auslöser und sagte: Das ist ein denkwürdiges

Foto: Herr Doktor Guttmann, der aus dem Gericht geworfen wurde, weil er ein Jude ist.

Ich bitte Sie, sagte er.

Ich muß gehen. Ich ruf Sie an, sobald das Bild entwickelt ist, sagte sie. Sind Sie noch unter der alten Nummer zu erreichen?

Ja, rief er ihr nach, aber nicht mehr lang.

## 21
## *Im Amt*

Wie sind sie gegangen? Wer hat sie verabschiedet? Wer unter ihrer Abwesenheit gelitten? Ich meine nicht die politisch Verfolgten, die Berühmten, deren Bücher auf den Scheiterhaufen verbrannten, sondern die namenlosen Juden, die Nachbarn, die irgendwann, in den ersten Jahren des Hitlerregimes, auswanderten, oder die, nachdem eine Konferenz die Endlösung beschloß, abgeholt und in die Todeslager transportiert wurden.

Ich habe ihn nie danach gefragt. Wahrscheinlich wäre er mir ausgewichen. Er konnte nicht hassen, denke ich, doch ausdauernd verachten.

1948, sehr früh, kehrte er in das zerstörte Land zurück, aus dem er hatte fliehen müssen. Er tat es, nehme ich an, ohne Angst, jenen zu begegnen, die verfolgt, gefoltert, gemordet hatten. Damals erwartete er noch, daß sie gerecht verurteilt würden. Später, als wir uns kannten, quälten ihn die Versäumnisse. Er vermied es jedoch, darüber zu debattieren.

Vieles wird vergessen, sagte er einmal, doch nichts bleibt auf die Dauer ungesühnt. Selten hat er, der aus Wissen vergab, sich so entschieden geäußert. Und die anderen, hätte ich fragen wollen, die Gleichgültigen, die zur Seite blickten, nichts bemerkten, die Nachbarin, den Kollegen, den Kaufmann gegenüber einfach vergaßen, als seien sie nie vorhanden gewesen? Wie steht es um ihre Schuld?

Je länger ich an diesem Buch schreibe – es ist nun fast ein Jahr –, um so stärker fühle ich seine Anwesenheit. Manchmal schaue ich zu dem Sessel neben meinem Schreibtisch. Er könnte da sitzen, mich, nicht ohne Ironie, beobachten, meine Gedanken lesen und mir Felix streitig machen: Der, mein Lieber, kaum etwas mit mir zu tun hat.

Wir rücken ein wenig zusammen, schrieb Jona, ich möchte nicht behaupten, notgedrungen, da von Not noch nicht die Rede sein kann. Mir laufen zwar die Kunden weg, aber auch welche zu, allerdings weniger solvente. Rosi, die mir bis vor ein paar Tagen beistand, habe ich verloren. Das arme Kind kam mit dem Bescheid ihrer Eltern, es schicke sich nicht, bei einem Juden zu arbeiten. Was sie nicht verstand und weswegen sie bitterlich weinte. Selbstverständlich tröstete ich sie. Ihre Eltern hätten klug entschieden, sie werde gewiß eine gute Arbeit finden. Also rücken wir zusammen. Seit Rosis Fortgang hilft mir Elena. Zu meinem Vorteil und dem der Hosen. Sie haben wieder nur eine Bügelfalte. Deine Mama, Du wirst es nicht glauben, ließ sich ebenfalls für unsere Sache bewegen und arbeitet in unserer Frauenhilfe mit. Das bekommt ihr ausgezeichnet. Und wie bekommt Dir die neue Zeit? fragt Dein alter Jona.

Seine Arbeit fehlte ihm. Er las viel, holte nach, wozu er vorher keine Zeit gefunden hatte, sammelte Epochen, Welten, Gestalten ein, ging mit dem alten Stechlin um, mit dem Grünen Heinrich, mit Anna Karenina und Madame Bovary. Wenn er auch sparsam lebte, seine Ausgaben genau aufschrieb, meistens selber kochte, gönnte er sich dennoch Theater- und Revuebesuche und ließ, seit Furtwängler die Philharmoniker dirigierte, kaum eines ihrer Konzerte aus.

Wochenlang war er auf der Suche nach einer bescheideneren Wohnung gewesen. Vergeblich. Entweder war die Miete zu hoch oder gefiel ihm die Wohnung nicht, oder er wurde gleich abgewiesen. Nun hoffte er auf einen Zufall. Betty Meyers Angebot, wieder zu ihr zu ziehen, hatte er ausgeschlagen. Er hätte mit der bisher nie benutzten Dienstbotenkammer vorlieb nehmen müssen, da die beiden anderen Zimmer inzwischen von zwei alten Damen, die Tante Betty von der jüdischen Gemeinde vermittelt worden waren, bewohnt wurden.

Katja hatte aus Prag einen ausführlichen Brief geschickt, in dem sie von neuen Freundschaften, alten Feindschaften, ihrer

Arbeit für die deutschen Sozialdemokraten und ihrem Bruch mit der *Weltbühne* erzählte. Ossietzky ist, schrieb sie, für den Friedensnobelpreis vorgeschlagen. Vielleicht klappt es. Nach den Verhören und Schindereien im Arbeitslager soll er sehr geschwächt sein. Hast Du von Laura gehört? fragte sie.

Nichts. Sie blieb verschollen.

Casimir, erfuhr er über Betty Meyer, halte sich noch immer im Saarland auf.

Das Alleinsein, die Untätigkeit begannen ihm zuzusetzen. Was er sich vornahm – die Breslauer besuchen, bei der jüdischen Gemeinde nach Arbeit fragen, sich um eine Wohnung kümmern – gab er, wie unter Zwang, wieder auf.

Im September meldete sich endlich Sommerfeld, der im Auftrag des Auswanderungsamtes viel unterwegs gewesen war. Seine Energie riß ihn mit, er lebte auf, war sicher, daß diese elende Phase ein Ende habe und ihm nun wieder alles gelingen würde.

Sommerfeld redete auf ihn ein: Verkaufen Sie Ihr Auto. Sie werden es nicht mehr brauchen. Mit der Eisenbahn reisen Sie bequem und unauffälliger. Das Geld werden Sie nötig haben. Geben Sie es nicht auf die Bank, überlassen Sie es lieber Betty Meyer zu treuen Händen. Sie wird ein Versteck dafür wissen.

Er begleitete Sommerfeld in die Lausitz, wo die jüdische Jugendhilfe, die Jugendalijah, wie Sommerfeld erklärte, ein Hachscharah-Lager eingerichtet hatte, in dem junge Leute auf die Auswanderung nach Palästina vorbereitet wurden. Es fiel ihm schwer, sich die hebräischen Begriffe zu merken, und die begeisterten Erzählungen Sommerfelds ließen ihn kalt.

Als einzige stiegen sie an einer kleinen Bahnstation aus, wurden von zwei jungen Männern, kräftig und braungebrannt, das Hemd auf der Brust offen, empfangen. Ihr Erscheinen weckte in Felix Erinnerungen an Wannenmacher und seine Freunde.

Sommerfeld mußte ihn angekündigt haben. Sie nannten ihn beim Namen. Schalom, Doktor Guttmann, und stellten sich in einer offenbar erprobten Nummer vor: Er ist Saul und ich bin David. Vermutlich legten sie es darauf an, verwechselt zu werden. Wir sind mit dem Pferdefuhrwerk hier, sagte Saul oder David, hoffentlich ist es Ihnen nicht zu unbequem.

Sommerfeld erklomm die Pritsche verblüffend gewandt, während Felix hilflos vor der Karre stehenblieb. Da packten ihn Saul und David unter den Armen, hoben ihn über ihre Köpfe, lachten und setzten ihn, als wäre er ein Kind, mit dem sie spielten, auf dem Pritschenrand ab. Ihre Kraftmeierei mißfiel ihm.

Saul – oder war es David? – ließ die Peitsche knallen, der Wagen ruckte an. Felix schob sich neben Sommerfeld, lehnte sich gegen den Verschlag, bereute es, sich auf diese Einladung eingelassen zu haben. Er paßte nicht in diese Umgebung, fühlte sich ausgesetzt, war falsch gekleidet, falsch gestimmt. Sommerfeld versuchte abzulenken, indem er voller Eifer erklärte, was unter einem Kibbuz zu verstehen sei, weshalb die jungen Leute vor ihrer Auswanderung trainiert würden. Das ist mir doch nicht neu, warf Felix ein, Sie haben es mir oft genug geschildert. Worauf Sommerfeld die Backen aufblies und noch mehr einer Kröte glich, in der ein Prinz versteckt sein könnte: Ich möchte wissen, welche Laus Ihnen über die Leber gelaufen ist.

Das will ich Ihnen sagen, Sommerfeld. Ich kann Juden nicht ausstehen, die den Siegfried mimen. Die beiden da vorn auf dem Bock tun es.

Sommerfeld widersprach ihm nicht, meinte nur: Wir werden sehen.

Und er sah, anfangs abwartend und mißtrauisch, einen mit Zelten bestückten Park, in dem es von Menschen wimmelte, die sich im Laufe einer Woche doch als Sauls und Davids entpuppten, sah zu, mischte sich zaghaft ein, ein Städter, der unter studierende Landarbeiter geraten war. Er befand sich an einem Ort, über den Hitler nicht herrschte, an dem die Furcht ausgetrieben und die Hoffnung eingeübt wurde, an dem junge Frauen und Männer in Werkstätten und auf dem Feld für eine

Zukunft lernten, die sie Palästina nannten und die für sie Heimkehr bedeutete. Sie trauten sich zu, eine Geschichte, die seit zweitausend Jahren abgebrochen war, fortzusetzen. Sie waren Kinder des Hechaluz, begriffen sich als Pioniere.

So kann es gehen, dachte er, nur ich kann es nicht mehr nachholen.

Die Kibbuzniks bezogen ihn in ihr Leben ein, fragten ihn nicht aus, nannten ihn den kleinen Herrn Doktor. Das gefiel ihm. Auf diese Weise blieb ein winziger Abstand gewahrt.

Am Abend vor der Abreise spazierte er mit Jakob, dem Leiter des Lagers, und Sommerfeld am Bach entlang, der in kühnen Schlingen den Park durchfloß. Jakob stammte aus Padua, hatte bereits über ein Jahrzehnt in der Nähe von Haifa gelebt, ehe er sich dem Hechaluz zur Verfügung stellte. Lagerfeuer brannten. Die Jungen sangen jiddische Lieder.

Ob es ihm gefalle, fragte Jakob, der die Angewohnheit hatte, eine halbgerauchte Zigarette kalt im Mundwinkel zu halten.

Ich habe nie viel übrig gehabt für diese Wandervogel-Romantik. Wenn Sie mir diese Äußerung erlauben.

Guttmann ist ein unverbesserlicher Großstädter, warf Sommerfeld ein, allerdings mit dem Vorzug, daß er nicht heuchelt.

Man gewöhnt sich daran. Jakob war stehen geblieben, zündete sich hinter der gewölbten Hand eine neue Zigarette an. Was Sie als Wandervogel-Romantik bezeichnen, hilft uns, ist nötig.

Sagen Sie, bekommen Sie nicht Schwierigkeiten mit den Nazis?

Bisher nicht. Im Gegenteil. Es ist ja in ihrem Sinn, wenn wir Juden von uns aus das Land verlassen.

Wer organisiert die Ausreise? Sie selbst?

Dazu wären wir nicht in der Lage. Dafür sorgt das Palästinaamt in Berlin.

Sommerfeld strengte es an, im Dunkeln den Weg zu suchen, an Wurzeln hängen zu bleiben und in Pfützen zu tappen. Er schlug vor, umzukehren. Gehen wir zurück. Was soll ich mir noch ein Bein brechen. Er zog Felix am Ärmel. Nein, nein, Sie müssen uns nicht helfen, Guttmann. Aber ich habe einen Vorschlag. Das Palästinaamt sucht einen Rechtsreferenten. Ich dränge Sie nicht. Überschlafen Sie's und sagen Sie mir morgen Bescheid.

Saul und David hatten angespannt und brauchten ihn dieses Mal nicht auf die Pritsche zu heben.

Nun? fragte Sommerfeld.

Ja, sagte er, ja. Ich versuch's.

Ich habe es nicht anders erwartet.

Als Saul und David darauf bestanden, Felix vom Wagen zu helfen und ihn wieder über ihre Köpfe stemmten, fragte er: Als was versteht ihr euch eigentlich? Als Zionisten? Auch, antworteten beide aus einem Mund.

Sozialisten?

Auch, bekam er doppelstimmig zu hören.

Als Juden?

Sowieso, antwortete David und kam Saul zuvor.

Verändert kehrte er mit Sommerfeld zurück. Ihm war, als habe er sich gehäutet. Es würde ihm nicht schwerfallen, sich von Besitz zu trennen, Sicherheiten aufzugeben, denn er wußte nun, wohin er sich wenden könnte.

Er ließ zwei Tage verstreichen, bevor er sich im Palästinaamt in der Meinekestraße vorstellte, was ihm erst nach mehreren Anläufen gelang. Er war in einen überfüllten Wartesaal geraten, in dem die Hysterie mit der Resignation stritt, Gerüchte als Wahrheiten gehandelt, Wahrheiten als Gerüchte entwertet wurden. Und die Stationswärter erschienen nur, um die Zweifelnden in ihren Zweifeln zu bestärken. Dennoch mußte es in diesem Chaos Orte geben, an denen Bedenken ausgeräumt, Erwartungen bestätigt, Visen erteilt und Fahrkarten vergeben wurden. Regelmäßig teilte sich die Menge, machte jemandem Platz, der erleichtert das Amt verließ.

Er fragte sich durch, wollte wissen, wo sich die Büros befänden, und niemand stellte sich ihm in den Weg, als er die

Glastür, vor der alle ausharrten und jeder über jeden wachte, öffnete und rasch durchschlüpfte. Dahinter allerdings wurde er von einer stämmigen Frau aufgehalten, und sie machte Anstalten, ihn, ohne zu fragen, wieder hinauszuschieben. In seiner Not entschied er sich für drei warnende Wörter: Halt! Nein! Ich! Sie wirkten.

Ich bin verabredet, sagte er und ärgerte sich, so begonnen zu haben. Jeder, der hier vorsprach, hielt sich für verabredet. Ich soll mich vorstellen als der neue Rechtsreferent.

Das genügte der Frau, ihn in Ruhe, doch auch stehenzulassen. Er war noch längst nicht am Ziel. Nacheinander klopfte er an vier Türen, öffnete sie, wurde wieder abgewiesen, was auch die resolute Türhüterin für übertrieben hielt. Hinten, die letzte Tür, rief sie.

Dort wurde er nicht hinausgeworfen, sondern erwartet von einem Mann, der Sommerfeld wie ein Zwilling glich, sich jedoch als Aaron Weiss vorstellte und Felix erst einmal ausredete, für das Rechtsreferat zuständig zu sein, das es in dieser Form gar nicht gäbe; er müsse vielmehr die Auswanderer vor allem ökonomisch beraten, in diesen verdammten und verzwickten Devisenangelegenheiten, Ablösungen, Freikäufen und so weiter, wie es die Gesetze vorschrieben, Gesetze, kann ich Ihnen sagen, die wir aus dem Effeff beherrschen müssen, aber ohne Applaus, sage ich Ihnen, ohne Applaus, und das Fräulein Esther Zech wird Sie einarbeiten.

Worauf er sich erschöpft aus der Rolle des Zwillings begab, bloß noch ein betrübter, in seinem Fett und in seiner Freundlichkeit eingesperrter Verwalter, der nach Fräulein Esther rief, die ihm endlich diesen Anfänger vom Hals schaffen solle.

Die wiederum hatte auf ihren Auftritt gewartet und wann immer danach Felix hörte, daß jemand aufzutreten verstünde, verband er diese Redewendung mit Fräulein Esther, gegen die sich Natur und Kunst verschworen hatten, eine zierliche Frau, die von einem Buckel niedergezwungen wurde, grau, ein Wärmespender, ein Wesen, in dem ein Engel steckte.

Kommen Sie, sagte sie, wir dürfen keine Zeit verlieren. Die Schicksale häufen sich.

Das bekam er noch oft zu hören. Die Redewendung wurde faßbar, wirklich.

Schon in den ersten Tagen nahm ihn die Arbeit derart in Anspruch, daß er oft erst spät in der Nacht das Büro verließ, nie im Stich gelassen von Fräulein Esther, das ihn mit Kaffee und Schrippen versorgte, Akten aus Papiertürmen zog, einen heilsamen Spott entwickelte, der ihm über jede Arisierung, die er abzuwickeln hatte, hinweghalf.

Anfangs sträubte er sich. Wieso stellen sich diese verdammten Halsabschneider nicht selbst? Wieso muß ich mich immer nur um die Opfer kümmern? Wieso müssen wir dafür bezahlen, daß wir ein Land verlassen, in dem wir geboren wurden, aufwuchsen, arbeiteten, lebten und liebten, Kinder großzogen? Bloß weil die einen sich plötzlich als Rasse verstehen? Schauen Sie sich doch diese Germanen an.

Und ich, warf Fräulein Esther ein, und ich habe einen Buckel und Sie, verzeihen Sie, Doktor Guttmann, sind ein bissel zu kurz geraten. Wenn es das nur wäre, könnten wir miteinander auskommen.

Manchmal verfolgten ihn die gehäuften Schicksale bis in den Schlaf, und er wachte daran auf, daß er jemandem einredete, Vernunft zu bewahren, das Haus, das Geschäft, den Betrieb für ein Spottgeld abzugeben, fortzugehen, ehe einem sowieso alles geraubt wird.

Stell Dir vor, schrieb er an Mirjam, aber wie sollst Du es Dir vorstellen können?, vor ein paar Stunden saß mir ein rührender, vertrauensseliger, alter Mann gegenüber, die Hände krumm von Gicht, ein verwitweter Schuster, der mit seiner Tochter nach Palästina auswandern will. Die Quote, die er nach der Umrechnung aufbrachte, hätte nie gereicht. Ich mußte ihm erklären, was ich nicht vermochte, und ich redete um den heißen Brei, log, mußte ihm erklären, daß er wegen des mangelnden Geldes und wegen seines Alters kein Zertifikat von den Mandatsbehörden erhalten werde. Ohne jede Aussicht mußte ich ihn fortschicken.

Mirjam ging in ihren Antworten auf seine Geschichten nie ein. Ihre Briefe wurden kürzer, hastiger.

Du wirst doch nicht kommen, schrieb sie im Februar 1935. Ich werde vergeblich auf Dich warten. Und ich kann es nicht mehr. Ich habe die Möglichkeit, mit Vater und seinem Kompagnon nach Buenos Aires zu gehen.

Die Nazis zwingen uns geradezu, größenwahnsinnig zu sein, sagte er zu Fräulein Esther. Wir jagen auf dem Globus herum, als wäre er ein größerer Fußball. Was bedeutet uns Shanghai, was Buenos Aires, was Jerusalem?

Hören Sie auf zu grübeln, riet sie ihm. Ich habe es mir schon längst abgewöhnt. Verrückt werden kann heutzutage jeder.

Was ihnen, wenigstens für die nächste Zeit erspart blieb, wofür Weiss sorgte, der, von den Nazi-Behörden bedrängt, zu einem Künstler im Auffinden von Gesetzeslücken geworden war.

Ich brauche Ihren Beistand, hatte er Felix gebeten, allein schaffe ich diesen Coup nicht. Und es war einer. Die jüdischen Einwohner des schwäbischen Dorfes Rexingen planten, gemeinsam auszuwandern, und in Palästina einen Kibbuz zu gründen. Weiss war Feuer und Flamme, bestellte einen Sprecher der Rexinger nach Berlin, sammelte die nötigen Unterlagen, schickte Felix nach Stuttgart, damit er an Ort und Stelle verhandle, was er im Lauf von zwei Tagen tat, ständig unter dem Eindruck, mit den Vertretern der Behörden zu sprechen, und zugleich verhört zu werden, kam schließlich mit dem Bescheid nach Berlin, es könne möglich sein, womit er Weiss vom Stuhl riß, denn ähnliches, aber nicht mehr, hatte er von den britischen Mandatsbehörden zu hören bekommen. In solchen Zuständen unterschied er sich kaum von Sommerfeld. Mit rot angelaufenem Gesicht lamentierte er: Natürlich kann es möglich sein, möglich kann alles sein, weil es im Grund unmöglich ist, aber wer möchte schon zugeben, daß er für unmöglich hält, was doch möglich ist – ich nicht, ich habe mich in die Angelegenheit verbissen, die Rexinger werden ihr Dorf gründen, selbst wenn es unmöglich ist, weil es nur möglich sein könnte. Ich bitte Sie, Guttmann, sprechen Sie bei der Reichsvertretung vor, machen Sie den Hochmögenden dort klar, daß es hier um eine mögliche Unmöglichkeit geht, auf die wir setzen, als ein Beispiel und weil wir, das hoffe ich, werden Sie verstehen, nichts für unmöglich halten dürfen. Wo kämen wir hin?

Felix mußte niemanden überreden. Der Rexinger Plan beeindruckte auch die Reichsvertretung, die ungleich größeren Einfluß hatte, als das Palästinaamt und der es im Lauf von wenigen Wochen gelang, die Mandatsbehörden zu einer Ausstellung der Zertifikate zu bewegen. Da gaben auch die Württemberger nach. Tage und Nächte verbrachte er nun, um die Umwidmungen in Ordnung zu bringen, die Ablässe, wie er sie verächtlich bezeichnete, zu berechnen und die Rexinger, die mehr Schwaben als Juden waren, davon zu überzeugen, ihr hart erarbeitetes Eigentum billig anderen zu überlassen. Das gelang, dank Fräulein Esthers ständig schwärzer und stärker werdenden Kaffees und ihrem Zuspruch. Die Rexinger wanderten aus. Doch erst, als sie aus Triest ein Telegramm erreichte – Werden morgen eingeschifft! – glaubten sie das Unmögliche. Weiss spendierte zwei Flaschen Sekt, sie mühten sich, zu feiern, was ihnen, erschöpft wie sie waren, nicht gelang. Ehe ich mir einen antrinke, beschloß Weiss, gehe ich nach Hause und lege mich schlafen. Sie taten es ihm nach.

Zu dieser Zeit war Felix schon zu Olga gezogen. Sie hatte ihn, als das Rexinger Unternehmen sich anbahnte, im Amt angerufen: Sie wissen doch, die Fotografin. Ihr Bild ist seit einer Ewigkeit fertig. Ich bin noch nicht dazugekommen, es Ihnen zu bringen. Gestern erzählte mir Sommerfeld, wo Sie arbeiten. Also? Wann sehen wir uns?

Wann? fragte er zurück. Ihre Stimme, aggressiv und brüchig, reizte ihn. Ihm fiel ein, wie sie im *Adlon* auf Röhms Tisch zugegangen war, die Runde fotografiert hatte. Keiner dieser Männer lebte mehr, alle waren umgebracht worden, weil sie Hitler im Weg gestanden hatten. Olgas Bild verband sich mit dieser Erinnerung. Er fand, sie kam aus einer Zeit, die hinter ihm lag, mit der er fertig war.

Wann?

Sie haben viel Arbeit, sagte sie. Ich komme einfach mal vorbei.

Und sie kam schon am nächsten Tag. Fräulein Esther verfolgte ihre zielstrebige Unrast vergnügt und stellte am nächsten Morgen, als sie ihm den ersten Kaffee brachte, knapp und offen fest, daß er sich da ein tolles Weib angelacht habe.

Angelacht? fragte er verblüfft.

Olga hatte nicht geduldet, daß er einfach nur das Foto entgegennehme und sie wegschicke. Übertreiben Sie nicht, hatte sie gesagt, mit dem Mantel Papiere vom Abstelltisch gewischt, die Fräulein Esther ohne Vorwurf auflas. Kommen Sie mit, nehmen Sie sich frei.

Sie waren zu *Mampe* gegangen. Sie hatte nicht aufgehört zu reden, von den Größen erzählt, die sie fotografiere, von Gründgens, der so fotogen sei, daß er das Gesetz der Perspektive außer Kraft setze, von Jannings, der sie frage, ob sie auch schon George und von George, der sie frage, ob sie auch Jannings, von Otto Gebühr, der sich so inbrünstig in den alten Fritz versetze, daß er nun auch an dessen Gicht leide, von Göring, der von mal zu mal fetter werde, von Goebbels, in dessen Nähe sie unter Atembeklemmung leide, sie erzählte, das spürte er bald, um ihn festzuhalten, rutschte auf ihrem Stuhl hin und her, redete mit dem ganzen Körper. Scheißkerle alle, sagte sie und brach ab.

Und Sie haben keine Schwierigkeiten?

Sie formte die Hände vor dem Mund zu einer Sprechtüte und trompetete so laut, daß sie auch an den Nachbartischen gehört wurde: Schwierigkeiten soll ich haben? Mich gibt es überhaupt nicht. Glauben Sie es mir. Wieso also kann ich Schwierigkeiten haben? Ich fotografiere im Auftrag des bekannten Kogelfranz, der zwar nicht fotografieren kann, sich jedoch dadurch auszeichnet, daß er fotografieren darf. Weil er darf und nicht kann, kann ich, die nicht darf. Kapiert?

Es schien so, als machte er ihr Laune. Vielleicht hatte sie ihr Alleinsein satt, vielleicht gelang es ihm, mit ihr die Stadt wieder zu entdecken, die ihm abhanden gekommen war.

Ich bin hundemüde, sagte er. Ich muß nach Hause, sonst schlafe ich, zu Ihrem Mißvergnügen, hier noch ein.

Sie winkte dem Kellner, ließ Felix zahlen, zog sich an der Garderobe den Mantel fröstelnd um die Schultern und antwortete ihm erst draußen auf dem Kurfürstendamm: Ich bringe Sie bis zur Bleibtreustraße und geh dann die paar Schritte weiter bis zur Emser. Wir wohnen gar nicht weit auseinander, habe ich von Ihrem Freund Sommerfeld erfahren.

Er ging neben ihr her, maß ihren ausholenden, forschen Schritt an dem Schritt Mirjams und sagte, nur um sich zu hören: Nicht mehr lange.

Was, fragte sie, dauert nicht mehr lange?

Daß ich da wohne, in der Bleibtreustraße.

Plötzlich, als habe sie auf das Stichwort gewartet, redete sie schnell: Ich weiß es von Sommerfeld. Sie suchen eine kleine, billige Wohnung. Er fragte mich, ob ich eine wüßte. Ich könnte Ihnen nur ein Zimmer anbieten, ziemlich groß, mehr nicht. Ich habe eines zu viel in meiner Wohnung. Nur hätten Sie kein Bad für sich und die Küche auch nicht. Wollen Sie es sich anschauen?

Nein, sagte er. Sie blieb stehen, er ging weiter, drehte sich erst nach ein paar Schritten um: Was haben Sie?

Nichts. Sie haben nur so schnell abgelehnt.

Habe ich das?

Sie haben nein gesagt.

Das stimmt. Ich will mir das Zimmer gar nicht ansehen. Ich nehme es. Über die Miete werden wir uns einigen.

Sie sprang von einem Bein aufs andere, schlug die Hände zusammen: Ich sag's doch, der ist meschugge. Dann lief sie auf ihn zu, und er streckte die Arme abwehrend aus: Keine Vertraulichkeiten. Das haben Sie mir zugesichert.

Worauf sie vor ihm stehen blieb, einen Knicks machte: Wie versprochen, Herr Doktor.

Er fragte: Wie heißen Sie eigentlich weiter, ich meine mit Nachnamen?

Leb, antwortete sie. Leb ohne Ende.

Er hatte Lust, sie zu umarmen.

Sein Zimmer sah er zum ersten Mal, als er umzog. Den Umzug besorgte Olga für ihn. Sie könne sich die Zeit einteilen, er nicht. Ein paar Fotos weniger schadeten Herrn Kogelfranz bestimmt nicht. Sie fragte, worauf er Wert lege, was er behalten, was er mitnehmen wolle. Es war nicht viel. Den Schreibtisch, meinte er; die wichtigen Papiere werde er in einer Schublade deponieren. Alle Akten müßten verbrannt werden. Außerdem das Bett, zwei Sessel, den Schrank. Und natürlich den Flügel.

Der könne, befand sie, in ihrem Atelier stehen, wenn er verspreche, für sie darauf zu spielen.

Die übrigen Möbel und Bilder, bis auf die beiden von Lesser Ury, solle sie verkaufen. Ob er ihr damit nicht zuviel zumute?

Sie ließ ihn nicht weiterreden. Am Morgen, Herr Doktor, verlassen sie die Wohnung in der Bleibtreustraße, und am Abend werden Sie Ihr Zimmer in der Emser betreten.

Das Zimmer war klein, düster, die Tapete abgenutzt. Es lag zum Hof. Die Bequemlichkeiten der Wohnung fehlten ihm, auch wenn er sich einredete, er habe sie nicht mehr nötig, da er die meiste Zeit doch im Amt verbringe.

Olga ließ ihn, wie versprochen, in Ruhe. Sie sahen sich selten. Brach er ins Büro auf, schlief sie noch; kam er nach Hause, war sie noch nicht da oder arbeitete in der winzigen Dunkelkammer neben der Küche.

Ihre Zurückhaltung rührte ihn. Stets hatte sie vorgesorgt, stand das Abendessen zum Aufwärmen auf dem Herd oder war der Tisch fürs Frühstück gedeckt.

Sie lebten nebeneinander her. Er hörte sie, wenn er in seinem Zimmer arbeitete, vorm Einschlafen, ihre Schritte, die Geräusche, die sie machte, bevor sie schlafen ging, gewöhnte sich an sie, stellte sich vor, was sie tat, und sie war ihm schließlich so vertraut, daß er, nachdem sie im Amt den Exodus der Rexinger zu feiern versucht hatten, erschöpft und in Gedanken die Wohnungstür aufschloß, sich den dunklen Korridor entlangtastete, wie selbstverständlich in ihr Zimmer ging, sie aus dem Schlaf schreckte, sich erst dann der Situation bewußt wurde, eine Entschuldigung stammelnd den Rückzug antrat, sie jedoch die Nachttischlampe anknipste, als hätte sie auf ihn gewartet, Guten Abend, Doktor Guttmann, ich finde, Sie ziehen sich erst einmal aus und kommen dann zu mir schlafen.

Er hätte sie Elena nennen können, oder Mirjam oder Laura. Sie faßte alle zusammen, und er liebte sie, wie er noch nie hatte lieben können, er liebte auf Vorrat.

## 22
### *Gespräch mit Eichmann*

Da bemühen wir uns, seufzte Fräulein Esther, hinauszukommen in die Welt, und nun kommt die Welt zu uns. Es wurde geflaggt, geputzt, Freundlichkeit geprobt, Freizügigkeit propagiert und, wenn die Judenfrage angesprochen wurde, Zurückhaltung geübt.

Das neue Olympiastadion an der Heerstraße erwartete Sportler aus vielen Nationen. Die Reichshauptstadt sollte offen sein für alle. Berlin wurde auf Hochglanz poliert, Hitler führte seine Macht vor, ließ die jubelnde Menge aufmarschieren und rühmte die deutschen Sieger als Sinnbilder einer neuen, strahlenden Rasse.

Die Welt kam zu ihnen, aber sie waren angehalten, ihre Arbeit ohne Aufsehen fortzuführen, sich zu verstecken, was Weiss derart kränkte, daß er krank wurde, mit Asthma, an dem er vorher nie gelitten hatte, ein paar Wochen lang im jüdischen Krankenhaus lag, und wenn Felix oder Esther ihn besuchten, darauf bestand, nichts, aber auch gar nichts von Siegen und Niederlagen oder ihren zufälligen Gesprächen mit Amerikanern, Franzosen und Griechen oder Eskimos hören zu wollen. Erst als die Stadt sich wieder abschminkte, die Beamten der Gestapo und die Offiziere des SD zu ihrem normalen Tonfall zurückgefunden hatten, nahm er wieder seinen Platz ein, so durchtrieben und hartnäckig wie eh und je.

In diesem Sommer sechsunddreißig sah er Olga so gut wie nie, ab und zu spät in der Nacht, wenn sie, zufrieden mit ihrer fotografischen Ausbeute und erbost über die miserable Honorierung durch Kogelfranz, aus der Dunkelkammer kam, ihn weckte, sich über Sensationen ausließ, die er nicht begriff, bis auf die eine, daß ein Neger mit dem Namen Jesse Owens den siegreichen Germanen nicht nur wie ein stürmender Gott, so sagte sie, davongelaufen sei, sondern sie auch mit einem phänomenalen Satz im Weitsprung geschlagen habe. Du hättest sie sehen sollen, die Größen auf der Ehrentribüne, wie sie bei der Siegerehrung einem Neger huldigen mußten. Du hättest sie sehen sollen.

Dein Jesse Owens wird Berlin bald verlassen, sagte er, ohne Schwierigkeiten und mit einem gültigen Paß. Das wollte sie nicht hören. Er habe es verlernt, sich zu freuen, habe nichts anderes im Kopf als Papiere und Pässe. Komm, sagte er, bleib liegen und schlaf und träum meinetwegen von deinem Jesse Owens.

In diesem Sommer sechsunddreißig überraschte ihn Betty Meyer mit dem Entschluß, sich auf und davon zu machen, nicht weil sie es über habe, für die blauen Beitragskarten der jüdischen Gemeinde zu werben und sich um die Alten in ihrem Kiez zu kümmern, nicht weil ihr der Boden unter den Füßen zu heiß werde, nein, Felix, deswegen nicht, nur, weil ich nicht ständig in meinem Stolz verletzt werden, weil ich mein Alter dort verbringen möchte, wo mir niemand nachsagt, daß ich ein Mensch minderer Qualität bin, deswegen, Felix.

Wo willst du hin?

Nach London, zu Liebstock, zu Casimirs Onkel.

Hast du die Ausreise schon?

Ja, mein Junge, und es ist mir zum Heulen zumute, du kannst es mir glauben.

Laß es sein, Tante Betty, spar's auf.

Soweit mußte es kommen, daß wir so miteinander reden.

Wie meinst du?

Dauernd deuten wir nur an, malen schwarz, aber auch wieder nicht ganz, hoffen auf bessere Zeiten und erwarten schlimmere.

Du wirst mir fehlen, Tante Betty.

Schon wieder eine dieser Floskeln, die ich nicht mehr hören kann.

Trotzdem. Fehlen wirst du mir.

Und du mir auch.

Vielleicht triffst du Casimir.

Wer weiß.

Sie verließ Berlin im August, als die Stadt noch aufgeputzt war, und Felix vermied es eine Zeitlang, durch die Bleibtreustraße zu gehen.

Im Sommer sechsunddreißig lief ihm ein Wesen aus seiner Erinnerung über den Weg, nahm für ein paar Sätze Gestalt an und wurde danach endgültig zu einem Schatten.

Es war an einem Sonntag. Olga jagte mit ihrer Kamera einer von Kogelfranz aufgespürten Sensation nach. Felix hatte lange geschlafen, gegen Mittag gefrühstückt; die Abwesenheit Olgas und die Unordnung in der Wohnung trieben ihn hinaus. Unentschlossen lief er an Cafés vorbei, fuhr mit der S-Bahn zur Friedrichstraße und Unter den Linden, wo er seit Wochen nicht mehr gewesen war, stand sie, lachend, das Gesicht im Schatten eines großen, weißen Strohhuts, vor ihm, zog ihn in eine Szene, an der sie zu lange geprobt hatte: Das kann nicht wahr sein! Felix Guttmann aus Breslau.

Er sah sie wie auf einem überbelichteten Foto und sprach den Namen nach, den er sich selbst einsagte: Irene.

Sie trat aus dem Bild, strahlte, scherte sich nicht um die vergangenen Jahre, faßte ihn unter dem Arm, zwang ihn neben ihr herzugehen, bestand darauf, dieses Wiedersehen zu feiern, auch wenn sie deswegen verspätet zu einer Verabredung komme.

Du hast lange nichts von dir hören lassen, Irene.

Ja, sagte sie, wie konnte ich auch. Ich habe an dich gedacht. Glaube es mir. Es waren quälende Jahre. Diese kleinen Theater, diese Intrigen, dieser Neid. Das ist vorbei. Ich drehe meinen ersten Film, draußen in Babelsberg. Da staunst du? So ist es. Die Partei hat mir geholfen, hat mich überhaupt aus dem ganzen Elend herausgerissen. Seit ich dabei bin, kann ich mir jede Rolle bestellen. Goebbels ist an mir interessiert.

Sie hatte ihn in ihrer Begeisterung vergessen.

Das freut mich für dich, sagte er.

Nicht wahr, sagte sie, nach all den Entbehrungen.

Aber, sagte er, nimm's mir nicht übel, wenn ich für mich keinen Grund zum Feiern sehe.

Wieso? Sie schaute ihn verdutzt an, den Mund ein wenig geöffnet.

Kannst du mich nicht verstehen?

Nein. Sie stand mit hängenden Armen neben ihm, und er dachte: Gleich wird sie mit dem Fuß aufstampfen.

Erinnerst du dich an Laura, an Casimir?

Ja. Verwirrt oder verärgert rückte sie ihren Hut zurecht. Natürlich.

Laura ist verschollen. Casimir mit knapper Not den Nazis entkommen.

Sie sind Kommunisten, sagte sie.

Ja, antwortete er und spürte, wie ein Lächeln an seinem Gesicht zerrte, und Juden.

Und du, du bist doch auch einer? Was macht es mir aus? Sicher, der Führer hat etwas gegen euch, aber er meint ja nicht alle.

Mich nicht? Du mußt zu deiner Verabredung, Irene, sagte er. Ich will dich nicht aufhalten.

Du tust mir unrecht, Felix. Sie legte die Hand unter die Brust, ans Herz.

Vielleicht stimmt es, was sie sagt, dachte er, nur spielt sie nicht gut.

Soll ich jetzt einfach gehen? fragte sie.

Ja, Irene. Nun vergaß sie ihre Rolle, schüttelte mehrfach nachdenklich den Kopf, als müsse sie sich besinnen, küßte ihn auf die Stirn: Paß auf dich auf, trotzdem, flüsterte sie.

Du auch.

Er sah ihr nicht nach. Für einen Moment bereute er, sie nicht festgehalten und den leer gewordenen Tag mit ihr verbracht zu haben.

Im Sommer sechsunddreißig schrieb Jona: Die Erfahrungen, die Du in Deinem Amt sammelst, mein Lieber, beginnen den meinen zu gleichen. Sie beunruhigen mich, und mir fehlt das Verständnis für sie. Die treuesten meiner Kunden verlassen mich, verschwinden über Nacht: Laskers, Reichs, Bessers, Liebstocks. Warum? frage ich mich. Was nehmen sie auf sich? Wieso soll ich in meinem Alter noch eine fremde Sprache lernen, wenn ich mich hier in meiner verständigen kann? Wieso soll ich in einem schauderhaften Kuhhandel mein Geld verlieren, um in einer unbekannten Gegend notdürftig zu existieren? Bin ich blöd oder sind sie es? Der Kaiser ist verschwunden, Hitler wird es auch. Gut, die Arbeit wird weniger, die Zeit, die mir bleibt, ebenso. Die werde ich überstehen, hier, wo ich mich auskenne. Begraben will ich werden in der Nachbarschaft meines alten Freundes Guttmann. Ein Glück, daß Deine Mama sich so gut wie gar nicht um diese Veränderungen kümmert. Dafür sorgt auch Elena, die ihr beisteht. Was planst Du? Ich umarme Dich. Jona. Vergiß nicht, Deiner Mama zu schreiben.

Im Sommer sechsunddreißig erfuhr er, daß Laura nach einem Verhör in Moabit aus dem Fenster gesprungen und einen Tag danach an den schweren Verletzungen gestorben sei.

Weiss sagte es ihm. Er allein kümmerte sich im Amt um die Auswanderer, die wegen ihrer politischen Tätigkeit gefährdet, von der Gestapo schon eingekerkert gewesen waren und die für die Ausreise oft neue Papiere brauchten. Wie er vorging, behielt er für sich, und Felix war es angenehm, daß er in die geheimen Aktionen nicht eingeweiht wurde.

Sie sind doch mit einer Frau befreundet, die man die rote Laura nannte?

Nennt man sie so?

Man erzählte es mir.

Ja, ich kenne sie sehr gut.

Sie lebt nicht mehr, Guttmann.

Lauf, mein Kleiner, sagt sie.

Es ist egal, von wem ich es weiß. Der Informant war auf jeden Fall vertrauenswürdig.

Laura ist tot?

Weiss lehnte sich gegen das Aktenregal, blickte unverwandt auf den Boden. Es passierte schon vor mehr als einem Jahr. Sie wurde verhört, wahrscheinlich wochenlang. In Moabit. Sie sprang aus dem Fenster. Man brachte sie in die Klinik. Es war ihr nicht mehr zu helfen. Es tut mir leid, Guttmann.

Ja, sagte er und bemerkte nicht, daß Weiss das Zimmer verließ, nach einer Weile Fräulein Esther hereinkam, sich, mit dem Rücken zu ihm, an die Schreibmaschine setzte, die Hände unterm Kinn faltete und wartete. Er sah Laura liegen, wie immer schwarz gekleidet, ein Schatten, ein Abdruck, der sich vom Asphalt löste, sich auf seine Augen legte, schwarz, ihn blind machte, sich in seinen Schädel drückte, ein schwarzer, Schmerz ausstrahlender Kern. Um dem Schrei zuvorzukommen, preßte er die Hände gegen den Mund und fing an, wie im Gebet den Oberkörper hin und her zu bewegen, immer heftiger, bis Fräulein Esther aufstand, auf den Zehenspitzen um den Schreibtisch herumkam, hinter ihn trat, ihre dünnen Arme um ihn schlang, ihn fest gegen die Lehne drückte und an seiner Stelle weinte.

Erst nach Tagen erzählte er Olga von Laura. Alles wollte sie über sie erfahren, nahm sich endlich Zeit, hörte zu, fragte ihn aus. Sie könne sich Laura vorstellen, behauptete sie. Das müsse ihr im Grund nicht schwerfallen, meinte er, in manchem seien sie einander ähnlich, aber warum und wie wisse er nicht.

Laß es, meinte sie, zog sich am hellichten Nachmittag aus, komm ins Bett, sagte sie, sie hatte schwarzes Haar, und du bist blond, sagte er, wir lieben uns, sagte sie, vielleicht findest du heraus, worin wir uns gleichen.

Der Herbst nahm die Stadt im Sturm und nichts blieb vom falschen Glanz. Selbst Olga, die alles mit ihrem Kameraauge sah, stets nur Ausschnitte, stellte fest, daß es ihr manchmal vorkomme, als ob die Häuser mit den Zähnen fletschten.

Kogelfranz, der Olga bisher gedeckt hatte, begann sie zu erpressen. Sie fotografiere zwar gut, seine Reputation sei mit ihren Aufnahmen gestiegen, doch er könne sie nicht länger beschäftigen, wenn sie ihre Forderungen nicht zurückstecke. Sie solle bedenken, welche Gefahr er auf sich nehme. Als sie nach einer solchen Auseinandersetzung aufgelöst nach Hause kam, fragte sie Felix, ob er sie nicht heiraten wolle. Wir könnten nach Paris, schwärmte sie, ich habe viele Bekannte dort, die mir bestimmt Arbeit verschaffen. Du müßtest dich nicht mehr im Palästinaamt schinden, und ich wäre Kogelfranz los.

Er tat ihr mit seiner Antwort weh. Wie kannst du nur auf so einen Unsinn kommen, Olga. Wir leben miteinander. Gut. Ich liebe dich. Aber es fällt mir nicht ein, dich zu heiraten. Wahrscheinlich werde ich überhaupt nie heiraten.

Sie sprang auf, verließ die Wohnung und kehrte erst nach drei Tagen zurück, müde und verwahrlost, kroch zu ihm ins Bett, als wäre nichts geschehen, und als er sie fragte, wo sie gewesen sei, gab sie ihm zur Antwort: Ich hab dich vergessen wollen, Felix, irgendwann werde ich dich vergessen müssen. Doch nicht, solange uns Zeit füreinander bleibt.

Die nahmen sie sich, hungrig aufeinander, nichts ließen sie aus, stromerten durch Theater, Kinos, Bars. Er merkte, wie ihm diese Ablenkungen gefehlt hatten. Fräulein Esther bezog er in die Ausschweifungen ein, indem er jeden Morgen berichtete: Denken Sie sich, Fräulein Esther, Gründgens soll für Hitler, Himmler, Goebbels, auf jeden Fall für einen kleinen Kreis, den *Zerbrochenen Krug* von Kleist inszenieren. Mit Göring als Dorfrichter Adam und der hohen Frau Emmy, die es ja können muß, als Marthe. Wie bedauerlich, daß wir den Pferdefuß nie zu sehen bekommen werden.

Er hörte sie gerne lachen.

Die Arbeit im Amt wurde zunehmend schwieriger. Seit das Nürnberger »Gesetz zum Schutz des deutschen Blutes und der deutschen Ehre« in Kraft getreten war, mehrten sich die Fälle, deren sich Weiss annehmen mußte, weil sie politisch geworden waren. Er mußte mit Offizieren des SD verhandeln und kam jedesmal wie ausgewrungen zurück.

Sommerfeld, der sich kaum mehr in Berlin, nur noch in Ausbildungscamps aufhielt, hatte sich entschlossen, mit einer der nächsten Gruppen zu gehen.

Warten Sie nicht mehr allzu lang, Guttmann, ich fürchte die Faschisten werden bald die Grenzen schließen.

Olga fing ihn auf. Kogelfranz, der Unsichtbare, beschäftigte sie kaum mehr, hatte andere Sklaven angeheuert, so war sie abends fast immer zu Haus.

Den Winter überstanden sie, auf den Augenblick versessen, der immer der letzte sein konnte, vergruben sich im Bett oder waren nächtelang unterwegs.

Manchmal fuhren sie Schlittschuh auf der Havel.

Endlich bekam er Post von Casimir. Der Brief war an das Palästinaamt adressiert:

Ich weiß, ich habe Dir Kummer bereitet, mein Kleiner, nichts von mir hören lassen, die beiden Briefe, die ich Dir in den letzten Monaten schrieb, bekam ich jedoch mit dem Verweis »Adressat unbekannt verzogen« zurück. Unlängst erfuhr ich, daß Du ein Referat beim Palästinaamt hättest. Wie das? Bist Du unter die Zionisten gegangen?

Meine Entwicklung ist nicht weniger erstaunlich. Ich habe mit der Partei gebrochen. Genaugenommen: Sie mit mir. Das war vorauszusehen. Verwunden habe ich es nicht. Mir fehlen die Kameraden. Und hier, in Spanien, habe ich sie wiedergefunden in der POUM, der Partido Obrero de Unificación Marxista. Wie der Name sagt, kann ich es nicht lassen, komme ich ohne die großen Väter nicht aus.

Ich bin nach zahllosen Gefechten bis auf die Knochen abgemagert, wozu es nicht viel brauchte, und gleiche mehr und mehr meinem wahren Schutzheiligen, dem unbesiegbaren Don Quixote. Ich schreibe Dir aus Barcelona, einer Stadt, in der es viele Banken gibt, die mich an jemanden erinnern, der ich vor langer Zeit gewesen bin. Ein französischer Reporter nimmt meinen Brief mit nach Paris und wird ihn dort aufgeben. Halt die Ohren steif. Inzwischen wirst Du es wohl erfaßt haben, daß es uns an den Kragen geht. Casimir.

Er übertreibt, dein Freund, fand Olga, der er den Brief vorlas. Sie meinte aber auch: Ich hätte ihn gerne kennengelernt.

Ja, sagte er, Casimir hat immer übertrieben und trotzdem recht behalten. Möglicherweise besitzen Propheten gar nicht die Gabe, in die Zukunft zu blicken, sie übertreiben nur.

Im Sommer siebenunddreißig, an einem Tag im Juli, stürzte Weiss verstört in sein Zimmer. Es handle sich um keine Verwechslung, sagte er, und ließ sich auf das Besucherstühlchen fallen. Er habe ausdrücklich nachgefragt. Nicht er sei dieses Mal zu einem Gespräch mit dem SD in die Prinz-Albrecht-Straße gebeten, sondern Doktor Guttmann. Es sei, habe man ihm versichert, ein ganz normaler Termin. Allerdings sehr kurz anberaumt. Sie sollen in drei Stunden dort sein, Guttmann.

Bisher war es ihm gelungen, den Offizieren aus dem Weg zu gehen. Die Erfahrung mit Wannenmacher und seinen Freunden hatte ihn gewarnt.

Warum ich? fragte er.

Sie seien mein Stellvertreter, wurde mir erklärt, den wolle man natürlich kennenlernen. Machen Sie sich keine unnötigen Gedanken. Weiss hatte sich wieder gefaßt. Sie sind nie politisch aufgefallen. Ein schlichter Jude, das ist alles. Was können sie Ihnen schon anhaben, Guttmann.

Nichts? fragte er.

Oder fällt Ihnen etwas ein?

Nein.

Weiss brachte ihn im Auto hin. Er werde, wie lang die Unterhaltung auch daure, für alle Fälle im Amt bleiben. Der Portier wußte Bescheid und die Sekretärin in dem Zimmer, zu dem er Felix gewiesen hatte, ebenso. Hauptscharführer Eichmann erwartete ihn bereits. Felix hatte das Gefühl, übermäßig wach und doch abwesend zu sein.

Eichmann, dessen Name Weiss nie als einen seiner Gesprächspartner genannt hatte, saß hinter einem Schreibtisch, musterte Felix ungeniert und bat ihn, Platz zu nehmen.

Er wirkte trotz der Uniform farblos, merkwürdig abgenutzt.

Als Felix sich setzte, stellte er sich vor: Hauptscharführer Eichmann, und Felix murmelte seinen Namen.

Es war kein Gespräch, aber auch kein Verhör, versuchte er Weiss danach zu erklären. Es hielt die Balance zwischen beiden. Das strengte mich enorm an. Außerdem wich er die meiste Zeit meinem Blick aus, und es kam mir vor, als sei es ihm völlig gleichgültig, was ich ihm antwortete.

Es liegt kein besonderer Anlaß vor für unsere Unterhaltung, begann er. Aber Sie werden verstehen, daß wir auch den Stellvertreter von Herrn Weiss kennenlernen möchten.

Felix schob sich auf dem Stuhl nach vorn und stützte sich mit den Füßen auf den Querstreben.

Erlauben Sie mir eine Korrektur, Herr Hauptscharführer. Ich bin nicht der Stellvertreter von Herrn Weiss. Er hat gar keinen. Ich bin Referent für Wirtschaftsfragen.

Das ist mir bekannt. Sagen Sie – Eichmann fixierte angestrengt seine Hände – was halten Sie von Herzls Idee, in Palästina einen Juden-Staat zu gründen?

Ich arbeite im Palästinaamt, also muß ich –

Unerwartet scharf fiel ihm Eichmann ins Wort: Das ist doch keine zureichende Erklärung, Doktor Guttmann. So gesehen könnte ich ebenso in Ihrem Büro tätig sein. Ich wollte wissen, ob Sie sich als Zionist bekennen.

Warum stellte ihm Eichmann gerade diese Frage?

Ich bin mir nicht sicher, ich denke oft darüber nach.

Eichmann lachte. Also eher ein unsicherer Kantonist –

Das nicht, Herr Hauptscharführer.

Was dann? Ein Jude, der nicht als Zionist denkt und handelt? Er schien nicht Felix zu fragen, sondern sich selber, erwartete auch keine Antwort von ihm, begann vielmehr erregt eine Art Selbstgespräch: Ich kenne mich aus, habe mich eingearbeitet, den Herzl studiert. Mir kann man nichts weismachen. Sie assimilieren sich nicht, selbst wenn sie es vorgeben, sie halten sich für das auserwählte Volk und sind im Lauf der Geschichte heruntergekommen auf eine Händlergesinnung, die sie unfähig macht, edle Gedanken zu fassen oder sich im Kampf zu stellen. Ich lese alles, habe die hebräische Schrift gelernt, um *Hajnt* zu lesen, die jiddische Zeitung, mich hineinfühlen zu können. Man muß seinen weltgeschichtlichen Feind in- und auswendig kennen, um ihn zu beherrschen und unschädlich zu machen. Verstehen Sie mich?

Er brauchte nicht zu antworten. Nun erst stellte Eichmann die Frage, auf die es ihm anscheinend ankam: Was wissen Sie über die Haganah?

Nichts, hätte er antworten können, so gut wie nichts. Es hätte der Wahrheit entsprochen, aber er wollte Eichmann auf keinen Fall herausfordern: Über die Haganah? Er zögerte, und schon wurde sein Gegenüber ungeduldig:

Ja, das war meine Frage, Doktor Guttmann.

Sie ist, soviel ich weiß, eine Organisation der Einwanderer in Palästina.

Was hat sie vor, was ist ihr Programm? Eichmanns Stimme sprang hoch.

Sie hilft den Immigranten, sich zurechtzufinden, eine Existenz aufzubauen.

Mit Gewehren?

Das ist mir nicht bekannt.

Wollen Sie mich für dumm verkaufen, Doktor Guttmann?

Ich weiß es wirklich nicht.

Sie sind befreundet mit Doktor Sommerfeld?

Ja. Wir sind Kollegen. Wir waren es.

Was heißt: Wir waren es?

Nun, wir beide üben unseren Beruf nicht mehr aus.

Eichmann nickte kaum merkbar mit dem Kopf und starrte wieder auf seine Hände. Auf einmal fühlte sich Felix erleichtert. Er konnte sich nicht erklären, weshalb.

Ist Ihnen bekannt, daß Sommerfeld der Haganah angehört?

Nein, Herr Hauptscharführer.

Zum ersten Mal sah ihn Eichmann an. Ich glaube Ihnen, Herr Doktor Guttmann. Die Haganah ist eine Geheimorganisation. Lesen Sie gelegentlich *Hajnt?*

Nein. Ich kann kein Hebräisch.

Mit dieser Antwort brachte er Eichmann sichtlich aus der Fassung. Verblüfft schüttelte er den Kopf.

Ist das möglich? fragte er. Diese deutschen Juden, fuhr er fort, sogar ihre Sprache verleugnen sie. Dann straffte er sich, und Felix, der ihn nicht aus den Augen ließ, wußte, daß er endlich das zur Sprache bringen würde, weshalb er ihn zu sich bestellt hatte.

Liebstock, sagte er. Casimir Liebstock. Auf alles war Felix gefaßt gewesen, darauf nicht. Er drückte die Beine zusammen, lehnte sich zurück und wartete ab.

Eichmann sprach, als läse er aus einem Protokoll vor: 35 Jahre alt, Bankkaufmann. Bei Pflegeeltern in Breslau aufgewachsen, dort das Gymnasium besucht – zusammen mit Ihnen, nicht wahr? Seit seinem sechzehnten Lebensjahr Kommunist, später in leitender Funktion. Eine undurchsichtige Existenz. Oft im Auftrag der Partei unterwegs. In Frankreich, England, Holland, Italien, in der Sowjetunion. Zuletzt im Saarland als Aufwiegler und neuerdings in Spanien. Soll sich von der Komintern getrennt haben, nun bei POUM sein. Er brach ab.

Wir haben über seine Parteiarbeit selten gesprochen.

Nun machen Sie mal einen Punkt. Eichmann sprang auf. Felix wollte sich ebenfalls erheben. Bleiben Sie sitzen, befahl Eichmann und begann, hinter seinem Schreibtisch hin und her zu gehen. Sie kennen Liebstock seit zwanzig Jahren, sind mit ihm, wie soll ich es ausdrücken, innig befreundet und behaupten, keine Ahnung zu haben von seiner Parteitätigkeit?

Das trifft aber zu. Casimir, sagte er, hielt mich immer für einen unpolitischen Kopf.

Und wofür halten Sie sich?

Casimir hatte sicher recht.

Und jetzt? Und heute?

Daran hat sich nichts geändert, Herr Hauptscharführer.

Haben Sie Kontakt mit ihm?

Nein, sagte er. Das Nein dröhnte in seinem Kopf.

Seit langem nicht mehr.

Soll ich Ihnen das glauben, Doktor Guttmann? Eichmann war mit dem Rücken zu ihm stehengeblieben.

Ja.

Sie können gehen, Heil Hitler, Doktor Guttmann.

Felix stand auf, murmelte dem Rücken einen Gruß zu, zwang sich, ohne Eile das Zimmer zu verlassen, verabschiedete sich bei der Sekretärin, lief die Treppe hinunter, grüßte den Portier – als er aber vors Haus trat, lehnte er sich an die Tür.

Weiss entschied, nachdem Felix das Gespräch in allen Einzelheiten wiedergegeben hatte, daß er unverzüglich Berlin und Deutschland verlassen müsse, natürlich mit einem Abstecher nach Breslau, da er sich bestimmt noch von seiner Mutter verabschieden wolle, aber dann weiter über Frankfurt nach Basel. Die Ausreisepapiere lägen bereit. Es müsse nur noch sein Name eingetragen werden. Die Schiffspassage von Triest nach Tel Aviv sei, mit offenem Termin, gebucht. Wir haben für uns alle so vorgesorgt, Guttmann, denken Sie bloß nicht, wir machten mit Ihnen eine Ausnahme.

Fräulein Esther übertrieb ihre Lautlosigkeit, huschte umher, geschlossene Türen schienen sie nicht aufzuhalten, im Vorbeigehen berührte sie Felix, als wolle sie einen schützenden Zauber auf ihn übertragen, Weiss versah sie mit geflüsterten Anweisungen, sie verschwand, kehrte zurück mit Papieren, die sie auf dem Schreibtisch stapelte, bis sie zu einem kleinen Paket angewachsen waren, auf das Weiss seine Hand legte, sich Felix zuwendete, der alles über sich ergehen ließ, in Gedanken verloren war, die sich überstürzten:

Was würde mit Olga geschehen, würde er sich noch von ihr verabschieden können? Woraus schloß Weiss, daß er so gefährdet sei? Würde er Berlin je wiedersehen? Was erwartete ihn?

Weiss bat ihn, Fräulein Esther seinen Wohnungsschlüssel zu überlassen. Es sei vernünftiger, er gehe gar nicht mehr nach Hause, überlasse es Olga und Esther, das Nötige zu packen. Den Rest könne er sich von einer Spedition nachschicken lassen.

Und Olga? fragte er.

Er werde sie, versicherte Weiss, auf dem Bahnhof treffen. Fräulein Esther sei genauestens instruiert. Also Liebstock, sagte Weiss, auf den sind sie scharf.

Und Felix hörte wieder Casimir rufen, die Stimme, die ihn begleitete und alles voraussagte: Lauf, mein Kleiner, lauf.

Fräulein Esther brachte das Gepäck in Windeseile. Gehen Sie, nehmen Sie den Bus, sie haben genügend Zeit, sagte Weiss. Er und Fräulein Esther umarmten ihn auf einmal, Gott helfe Ihnen, sagte Fräulein Esther, Schalom, wünschte Weiss.

Die Koffer waren nicht schwer. Olga und Fräulein Esther hatten sparsam gepackt. Im Bus stieg er aufs Oberdeck, stellte den einen Koffer unter die Füße, legte den andern auf den Schoß, schaute hinaus, ein Bildstreifen, den er in allen Einzelheiten kannte, zog an seinen Blicken vorbei und rollte sich ein. Ich werde weg sein, dachte er, und die Stadt wird es nicht mehr geben.

Bleib, schrie Olga, als der Zug anfuhr. Er beugte sich aus dem Fenster. Sie rannte neben dem Wagen her, ihr blondes Haar wehte und der Wind preßte das Kleid gegen ihren Körper.

Mama bewegte sich nicht von der Stelle, saß, abgerückt von dem runden Tisch im Speisezimmer, Elena stand hinter dem Stuhl und klammerte sich an der Lehne fest, und Jona wartete an der Tür, die Koffer in der Hand. Es ist Zeit, drängte er. Wir haben doch alles besprochen.

Nichts hatten sie besprochen. Nur aufeinander eingeredet. Ihr kommt nach, Weiss wird euch helfen, hatte Felix sie beschworen. Sie aber hatten darauf bestanden, zu bleiben. Ich bitte dich, Felix, in unserem Alter, wer wollte uns etwas antun? Es ist schlimm, nun muß ich auch noch heulen, sagte Mama, er riß sich los von den beiden Frauen, riß sich los von Jona auf dem Bahnsteig, Jona, der wiederholt feststellte, daß es nicht übler kommen könne wie es sei, sich dafür entschuldigte, Gott anrief und wie ein schwarzes Bündel Unglück auf dem Bahnsteig zurückblieb. Ich werde, solange die Post und die Nazis es gestatten, dir schreiben, hatte er versprochen.

In Frankfurt schlief Felix in einem Hotel, das Weiss ihm empfohlen hatte, als eine erprobte Durchgangsstation. Er befand sich auf der Flucht. Nur, fragte er sich, vor wem und warum.

Der Zug nach Basel fuhr sehr früh ab. Er fand ein Abteil für sich allein, führte die ganze Zeit erdachte Gespräche mit Grenzwächtern, und als es soweit war, der Zöllner auf dem Badischen Bahnhof von Basel die Abteiltür aufriß, seinen Paß verlangte, wollte der nichts von ihm wissen.

Diese drei Buchstaben werde ich mein Leben lang nicht vergessen, schrieb er nach Breslau, es sind Erwählte aus dem Alphabet: SBB. Sie bestätigten mir mein zweites Leben. Der Zug hielt an. Ich las *Basel SBB* und wußte: Du bist davongekommen.

Für diesen einen Abend habe ich es mir in einem kleinen Zürcher Hotel bequem gemacht, hätschle den geretteten, neuen Felix, betaste ihn, kann seine Wirklichkeit noch gar nicht fassen. Bedenkt, wozu ich Euch riet. Mehr möchte ich an dieser Stelle nicht schreiben. Die Schiffspassage habe ich mir von hier aus ohne Schwierigkeiten bestätigen lassen. Übermorgen legt mein Schiff in Triest ab. Es trägt einen uralten Namen, der mir Zukunft verheißt: Galiläa. Ich umarme Euch, Euer Felix.

Kein schneeweißes, Luxus versprechendes Schiff erwartete ihn, sondern ein heruntergekommener, schmutziger, von Rost angefressener Dampfer, der allein ausgezeichnet war durch seine Passagiere: Gerettete, Entkommene, dem Gelobten Land entgegenfiebernde Juden. Und er war einer unter ihnen.

Die Nacht verbrachte er auf Deck, schlief auf einem Liegestuhl, eingehüllt in eine Decke, die nach dem Schweiß seines Vorgängers roch. Der Wind blieb lau, frischte gegen Morgen auf und schleppte einen Schwall von Hitze mit.

Das ist der Chamsin, sagte jemand, der Wind aus der Wüste.

Und ein anderer sagte: Jetzt ist Jaffa zu sehen. Bald legen wir an. Nach einer Pause fügte er leise und etwas unsicher hinzu: Bald sind wir zu Haus.

Felix trat an die Reeling, erkannte einen dünnen Streifen Land, über den eine bleigraue Wolkenwand sich aufs Meer zuwälzte.

Ich werde ihm nachschauen, wenn er das Schiff verläßt, sich unter den Menschen verliert, die am Kai einander begrüßen, nach ihrem Gepäck suchen. Folgen werde ich ihm nicht. Bevor er sein Land betritt, verlasse ich ihn. Ich kenne es zu wenig, und was er in den zehn Jahren, die er hier verbrachte, erfuhr, erlebte, weiß ich nur in Bruchstücken und kann es mir nicht vorstellen: Seine karge Wohnung in der Gordon-Street. Seine vergeblichen Anstrengungen, die britische Anwaltsprüfung zu bestehen. Seine Arbeit als Rechtskonsulent. Seine Versuche als Kabarettist. Sein Glück, als der Staat Israel ausgerufen wurde, und er auf dem Carmel mit seinen Freunden tanzte.

Was ich aber weiß, hat er mich nie wissen lassen. Hätte ich Felix nicht gefunden, dessen Geschichte ich jetzt zu Ende bringe, ehe ich die beiden Gestalten wieder vereine, könnte ich die Litanei nicht aufsagen, die er, um zu leben, verschwieg:

Mama starb 1939. Jona und Elena wurden 1940 nach Theresienstadt gebracht, von dort nach Auschwitz deportiert. Im Gas kamen sie um. Wie auch Olga. Wie auch Fräulein Esther. Casimir nahm sich 1940 in einem Internierungslager in Südfrankreich das Leben. Die anderen entkamen: Tante Betty, Katja, Mirjam, Aaron Weiss, Sommerfeld.

Ich habe ihn aus seiner Geschichte entlassen, doch er verläßt mich nicht.

## *23*
## *Felix*

Meistens kommt er mit dem Neunzehnuhr-Zug von der Arbeit aus Frankfurt. Ich gehe ihm entgegen, richte es so ein, daß wir uns auf dem schmalen Pfad zwischen den Häusern treffen. Die vereinzelten hohen Kiefern in den Gärten erinnern an den Wald, den es hier einmal gab.

Ich schreibe diese Sätze am 23. 2. 1985, in einem für unsere Verhältnisse langen, schneereichen Winter. Ich lasse den Schnee schmelzen, die ersten Knospen in einer frühen Wärme aufbrechen. Von Ferne sehe ich ihn auf mich zulaufen. Die Aktentasche zieht an seinem Arm. Er ist klein wie ein Kind.

Wie ich den Tag verbracht habe, wird er mich fragen und mich, vielleicht, einladen, mit ihm zu kommen auf ein Glas Wein. Nicht mehr lang, wird er sagen, und wir werden auf der Terrasse sitzen können.

Er läßt es nicht zu, daß ich ihm die Aktentasche abnehme. Jedem seine Last, sagt er. Von der seinen spricht er nicht.

1948 ließ er sich in amerikanischer Uniform in das zerstörte Deutschland schicken. Ich weiß nicht, ob er sich um diesen Auftrag beworben hat. Ich kann ihn mir auch nicht in Uniform vorstellen. Er war Israeli, kein Deutscher mehr, aber es verlangte ihn, nachdem er sich in Frankfurt als Anwalt niedergelassen hatte, wieder die deutsche Staatsangehörigkeit zu bekommen und Israeli zu bleiben. In den Papieren, die mir seine Frau gab, fand ich die Kopie eines Briefes vom 5. 12. 1956. Ich höre ihn diktieren. Es ist sein Tonfall, knapp, ohne jeden Schnörkel:

Auf Grund des Gesetzes vom 22. 2. 1955, § 12, bitte ich um meine Wiedereinbürgerung. Ich bin am 22. 7. 1906 in Breslau geboren und lebte bis 1937 in Berlin, zuletzt Emser Straße 21. Ich war Rechtsanwalt in Berlin, bis ich 1933 als Jude meine Zulassung verlor. 1937 wanderte ich nach Palästina aus und habe später die israelische Staatsbürgerschaft erworben. Ich habe den israelischen Paß Nr. 30483. Seit mehreren Jahren wohne ich in Frankfurt. Ich habe auch eine Wohnung in Tel Aviv. Ich bin wieder als Rechtsanwalt zugelassen. Ebenso wie meine Eltern hatte ich stets die deutsche Staatsangehörigkeit. Auch meine Eltern waren in Deutschland geboren. Ich war und bin unverheiratet. Ergebenst –

Kurz darauf heiratete er, eine Berlinerin.

Statt seiner Daten habe ich die von Felix eingesetzt, weil ich meine Erzählung nicht um ihre Wahrheit bringen will.

Es sind nur noch wenige Zeilen, es ist nur noch eine Szene.

Wir haben seinen siebzigsten Geburtstag gefeiert. Er genoß den Zuspruch, las aus Briefen vor. Ich wünschte mir, einer von Jona wäre darunter gewesen. Es war ihm anzumerken, wie schwer es ihm fiel, länger auszuhalten. Er war krank. Die Ärzte hatten die Parkinsonsche Krankheit festgestellt. Seine Hände zitterten. Und immer, wenn er saß, legte er die eine Hand auf die andere, damit sie ruhig bleibe. So wollte er nicht leben. Die Medikamente bekamen ihm nicht. Jedoch jeden Tag schleppte er sich zur Arbeit. Auch an jenem Tag im Juni 1977 hatte er einen Termin, bemühte sich, einer Klientin die Scheidung auszureden.

Vom Hotel an der Messe ging er zurück zu seinem Büro in der Taunusstraße.

Ich schaue ihm zu. Er spaziert, bleibt manchmal in Gedanken stehen, achtet nicht auf seine Umgebung, auch nicht, als er sich anschickt, den Platz der Republik zu überqueren. Er gerät vor eine Straßenbahn, wird mitgeschleift und liegt, ein kleines, lebloses Bündel, zwischen den Schienen. Der Rettungswagen wird ihn ins Krankenhaus fahren, wo er drei Tage später stirbt.

Aber ich komme allen zuvor, hebe ihn auf, er wird leicht auf meinen Armen, und bringe ihn zurück zu dem grünen Floß im Hof.

Felix, ruft Elena.

# *Inhalt*

## 1906–1924



## 1925–1932

1933–1977

## Peter Härtling

*im Luchterhand Literaturverlag*

»Er ist präsent. Er mischt sich ein. Er meldet sich zu Wort und hat etwas zu sagen. Er ist gefragt und wird gefragt. Und er wird gehört. Peter Härtling, der Lyriker und Republikaner, der Erzähler und Demokrat, der Kritiker und Publizist, der Intellektuelle und der Literat. Er ist in den letzten Jahren zu einer Instanz unserer (nicht nur: literarischen) Öffentlichkeit geworden.«
*Martin Lüdke*

**Anreden**
Gedichte aus den Jahren 1972–1977
64 Seiten. Broschur

**Felix Guttmann**
Roman. 318 Seiten. Leinen

**Die Mörsinger Pappel**
Gedichte. 80 Seiten. gebunden

**Nachgetragene Liebe**
172 Seiten. gebunden

**Vorwarnung**
Gedichte. 68 Seiten. Broschur

**Waiblingers Augen**
Roman. 208 Seiten. Leinen
»Härtling erzählt Dichterleben aus dem schwäbischen Umkreis, um solchen Vergangenheiten den Glücksanspruch zu entlocken, der in ihnen verborgen ist, den die Literatur vorspricht und nicht das wirkliche Leben.«
*Wilfried F. Schöller, Die Zeit*

**Der Wanderer**
160 Seiten. Leinen
»Fremd bin ich eingezogen/Fremd zieh ich wieder aus.« Das Lied aus Schuberts Winterreise steht am Anfang von Peter Härtlings Buch über Wanderschaft und zunehmende Fremde. Peter Härtling erzählt von seinen Fußmärschen durch das zerbombte Europa, heimat- und elternlos.
Wen aber besingt das Lied noch? Peter Härtling sah, daß er nicht der einzige war, der Familie und Heimat verloren hatte. Wie erging es den Emigranten? Tödliche Wanderungen, tödliche Fremde, von Machtwahn und Politik erzwungen und bis heute hingenommen. So unmaskiert wie in diesem Buch hat Peter Härtling noch nie geschrieben.

# Peter Härtling

*in der Sammlung Luchterhand*

**Ausgewählte Gedichte 1953–1979**
Nachwort von Karl Krolow
SL. 290. Originalausgabe

**Die Gedichte**
**1953–1987**
SL 826

**Die dreifache Maria**
Eine Geschichte. SL 476

**Eine Frau**
Roman. SL 435

**Felix Guttmann**
Roman. SL 795
Dieser Lebens-Roman eines jüdischen Intellektuellen war 1986 eines der meistbesprochenen Bücher. 1987 erhielt sein Autor dafür den Hermann-Sinsheimer-Preis.

**Geschichten für uns**
Ausgewählt von Peter Härtling
SL 560. Originalausgabe
Peter Härtling hat hier Texte der modernen Literatur speziell für Jugendliche ausgewählt, um etwas von der Faszination zu vermitteln, die Literatur von jeher auf ihn ausgeübt hat.

**Hölderlin**
Ein Roman. SL 260

**Hubert oder**
**Die Rückkehr nach**
**Casablanca**
Roman. SL 663
Hubert Windisch, geboren 1923, zählt zu jener Generation, die im Dritten Reich aufwuchs, in den Krieg geschickt wurde, desillusioniert heimkehrte und sich dem Wiederaufbau verschrieb. Trotzdem: diesem Hubert Windisch passen die Rollen nicht. Er flüchtet in die Traumwelt des Kinos.

**Janek**
Porträt einer Erinnerung. SL 696
*Janek* erschien zum ersten Mal 1966. Das Buch löste damals Begeisterung aus, es galt als der ›schönste Roman der Buchsaison 1966‹.

**Nachgetragene Liebe**
SL 357

**Niembsch oder Der Stillstand**
Eine Suite. SL 189

**Der spanische Soldat oder**
**Finden und Erfinden**
Frankfurter Poetik Vorlesungen
SL 600. Originalausgabe
Peter Härtling kommt auf das alte Thema von neuem zu sprechen: »Wie findet der Erzähler sein Material?«

**Das Windrad**
Roman. SL 599

**Zwettl**
Nachprüfung einer Erinnerung
SL 447

**Peter Härtling:**
**Auskunft für Leser**
Hg. von Martin Lüdke
SL 680. Originalausgabe